1. Kapitel

Ann hatte nicht damit gerechnet, Jon in dieser Nacht noch zu sehen. Jedenfalls nicht in diesem Zustand. Er taumelte herein, fiel auf die Knie, bedeckte den Fußboden mit Blut, stieß wirre, unverständliche Worte aus. Das Hämmern an ihrer Tür hatte sie anfangs gar nicht gehört. Sie hatte auf ihrem Balkon gestanden und auf das Nachtleben in der Stadt heruntergeschaut. Es berührte sie seltsam, daß sie nun, fast fünf Jahre nach ihrer Scheidung, Jon für irgend etwas tatsächlich und ehrlich dankbar sein konnte – für seine Stadt. Sie liebte New Orleans, sie war froh, daß er dieses Haus im French Quarter für sie gefunden hatte, und heute konnte sie sogar sagen – ohne Bitterkeit oder Leidenschaft –, daß sie ihren Ex-Mann wieder liebte. Sie hatte das nicht für möglich gehalten. Ihre fünfzehnjährige Beziehung war zu stürmisch, zu wütend, zu haßerfüllt, zeitweise geradezu gefährlich, gewesen. Aber die Stürme waren jetzt vorüber. Was er mit seinen Samstagabenden (oder -morgen in diesem Fall) anfing, machte ihr nichts mehr aus. Ihre eigene Gleichgültigkeit gab ihr ein unvorstellbares Gefühl von Freiheit. Sie machte ihm nicht einmal mehr Vorwürfe. Eigentlich waren die Umstände an allem Schuld gewesen, was geschehen war.

Als sie sich kennenlernten, waren sie noch Kinder, und er war ein großes Kind geblieben, war es immer noch; aber jetzt konnte sie damit umgehen und ihn auf eine andere Art und Weise lieben. Am Ende würde sich herausstellen, wie seltsam es war, daß sie gerade in dieser Nacht Erinnerungen nachhing, während sie von ihrem Balkon aus mit einer Tasse Kaffee in der Hand auf die Straße schaute, dem Jazz lauschte, den sie so sehr liebte – und daran dachte, wie glücklich sie war. Der Gedanke an Scheidung hatte sie zunächst beängstigt. Sie hatte noch lange an ihrer Ehe festgehalten, als sämtliche Schwüre längst vergessen waren. Als die Scheidung schließlich vollzogen war, wurde ihr bewußt, welche Angst sie vor dem Alleinsein gehabt hatte. Ihr wurde bewußt, daß sie nicht, wie sie gedacht hatte, wegen ihrer Tochter verheiratet gelieben war, sondern weil sie Angst gehabt hatte, allein zu sein. Bis vor fünf Jahren war sie niemals allein gewesen. Sie war Jons Frau gewesen, Katies Mami, und davor war sie Jeff und Cheryls Tochter. Gleich nach der High School war sie aufs College gegangen, eine geisteswissenschaftliche Hochschule, da ihre Eltern einfach nicht glauben wollten, daß eine durchschnittliche junge Frau ihren Lebensunterhalt mit Kunst verdienen könnte. Sie hatte Jon Marcel im ersten Semester kennengelernt; sie waren beide gerade achtzehn Jahre alt. Es war Liebe auf den ersten Blick, sie gingen zu wilden Parties, hatten schreckliche Eifersuchtsszenen, trennten sich. Sie fanden aber immer wieder zusammen, egal, wie schlimm die Kämpfe gewesen waren.

Beide waren anschließend zur Universität gegangen und hatten erst geheiratet, nachdem sie ihren fünfundzwanzigsten Geburtstag hinter sich hatten – als sie beide meinten, reife, verantwortungsbewußte, gut ausgebildete Erwachsene zu sein, bereit, der Welt entgegenzutreten, als reife, verantwortungsbewußte Menschen. Sie hatten sich beide die Hörner abgestoßen. So sollte die Ehe beginnen. Sie fragte sich, wie sie hatte erwarten können, daß sich die Dinge ändern würden.

Sie hatten sich natürlich nicht geändert. Die Ehe hatte sie kein bißchen verändert. Sie hatten sich weiter wie kleine Kinder benommen, sich gezankt wie kleine Kinder. Kleinliche Streitereien nahmen zu, sie hatten geschmollt, gestritten, sich voneinander getrennt, sich mit Schimpfwörtern beworfen. Irgendwann im Laufe der Zeit waren die Schimpfwörter zu häßlich geworden, die Kräche bösartig. Jon war immer länger weggeblieben. Sie hatte geschwiegen. Sich Gedanken gemacht. Dann war er immer später nach Hause gekommen, und dann, eines Nachts, gar nicht. Zu dem Zeitpunkt hatte es ihr aber auch schon nichts mehr ausgemacht. Wenn sie Wut empfand, so hielt sie sie tief in ihrem Inneren verschlossen. Sie hatte ihn nicht einmal zur Rede stellen wollen. Als die Zeit reif war, hatte sie sich wortlos mit ihrem Anwalt getroffen und ebenso wortlos die Papiere unterzeichnet.

Jon hatte ihre Handlung für einen Bluff gehalten. Er hatte gedroht und gebettelt. Dann hatte er geweint. Auch sie hatte geweint. Und beinahe hätten sie sich versöhnt. Aber das war das alte Muster gewesen, und Annie hatte eingesehen, daß sie dieses Muster zerstören mußte. Vor allem weil sie eingesehen hatte, daß das Kind in den Brunnen gefallen war – sie konnte nicht mehr so tun, als wüßte sie nichts. Trotz aller Kämpfe hatte sie einmal daran geglaubt, daß es in ihrer Beziehung etwas Großes und Wertvolles gab: gegenseitige Treue. Sie ließen sich also scheiden. Sie wurden zu erbitterten Feinden, und dann – plötzlich – irgendwann im Laufe der Zeit, die besten Freunde. Sie hatten in Atlanta zusammengelebt; er war nach New Orleans zurückgekehrt, als sie sich trennten. Er hatte sie überredet, zum Jazz Festival zu kommen, hatte dann das perfekte Künstleratelier und Heim für sie gefunden, gleich neben einer Metzgerei in einer Sackgasse im French Quarter. Sie liebte das Haus. Sie lebte im ersten Stock und hatte im Erdgeschoß einen Laden eröffnet, in dem sie Karten, Drucke und Kunsthandwerk aus der Gegend in Kommission verkaufte. Sie hatte den idealen Geschäftsführer für den Laden gefunden und konnte alle Tage – und Nächte, wenn ihr danach war – arbeiten. Sie liebte die Malerei; sie liebte den Galeristen, der gleich nebenan recht erfolgreich ihre lebhaften Portraits des Lebens in New Orleans verkaufte: Pflanzen, Blumen, Balustraden, alte Fischer, Gesichter von kleinen Kindern.

Gesichter malte sie am liebsten, und Gesichter waren ihre Stärke. Eine der besten Kritiken, die sie je erhalten hatte, sagte, daß in ihren Gesichtern Jahrzehnte eines Lebens und ein ganzes Spektrum an Gefühlen zu sehen waren. Sie war aber klug genug, ihr besonderes Talent richtig einzuschätzen und ihre Liebe zur Kunst. Obwohl sie das meiste Geld mit Portraits in Öl verdiente, wechselte sie immer wieder ihre Motive und Stile. Darüber sprach sie oft mit Jon als Freund, Inspirator, Kritiker. Das war Teil ihrer jetzigen Gemeinsamkeit – ihre gemeinsame Liebe zur Kunst und ihr gegenseitiger Respekt innerhalb des jeweils gewählten Interessenbereichs.

Sie sah auf die Uhr und runzelte die Stirn. Jon hätte eigentlich schon eine Weile dasein sollen. Er arbeitete gerade an einem neuen Projekt, an einer Serie von Gemälden. Eine neue Galerie, die ein alter Freund von ihnen, der gerade von San Francisco nach New Orleans gezogen war, eröffnet hatte, wollte die erste Folge dieser Serie ausstellen, und Jon wollte sie abholen, um die Anordnung der Gemälde anzusehen. Die Serie hieß »Rotlichtladies«, und obwohl sie zugeben mußte, daß sie zunächst das ganze Konzept verächtlich abgetan hatte – ja, sie hatte tatsächlich gekichert bei der Vorstellung, daß Jon solch eine Serie machen würde –, hatte sie inzwischen einige der Gemälde in seinem Atelier gesehen und sie wundervoll gefunden, seine beste Arbeit bis dahin. So wie sie gelobt worden war für ihre Gesichter, wurde er gerühmt für seine Studien von Frauen am Rande des Lebens. Sein erstes Gemälde, genannt »Sweet Scarlet«, war gleichzeitig optisch überwältigend und emotional hinreißend. Das »Scarlet« des Gemäldes war ein überraschend sinnliches Kostüm in wundersamem Rot, auf merkwürdige Weise anziehend; dagegen sprachen ihre Augen von Schmerz, Verlust, Verwunderung, grenzten an Härte. Billig, glitzernd, lieblich, traurig, pathetisch. In dem Gemälde steckte so vieles. Er hatte eine Stripperin aus einem ansässigen Club gebeten, für das Gemälde zu posieren, und er schien so vieles aus ihrem Leben zusammengebracht zu haben, die Schönheit und die Hoffnung der Jugend, die vorsichtige Einsicht, die das fortschreitende Alter mit sich brachte. Er hatte die Frau festgehalten mit den vielversprechenden fließenden Bewegungen ihres Tanzes, einer Würde, die gegen die einfache Bewegung des Sichauskleidens ankämpfte. Am heutigen Abend würden einige von Jons »Damen« ausgestellt werden, und Ann mußte zugeben, daß sie begierig war, sie alle in der Galerieatmosphäre zu sehen.

Sie nippte an ihrem Kaffee und warf noch einen Blick auf ihre Uhr. Sie fragte sich, was ihn aufhielt. Wirklich beängstigt war sie nicht; es war solch eine wunderschöne Nacht. Gerade brach die Dämmerung herein und legte sich über einen vergehenden Sonnenuntergang, der die alten schmiedeeisernen Torbogen und Balkone der pastellfarbenen Gebäude in eine rote Patina gehüllt hatte. Wenn sie die Augen schloß, konnte sie schwach die Stimmen hören, das Gelächter der Leute, der Touristen und Einwohner, die alle in den malerischen Straßen auf und ab gingen. Trompete, Saxophon bildeten den Hintergrund; der ferne, aber verführerische Duft von starkem Kaffee und frischgebackenen Croissants und Beignets lag schwer in der Luft.

Plötzlich hörte sie den Knall. Den Knall, oder eher einen Aufschlag. Als ob Jon gekommen wäre und wütend mit der Schulter die Tür gerammt hätte. Einen Moment lang war sie irritiert. Sie waren nicht mehr verheiratet. Er war immer überzeugt gewesen, daß die Welt für ihn anhalten müßte, daß sie ihm die Türe öffnen müßte, genau in der Sekunde, in der er ankam, egal ob ihre Hände naß waren und tropften vor Spülwasser, Farbe oder Tomatensauce.

»Ich komme!« rief sie, stellte ihren Kaffee auf den kleinen weißgestrichenen eisernen Balkontisch. Sie ging durch den geräumigen Wohnraum im ersten Stock des Hauses zur Wohnungstür. Sie wollte Jon sagen, was sie von seinem unverschämten Krach hielt, und riß wütend die Türe auf. »Verdammt, Jon«, begann sie.

Er stand da, sein hübsches Gesicht schmal, blaß, leichenfahl im gedämpften Licht des Flures.

Dann fiel er plötzlich. Schwer. Leblos.

Er fiel vornüber, ihr direkt in die Arme. Vollkommen überrascht, verlor Ann das Gleichgewicht, fiel platt zu Boden durch die Macht seines freien Falls und Gewichts, schlug hart unter ihm auf.

»Jon …«

Sein Gesicht lag auf dem Boden, nur Zentimeter von ihrem entfernt. Seine Lippen bewegten sich. Sie hatte ihn gepackt, als sie gefallen waren. Jetzt bewegte sie ihre Hände, noch zu betäubt, um zu erkennen, was passierte.

Ihre Hände …

Seine Lippen …

Ihre Finger tropften vor Blut. Und da kam der leise, verzweifelte Ton aus seinen Lippen.

»Ich war es nicht!«

Blut. Auf ihren Händen. Mit denen sie ihn gehalten hatte.

»Oh, Gott!« Er sah sie eigentlich gar nicht. Sein Mund formte mühsam weitere Worte. »Ich habe es nicht getan. Ich habe es nicht getan. Ich war es nicht …«

Blut lief über die polierten Fußbodenbretter.

»Oh, Gott!« Er schrie es heraus. Seine Augen sahen sie jetzt direkt an. »Ich habe es nicht getan!«

Seine Augen schlossen sich.

Und das Blut floß weiter.

2. *Kapitel*

Frauen. Ehefrauen. Sie erfuhren es immer zuletzt, dachte Mark mit einem Kopfschütteln und einem Anflug von Ungeduld. Um Himmels willen, der Kerl hatte die Stripperin umgebracht, mit der er zusammengewesen war. Stripperin? Jesus im Himmel. Das war ja noch geschmeichelt. Die junge Frau mochte ein gutes Herz gehabt haben; sie mochte eine große Persönlichkeit gewesen sein unter dem Preisschild, das ihr anhaftete, aber in Klartext war das arme, geschlachtete Wesen eine bekannte Hure gewesen. Aber der Frau von diesem Kerl schien das nichts auszumachen, daß sie so eine gewesen war. Hier war sie, seine kleine Frau, mit verheultem Gesicht, und sprach mit dem Arzt, forderte, daß er das Leben des Mannes rettete, der gerade die befleckten Träume eines anderen Menschen gestohlen hatte.

»Das ist ein Bild, was?« flüsterte Jimmy Deveaux, groß und dürr wie eine Bohnenstange, ein freundlicher Kerl mit schütterem braunem Haar und dem Gesicht eines Bassets. Mark war ranghöher als Jimmy, aber sie arbeiteten oft zusammen. Partner. Wenn die Straßen voller Messer und Gewehrschüsse waren, spielte der Rang keine Rolle. Auch Jimmy schüttelte den Kopf. »Zum Anbeißen. Tolle Haare. Toller Arsch.«

Die Jungens vom Revier nannten Jimmys Kommentare Galgenhumor. Heute untersuchten sie einen Mord. Es konnte nicht ernster sein. Aber Humor war oft der einzige Weg für einen Cop, mit dem Leben, für das er sich nun mal entschieden hatte, fertigzuwerden.

Normalerweise hätte Mark mitgespielt, und nicht einmal auf sexistische Art, denn wenn die Cops weiblich waren, diskutierten sie die Attribute aller Leute, egal, ob weiblich oder männlich. Männer und Frauen hatten ihre Klischées, Cops aber auch.

Nur, heute nacht …

»Jimmy, wir sind nicht hier, um ihren Arsch zu beurteilen«, sagte Mark. Jimmy schien seine Stimmung nicht zu bemerken, Ihre Titten sind auch nicht schlecht.«

»Jimmy, wir sind weder hier, um ihre Titten, noch um ihren Arsch zu beurteilen«, sagte Mark schärfer.

»Okay, wir sind nicht hier, um sie zu beurteilen, aber da sind sie, und sie sind einfach toll. Was in Gottes Namen hat der Kerl mit der Prostituierten angestellt, die er umgebracht hat, wo er doch jemanden wie sie zu Hause hatte?«

»Ach, komm, Junge, du bist doch lange genug im Geschäft, um zu wissen, daß die Welt voller Psychos ist, und daß selbst ein normal gepolter Typ wie du sich manchmal ganz schön verrückt aufführen kann.«

»So eine wie sie hätte ich nie wegen einer Prostituierten verlassen können«, seufzte Jimmy.

»Gina L'Aveau war keine gewöhnliche Prostituierte«, entgegnete Mark beiläufig.

Jimmy sah seinen Freund lang und fest an. Dann zuckte er mit den Schultern und stimmte zu. »Nein, Mark, sie war nicht die typische Prostituierte. Überhaupt nicht. Bist du jetzt zufrieden?«

»Natürlich bin ich jetzt zufrieden.«

Mark, noch ungeduldiger, weil sie auf das Gespräch mit dem Arzt warteten, der mit dem Tatverdächtigen beschäftigt war, wich Jimmys forschendem Blick aus. Er sah wieder an Jon Marcels Frau rauf und runter. Sie hieß Ann. Ann Marcel. Er hatte sie zuerst beinahe für ein Kind gehalten. Sie war zart, für ihre einsfünfundfünfzig mußte sie sich strecken. Aber sie war kein Kind. Bei näherem Hinsehen sah sie aus wie irgendwo um Mitte Dreißig. Vielleicht ein wenig älter. Klein, kompakt, genau richtig, um Jimmys Beobachtung Recht zu geben, sehr hübsch kompakt. Wunderbare Formen in einer kleinen Verpackung. Ihr Haar war schulterlang, ein sehr helles Blond, ihre Augen waren verblüffend grün, vor allem bei ihrer Blässe, und ihre Züge waren fein und ausgeprägt wie die einer perfekt modellierten Puppe. Sie trug ein ehemals kühles Frühlingskleid, ein weicher Stoff in erdigen Farben, der ihre Formen umspielte und betonte, nur daß jetzt der Stoff nicht mehr lose hing, sondern mit Blut bedeckt war. Getränkt mit Blut.

»Jon Marcel ist Künstler«, sagte Jimmy, als ob das irgend etwas erklärte.

Mark hob eine Augenbraue. »Und weiter?«

Jimmy zuckte abwehrend mit den Schultern, wie um sich zu verteidigen. »Wer weiß? Ich meine ja nur, ich habe gehört, daß irgendeine Stadt einem Kerl ein Vermögen bezahlt hat, nur damit er ein paar Inseln in Pink einpackt – im Namen der Kunst. Ich meine bloß, daß Künstler ein bißchen merkwürdig sein können.«

»Jimmy, worauf, zum Teufel, willst Du hinaus?«

»Ich, eh, vielleicht haben sie ihre Eroberungen geteilt.«

Mark sah ihn fragend an.

»Ach, komm, Mark, Du weißt, was ich meine.« Jimmy errötete ein ganz kleines bißchen. Er konnte sehr deutlich sein, wenn er ein attraktives Hinterteil beäugte, aber bei abartigen Themen hielt er sich zurück.

»Ah, meinst Du eine Ménage-à-trois?« sagte Mark.

»Na ja.«

»Danach sieht sie nicht aus.«

»Und wie sieht man denn danach aus?« fragte Jimmy, um sich zu verteidigen.

»Vielleicht sieht man nicht nach einem Typ aus«, sagte Mark. »Aber sie sieht einfach nicht nach diesem Typ aus.«

Einige Dinge entziehen sich der Erklärung.

»In den Köpfen der harmlosesten Leute schlummern schließlich die wildesten Gedanken. Sieh Dir Supermans anderes Ich an: Clark Kent. Ende der Durchsage.«

»Ja«, murmelte Mark. Sie sollten diesen Fall ohnehin so schnell wie möglich abschließen. Wenn auch nur ein paar der Labortests positiv ausfielen, war jeder Zweifel, daß Jon Marcel des Mordes angeklagt würde, ausgeschlossen. Er schluckte hart, entschlossen nicht zuzugeben, daß ihn der Fall mehr mitgenommen hatte, daß er reichlich verwirrt war, seit er den Anruf vom Hauptquartier bekommen hatte, sofort zum Tatort zu kommen. Ein hysterischer Tourist hatte angerufen, nachdem er über die Leiche gestolpert war. Die Streifenbeamten hatten ihm mitgeteilt, daß die Leiche noch warm war, als sie eingetroffen waren.

Nicht mehr, als er angekommen war, nur Sekunden vor den Kollegen von der Gerichtsmedizin. Nein, zu dem Zeitpunkt war sie schon kalt gewesen. Kalt, in einer Blutlache, die Augen noch offen, all die Träume, die irgendwo tief im Inneren gelebt hatte, las man jetzt noch in ihren offenen Augen. Sie war eine hübsche Frau gewesen. Hübsch selbst jetzt noch im Tod. Sie hätte dort liegen können, wie um zu warten, ob die schönen Träume ihres Lebens wahr würden, nur daß sie in einer Lache von Blut lag.

Auch das Leben in ihr war kalt geworden.

»Lieutenant?«

Einer der Uniformierten hatte ihn angesprochen. Ihm war auch ganz kalt geworden. Er hatte Mühe zu atmen. Er richtete sich auf. »Corby«, sagte er, und erkannte den jungen Streifenpolizisten. »Was haben wir bis jetzt?«

Eine ganze Menge, zumindest an Informationen. So schien es. Es gab eine Blutspur, die vom Tatort wegführte. Zur Wohnung von Ann Marcel. Und wie sich herausstellte, hatte Ann Marcel gerade einen Notarzt gerufen, und ihr Mann, über und über mit Blut befleckt, wurde gerade notärztlich behandelt.

Er hatte sich neben die Leiche der einst schönen, wenn auch traurigen Frau gekniet. »Du hast also zurückgeschlagen, Baby. Gut für Dich.«

Die Labortechniker waren alle da und nahmen Proben von allem, was sie finden konnten, bemühten sich vor allem, der Blutspur zu Ann Marcels Wohnung zu folgen.

Henry Lapp, ein Assistent aus dem Büro des Gerichtsmediziners, sagte: »Lee wird sich um die hier selbst kümmern. Ich habe ihn zu Hause angerufen; er wird gleich da sein. Du kennst Lee – er denkt wir verpassen etwas, wenn wir mit der Autopsie zu spät anfangen, aber dieser Fall sieht schön klar und einfach aus. Sie wurde niedergestochen und hat sich gewehrt, und ihr Mörder flüchtete. Wir sollten ihm leicht folgen können.«

»Ja«, hatte Mark gesagt. »Vielleicht redet der Bursche direkt. Jimmy und ich gehen sofort rüber ins Krankenhaus. Bitte Lee zu warten, bis ich bei ihm bin.«

Seitdem waren Jimmy und er hier. Sie warteten. Sie beobachteten die schmale blonde Frau. Schüttelten den Kopf. Wieso fielen Frauen so leicht auf diesen Typ herein?

»Ehrlich gesagt«, hörte er sich laut sagen, »habe ich nicht die Spur einer Ahnung über diesen Kerl. Oder seine Frau.«

Wieder schüttelte er den Kopf. Sie war nicht außer sich, sie war nicht hysterisch. Ab und zu füllten sich ihre Augen mit Tränen und liefen über, wenn sie zuhörte, selbst sprach, wieder zuhörte.

Mark war überrascht, als sein Herz plötzlich in seiner Brust zuckte und sich zusammenzog – wegen ihr. Dummkopf, warnte er sich ungeduldig. Er war hier schon so oft gewesen, genau hier, in diesem Krankenhaus, unter ähnlichen Umständen, viele viele Male schon. Er hatte den Schmerz der Betroffenen respektiert, aber er hatte seine berufliche Distanz gewahrt, und er war immer bereit gewesen, sie höflich, freundlich, aber – wenn nötig – unnachgiebig zu verhören. Er war hier schon gewesen, er hatte schon oft angesehen, wie eine Frau um ihren Mann schluchzte. Aber er hatte nie zuvor dieses absurde Verlangen gespürt, jemanden zu trösten.

Vor allem, wenn er genau darüber nachdachte, war sie sicher mehr als nur ein bißchen dumm, wenn sie über einen Kerl wie diesen weinte. Mark liebte New Orleans. Er liebte es wie ein Vater sein Kind. Er war hier aufgewachsen; er kannte die Straßen, kannte die Gesellschaft, die Gefahren und die Faszination. New Orleans zog Leute an und gab Menschen verschiedenster Lebensart ein Zuhause. Es beherbergte krumme Politiker, alternde Schönheiten, Musiker, Künstler, Schriftsteller, Kaffeekenner. Heiliggesprochene und streng katholische kleine Damen und Herren; Straßenkämpfer mit Messern, Gewehren, Gift und Voodoozauber, wenn alles andere versagt hatte. New Orleans konnte schmuddelig sein, trüb – ein Ort, wo ein Mann jede Minute über seine Schultern sehen mußte. In dieser Stadt konnten hundert Menschen still und stumm auf einem Platz stehen, Weiße, Schwarze, Cajun, Hispanier, Leute aus dem Norden oder aus dem Süden, alle gefesselt von den klagenden Tönen eines alten Mannes, der sein Herz in sein Instrument legte. Es war der charmante Zungenschlag der französischen Mundart, der Geruch köstlicher Backwaren, das Aroma des Kaffees, der Charm des Reichtums an Blumen, die Lebendigkeit des Mississippis. Für viele konnte New Orleans das wahre Charisma sein.

Dennoch hatte er nie die Gewalt und Gefahr dieser Stadt unterschätzt, aber er liebte sie trotz der Gewalt und Gefahr.

Zurück zum Anfang, und zu seinem merkwürdigen Gefühl, daß er diese Frau trösten wollte. Er liebte seine Stadt, aber verdammt, er war schon hier gewesen, hatte darauf gewartet, mit einem Übeltäter auf seinem Todesbett zu sprechen, hatte die Tränen einer Ehefrau oder Geliebten gesehen, die einfach nicht verstehen konnten, wie schlimm es mit ihrem Mann gekommen war. Es war nicht so, daß der Anblick ihn normalerweise nicht berührte – doch, das tat er. Schmerz war immer schwer mitanzusehen. Aber die Jahre erlaubten einem Cop eine gewisse Distanz. Der Job verlangte das.

Vielleicht gab es heute Abend einfach keinen leichten

Job. Er hatte ihm schon emotional viel abverlangt, als er am Tatort erschienen war.

Vielleicht wurde es gerade noch schlimmer. Er sollte zurücktreten. Sollte doch jemand anders hier weitermachen.

Er würde nicht zurücktreten, das wußte er. Also blieb er mit Jimmy stehen, wartete.

Es sah nicht so aus, als ob hier ein großes Rätsel zu lösen wäre. Gina L'Aveau war eine Stripperin, die auch nichts dagegen hatte, einige Freier mitzunehmen. Sie hatte einen Künstler getroffen, der Stripperinnen und Nutten malte, und irgendwas war schiefgelaufen, irgend etwas Emotionales war ins Spiel gekommen. Er hatte sie erstochen; sie hatte sich gewehrt. Sie war tot, er lag im Sterben. Traurig, klar, einfach. Ein Fall für die Akten, die geschlossen werden konnten. Gott, warum fühlte er sich nur so verdammt schlecht? Jesus, das war schließlich sein Job.

Er war müde. Er wollte weiterkommen. Er wollte sehen, ob Jon Marcel die Operation überlebt hatte, und ob es eine Möglichkeit gab zu reden. Ob er Ihnen von seinem Verbrechen erzählen konnte.

Gerade legte der Arzt beruhigend eine Hand auf Ann Marcels Schulter, ging dann weiter den Gang entlang auf Jimmy und Mark zu. Er war Mitte Fünfzig, strahlte Kompetenz und Solidität aus. »Gentlemen«, sagte er und schüttelte ihre Hände. »Und?« fragte Mark. Der Arzt schüttelte den Kopf. »Wir haben zwei Stunden gebraucht, ihn wieder zusammenzunähen. Er hat viel Blut verloren. Er verliert immer wieder das Bewußtsein, und ich befürchte, daß er ins Koma fällt.«

»Sie glauben nicht, daß es irgendeine Möglichkeit gibt, ihn zu befragen?« fragte Mark.

»Sicher nicht mehr heute abend. Wir müssen unser Bestes tun, damit er die Nacht überlebt.«

»Wie sind seine Chancen?« fragte Jimmy. Mark sah, daß Jimmy Ann Marcel anstarrte. Eine Schwester war zu ihr getreten, und Ann schüttelte dankbar ihren Kopf. Sie folgte der Schwester.

Die Polizistin, Holly, folgte Ann Marcel. Die Schwester hielt sie an. Die Cops wollten sie nicht mit Marcel sprechen lassen, aber seine Frau ließen sie zu ihm hinein. »Mrs. Marcel darf zu ihm?« erkundigte sich Mark höflich.

»Sechzig Sekunden, mehr nicht«, sagte der Arzt.

»Mrs. Marcel?«

Die freundliche Schwester, die seit ihrer verzweifelten Ankunft mit Jon in der Notaufnahme so nett zu ihr gewesen war, stand an ihrer Seite. Sie war gekommen, um ihr zu sagen, daß die Cops bereit waren, mit ihr zu sprechen, dachte Ann.

Sie *fühlte* diese Cops. Seit die beiden Männer gekommen waren. Sie hatte eine höfliche Distanz bewahrt, während sie alle auf die Nachricht des Arztes gewartet hatten, aber dennoch, trotz der Tatsache, daß sie halb verrückt war vor Sorge, hatte sie sie in der Nähe *gefühlt*, hatte gefühlt, wie sie sie beobachteten. Sie wartete darauf, mit ihnen zu sprechen, wartete darauf zu verlangen, daß sie Jons Angreifer fanden, denn das hieße etwas anderes tun als nur hier zu stehen, so verstört, so hilflos.

Aber sie beobachteten sie merkwürdig. Der eine, der aussah wie ein trauriger müder Bär. Und der andere. Der große Kerl mit den Boxerschultern. Altes Adlerauge.

Nein, er war nicht alt. Er war nicht jung. Ende dreißig? Vielleicht Mitte Vierzig? Bei Männern war das so schwer zu beurteilen. Sie dachte widerwillig, daß Männer mit dem Alter besser zu werden schienen. Sie sah plötzlich ein Zimmer voller Männer vor sich, alle in T-Shirts mit dem Aufdruck: »Zur Perfektion gereift!«.

Wie alt er auch immer war, es stand ihm gut. Sie erschrak, als sie sich bei der Frage ertappte, ob er ohne Jacke und Hose wohl genauso hart und rauh und gut in Form aussah. Sie glaubte nicht, daß er sich überhaupt um seine Figur Gedanken machte; sich fit zu halten, war wahrscheinlich mehr zufällig bei ihm, jedenfalls schien es so, wie er dastand.

Schöner Körper. Edel. Der Rest war ebenso anziehend. Sein rotbraunes Haar hatte silberne Streifen an der Schläfe, es war lang, stieß auf seinem Kragen auf. Er hatte ein wunderbar maskulines Gesicht, ein kantiges Gesicht, ein Clint-Eastwood-Western-Gesicht, ganz starke Flächen und Kanten, eckiger, fester Kiefer, gute hohe Wangenknochen.

Ein großartiges Gesicht, um es zu malen, dachte sie. Voller Charakter. Intelligenz, Stärke, Bestimmtheit. Hmm. Vielleicht Sturheit. Er beobachtete sie unentwegt. Sie war sicher, daß er sie bis auf die Knochen analysiert hatte. Vielleicht war das gut so. Er würde herausfinden, was mit Jon passiert war.

Vielleicht aber auch nicht. Diese silbergrauen Augen glitten über sie mit einer Art Zufriedenheit. Er hatte sie angeschaut und einige Male den Kopf geschüttelt. Es war irritierend. Sehr irritierend. Vor allem wenn sie seine verdammten Augen fühlen konnte, und das Verlangen fühlte zurückzuschauen. Einmal hatte sie ein Gefühl von Wärme durchströmt, und sie hatte sich umgedreht und bemerkt, wie er sie ansah. An ihr hoch- und runtersah. Die Details aufnahm. Wie sie aussah. Was sie anhatte.

Jon.

Sie war Jons wegen hier.

Sie wollte nicht über den Cop nachdenken, der sie ansah.

Dennoch, war es nicht besser, während sie wartete, zwanzig Fragen beim Anblick eines fremden Cops in ihrem Hirn zu bewegen, statt sich um Jon zu Tode zu ängstigen? Einen Macho und sprichwörtliche Nervensäge, den sie wahrscheinlich nie wieder sehen mußte. Doch! Doch, denk nach über diesen Kerl. Ärgerlich vielleicht, aber es lenkte sie wenigstens von ihrer Angst um Jon ab. Denk nicht nach über Jons Verletzungen oder seine Chance, denk über diesen Mann nach.

Der Cop in Freizeitkleidung. Ein lässiges Tweed Jacket zu Dockers. Sie hatten ihr gesagt, daß er ein Cop sei, als er mit seinem langgesichtigen Kumpel angekommen war, aber es hätte keine Rolle gespielt. In der Sekunde, als sie seine Augen auf sich gespürt hatte, hatte sie gewußt, was er war. Und daß sie taxiert wurde. Sie wollte endlich etwas sagen, das Jon helfen würde; gleichzeitig war ihr denkbar unbehaglich. Sie fühlte sich zu dem Mann hingezogen – zugegeben, er war beunruhigend attraktiv. Aber sie fühlte sich schon in der Defensive. Warum? Die Cops waren nette Kerle. Auf ihrer Seite.

»Wenn sie bereit sind für mich …«, begann sie.

»Nein, nein, meine Liebe. Sie geben Ihnen eine Sekunde, Mr. Marcel zu sehen.«

»Eine Sekunde …«

»Na ja, eine Minute oder so. Er hat gerade eine schwere Operation hinter sich, und er ist noch nicht ganz bei sich. Er braucht absolute Ruhe, damit er eine Chance hat.«

»Aber er hat eine Chance …«

»Nun, Mrs. Marcel, Sie sind eine starke Frau, und der Arzt ist ehrlich zu Ihnen gewesen, oder?«

»Ja«, sagte Ann zu ihr.

Sie war stark. Genau.

Aber als sie in Jons Abteil in der Intensivstation gezogen wurde, schluckte Ann hart und empfand seinen Anblick schlimmer als zuvor.

Jetzt konnte sie ihren Gliedern gestatten, wie Pudding nachzugeben, konnte ihre Knie weich werden lassen, während sie vorher, als er überall geblutet hatte, ihre Gedanken hatte zusammenhalten müssen. Sie hatte alles tun müssen, um das Bluten zu stillen, ihn zu wärmen, ihn vor dem Schock zu bewahren.

Jetzt war sie hilflos. Die, die genau wußten, was zu tun war, kümmerten sich um ihn. Er war zusammengenäht worden. Gewissenhaft. Innen und außen. Jetzt brachten Kanülen lebenspendende Flüssigkeiten in seine Adern.

Andere Kanülen ermöglichten ihm zu atmen. Er lag aschfahl in den weißen Krankenhauslaken. Sie bemühte sich nach Kräften, stoisch und stark zu bleiben, fühlte sich aber ein wenig wie die böse Westhexe – sie war dabei zu schmelzen. Sie betrachtete ihn mit all den Kanülen und seiner Blässe, sie atmete unter verzweifelten Schluchzern. Sie fühlte die Hand der Schwester auf ihrer Schulter. »Es tut mir so leid, Mrs. Marcel, denken Sie daran, ich kann Ihnen nur eine Minute geben ...«

Eine Minute. Ann war klar, daß sie diese Minute nicht damit verschwenden konnte, hier wie eine Idiotin zu stehen.

Sie eilte zum Bett, Gedanken schwirrten ihr durch den Kopf. Sie wollte ihn nicht verlieren. Sie liebte ihn, unendlich. Nicht als Ehemann – sie waren nie als Mann und Frau geeignet gewesen. Aber er war ihr bester Freund. Ihr schärfster Kritiker, aber, wenn es ihr nicht so gut ging, war er der erste, der sie wieder aufmunterte. Wenn es ihr gut ging, feierte er mit ihr aus ganzem Herzen. Sie berührte seine bleiche Hand – die ohne Nadel. Er sah aus wie der Tod, aber sie fühlte die Wärme des Lebens in ihm. Ermutigt faßte sie seine Hand ein wenig fester. »Du wirst wieder gesund, du wirst wieder gesund. Ich verspreche es. Ich sorge dafür. Und ich verspreche auch, daß wer immer dir das angetan hat, nicht davonkommen wird. Dafür sorge ich.«

Sie hob seine Hand an ihre Lippen und küßte das warme, trockene Fleisch. »Jon, du wirst wieder gesund. Ich verspreche es.«

»Er steht noch unter den Nachwirkungen der Anästhesie«, beruhigte die freundliche, grauhaarige Schwester. »Und«, fügte sie voller Bedauern hinzu, »es ist fraglich, ob er heute noch wieder zu Bewußtsein kommt. Aber die Bewußtlosigkeit tut ihm gut. Er kann Sie vielleicht hören, meine Liebe. Wir wissen das nie genau. Aber wir sind immer dafür, zu den Patienten zu sprechen.«

Ann nickte und brachte ein kleines Lächeln für die Schwester zustande. »Jon ...«

Zu ihrer Verblüffung öffneten sich seine Augen. Sie waren verschwommen, dann schienen sie sich auf sie zu fixieren.

Seine Lippen bewegten sich. Atem war spürbar. Atem, und eine Art Flüstern. Ann beugte sich näher zu ihm hin. »Jon, alles ist gut. Jon, du bist im Krankenhaus. Wunderbare Menschen kümmern sich um dich. Wunderbare Ärzte und Schwestern.«

Wieder bewegte er seine Lippen. Er wirkte so angestrengt. Was immer sie zu sagen versuchte, wie sehr sie auch versuchte, ihn zu beruhigen, er schien verzweifelt etwas sagen zu wollen.

»Jon, du sollst nicht versuchen zu sprechen. Du brauchst Ruhe, du mußt erst gesund werden ...«

»Ann ...«

Er sprach ihren Namen aus.

»Ich bin hier, Jon.«

Er bewegte seinen Kopf. *Nein.*

»Jon, bitte ...«

Die Hand, die sie hielt, griff zu. Kaum spürbar. Sie lehnte sich näher zu ihm hin.

»*Annabella's ...*«

Seine Augen fielen zu.

Die Spannung wich aus seiner Hand.

Ann holte Luft, schwindelig. Er war gestorben, vor ihren Augen, oh Gott, er war gestorben ...

»Er, er ...«, stieß sie aus.

»Es ist alles in Ordnung, Mrs. Marcel.«

»Aber ...«

»Liebes, er ist bewußtlos«, sagte die Schwester sanft und nahm sie bei der Schulter. »Sehen Sie auf all diese Monitore. Das genau hier ist sein Herzschlag, auf dem Bildschirm links vom Bett, neben seinem Kopf. Seine Lebenszeichen scheinen stabil und sicher zu sein. Das ist sehr gut.«

Ann nickte blind.

»Ich weiß, daß ihm Ihre Anwesenheit gerade sehr gut

getan hat«, fuhr die Schwester fort. »Was wollte er? Ihren Namen flüstern?«

Ann drehte sich um und sah die Schwester erstaunt an. »Er …«, begann sie und brach ab.

Nein. Das wäre schön gewesen. Natürlich. Daß Jon sie gesehen hätte, erkannt hätte, ihren Namen gesagt hätte.

Nur daß er nicht ihren Namen ausgesprochen hatte.

Annabella's.

Er hatte den Namen des Clubs – des Striplokals – geflüstert, in das er gegangen war, um die »Rotlichtdamen« zu beobachten.

Er war schwer verletzt. Vielleicht starb er. Er war zu ihr gekommen, war in ihre Arme gefallen.

Und die ganze Zeit hatte er nur zwei Dinge gesagt.

Ich war es nicht. O Gott, ich war es nicht!

Und dann …

Annabella's.

Sie drehte sich um und sah ihn an, biß sich auf die Unterlippe. Sie betete für ihn.

Sie verfluchte ihn.

War was nicht, Jon? Sieh, was dir passiert ist, und sieh, was du mir antust. Was um Himmels willen warst du nicht, hast du nicht getan. Und warum zum Teufel siehst du mich an und flüsterst »Annabella's«?

3. Kapitel

Jacques Moret saß an einem bevorzugten Tisch bei »Divinity«. Ein tadellos gekleideter Herr in einem leichten anthrazitgrauen Anzug, Seidenhemd, Purpurweste und Designerkrawatte. Er hatte ein langes, schmales, aristokratisches Gesicht, helle haselnußfarbene Augen, glattes dunkles Haar, und sehr volle, sinnliche Lippen. Sein Lächeln zauberte Grübchen auf seine Wangen, er war nett und charmant, seine Ausdrucksweise war exzellent mit einem winzigen Touch des Südstaatendialekts, der noch zu seinem vollkommenen maskulinen Charme beitrug. Wenn er durch eine Menschenmenge ging, folgten ihm Frauenaugen, wo immer er auftauchte. Er duftete fein und dezent nach teurem Aftershave. Er kultivierte seine angeborene Fähigkeit, die Frauen zu verführen und hatte, seit er diese Macht seines Charmes im Alter von zwölf Jahren an sich entdeckt hatte, sie mit passioniertem Vergnügen und Amusement ausgeübt. Heute dinierte er mit der Direktorin einer Tour Company, einer vornehm gekleideten, eleganten Dame Mitte dreißig. Ihr perfekt gefärbtes Haar war modisch im Nacken gewellt; ihr rotes Kostüm hätte sie ebenso gut auf einem Laufsteg in Paris tragen können. Ihr Make-up war perfekt, ihre Nägel waren perfekt. Sie war die typische seriöse Schönheit der heutigen Business-Welt, der Typ Frau, der die Geschäfte übernahm, dafür gute Männer auf die Straße schickte auf der Suche nach einem Job – und dabei nach dem Gleichberechtigungsgrundsatz rief, dachte er ein wenig ärgerlich.

Aber nicht heute abend.

Heute verfiel sie ihm. Miss Exec fing an, in ihren Wein zu kichern – einem ausgewählten Chablis eines ganz besonderen Jahrgangs und eines besonderen Weinguts.

Ausgewählt nicht nur wegen seiner Qualität und seines Alters, sondern wegen seines Gehalts. Er hatte früh im Geschäftsleben gelernt, aus allem seinen Vorteil zu ziehen. Er machte sich nichts daraus, seine künftigen Kunden betrunken zu machen, und besaß keinerlei Skrupel, sie zu verführen.

Miss Ellie Exec nannte er sie in Gedanken, und ließ ihren wahren Nachnamen völlig unbeachtet. Irgendwann in Zukunft würde er von Bedeutung sein. Heute würde eine besondere Eroberung auf ihn zukommen. Sein Sekretär hatte erfahren, daß ihre Mitarbeiter sie als Eiskönigin mit unzerstörbarer Abwehr bezeichneten. Sie war die treibende Kraft in einer der größten Reiseagenturen Kaliforniens, und was sie für seine Riverboat- und Hotelunternehmen tun konnte, war phänomenal. Bei einem guten Verlauf des Abends könnte er nicht nur sich selbst beweisen, und nachdem er sie schon den ganzen Tag in Gedanken ausgezogen hatte, war er auch sehr gespannt, ob ihre Unterwäsche von demselben köstlichen Rot war wie ihre Fingernägel und ihr Kostüm. Er würde ihr etwas bieten; sie würde sich lange Zeit liebevoll an New Orleans erinnern. Am Morgen danach würde er ein Stück von ihr haben – von ihrem Geschäft und von ihr.

Lächelnd hob er sein Weinglas an ihres. »Und, gefällt Ihnen ›Divinity‹?«

»Le poisson est magnifique!« antwortete sie. Ihr Französisch war gut, besser als das gewohnte oberflächliche, stammelnde, typisch anglo-amerikanische Sprachgemetzel. Sie hatte blaue Augen und dieses perfekt frisierte platinblonde Haar. Er mochte Blondinen. Bereits in jungen Jahren hatte er gelernt, daß – egal in welchem Jahrhundert –, die Kreolen und Anglos den Cajuns gegenüber eine gewisse Verachtung an den Tag legten, da die Kreolen die Nachfahren der Franzosen und Spanier waren, während die Cajuns von den Acadiern aus Nova Scotia abstammten. »Coon Hounds« wurden seine Leute manchmal genannt. Coons – oder von den ganz Ungebildeten,

»Coon Arschlöcher«. Viele Menschen überwinden ihre Vorurteile. Er hatte sie abgelegt – mehr oder weniger.

Aber die meisten Cajuns waren dunkelhaarig. Aus irgendeinem Grund reizte es ihn, blonde Frauen zu verführen. Verführen war ohnehin seine Leidenschaft. Aber Blondinen …

Die schnelle und leichte Eroberung einer wahren Blonden gab ihm immer das Gefühl, einen doppelten Sieg errungen zu haben.

Er goß ihr noch Wein aus der Flasche im Eiskübel neben sich ein. »Ich freue mich, daß Sie unser berühmtes ›Divinity‹ genießen.«

»Wollen Sie damit sagen, daß es unter den Hiesigen nicht populär ist?«

Er schüttelte den Kopf und sah ihr tief in die blauen Augen.

»New Orleans ist weltberühmt für seine Restaurants und das Essen – aus gutem Grund. Die Einheimischen kommen oft her. Aber es gibt noch viele andere interessante Orte. Für Musik, Tanz, Jazz, Café au lait, Beignets.«

»Wo gibt es den besten Jazz?« fragte sie.

Er hob eine Augenbraue, und ein feines Lächeln glitt über seine Züge.

»In einem ganz eigenwilligen Etablissement.«

»Was meinen Sie mit eigenwillig?«

»Sie können jede Straße im Vieux Carré hinunterlaufen und wunderbaren Jazz hören. Aber den besten …«

»Ja?« sagte sie, und beugte sich näher zu ihm über den Tisch.

Er sprach absichtlich sehr leise und zog sie dadurch immer näher zu sich heran.

»Wollen Sie denn den wirklich besten Jazz hören?«

Sie runzelte die Stirn. »Ist es in einer gefährlichen Gegend?«

Er schüttelte den Kopf. »Mit mir zusammen sind Sie nie in Gefahr.«

»Dann …«

»Es gibt dort Jazz … und Tanz.«

»Was für eine Art Tanz?«

Sie wußte es. Ihre blauen Augen waren weit offen. Ihre Lippen standen leicht geöffnet. Sie nahm einen tiefen Schluck von ihrem Wein. Gut. Noch ein paar Schlucke Wein. Ein Besuch im Club. Sie würde wie ein Feuerball für ihn sein.

»Exotischer Tanz«, sagte er ruhig.

Ihr Mund formte ein O.

»Vielleicht zu exotisch für Sie …«

»Gehen dort schöne, ich meine, eh, normale Frauen hin?«

Er lächelte. Sein bestes, umwerfendstes Lächeln. »Sogar die Eleganzia der Louisiana Old Guard geht hin und wieder hin. Für eine Frau wie Sie, glaube ich, ist es aber doch eine Herausforderung.«

»Sehe ich so prüde aus?« wollte sie wissen.

Noch ein Lächeln. »Sie sind eine wunderschöne Frau.«

»Aber eine prüde.«

Er goß ihr noch etwas Wein nach. »Sie sind wunderschön.«

»Ich würde dieses Lokal gern kennenlernen. Wie heißt es?«

»Annabella's.«

Seine Hand hatte sich gerade über ihre gelegt, als er seinen Sekretär in das Restaurant schlüpfen und sich seinen Weg zwischen den Tischen durch bahnen sah. Ryan Martin. Ein ernster junger Mann mit Sommersprossen und roten Haaren; er sah beunruhigt aus.

Jacques verfluchte ihn im stillen, behielt aber sein Lächeln für Miss Ellie Exec.

»Mr. Moret, verzeihen Sie die Störung«, sagte Ryan atemlos, als er den Tisch erreichte.

Ellie Exec zog ihre Hand zurück.

»Ryan …, Sie wußten, daß ich nicht gestört werden wollte.« Er konnte sich gerade verkneifen, in seiner Stimme anklingen zu lassen, wie *sehr* er nicht gestört werden wollte.

»Es ist unglaublich wichtig.«

»Ellie ..., würden Sie uns für einen Moment entschuldigen?«

Er erhob sich. Die blonde Rose ebenfalls. »Eigentlich sollten wir auch für heute Schluß machen. Haben Sie herzlichen Dank, Mr. Moret. Das Dinner war wunderbar.«

»Aber warten Sie doch, es ist noch so früh ...«

»Merci, merci. Wir sprechen uns morgen.«

Sie ging hinaus. Jacques war so zornig, daß er Ryan einen Schlag versetzt hätte, wenn sie sich nicht in der Öffentlichkeit befunden hätten. Er warf seine Serviette auf den Tisch und sank in seinen Stuhl, rieb sich die Schläfen.

»Was ist los?« fragte er eisig.

Ryan setzte sich ihm gegenüber. »Gina L'Aveaus Leiche ist heute abend in einer dunklen Straße gefunden worden.«

Jacques Hand sackte herab. Er starrte Ryan an und hätte ihn am liebsten über den Tisch hinweg am Kragen gepackt. Er hielt sich gerade noch zurück.

»Was ... was ... ?«

Hölle. Um welche Zeit hatte er sie verlassen?

»Wann?« sagte er.

»Kurz nach acht. Ich ... ich wollte nicht stören. Aber sie ist mit Ihnen verwandt, wenn auch entfernt. Ich ... ich mußte es Ihnen sagen.«

Jacques nickte. »Ja, ja, natürlich.« Er stand abrupt auf, nicht länger an Ryan interessiert.

»Jacques ..., sie hätten diesen Künstler verhaftet, gleich auf der Stelle, wenn er nicht selber zerschnitten gewesen wäre.«

»Was?« Jacques hielt inne, bellte das Wort fast heraus.

»Der Künstler ... Marcel ... schaffte es noch zum Haus seiner Ex-Frau, er blutete wie ein abgestochenes Schwein. Die Cops sind ihm gefolgt.«

»So?«

»Es kann sein, daß er die Nacht nicht überlebt.«

»Ah.« Jacques starrte Ryan an. »Sie haben es richtig gemacht. Es war gut, daß Sie hergekommen sind. Die Situation gut gemeistert. Bezahlen Sie meine Rechnung. Und geben Sie ein ordentliches Trinkgeld.«

Er verließ das Restaurant. Miss Ellie Exec hatte sicher inzwischen genug Zeit gehabt, ein Taxi zu finden.

Aber das hatte sie nicht. Sie schlenderte die Straße hinab. Er beobachtete sie einen Moment lang.

Er war ein Spieler. Ein Spieler in wilder, gequälter Stimmung. Er eilte die Straße hinunter, um sie einzuholen. Er ergriff sie und wirbelte sie herum. Bevor sie noch sprechen oder protestieren konnte, küßte er sie mit heißer, ungestümer Leidenschaft. Er hielt sie ganz nah, seine Hände glitten unter ihren Saum, packten ihren Hintern und preßten sie an sein Geschlecht. Sie wehrte sich eine Sekunde lang, dann schmolz sie wie Butter. Er hatte sie richtig eingeschätzt. Sie hatte so lange bewiesen, wie unnahbar sie war, daß sie sich jetzt verzweifelt nach einem Mann sehnte.

Endlich riß sie ihre Lippen von seinen. »Jacques, wir sind mitten auf der Straße, um Gottes willen!«

»Dem können wir abhelfen.«

Er rief eilig ein Taxi und schob sie hinein. Während der Fahrer sie zu ihrem Ziel fuhr, ließ er diskret seine Hand zwischen ihre Schenkel gleiten. Sie trug Strapse.

Bestimmt waren sie rot. Er mochte Strapse, und er mochte sie in Rot. Aber das spielte keine Rolle. *Gina war tot.* Es spielte keine Rolle mehr, wer diese Frau war. Sie sollte bekommen, was sie wollte.

Gina war tot.

Und es sah aus, als sollte ein Künstler dafür hingerichtet werden. Wenn er überlebte.

Er drehte sich wieder zu seiner Ellie Exec und küßte sie leidenschaftlich.

Sie würde es hart und schmutzig wollen.

Das sollte sie haben.

Der Arzt war ganz sicher ein guter, solider Mann. Er blieb unbeirrt bei seiner Meinung, hatte aber Verständnis für die beiden Cops. »Machen Sie sich nichts daraus, daß Ann Marcel heute abend Mr. Marcel sehen durfte. Sie kann ihn ansehen und seine Hand halten. Das ist alles. Ich versichere Ihnen, er kann Ihnen heute nicht mehr helfen, seinen Angreifer zu finden, Jungs. Er wird kein Wort zur Sache sagen können.«

»Wir brauchen kein Wort zur Sache«, sagte Jimmy.

Mark räusperte sich. »Sie waren im OP bei Marcel, Doktor, deshalb werden Sie wissen, daß wir glauben, daß Marcel verwundet wurde, als er eine Nutte ermordete.«

»Eine der Schwestern hat erzählt, daß in der Nachbarschaft eine Prostituierte ermordet wurde. Und es bleibt mir natürlich auch nicht verborgen, daß es im Krankenhaus von Cops nur so wimmelt.«

»Wir hätten wirklich ein paar Minuten mit ihm gebraucht«, sagte Mark.

Der Arzt seufzte. »Sehen Sie, ich weiß, daß ihr Jungs einen schweren Job habt, aber ihr müßt auch meinen verstehen. Ich habe geschworen, Menschenleben zu retten. Es sind schon eine Menge Uniformen im Gang, die auf euren Mann aufpassen. Glauben Sie mir, er wird diese Nacht nicht aufstehen und davongehen, um Ihren Fragen auszuweichen.«

»Wie ist sein Zustand?« fragte Mark.

»Es wurde mehrere Male auf ihn eingestochen, aber keinem lebenswichtigen Organ ein irreparabler Schaden zugefügt. Der Blutverlust war immens.«

»Sie muß heftig gegen ihn gekämpft haben«, murmelte Jimmy.

»Jemand hat heftig gegen ihn gekämpft«, bestätigte der Arzt.

Jimmy gab einen ungeduldigen Laut von sich. »Doktor, Jon Marcel hat eine Blutspur gelegt vom Tatort bis zur Haustür dieses Appartments! Sir …«

»Der Doktor hat recht«, sagte Mark, in leicht trockenem Ton.

»Dies ist Amerika. Ein Mann ist unschuldig, bis ihm seine Schuld bewiesen wurde.«

»Richtig. Sogar wenn er mit rauchendem Colt und einer Leiche zu seinen Füßen gefunden wird.«

Der Arzt lächelte ironisch. »Für euch Jungs muß das immer wieder schlimm sein, aber denkt doch mal nach, wie viele Männer und Frauen in der Vergangenheit für Delikte verurteilt worden sind, die sie gar nicht begangen haben. Sie können nun mal keine Leiche ausgraben und sagen ›Heh, tut uns leid!‹. Vielleicht hat das Rechtssystem manchmal Lücken, aber irgendwie funktioniert es doch besser, als bei einer solchen Gesellschaft, wie wir sie haben, zu erwarten wäre, oder?«

»Doktor, Sie haben zweifellos recht«, sagte Mark. »Es war nur gerade eine harte Nacht, eine lange Nacht. Und wir riskieren unser Leben, um Kriminelle zu verhaften, die dann freigelassen werden und gleich das nächste Verbrechen begehen. Egal – das Büro des Bezirksanwalts wird sicher für Marcel Untersuchungshaft anordnen; ich glaube, wir haben ausreichend Beweise gegen ihn in der Hand, um ihn dem Haftrichter vorzustellen. Seien Sie versichert, Marcel wird einen fairen Prozeß bekommen. Wenn er überlebt –, sein Leben scheint ja gerade in Gottes Hand zu liegen – wird eine Jury von seinesgleichen über seine Zukunft entscheiden.«

»Da kommt sie wieder«, murmelte Jimmy plötzlich.

Marks Blick folgte in die Richtung, in die Jimmy starrte.

»Sie?« fragte der Arzt verständnislos. Mark deutete auf Ann Marcel, die jetzt ins Wartezimmer zurückgekehrt war. Sie war in einen Stuhl neben der jungen Polizeibeamtin gesunken, deren Aufgabe es war, sie zu beruhigen und zu beschwichtigen, bis die Detektive Gelegenheit bekämen, mit ihr zu sprechen. Ann Marcel schien sich immer noch unter Kontrolle zu haben. Die junge Polizistin sah total erschöpft aus.

»Oh, mein Gott!« sagte der Arzt entrüstet. »Sie glauben doch nicht, daß …«

»Nein, Doktor, wir glauben nicht, daß die Ehefrau irgend etwas damit zu tun hat«, versicherte Mark ihm.

»Na, Gott sei Dank. Sie ist eine unglaubliche Frau«, sagte der Arzt. »Aber heutzutage weiß man ja nie. Man hört von Ehemännern, die ihre Frau erschießen, nur weil sie den verdammten Fernseher umgeschaltet hat. Und umgekehrt natürlich. Man weiß ja nie. Vielleicht haben die Briten ja recht. Die Briten sagen, wir haben unsere Probleme selbst verursacht mit unserem ›Recht, Waffen zu tragen‹. Vielleicht haben sie die Sache auf den Punkt gebracht. Die Bobbies in London tragen keine Waffen, außer in ganz besonderen Situationen.«

Mark und Jimmy wechselten einen Blick. Schöner Gedanke. Mark wußte so sicher wie das Amen in der Kirche, daß er nicht unbewaffnet auf die Straßen von New Orleans losgelassen werden wollte.

»Nun, Sir«, sagte Jimmy zum Arzt, »Jon Marcel wurde erstochen. Keine Feuerwaffe im Spiel. Momentan sieht es so aus, als hätte er einer Prostituierten auf der Straße den Hals aufgeschlitzt, und sie hätte sich mit einer eigenen Waffe gewehrt.«

»Wie weit war das von der Wohnung seiner Frau entfernt?« fragte der Arzt.

»Drei Blocks«, sagte Mark. »Sie kennen doch das French Quarter. Enge Straßen. Bessere Straßen gleich neben miesen Gassen.«

»Merkwürdig«, murmelte der Arzt, »er hat die ganze Strecke geblutet, bis in ihre Arme.«

»Gibt es irgend etwas, das Sie uns über Jon Marcels Wunden sagen können, Doktor?« fragte Mark.

»Es sind fünf Stiche in seinem Unterleib und in seiner Brust. Sägemesser, verursacht Riesenrisse. Mit großer Kraft gestoßen.«

»Sie kämpfte um ihr Leben«, stieß Mark aus. Jimmy starrte ihn an, seine Augen verengten sich.

»Jon Marcel hat eine Überlebenschance von fifty-fifty.

Wie ich schon sagte, keine lebenswichtigen Organe lebensgefährlich verletzt; es ist der Blutverlust, den wir noch bekämpfen müssen.«

Mark holte eine Visitenkarte hervor. »Doktor, wenn irgend etwas ist ...«

»Rufe ich Sie an. Ja, Lieutenant LaCrosse, ganz bestimmt.« Er deutete zu Ann Marcel. »Wenn Sie noch mit Mrs. Marcel sprechen müssen, dann sollten Sie das rücksichtsvoll jetzt tun. Die Frau hat heute abend eine Menge mitgemacht. Sie hatte die lebensrettenden Vorkehrungen schon getroffen, bevor die Ärzte auf ihren Notruf antworteten. Meine Herren, guten Abend. Ich werde mein absolut Möglichstes tun, um Marcel am Leben zu halten, glauben Sie mir.«

»Danke, Doktor«, sagte Mark. Sie sahen ihm nach, als er durch eine Schwingtür verschwand.

»Die Ehefrau«, murmelte Jimmy.

»Hmm.«

Sie gingen nach vorne in Richtung der Krankenhausrollstühle vor dem Wartezimmer. Mark nickte der jungen Polizistin unmerklich zu, die sichtlich erleichtert aufseufzte. »Mrs. Marcel, Lieutenant LaCrosse und Detective Deveaux sind gekommen, um mit Ihnen zu sprechen. Sie werden sich um Sie kümmern, aber wenn ich Ihnen noch irgendwie behilflich sein kann ...«

Ann Marcels Augen waren außergewöhnlich grün – jetzt rotgerändert von den Tränen. Sie legte ihre schmale Hand mit den gepflegten, sauber gefeilten Nägeln auf die der Polizistin. »Danke, Holly, Sie waren eine große Hilfe. Ich brauche niemanden mehr, der auf mich aufpaßt. Ich will nur, daß Jons Angreifer gefaßt wird.«

Mark und Jimmy wechselten wieder einen kurzen Blick. Jimmy zuckte mit den Schultern und stellte sich etwas in den Hintergrund. Er beobachtete Mark, wie er sich zu Ann Marcel hinunter beugte. »Mrs. Marcel, ich möchte, daß Sie mir genau erzählen, was heute abend passiert ist.«

Sie schluckte, nickte dann. Ihre Augen füllten sich wieder mit Tränen. Sie blinzelte sie weg und setzte sich gerade auf, riß sich zusammen. »Ich habe gewartet … Ich gebe zu, ich hielt zuerst nicht viel von Jons Idee, Stripperinnen zu malen, aber, mein Gott, seine Arbeiten waren so gut! Es tut mir leid, ich will nicht abschweifen, aber hier ist alles wichtig, ich meine, ich will sagen, daß ich heute abend gerade gedacht hatte, daß ich mich geirrt hatte. Ich machte mir Sorgen um ihn, wegen der Leute, die er traf, wegen der Orte, an denen er sich aufhielt, aber heute abend entschied ich, daß die Gemälde dieser ›Damen‹ so gut sind, daß er doch recht damit hatte, sich mit diesen jungen Frauen zu beschäftigen, um mehr über ihr Leben zu erfahren. Aber er muß in ganz falsche Kreise geraten sein, als er an diesen Gemälden arbeitete. Ich habe heute abend auf ihn gewartet. Wir wollten eine besondere Vorführung seiner ›Rotlichtdamen‹ ansehen. Ich dachte, er käme zu spät. In dem Moment schlug er an die Tür, fiel hin, blutete …«

Mark räusperte sich. »Sie wußten also, Mrs. Marcel, von seiner Verbindung zu den … Clubdamen?«

Sie sah ihm einen Moment gerade in die Augen. Ein leises Lächeln zog über ihre Lippen. »Clubdamen? Stripperinnen, Lieutenant. Prostituierte.« Absurderweise fühlte er, wie er rot wurde. Sie senkte den Blick und sagte dann: »Natürlich wußte ich das. Ich habe schon einige der Bilder gesehen. O mein Gott, ich hoffe nur, daß seine Aktion so bekannt war, daß Sie seinen Angreifer dadurch leichter finden. Jon muß wissen, wer ihn so schwer verletzt hat, aber …« Sie atmete tief ein, schluchzte auf. Mark befürchtete, sie würde wieder in Tränen ausbrechen, aber sie behielt die Kontrolle. »Als allererstes muß ich nur beten, daß er überlebt.«

»Mrs. Marcel, hat er irgend etwas zu Ihnen gesagt? Hat er Ihnen etwas gegeben, etwas bei Ihnen in Ihrer Wohnung fallengelassen?« fragte Mark.

»Mir etwas gegeben? Was meinen Sie?«

»Er hat Ihnen nichts gegeben?«

»Lieutenant, er fiel gegen meine Tür und brach dann auf dem Fußboden zusammen. Nein, er hat mir nichts gegeben.«

»Hat er Ihnen irgend etwas gesagt, als Sie gerade zu ihm hineingegangen sind?« fragte Mark.

»Etwas gesagt über was?« fragte sie zurück. Sie wunderte sich offensichtlich über das Motiv seiner Befragung.

»Über heute abend. Über das, was passiert ist.«

Sie schüttelte den Kopf, befeuchtete sich die Lippen. Sie log, und sie log nicht gut. Sie log nicht gern. Aber sie fühlte sich wie eine Bärenmutter mit einem verletzten Jungen. Sie würde ihren Mann beschützen. Und es schien ihr, daß die Polizei auf einer ganz falschen Fährte sei.

»Um Gottes willen«, platzte Jimmy plötzlich heraus, »Sie müssen doch etwas wissen! Sie wissen was, und er muß etwas gesagt haben, als er bei Ihnen ankam, und er muß etwas zurückgelassen haben!«

»Aber was denn?« schnappte sie.

»Jimmy!« warnte Mark.

Zu spät. »Zum Beispiel die Tatwaffe«, sagte Jimmy.

»Tatwaffe?« wiederholte sie, verblüfft. »Was ist bloß mit Ihnen beiden los!« Sie schüttelte voller Abscheu den Kopf. »Officer«, begann sie verärgert.

»Detective«, seufzte Jimmy.

»Detective, Sir«, sagte sie überdeutlich und ungeduldig. »Jon kam in meine Wohnung und blutete wie ein Hahn, der gerade abgeschlachtet worden war. Er war das Opfer – er trug keine Tatwaffe. Sie beide scheinen hier ganz falsch zu liegen. Sehen Sie sich die Fakten an, verstehen Sie! Jon wurde angegriffen, beinahe getötet. Und jetzt kämpft er gerade um sein Leben.«

Jimmy wollte gerade wütend herausplatzen, ein Blick auf Mark hielt ihn zurück. Ärgerlich abwehrend hob er die Hand und überließ Mark die Klärung der Situation.

»Mrs. Marcel, ich fürchte, Sie sind noch nicht über alle Tatsachen in Kenntnis gesetzt worden.«

Sie war gespannt, vorsichtig. »Was meinen Sie mit allen Tatsachen?«

Er beobachtete sie ganz genau, hielt nur eine Sekunde inne. »Mrs. Marcel, eine junge Frau, eine Stripperin, ist nur ein paar Blocks von Ihrer Wohnung umgebracht worden. Die Spur Ihres Mannes führt von der Leiche bis zu Ihrer Haustür.«

Sie sprang auf, stieß ihn mit ihrer abrupten Bewegung zurück. Er fing sich gerade noch, kam wieder auf seinen Füßen zu stehen.

»Ihr verdammten Bastarde!« zischte sie zwischen den Zähnen. »Ich dachte, Sie wären hier, um die Person zu finden, die Jon das angetan hat ...«

»Mrs. Marcel ...«

»Und alles, was Sie tun, ist den einfachen Weg verfolgen. Ihn eines Verbrechens anzuklagen, das er nicht begangen hat.«

»Mrs. Marcel!« Mark versuchte zu beschwichtigen. »Sie müssen sich die Fakten vor Augen führen. Eine junge Frau ist tot ...«

»Jon ist fast tot!«

»Er hat eine Blutspur zurückgelassen ...«

»Ja, sein Blut.«

Jimmy räusperte sich. »Das Blut muß erst noch analysiert werden, aber dem Augenschein nach werden wir Übereinstimmungen zwischen dem Blut Ihres Mannes und dem der toten Frau entlang der Spur finden.«

Ann Marcels feines Porzellangesicht war leichenblaß. Mark dachte, sie würde fallen. Er schob ihr eine Hand entgegen, um sie zu halten. Sie schlug sie zurück.

»Jon hat niemanden umgebracht. Ihr Augenschein! Ich war nicht dabei, aber es ist doch offensichtlich, daß jemand Ihre junge Frau umgebracht hat, Jon versucht hat, den Angreifer abzuwehren und dabei selbst beinahe umgebracht wurde!«

»Mrs. Marcel ...« begann Jimmy besänftigend.

»Er war es nicht.«

»Wenn Sie uns nur helfen könnten ...«, versuchte Mark.

»Die Ehefrau ist immer die letzte, die es erfährt«, murmelte Jimmy zwischen den Zähnen. Hörbar.

»Seien Sie kein Idiot, Officer!« sagte Ann Marcel beleidigt. »Haben Sie etwa kein Interesse, Ihren Job zu tun? Wollen Sie nur das Nächstliegende sehen?«

Mark warf Jimmy einen warnenden Blick zu. Sie würde sich beim Büro des Bezirksanwalts über Belästigung durch die Polizei beschweren. Er wollte diesen Fall sachlich und ganz nach Vorschrift angehen. »Mrs. Marcel, wenn irgend etwas so offensichtlich ist, haben wir keine Wahl und müssen uns danach richten. Wir haben keinen Anlaß, Mr. Marcel übelzuwollen ... ich fürchte aber, die Tatsachen, wie wir sie im Moment kennen, sprechen gegen ihn.«

»Sie haben ihn schon gehängt.«

»In Louisiana hängen wir niemanden. Hier gibt es die tödliche Injektion«, sagte Jimmy entrüstet.

Sie schnappte nach Luft.

»Jimmy«, sagte Mark ruhig.

Die Frau drehte sich zu Mark. »Er ist unschuldig, und das wird bewiesen werden. Sie ... Bastard!«

»Nun mal langsam ...!«

»Schlägt die Brutalität der Polizei auch zurück? Sie ist so verdammt brutal!«

»Fahr zur Hölle«, brummte Mark.

Aber die kleine Blonde starrte ihn wieder an, die schmalen Schultern gestrafft, ihre Haltung wieder aufrecht und stolz. Ein Bollwerk von Verteidigung und Entrüstung. »Jon ist unschuldig. Er hat es mir gesagt.«

»Was?« fragte Mark harsch. »Dann wußten Sie also ...«

Sie schüttelte den Kopf, ihr bleiche Haut rötete sich, ihre Wimpern zuckten über den tiefgrünen Augen. »Als er in meiner Wohnung ankam, sagte er, kurz bevor er das Bewußtsein verlor, ›Ich war es nicht.‹ Ich hatte keine Ahnung, wovon er sprach. Jetzt weiß ich es natürlich. Und er muß gewußt haben, daß *faule* Polizisten ihn sofort des Mordes verdächtigen würden. Und ich sage Ihnen eins, ich kenne Jon. Er muß versucht haben, ihr das Leben zu retten!«

»Vielleicht erzählen Sie uns auch, was er sonst noch alles gesagt hat?« sagte Jimmy in seinem schleppenden Südstaatenakzent.

»Das war es. Ich habe Ihnen alles gesagt. Nein, Moment, warten Sie. Ich glaube, er sagte noch ›O Gott, ich war es nicht.‹ Aber das ist alles. Wollen Sie mich verhaften? Ich bin blutbefleckt.«

»Mrs. Marcel ...«, fing Mark an.

»Ich bin über und über voll Blut. Macht mich das nicht schuldig?« fragte sie wieder.

»Mrs. Marcel, wenn Sie uns nicht alles sagen, was Sie wissen, können Sie der Mittäterschaft angeklagt werden«, hörte Mark sich plötzlich herausstoßen. »Und, ja, wir können Sie verdammt nochmal verhaften, wenn ...«

»Mark!«

Diesmal war es Jimmy, der *ihn* beschwichtigte. Was war bloß los mit ihm?

Frauen!

Zehnmal tief durchatmen. Er war schon in Krawalle geraten, wo der Mob ihn angeschrien und bespuckt hatte, und er war mit dieser Situation kaltblütig fertiggeworden. Er hatte diese zarte Erscheinung in die Arme nehmen und beruhigen wollen. Jetzt reizte es ihn, sie zu schlagen.

Sie streckte die Arme aus. »Lieutenant, tun Sie Ihre Pflicht. Verhaften Sie mich. Legen Sie mir Handschellen an.« Sie lächelte ihn herausfordernd an, ihre Augen smaragdfarbene Dolche. »Meine Anwälte haben Sie hinter Gittern, bevor Sie nur blinzeln können, Lieutenant.«

»So?«

»Er hat es nicht getan«, beharrte sie ruhig.

Er atmete aus und betrachtete sie. Blutbefleckt, verweint – sie hatte trotzdem immer noch diese unheimliche Anziehungskraft.

Es gab keine Gerechtigkeit auf der Welt. Er mußte einen Mörder finden. Dieser Mörder war aller Wahrscheinlichkeit nach ihr Mann. Sie würde die ganze Zeit um ihn kämpfen.

Gina L'Aveau war Stripperin und Prostituierte gewesen. Gina L'Aveau verdiente genauso Gerechtigkeit wie jeder andere. Und er würde dafür sorgen, daß sie sie bekam.

»Hat Jon Marcel sonst noch etwas zu Ihnen gesagt, Mrs. Marcel?« fragte er. »Hat er etwas zu Ihnen gesagt, als Sie gerade bei ihm drinnen waren?«

Sie starrte ihn an. Ihre weit geöffneten grünen Augen tauchten in seine. »Nein«, sagte sie matt.

Sie log.

Er würde es heute nicht mehr beweisen können.

»Können wir Sie nach Hause bringen, Mrs. Marcel?«

»Nein, danke.«

»Die Straßen können so spät nachts gefährlich sein.«

»Wie das, wenn doch Leute wie Sie und Ihr Partner da draußen unterwegs sind?«

»Wir bringen Sie heim.«

»Ich habe die Absicht, hier zu schlafen.«

Noch einmal holte Mark eine von seinen Visitenkarten aus der Innentasche seines Jackets.

»Wenn ...«

»Ich weiß. Wenn mir etwas einfällt, rufe ich Sie an.«

Er lächelte grimmig und sah ihr fest in die Augen. »Wenn Ihnen in den nächsten Stunden etwas einfallen sollte, erreichen Sie mich im Leichenschauhaus. Eine Frau ist ermordet worden, wie Sie sich vielleicht erinnern.«

Ihre Augenlider senkten sich. Ihre Wangen wurden wieder blaß. Aber ihre Augen konzentrierten sich schnell wieder auf ihn.

»Jon Marcel ist nicht schuldig, Lieutenant. Ich bin überzeugt, daß Jon jetzt da drinnen liegt, weil er ein guter Mensch ist, und weil er versucht hat, ihr das Leben zu retten.«

»Ihr Vertrauen ist lobenswert, Mrs. Marcel. Aber das

reicht nicht. Wir müssen alles, aber auch alles wissen. Jon Marcel hat nichts mehr zu Ihnen gesagt?«

»Nein.«

»Absolut nichts?«

»Ich habe Ihnen gesagt, was er gesagt hat, Lieutenant.«

»Aber sonst hat er nichts mehr gesagt?«

»Nein.«

Er nickte. Am liebsten hätte er sie offen eine Lügnerin genannt. Nicht nur das, sie war nicht einmal eine gute Lügnerin. Sie war offensichtlich eher gewöhnt, die Wahrheit zu sagen.

Aber sie war jetzt in der Defensive. Er hätte wohl auf alte Foltermethoden zurückgreifen müssen, das Streckbett oder Daumenschrauben, um sie jetzt zum Reden zu bringen. Und egal, wie schlecht die Presse darüber schreiben würde, dachte er ironisch, man würde immer noch auf die Daumenschrauben zurückgreifen können.

»Jimmy, ich denke, das war für heute hier alles«, sagte er. Er hielt den Blickkontakt mit Ann Marcel. »Mrs. Marcel, es ist ganz offensichtlich, daß Sie keinen großen Wert auf meine Gesellschaft legen, auf die meines Partners auch nicht. Benehmen Sie sich deswegen aber nicht kindisch. Sie werden nach Hause gehen wollen. Und wenn es nur zum Duschen und Umziehen ist. Gehen Sie nicht allein nach Hause. Officer Holly Severt wird Sie gern nach Hause bringen, sobald Sie gehen möchten. Ich bin nicht ganz sicher, ob die Polizei bei Ihnen zu Hause mit der Spurensicherung fertig ist, aber Holly kann auch die ganze Nacht bei Ihnen bleiben und sich um Sie kümmern.«

»Danke, Lieutenant. Ich glaube, ich brauche niemanden, der sich um mich kümmert«, sagte sie.

»Nein?« Mark verschränkte die Arme über der Brust. »Wenn Sie recht haben und Ihr Mann angegriffen wurde, könnten Sie selbst in ernsthafter Gefahr sein. Vor allem, wenn Sie uns nicht alles mitteilen, was Sie wissen, alles, was er gesagt haben könnte.«

Sie antwortete ihm nicht. Sie sah wieder etwas besser aus, aber das war alles.

»Gute Nacht, Mrs. Marcel. Gehen Sie nicht allein nach Hause.«

Dieses Mal widersprach sie ihm nicht.

Sie stand da in königlicher Haltung, trotz der Tatsache, daß sie blutbefleckt war. Schmal, mit feingeschnittenem Gesicht, von zarter Statur, das blonde Haar umrahmte ihr Gesicht.

Aber sie konnte hart wie Stahl sein, warnte er sich in Gedanken.

Eindeutig. Als er sich nämlich wegdrehte, um zu gehen, wußte er ganz genau, daß sie eine Wand gegen ihn errichtet hatte.

Sie log das Blaue vom Himmel.

Irgendwann zwischendurch mußte Marcel etwas zu ihr gesagt haben.

Etwas Bedeutsames.

Er wußte es. Cop-Instinkt.

Marcel hatte ihr etwas gesagt, den Schlüssel zu allen Antworten. Was zum Teufel war das gewesen?

Und wie zum Teufel sollte er es aus ihr herausbringen?

4. Kapitel

Bei Annabella's war der Abend schon voll in Gang, als die Mädchen hinten im Umkleideraum nervös zu flüstern begannen. »Auskleideraum« hatte Gina L'Aveau ihn immer genannt. Kopfschüttelnd wischte sich Cindy McKenna ungläubige Tränen über das, was am Abend passiert war, aus dem Gesicht.

Alles hatte an diesem Abend im Club ziemlich normal angefangen. Dann hatte ein Cop außer Dienst die Nachricht verbreitet, daß Gina tot war. Der Kerl, der es getan hatte, lag im Krankenhaus, halbtot, würde wahrscheinlich auch sterben. Es war dieser Künstler, hatte der Cop gesagt. Ein echter Sohn der Stadt New Orleans, ein feiner, gutaussehender, netter Mann, Weißer, war anscheinend wegen irgend etwas, das Gina gesagt hatte, ausgerastet. Makabrerweise hatte gerade die Ausstellung von Jon Marcels Bildern seiner »Rotlichtdamen« eröffnet, und wie der Cop verstanden hatte, gingen die Bilder weg wie warme Semmeln.

Nichts kurbelt Verkäufe so gut an wie Abartiges oder Makabres, dachte Cindy voller Groll.

Das Bild von Gina war nicht mit bei der Ausstellung. Jon Marcel hatte es noch nicht fertig gehabt. Noch nicht. Cindy hatte es aber gesehen – und es war sein bestes. Alles Feine und Schöne an Gina hatte er in diesem Gemälde eingefangen. Jon hatte gesagt, er würde es nie verkaufen.

Jon hatte den Mord nicht begangen. Cindy wußte es sicher. Er hatte Gina gemocht. Er hatte all die Mädchen gemocht. Er war neugierig auf sie gewesen, wie jemand, der etwas über Leute herausfinden will, deren Geschichte er erzählen möchte. Jon Marcel hatte seine Geschichten mit Farben erzählt. Die Cops hatten den Falschen erwischt.

Und es hatte nichts zu bedeuten, daß Jon Marcel mit Ginas Blut bedeckt gewesen war. Marcel hatte es nicht getan. Ganz einfach. Fall abgeschlossen. Cindy fragte sich, ob sie Gelegenheit haben würde, Jon zu sehen. Vielleicht sollte sie morgen in die Kirche gehen und ein paar Gebete für ihn sprechen. Vielleicht sollte sie zu Mama Lili Mae draußen im Bayou gehen und versuchen, für ihn einen lebensrettenden Trank zu bekommen. Vielleicht würde sie beides, Gebete und Voodoo, versuchen, um in dieser Situation zu helfen. Cindy McKenna war von zu Hause weggegangen und hatte fast vier Jahre auf einer Eliteuniversität verbracht, aber es schien wahr zu sein, man konnte ein Mädchen einfach nicht aus dem Bayou herausholen, und man konnte das Bayou nicht aus dem Mädchen herausholen. Ein gutes katholisches Bayou-Mädchen ging in die Kirche.

Und sie ging zu Mama Lili Mae.

»Cindy, du bist dran.« April Jagger rief ihr zu, einen warnenden Unterton in der Stimme. April war groß, geschmeidig, atemberaubend schön. Ihre Haut war von so seidig schimmerndem Schwarz, daß fast jeder versucht war, sie zu berühren. Keiner tat es. April war verheiratet. Sie tanzte im Club, und das war's. Mit dem Tanzen konnte sie gutes Geld verdienen. Sie hatte ein einjähriges kleines Mädchen und hatte die Absicht, in den nächsten paar Jahren von Louisiana fortzuziehen. April selbst hatte nicht die Möglichkeit zu einer College-Ausbildung gehabt, aber sie war klug. Ihr Vater war in einem Sturm umgekommen, als er einem anderen Mann auf dessen Boot geholfen hatte; ihre Mutter hatte die acht Kinder allein großgezogen. April und ihr Mann Marty, einer der vier männlichen Tänzer im Club, hatten schon ein schönes Vermögen angelegt.

»Honey, du bist dran!« wiederholte April.

Duval konnte ungemütlich werden, wenn seine Mädchen ihre Auftritte nicht pünktlich absolvierten. Er konnte ein schwieriger Boß sein. Harry Duval hatte, wie viele seiner Mädchen, einen harten Weg hinter sich. Er war teils im

Bayou, teils auf der Straße aufgewachsen. Irgendwie war ein verblüffend gutaussehender Mann aus ihm geworden. Er hatte weißes Blut in sich und schwarzes, und er hatte eine bronzefarbene Haut, auffallend grüngoldene Augen, gutgeschnittene Züge. Er hielt sich sehr gerade. Über einsachtzig war er, groß und kräftig. Er hatte nie eins der Mädchen geschlagen, jedenfalls nicht, soviel Cindy wußte, und trotz der angeblich modernen Zeiten schlugen viele der Männer, die Clubs führten, ihre Frauen. Er bezahlte fair; wenn die Mädchen den Männern »Gesellschaft leisteten«, erwartete er Provision. Und die Mädchen wurden nicht gezwungen, Freier anzunehmen. Für Harry zu arbeiten, mochte traurig sein, aber Cindy hatte die Jahre ihrer Ausbildung genossen und wußte, daß sie verdammt traurig war, aber so war das Leben nun mal, und sie hatte ihre Verpflichtungen, und Harry sorgte dafür, daß sie diese Verpflichtungen einhielt.

»Ich komme; bin schon unterwegs«, versprach sie April. Normalerweise hätten sie ihre Späßchen gemacht. Sie hätten sich alberne Bemerkungen zugeworfen. Nicht heute abend. Sie waren beide bleich. Gina war umgebracht worden.

»Alles in Ordnung mit Dir, Honey?« fragte April sie.

»Ja.«

April zitterte heftig. »Mit mir nicht. Ich meine, man denkt, ein Mädchen hätte einen anständigen Mann getroffen, und ... glaubst du, er könnte Gina das angetan haben?«

»Du meinst Jon?«

»Ja, ich meine Jon.«

»Nein, das glaube ich nicht«, sagte Cindy.

»Es sind schon merkwürdigere Dinge vorgekommen, nehme ich an.«

»Ja, natürlich. Aber ...«

»Aber was?«

Cindy zuckte mit den Schultern. »Gina hatte oft Gesellschaft, sie hatte viele Freunde.« Wieder zögerte sie. »Gina war ein Magnet. Die Leute wurden von ihr angezogen und verliebten sich in sie. Sie machte Leute verrückt, die sich in sie verliebten. Freunde wurden zu Feinden und so.«

»Du, paß auf dich auf, hörst du? Ich habe Marty, und ich werde nicht ohne ihn gehen, das verspreche ich dir.«

»Ich passe schon auf. Sehr«, versprach Cindy und zitterte selbst.

»Los jetzt«, drängte April.

Cindy eilte vom Flur der Garderobe zum Bühnenflügel. Sie war leicht außer Atem, als sie den Ansager hörte.

»Hier ist sie, Gentlemen – und Sie, Ladies, die den feinen Jazz Sound im Annabella's genießen: eine kleine Süßigkeit aus heimischen Gewässern, Miss Delilah Delite!«

Die Stimme, die rauchig durch die Lautsprecher dröhnte, kündigte Cindy an. Einige der Mädchen benutzten ihre eigenen Namen oder Künstlernamen, die mit ihren richtigen Namen spielten. Cindy nicht. Auf der Bühne war sie eine andere Person.

Die Lichter wurden schwächer, als sie ihre Position an der hohen phallischen Säule auf der Mitte der Bühne einnahm. Die Musik begann mit einem verhaltenen Trommelwirbel. Sie folgte ihm mit den gekonnten schlängelnden Bewegungen ihres Körpers, ließ ihn von ihrem griechischen Kostüm, das an den strategischen Stellen mit Klettband zusammengehalten wurde, sinnlich umfließen.

Ausverkauftes Haus am heutigen Abend. An den Tischen an der Bühne saßen eng die Männer. Nur Männer. Es kamen auch schon einmal Frauen in den Club, sogar eine ganze Reihe. Einige Neureiche, ein paar Touristinnen, einige Einheimische, die einfach wußten, wo sie den besten Jazz fanden. Und es gab ja auch die vier tanzenden Männer, jeder von ihnen auf seine Art gebaut wie Adonis. Aber trotz der männlichen Auftritte hielten sich die Frauen meist an den hinteren Tischen auf, mehr im Dunklen. Einige knutschten mit ihren Begleitern, andere nippten an ihren Drinks.

Manchmal schauten sie zu, wenn die Mädchen tanzten, manchmal nicht.

Cindy hatte ihre Routine. Sie war für sie so natürlich wie das Atmen. Sie konnte sie abspulen und mit den Gedanken ganz woanders sein.

Bei Gina.

Gina war tot. Sie würden Jon Marcel dafür kreuzigen.

Ginas Mörder würde frei umherlaufen.

Frei umherlaufen ... vielleicht. Oh Gott, würden sie es wirklich Jon anlasten? War jeder, der mit Gina zu tun gehabt hatte, jetzt in Gefahr?

Am Ende ihrer Nummer riß sie das Aussetzen einer der Trompeten aus ihren Gedanken. Die anderen Musiker nahmen Sound und Rhythmus rasch auf. Jemand, dem die Perfektion dieser Jazz Band nicht so vertraut war, hätte diese Veränderung in der Musik vielleicht gar nicht bemerkt.

Cindy schaute zum Podium am anderen Ende des Raums hinüber, wo die *Dixy Boys* spielten.

Auf den Boden gekauert, ihre Hüften zu den letzten paar Tönen ihres Auftritts schwenkend, warf sie ihr Haar zurück, um zu beobachten, was los war. Gregory Hanson. Sie hatte es natürlich gewußt. Sie liebte seinen Trompetensound, liebte sein Talent, und sie wußte sofort, daß er es gewesen sein mußte, der so plötzlich aufgehört hatte zu spielen. Die Nachricht war also bis zur Band gedrungen. Die Nachricht, daß Gina tot war.

Gregory verließ das Podium.

Er war ein Riese von Mann, Muskeln wie ein Preisboxer, ebenholzschwarz, geschmeidig wie ein Panther. Maskulin, eindrucksvoll. Eine in sich ruhende Kraft. Cindy beobachtete, wie er durch den Raum ging –

Harry Duval trat ihm in den Weg.

Vermutlich schrien die Männer sich an; beide waren sie ernst und wütend. Rasend. Stritten sich. Seltsamerweise schien niemand die Konfrontation zu bemerken. Niemand merkte etwas, weil die Band weiterspielte und alle Herren in lauten Beifall für ihre Nummer ausgebrochen waren. Vor allem für ihre Schlußpose, da war sie sicher.

Gregory schlug Henry Duval mit der flachen Hand auf die Schulter. Harrys Augen verengten sich, scharf, funkelnd, aber er erwiderte die Gewalt nicht. Er legte Gregory eine Hand auf die Schulter und sprach leise und schnell auf ihn ein. Die Männer verschwanden gemeinsam, gingen durch die Menge nach draußen vor den Club.

Cindy fragte sich, wann Gina gefunden worden war, ob die Polizei wußte, wann sie ermordet worden war. Keiner von den Männern war vor zehn Uhr abends im Club angekommen. Sie selbst war erst seit neun da, und die Männer waren alle erst nach ihr eingetroffen.

Der Applaus brandete weiter um sie. Sie stand auf, lächelte, verbeugte sich, winkte. Sie wirbelte herum, um die Bühne zu verlassen, aufreizend, so schnell sie konnte.

Erst dann ließ sie ihre Tränen laufen. Tränen der Trauer um eine Freundin. Und Tränen der Angst.

Angst um sie selbst.

Dr. Lee Minh, einer der führenden Pathologen der Stadt, sollte die Autopsie von Gina L'Aveau vornehmen. Er, Jimmy und Mark hatten oft genug zusammengearbeitet, und es hatten sich solide professionelle Bande zwischen ihnen entwickelt.

Als sie das Krankenhaus verließen, schickte Mark Jimmy nach Hause und ging allein zum Leichenschauhaus. Lee hatte die Leiche für die Autopsie vorbereitet und wartete auf Mark.

»Sind Sie sicher, daß Sie die ganze Zeit dabeibleiben wollen?« fragte ihn Lee. »Sie wissen doch, ich gebe Ihnen einen kompletten, detaillierten Bericht.«

Gina lag auf einem Edelstahlseziertisch, nackt, bereit für Lees Messer.

Er sollte nach Hause gehen, dachte Mark. Keiner

brauchte ihn hier. Lee würde ihm einen ausführlichen Bericht geben. Lee entging nichts.

Er ging zum Tisch und sah auf Gina herab. Die tote Stripperin war einmal wunderschön gewesen, noch nicht gezeichnet vom Leben, das sie gewählt hatte. Durch den tödlichen Schnitt in ihre Kehle war das Blut aus ihrem Gesicht gewichen; sie war weiß wie Schnee. Ihre Augen waren jetzt geschlossen. Wäre da nicht diese klaffende Wunde gewesen, hätte man sie für das schlafende Schneewittchen auf ihrem Kissen halten können, das volle, schimmernde dunkle Haar umrahmte ihr bleiches, schönes Gesicht.

Er war es ihr schuldig.

Er trat zurück. »Wenn es Ihnen nichts ausmacht, bleibe ich hier«, sagte er zu Lee.

Lee nickte.

Lee begann mit der Untersuchung, zunächst ohne ein Messer anzurühren. Er kommentierte jeden Kratzer, Bluterguß, jede auch noch so kleine Wunde an ihrem Körper, und sprach seine Beobachtungen klar und deutlich in das Mikrofon, das über dem Seziertisch hing. Er ging langsam, methodisch und präzise vor. Mit einem Assistenten kratzte er unter Ginas Nägeln. Abstriche ihrer Körperöffnungen wurden vorgenommen. Sie hatte im Laufe des Tages Sex gehabt, es schien aber keine Gewalt im Spiel gewesen zu sein. Das Sperma würde analysiert werden und hoffentlich helfen, ihren Mörder festzunageln.

Lees Stimme fuhr fort. Keine der Beobachtungen bot bislang irgendeine Überraschung.

Obwohl Lee mit Ginas Körper äußerst professionell und sorgsam umging, mußte Mark daran denken, wie unpersönlich und demütigend der Tod sein konnte.

Der Anblick der toten Frau auf dem Schlachttisch schmerzte ihn. Fleisch. Jetzt war sie tot, das Schlachten ging weiter.

Linien wurden gezogen, Ginas Brustkorb geöffnet. Weitere Flüssigkeiten wurden für das Labor entnommen. Organe wurden zur näheren Untersuchung beiseite gelegt. Mark schaute und hörte weiter zu, bis Lee endlich seine abschließende Zusammenfassung bekanntgab.

»Tod verursacht durch schweren Blutverlust nach Verletzung der Halsschlagader …«

Das war kein Geheimnis. Es hätte keine Kapazität auf dem Gebiet der Pathologie gebraucht, um das herauszufinden.

Das hätte ich auch sagen können, dachte Mark. Jeder Narr hätte das sagen können.

Er ging hinaus in den Flur hinter dem Autopsieraum und lehnte sich erschöpft gegen eine Wand. Wie viele hatte er schon gesehen? Er war es gewöhnt, hier ins Leichenschauhaus zu kommen. Er war der pathologischen Wissenschaft dankbar; inzwischen konnten Techniker Kriminalfälle lösen, an denen die größten Detektive der Welt scheitern würden. Ein Sherlock Holmes hätte neben der modernen Technologie keine Chance.

Tod verursacht durch Blutverlust nach einer Verletzung der Halsschlagader …

Aber eine Autopsie bedeutete mehr als nur das. Und Lee Minh war ein Genie, seine forensischen Entdeckungen hatten schon viele Kriminalfälle lösen helfen. Ein Magen voller halbverdauter Fast-food-Pommes frites hatte einmal der Polizei geholfen, dem Bezirksanwalt genügend Material an die Hand zu geben, um den getrennt von seiner Frau lebenden Ehemann der getöteten Frau zu überführen. Der Mann hatte geleugnet, sie gesehen zu haben, aber er hatte in der Fast-food-Kette gearbeitet, in der sie die Pommes frites gekauft hatte. Mit den Tatsachen konfrontiert, hatte der Kerl gestanden.

Egal also, wie oberflächlich Lees Erkenntnisse bis jetzt scheinen mochten, Mark war froh über dessen behutsame Sorgfalt mit dem Opfer. Am Ende würde irgendein Detail der Autopsie ihnen genau das bringen, was sie brauchten.

Irgend etwas wurde ihm in die Hand gedrückt. Heißer

Kaffee. Er hatte die ganze Zeit einfach auf den Boden gestarrt. Lee, frisch abgeschrubbt, jetzt nicht mehr in seinem grünen Kittel, stand neben ihm. »Sie sehen beschissen aus«, sagte er frei heraus.

»Herzlichen Dank.«

»Gehen Sie nach Hause. Warum sind Sie noch hier?«

»Ich weiß nicht. Ich hatte gehofft, Sie würden vielleicht mehr finden.«

»Noch mehr?« Lee hob die Augenbrauen. »Besser kann ein Mordfall doch gar nicht aussehen, wenn ich die Tatsachen richtig verstanden habe. Miss L'Aveaus Angreifer hat eine Blutspur hinterlassen, den ganzen Weg lang bis dahin, wo er zusammenbrach. Sie brauchen ihn nicht zu verhaften, er ist im Krankenhaus. Traurig, aber wahr: Wenn der Kerl stirbt, spart er dem Staat ein Vermögen an Verfahrenskosten.«

»Ja«, sagte Mark.

»Sie glauben nicht, daß er es war?«

»Bisher haben wir noch keine Mordwaffe gefunden.«

»Bis zum Morgen wird sie gefunden werden. Warten Sie, verdammt, es ist ja schon Morgen.«

»Kein Wunder, daß ich beschissen aussehe.«

»Was hält Sie also hier noch? Was sagt der Instinkt des Cops – der Mann hat es doch getan, oder?«

Mark zögerte. Er bemerkte, daß er sie wieder vor sich sah. Die Ehefrau. Der kleine Dynamo mit den verblüffenden Augen – smaragdgrün inmitten von verweinten Augenrändern. Er war es nicht, hatte sie behauptet. Sie war überzeugt, daß Marcel unschuldig war.

Marcel war an ihrer Haustür zusammengebrochen.

Vielleicht hatte er ein Messer gehabt. Vielleicht hatte sie es versteckt. Wie war auf Marcel eingestochen worden? Mit demselben Messer? Vielleicht, er wollte es zwar nicht glauben, aber vielleicht war Gina diejenige mit dem Messer gewesen. Vielleicht war sie aus irgendeinem Grund so verzweifelt gewesen, zuerst anzugreifen. Vielleicht hatte Marcel sie sogar in Selbstverteidigung getötet, vielleicht, nur vielleicht ...

Vielleicht war er aber auch nur so verdammt müde, daß er nicht mehr klar denken konnte.

»Gehen Sie nach Hause, mein Freund«, wiederholte Lee.

»Ja, ich glaube, es ist Zeit. Sie werden mir sagen ...«

»Ich werde Ihnen alles sagen, was ich kann.«

»Jederzeit. Rufen Sie mich an. In Ordnung?«

»Gehen Sie heim. Wenn Sie mehr von mir wissen wollen, brauchen Sie erst einmal etwas Schlaf.« Lee lächelte. Er hatte sein ganzes Erwachsenenleben lang diese düstere Tätigkeit ausgeübt, aber man vergaß, daß er vierzig war, wenn er lächelte. Dann sah er aus wie ein fröhlicher Lausbub. Lee hatte noch alle seine dichten, geschmeidigen dunklen Haare. Er war ein kompakter, drahtiger Mann mittlerer Größe, und trotz seines Berufes wurde er als einer der begehrtesten Junggesellen der Stadt gehandelt. Er und Mark verbrachten manchmal einen ihrer seltenen freien Abende zusammen, und beide wußten gutes Lagerbier und den New-Orleans-Jazz zu schätzen.

»Los!« wiederholte Lee.

Mark nickte, warf seine Jacke über die Schulter und ging los.

Er stieg in sein Auto, um nach Hause zu fahren.

Er wußte nicht, wann er seine Meinung änderte. Vielleicht funktionierte er wie ein Autopilot. Aber bevor er es richtig bemerkte, fuhr er im French Quarter die falsche Abzweigung.

Er kehrte an den Ort des Geschehens zurück.

Ann duschte, bis nur noch kaltes Wasser aus der Leitung kam.

Sie war erschöpft, aber gleichzeitig hellwach.

Sie wäre im Krankenhaus geblieben, aber das Krankenhauspersonal wollte sie ohnehin nicht die Nacht bei ihrem Mann verbringen lassen.

Die Nacht war furchtbar gewesen. All die Stunden war sie panisch vor Angst, daß Jon sterben könnte.

Dann all die Stunden der Angst, was werden sollte, wenn er überlebte.

Sie war ermutigt durch Jons stabile Lebenszeichen; sie war entsetzt, daß eine Frau gestorben war.

Eine Frau, die Jon gemalt hatte.

Eine Frau, mit der er zusammengewesen war.

Eine Frau, die er …

Nein!

Wo im Himmel blieb ihr Vertrauen? Wenn nichts stimmte, aber sie kannte diesen Mann besser als irgend jemanden auf der Welt. Er war kein Mörder.

Sie kannte aber die Umstände nicht, ermahnte sie sich selbst.

Jon war kein Mörder, unter gar keinen Umständen. Sie wußte das, und sie hatte Vertrauen zu ihm. Aber Jon hatte ihre Hand gepackt. Und sie hatte gedacht, er wollte ihren Namen aussprechen. Aber das hatte er nicht getan. Er hatte geflüstert …

Annabella's.

Warum hatte sie bloß dem Cop nicht erzählt, was Jon gesagt hatte? Weil der Cop Jon schon verurteilt hatte, und sie glaubte, es würde nichts helfen?

Weil es vielleicht alles sein würde, mit dem sie ihm helfen könnte?

Sie erschauerte.

Der Cop hatte gemerkt, daß sie log. Sie würde ihn wiedersehen. Und er würde beharrlich sein.

»Ich muß ihm nichts erzählen«, flüsterte sie.

Doch, vielleicht mußte sie. Sie kannte das Gesetz nicht sehr gut, wußte aber, daß sie eventuell eine Ermittlung behinderte. Egal. Sie würde niemandem etwas sagen. Nicht, bevor sie mehr über Jons Zustand wußte. Nicht bevor er für sich selbst kämpfen konnte.

Und wenn er nun nie wieder für sich selbst kämpfen könnte?

Sie würde für ihn kämpfen müssen.

Das war das Entscheidende, und schließlich verließ sie zitternd die Dusche. Sie wickelte sich in einen alten, abgetragenen Frotteebademantel und ging Richtung Wohnzimmer. Sie zögerte, machte dann das Licht aus. Es war Morgen, früher Morgen. Ihre Balkongardinen waren offen; die französischen Türen, die Balkontüren angelehnt. Sie konnte sehen, wie die Sonne aufging, golden und orangerot und wunderschön.

Blumen quollen aus den Kübeln, auch sie fingen die Lichtstrahlen spielerisch auf. Wieder dachte sie, wie sehr sie New Orleans liebte. All diese Schönheit allein im Wechsel der Farben zwischen Nacht und Tag.

Sie ging in die Küche und blieb einen Moment an der Haustüre stehen. Die Polizei war mit ihrer Wohnung schon fertig gewesen, als sie zurückkam. Sie durfte Jons Blut und den Puder für die Fingerabdrücke abwischen. Sie hatte einen Wortwechsel mit den zurückgebliebenen Polizeitechnikern gehabt. Sie verstand nicht, warum sie Blutproben von Jon von ihrem Flur nehmen mußten, wo er doch auch im Krankenhaus so viel Blut verloren hatte. Und sie wußte auch nicht, warum sie seine Fingerabdrücke in ihrem Flur abnahmen – keiner hatte geleugnet, daß er dagewesen war.

»Das übliche Verfahren«, hatte ihr ein netter, aber unbeirrbarer Officer gesagt.

»Wir müssen uns immer an den üblichen Ablauf halten, egal, wie dumm es einem vorkommt.«

»Aber Sie sind jetzt hier fertig«, beharrte sie.

»Ja.«

Ein Beamter blieb draußen im Flur vor ihrer Tür. Zu ihrem Schutz, hatte man ihr gesagt.

Gut. Sie fühlte sich ein wenig mulmig. Der adleräugige Cop hatte mit einer Sache absolut recht gehabt. Wenn Jon unschuldig war, was er sein mußte, dann hatte jemand anders ihn und das arme tote Mädchen angegriffen.

Annabella's.

Der Name, den er geflüstert hatte. Der Name des »Clubs«, der Strip-Bar, wo Gina gearbeitet hatte, wo die meisten seiner »Damen« gearbeitet hatten.

Ich war es nicht, o Gott, ich war es nicht …

Annabella's.

Sie eilte in die Küche und griff ganz automatisch zur Kaffeemaschine. Es war Morgen.

Sie hatte nicht geschlafen, sagte sie sich selbst. Sie war aufgedreht bis zum Anschlag. Sie brauchte keinen Kaffee. Was sie brauchte, war ein großes Glas Wein.

Sie fand eine Flasche Chablis im Kühlschrank. Sie zog ihre eleganten hochstieligen Weingläser gar nicht erst in Betracht, sondern griff gleich zum Wasserglas. Sie goß sich den Wein ein und ging zurück zu der Balkontür, die noch offenstand, und trat hinaus auf ihren Balkon.

Ich war es nicht, o Gott, ich war es nicht …

Annabella's.

»Ich war es nicht, o Gott, ich war es nicht. Annabella's!« stieß sie hervor. »Verdammt, Jon!« rief sie mit kräftiger Stimme. »Warum konntest du mir nicht ein bißchen mehr sagen als das. Zum Beispiel den Namen der Person, die es getan hat, vielleicht!«

Sie nahm einen großen Schluck Wein. Durch das erhobene Glas hindurch sah sie einen Wagen auf der anderen Seite der Straße stehen. Ein Mann stand dagegengelehnt und sah zu ihr hoch.

Nicht ein Mann.

Der Mann.

Der Cop. Adlerauge. Lieutenant wie-hieß-er-gleich.

Eine kochendheiße Welle durchlief ihren Körper, alle Glieder, bis sie nach Luft schnappte. Er war doch kein Feind, versuchte sie sich zu sagen. Sie brauchte keine Angst zu haben. Er war der Cop. Ein guter.

Falsch: Er war hinter Jon her. Er war nicht bereit, Jon die Gunst von wie auch immer gearteten Zweifeln zu gewähren.

»Guten Morgen, Mrs. Marcel«, rief er zu ihr herauf.

»Officer«, sagte sie.

»Lieutenant«, erinnerte er sie freundlich.

»Lieutenant.«

Er lächelte, seine grauen Augen schon hinter den Gläsern der Sonnenbrille verborgen, obwohl der Tag gerade erst angebrochen war. Er hob eine Hand, zeigte auf das Weinglas. »Interessantes Morgengetränk. Selbst für New Orleans.«

Sie war ihm über die Wahl ihres Getränkes nicht die geringste Erklärung schuldig; dennoch fühlte Ann, wie sie errötete und begann, sich zu rechtfertigen. »Ich habe noch gar nicht geschlafen, Lieutenant, und es war eine grauenhafte Nacht.«

»Trinken bis zur Bewußtlosigkeit, was?«

»Vielleicht würden Sie der Öffentlichkeit, der Sie verpflichtet sind, einen Gefallen erweisen, indem Sie jetzt etwas Ähnliches täten, Lieutenant.«

Seine Lippen kräuselten sich zu einem unsicheren Lächeln. Er konnte sehr nett aussehen, dachte sie. Und verflixt irritierend – und vielleicht unglaublich gefährlich dazu. Für Jon.

Er war mißtrauisch. Ganz offen, unvermittelt. Jon gegenüber.

Aber dachte er auch, daß sie etwas verbarg? Immerhin hatte er vor ihrem Haus geparkt und beobachtete sie.

»Ich würde der Öffentlichkeit einen Gefallen tun ...«, wiederholte er und nickte mit dem Kopf, als er zu ihr hoch sah. »Laden Sie mich auf einen Drink ein?« fragte er und sein Lächeln wurde breiter.

Sie antwortete nicht auf seine Frage. »Lieutenant, was tun Sie da unten. Warum starren Sie auf mein Haus?«

Er zuckte mit den Schultern. »Ich sehe nur nach, ob alles in Ordnung ist.«

»Ich verstehe. Sie sind nur zu meinem Schutz hier?«

»So etwas in der Art«, sagte er, blickte sich um zur aufgehenden Sonne, dann wieder zu ihr. »Nein, ganz ehrlich, ich bin hier, weil mich mein Auto scheinbar ganz von selbst hierhergebracht hat, Mrs. Marcel. Nachdem ich in der Straße angehalten hatte, wo Gina gefunden wurde.«

»Gina?«

»Miss L'Aveau. Die Frau, die letzte Nacht ermordet wurde.«

»Ich verstehe«, sagte Ann und schluckte schwer. Sie hatte nicht viel Zeit gehabt, darüber nachzudenken, daß das Mädchen tot war. Gina L'Aveau. Sie kannte den Namen. Jon hatte ihr Portrait noch nicht ganz fertiggestellt; er arbeitete noch daran. Er hatte aber mehrmals über Gina gesprochen. »Du mußt sie kennenlernen, Annie. Sie ist großartig. Ich meine, normalerweise würdet Ihr Euch nie begegnen. Das ist die merkwürdige Sache in unserer Gesellschaft. Wir stecken die Menschen in Schubladen. Wir verteilen uns auf Cliquen. Gute Menschen, schlechte Menschen. Saubere, dreckige. Aber in Wahrheit, im Kern, sind wir alle wirklich gleich. Du wirst sie für mich treffen, wirst du das tun?« hatte er gefragt, und natürlich hatte sie es ihm versprochen.

Sie würde Gina jetzt nie mehr kennenlernen.

Der Cop starrte sie immer noch an. Immer noch durch die Brillengläser. Aber sie wußte, was hinter den dunklen Linsen lauerte. Diese silbergrauen, allwissenden, viel zu durchdringenden Augen. Sie trat zurück. »Nun, Lieutenant, ich bin sehr müde. Wenn Sie mich jetzt bitte entschuldigen wollen. Ich versuche, etwas Schlaf zu bekommen.«

»Tun Sie das.«

»Und Sie bleiben einfach hier stehen? Und beobachten mein Haus?«

»So ungefähr.«

Ann ging hinein, dann wandte sie sich noch einmal um. »Wollen Sie bis neun Uhr warten und dann zum Bezirksanwalt gehen und um einen Durchsuchungsbefehl für mein Haus bitten?«

Er lächelte. »Die Mühlen der Justiz mögen langsam mahlen, Mrs. Marcel, aber wenn ich dringend einen Durchsuchungsbefehl gewollt hätte, hätte ich ihn längst.«

»Die Polizei war die halbe Nacht hier.«

»Das kann ich mir vorstellen. Jedenfalls die Techniker.«

Ärgerlich knirschte Ann mit den Zähnen. »Gute Nacht, Lieutenant«, sagte sie noch einmal.

»Schlafen Sie gut.«

Sie war müde. So müde, daß das eine Glas Wein ihr den Körper erhitzte. Das mußte als einzige Ausrede herhalten für das, was sie jetzt vorhatte. Erkenne deinen Feind. Sieh ihm ins Gesicht! dachte sie, und sie sah wieder zu dem Mann hinunter. »Wenn Sie sich einmal umsehen wollen, Lieutenant, kommen Sie doch hoch. Trinken Sie einen Frühstückswein.«

Er sah sie fragend an. »Laden Sie mich wirklich zu sich ein, Mrs. Marcel?«

Sie war wahnsinnig. Er war eindeutig ein Feind. Sicher glaubte er, sie hätte die Mordwaffe unter ihrem Bademantel versteckt.

»Ja, Lieutenant, ich lade Sie ein.«

Idiotin! schalt sie sich selbst. Er zögerte noch eine Sekunde, die Augen hinter seiner Ray-Ban-Brille verborgen. Er zuckte mit den Schultern, das unsichere Lächeln noch immer auf seinen Lippen.

Und ging dann auf die Tür zu.

Panik ergriff Ann, als sie unten auf die Straße blickte, auf die Stelle, wo er gerade noch gestanden hatte. Was zum Teufel machte sie da? Sie stand erstarrt, als sie ihn zur Tür hereinkommen hörte, seine Schritte auf der Treppe hörte. Sie hörte seine Stimme, tief, rauh, wohlmoduliert, auf alle Fälle mit einem feinen hiesigen Akzent, als er mit dem Polizisten im Flur sprach.

Dann klopfte er an ihre Tür.

Was zum Teufel tat sie da?

Sie machte einen großen Fehler. Sie brauchte ihn nur zu

bitten, wegzugehen. Ihm sagen, daß sie einen Fehler gemacht hatte. Irgendwas stammeln, daß sie ohne ihren Anwalt nicht mit ihm sprechen konnte.

Großartig! Ihn noch mißtrauischer machen. Sich so in den Schlamassel zu reiten, daß er sie auf der Stelle verhaften würde.

»Mrs. Marcel?« fragte er von draußen.

Endlich bewegte sie sich, lief vom Balkon zurück ins Haus, durch das Wohnzimmer bis zur Haustür. Sie öffnete sie vorsichtig. Worte stiegen in ihrer Kehle auf, erreichten aber ihre Lippen nicht.

Er nahm die Sonnenbrille ab. Seine Augen schienen immer noch so scharf wie Adleraugen, abgesehen davon, daß sie blutunterlaufen und rotumrändert waren. Wie erschöpft er war, dachte sie. Sein lässiger Anzug war ziemlich zerknittert, an seinem Kinn zeigte sich ein Hauch von einem Fünf-Uhr-Bart. Das machte ihn noch drohender, irgendwie. Größer. Noch mehr Macho. Gefährlicher. Sein Zustand und seine Stimmung mußten ihrer eigenen ähnlich sein.

»Ich glaube ...«, begann sie.

»Sie haben mich eingeladen«, erinnerte er sie, und bevor sie noch etwas sagen konnte, nahm er die Sache in die Hand und öffnete die Tür.

Unbeirrt trat er an ihr vorbei und ging ins Wohnzimmer.

5. Kapitel

»Hübsch haben Sie's hier«, sagte er und sah sich um.

Die Wohnung war hübsch. Der Wohn- und Arbeitsraum war recht groß, etwa 6 mal 18 Meter, dazu eine kleine Küche und eine Küchentheke am anderen Ende und die Balkontür rechts vom Eingang. Nahe der Küche hatte sie ihre Staffelei und die Farben unter dem Oberlicht aufgebaut, durch das sich das hellere Tageslicht allmählich im Zimmer ausbreitete. Sie hatte verstanden, das Gefühl von Großzügigkeit zu bewahren und wohnliche Wärme zu schaffen. Neben der Balkontür stand ihre Sitzgruppe, französisch-provencalisch passend zur Aura der Stadt, mit einer modernen Hifi- und Fernseh-Anlage, eingebaut in einen hübschen antiken Garderobenschrank. Es gab zwei Schlafzimmer, begehbar vom Wohnzimmer, eins für sie und eines für Katie, wenn sie zu Hause war. Aber Katie war zum Glück nicht zu Hause, sie war bei einer College-Tour am Amazonas. Als Erstsemester in Medizin erforschte Katie gerade eine Erbkrankheit, die von einem besonderen Stamm im Regenwald vererbt wurde.

Katie, dachte Ann mit einem weiteren schmerzhaften Stich. Wenn nicht für sie selbst und Jon, für ihre Tochter mußte sich seine Unschuld erweisen. Katie vergötterte ihren Vater.

»Möchten Sie einen Kaffee?« fragte sie.

»Ich hätte lieber eine Tasse von dem Kaffee, den Sie getrunken haben«, sagte er.

Sie kniff die Lippen zusammen und ging Richtung Küche, holte den Wein aus dem Kühlschrank, griff in den Kiefernschrank, um ihm ein Weinglas zu holen. Sie hatte nicht bemerkt, daß er genau hinter ihr stand, bis er an ihr vorbei in den Schrank griff und ein zweites Wasserglas hervorholte. Er nahm ihr den Wein ab und goß sich ein. »Bist du in Rom …«, murmelte er. »Zum Wohl!«

Er schluckte den Chablis herunter wie Wasser.

»Dürfen Sie im Dienst trinken?« fragte sie.

»Ich bin nicht im Dienst.«

»Was machen Sie dann hier in meinem Haus – suchen Sie in Ihrer Freizeit nach der Mordwaffe?«

»Ja«, sagte er knapp. Er schenkte Wein nach und ging dann zu der kleinen Küchentheke, bei ihrer Staffelei hielt er inne. Er fragte nicht erst um Erlaubnis, sondern schlug das Stück Papier zurück, mit dem sie ihre neueste Arbeit bedeckt hatte. Er stieß einen langen Pfiff aus, als er das Gemälde studierte. Sie war fast fertig. Es war die Studie einer alten Cajun-Frau, von der sie jeden Morgen Blumen am Jackson Square kaufte. Die Frau lächelte, Wärme strahlte aus ihren Augen. Ihr Gesicht war so wettergegerbt, daß man die Anzeichen ihrer Rasse nicht richtig erkennen konnte – aber vielleicht waren die Anzeichen ihrer Rasse auch nicht klar erkennbar. So war eben New Orleans. Sie war alt, verbraucht, sie war schön in ihrer Ausstrahlung. Es war ein gutes Bild, dachte Ann. Eines ihrer besten. Es fehlte nur noch der Hintergrund.

»Ich dachte, Jon Marcel hätte an den ›Rotlichtdamen‹ gearbeitet«, sagte er.

»Hat er auch.«

»Aber …«

Sie nahm ihm das Papier aus der Hand und bedeckte das Gemälde wieder. »Das ist von mir.«

»Von Ihnen?«

»Ja.«

Er hätte etwas sagen können. Ein Kompliment wäre angebracht gewesen. Aber er sagte nichts dergleichen.

»Ach«, sagte er, trank jetzt seinen Wein langsam, während er noch einmal durch das ganze Zimmer ging. Er schüttelte den Kopf.

»Geräumig, hübsch, aber sehr weiblich«, sagte er.

»Nun, das tut mir leid.«

»Das braucht Ihnen für mich nicht leidzutun, aber macht es Jon nichts aus?«

»Der Raum ist ja nicht gerade rüschig und plüschig, und, nein, es macht Jon nichts aus, warum sollte es?«

Er zuckte die Schultern. »Es ist nur so ... sehr Ihr Raum«, sagte er. »Er riecht sogar nach Ihrem Parfum.«

»Das wird wohl eher Seife sein. Ich komme nämlich gerade aus der Dusche. Sie könnten auch eine vertragen, wissen Sie?«

Er sah sie fragend an. »Vielleicht habe ich etwas von einem ungewaschenen männlichen Geruch an mir.«

»Vielleicht brauchen Sie einfach eine Dusche.«

»Ist das noch eine Einladung?«

»Ja, ich lade Sie ein, nach Hause zu gehen, Lieutenant, dort noch etwas zu trinken und zu baden, auf daß es Ihnen bessergeht.«

Er lächelte wieder und sah sich im Raum um. Er ging auf das Sofa zu.

»Überlegen Sie, ob Sie die Kissen hochheben und nach dem Messer suchen sollen?«

»Sollte ich?«

»Machen Sie sich doch lächerlich.«

Zu ihrer Verwunderung grinste er und hob das Kissen neben sich auf. Ann murmelte etwas und ging wieder in die Küche, um sich Wein nachzuschenken. Am Ende würde er so lange bleiben, bis er die Flasche allein ausgetrunken hätte.

Er nahm sowieso schon Besitz von ihrer Wohnung.

»Wo ist also das Werk Ihres Mannes«, fragte er sie.

»Wie bitte?«

»Das Werk Ihres Mannes. Er kann doch nicht alles in Galerien aufbewahren. Müssen Künstler nicht jeweils ihren eigenen Raum haben? Verschiedene Vibrationen oder so?«

Stirnrunzelnd ging sie langsam zurück zu dem Sofa, auf dem er saß, eher herumlümmelte.

»Sein Werk ist in seiner Wohnung«, sagte sie ruhig.

Eine Augenbraue zuckte vor Überraschung hoch. »Sie leben getrennt?«

»Ja.«

Er schüttelte den Kopf. Sie sah diesen Anflug von Zufriedenheit, der ihr schon im Krankenhaus aufgefallen war, als er sie ständig angesehen hatte.

»Lady, ich muß es zugeben – Ich werde aus Ihnen nicht klug. Ich meine, Sie sind ja keine alte Wetterhexe oder so etwas, Sie sind eine gutaussehende Frau.«

»Wie nett von Ihnen, Lieutenant.«

»Sie leben nicht mit dem Kerl, Sie machen sich nichts daraus, daß er sich mit Huren trifft, Sie ...« Er brach unvermittelt ab.

»Was denn?«

»Sie sind nicht ...«

»Was?« fragte Ann.

Er zuckte die Schultern. »Er ist nicht wegen Ihnen hinter diesen Frauen her, oder?«

»Wegen mir?« wiederholte Ann verständnislos. Dann wurde ihr klar, was er meinte. Sie wollte irgend etwas nach ihm werfen. Dem morgendlichen Glas Wein sei Dank. Sie brachte ein Lächeln zustande. Freundlich ging sie wieder auf ihn zu, blieb dicht vor ihm stehen.

»Lieutenant, Sie sind ein Esel. Wie können Sie es wagen?«

»Mrs. Marcel, ich folge allen denkbaren Möglichkeiten. Eigentlich war das aber nicht meine Idee, sondern die meines Partners.«

»Ihr Partner, Sir, ist ebenfalls ein Esel. Aber Sie hier sind der Narr, der in meinem Haus sitzt und solche ordinären, rüden Worte ausspuckt. Ich denke, es ist höchste Zeit, daß Sie von meinem Sofa und aus dieser Tür verschwinden.«

»Ach, und das ohne Mordwaffe«, sagte er und sah ihr immer noch direkt in die Augen. Er erhob sich, ging an ihr vorbei, setzte sein Glas in der Küche ab und wandte sich zum Gehen. »Also, Mrs. Marcel, ich danke Ihnen für Ihre unerschrockene Gastfreundschaft.«

»Schon in Ordnung, Lieutenant.«

Er ging zur Tür.

»Lieutenant.«

Er hielt inne, drehte sich langsam zu ihr um, eine seiner wohlgeformten Augenbrauen fragend erhoben. »Mrs. Marcel?«

»Sie scheinen doch so viel zu wissen.«

»Ist das so?«

Sie nickte. »Sehen wir mal: Sie wissen, daß Jon diese Frau umgebracht hat. Und Sie scheinen zu wissen, daß er die Mordwaffe hier irgendwo versteckt hat. Sie wissen von Jons Verletzungen, sie wissen von der Blutspur, und ich bin sicher, Sie wissen ganz genau, wie das arme Mädchen gestorben ist.«

»Stimmt.«

»Nun, ist es dann nicht merkwürdig, daß Sie nicht wissen, daß Jon und ich seit geraumer Zeit geschieden sind. Jon Marcel ist der Vater meines Kindes, Lieutenant, und ein sehr guter Freund. Ich liebe ihn, und ich werde für ihn kämpfen, weil er nicht selber für sich kämpfen kann. Wen er aber beliebt zu treffen, halte ich ausschließlich für seine Angelegenheit. Also, wenn es Ihnen nichts ausmacht, verschwinden Sie jetzt hier.«

Dunkle Wimpern beschatteten seine grauen Augen. Er sah wieder auf zu ihr, ein reuevolles, selbstironisches Lächeln auf den Lippen.

»Guten Morgen, Mrs. Marcel. Vergessen Sie nicht, mich anzurufen, wenn Sie sich an etwas Wichtiges erinnern.«

»Selbstverständlich.«

»Ich nehme an, ich kann Sie später im Krankenhaus finden, wenn ich Sie brauche?«

»Lieutenant, Sie können alles annehmen, was Sie wollen.«

»Vorsicht. Ich könnte Sie zum Verhör einberufen.«

»Vorsicht. Ich kann meinen Anwalt holen und Sie stehen ganz schön ...«, sie brach ab, entschlossen, gefaßt und überlegen zu bleiben.

Eine rotbraune Braue hob sich auf seiner Stirn. Sein Lächeln, das sie widerstrebend als attraktiv anerkannt hatte, erschien wieder auf seinen Lippen.

»Pardon?« fragte er höflich. »Wollten Sie diesen Gedanken nicht zu Ende führen?«

»Guten Tag, Lieutenant.«

»Ich hoffe, es wird einer, Mrs. Marcel.« Er zögerte immer noch und sah sie an. »Ich bin kein Kunstkritiker, aber Ihr Gemälde da ... , es ist ganz ausgezeichnet, oder?«

Sie war so überrascht, daß sie lächeln mußte. »Es ist eines meiner besten, glaube ich. Kunst ist immer subjektiv.«

»Und Sie sind gut.«

»Ich kann ganz gut davon leben.«

»Wie ist es mit Ihrem Mann, Ex-Mann?« korrigierte er.

»Er kann sehr gut davon leben. Er wird sich Spitzenanwälte leisten können, Lieutenant.«

»Er wird sie brauchen, Mrs. Marcel.«

Ann fühlte, wie ein heißes Zittern ihren Rücken hochkroch. Er war hart, beharrlich, entschlossen. Wenn Kriminelle durch Lücken im System rutschten, dann nicht aufgrund mangelnden Einsatzes von seiner Seite. Diese Situation war schon schlimm genug, auch ohne solch einen Gegner, der sich all ihren Bemühungen in den Weg stellte.

»Ist es Ihnen je in den Sinn gekommen, Lieutenant, daß Sie unrecht haben könnten?«

Einen Moment lang senkte er den Blick. Ihr wurde klar, daß er tatsächlich versuchte, freundlich zu ihr zu sein, und das machte ihr fast mehr Angst als seine unverhohlene, knallharte Entschlossenheit. »Eine Blutspur führte vom Tatort hierher.«

»Aber jemand anderer hätte alle beide angreifen können.«

»Bei den Tatsachen, die wir haben, ist solch ein Szenario nicht wahrscheinlich.«

»Aber es ist nicht unmöglich.«

Er sah sie lange an. »Wenn Sie irgend etwas für mich haben, sehe ich gern in eine andere Richtung. Haben Sie etwas?«

»Nein«, gab Ann nach einem Moment zu. »Noch nicht.«

»Noch nicht?« wiederholte er stirnrunzelnd. »Mrs. Marcel, fangen Sie nicht an, ihre Nase in Polizeiangelegenheiten zu stecken ...«

»Ich habe Ihre Karte, Lieutenant.«

»Ich warne Sie.«

»Stecken Sie Ihre Nase nicht in meine Angelegenheiten, Lieutenant.«

Ein Pulsieren an seinem Hals enthüllte seinen Ärger; er antwortete zunächst nicht. »Wenn nötig, Mrs. Marcel, sehen wir uns auf der Wache.«

Mit diesen Worten ging er endlich und schloß die Tür hinter sich, mit einem leisen, aber endgültigen Klicken.

Zitternd ließ sich Ann auf das Sofa fallen. Der Lieutenant war zweifellos gefährlich. Ein Mord war begangen worden; ein Mörder mußte dafür zahlen. Es schien schmerzlich klar zu sein, daß jeder Jon für den Mörder hielt.

Aber er hatte es nicht getan.

Wie kannst du dir da so sicher sein, rief sie sich innerlich selbst zu. Wie gut können sich Menschen überhaupt kennen?

Er hatte das Mädchen nicht umgebracht. Jon hatte das Mädchen nicht umgebracht; Jon würde nie jemanden umbringen. Sie kannte ihn wirklich.

Sie wußte zwar noch nicht, wie, aber sie wußte, sie mußte beweisen, daß er es nicht getan hatte.

Er schlief ein wenig, aber sein Schlaf war von bedrohlichen, unzusammenhängenden Träumen überschattet.

Ginas Gesicht.

Ginas Augen.

Er hatte sie gar nicht mal so lange gekannt, aber er hatte sie sehr gut gekannt. Sie war anders gewesen. Vielleicht nicht ganz anders. Vielleicht hatte sie ihm beigebracht, daß jedes arme Wesen da draußen eine Mutter hatte, und vielleicht hatte ihr Lächeln allen Widrigkeiten zum Trotz ihm geholfen, als er es am meisten brauchte. Gina hatte geglaubt. Sie hatte geglaubt, daß ihr Leben sich ändern würde, daß Liebe ihre Tage erfüllen würde. Sie konnte mit so viel Ausdruck und Sinnlichkeit tanzen, daß einem Eunuchen die Geschlechtsorgane wieder wachsen würden wie einer Eidechse der Schwanz, aber alles, was sie wirklich vom Leben wollte, war ein weißgestrichener Palisadenzaun, zwei Katzen im Hof, zwei Kinder, einen Hund und einen Ehemann, der abends nach Hause kam. Sie hatte sehr gern gekocht und genäht. Eines Tages wollte sie eine Tour zu allen amerikanischen Vergnügungsparks machen, jede Achterbahn fahren, jede Rutsche runtersausen. Eines Tages.

»Eines Tages« war ihr so nah erschienen!

»Eines Tages« hatte mit dem Tod geendet.

Gegen elf gab Mark den Versuch zu schlafen auf. Es hatte keinen Sinn. Er kroch aus dem Bett und ging unter die Dusche, in der Hoffnung, das Wasser möge ihn wiederbeleben. Abgerubbelt, aber sich keineswegs besser fühlend, stolperte er aus der Dusche auf seine Kommode zu. Er hielt inne, sah Maggies Foto, und setzte sich müde auf seine Bettkante.

Merkwürdig, wie er die meiste Zeit durchs Leben ging, ohne seine Frau jemals zu vergessen, aber immer mit dem Wissen, daß das Leben weitergehen mußte, daß er einen wichtigen Job erfüllte, und daß er nicht allein war. Er hatte Glück. Maggie hatte ihm zwei Jungen hinterlassen, Michael, der jetzt 26 war, die Überraschung ihres Lebens im ersten Collegejahr, und Sean, 22, der bald seinen Abschluß an der Filmakademie in Miami machen würde. Den Kindern ging es gut, ihm ging es gut. Vielleicht war das Maggies größtes Vermächtnis gewesen. Es war keine perfekte Ehe gewesen; keine Ehe ist perfekt. Aber sie war gut gewesen, und ihm war klargeworden, daß er sie an dem Tag, als er sie beerdigen mußte, noch genauso liebte wie zu Beginn ihrer Ehe. Um so schlimmer, daß sie sich ausgerechnet an dem Tag, als sie zum Arzt ging, gestritten hatten. Sie war wegen der Kopfschmerzen hingegangen, die er auf einen Aufprallunfall zurückführte. Der Unfall war passiert, weil sie ihre Bremsen nicht rechtzeitig hatte untersuchen lassen, so wie er es ihr gesagt hatte. Er hatte nichts Ernsthaftes erwartet, als sie aus dem Wartezimmer kam; er schaute auf, lächelte und wollte sie necken. »Schlimmes Kopfweh. Ich weiß, einen Monat kein Sex, stimmt's?«

Dann erst hatte er den Ausdruck auf ihrem Gesicht gesehen, die Angst in ihren Augen, die Tränen. Sie war immer eine ernsthafte Frau gewesen. Eine gute Ehefrau für einen Cop. Sie hatte mit der Gefahr, in der er arbeitete, gelebt. Sie war stark. Sehr stark.

Sie hatte nie geweint. Auch nicht, als sie die Nachricht über den Tumor erhielt, nicht, als er zusammenbrach und weinte. Das einzige Mal, daß er Tränen ihr Gesicht herunterlaufen sah, war gegen Ende. Sie konnte nicht verschmerzen, ihre Söhne verlassen zu müssen, die gerade zu Männern wurden. Sie konnte ihre Tränen nicht ertragen, nicht Marks Tränen, und so versuchten sie alle, das Beste aus den letzten Tagen zu machen, die ihr blieben. Sie hatten Zeit, und sie redeten, und Mark sagte, daß er nie wieder würde lieben können. Sie blieb ruhig, zauste ihm das Haar. »Du mußt wieder lieben; jeder braucht Liebe.« Er hatte ihre Worte abgestritten, und sie hatte gelächelt. »Sorge nur dafür, daß sie eine gute Frau ist. Du bist ein guter Ehemann. Du verdienst das Beste. Mark, du bist menschlich. Du hast mich geliebt. Wir haben viel gestritten, uns gezankt, aber es war in Ordnung. Bestrafe dich nicht, weil wir uns geliebt haben!« Bei einer anderen Gelegenheit sagte sie: »Bleib nicht zu lange allein, Mark. Mein Gott, ich liebe dich. Bleib nicht allein. Tu mir nicht den Rest deines Lebens weh. Denk nur immer daran, beurteile nie ein Buch – oder eine Frau – nur nach dem Äußeren!«

Später hatte sie leiden müssen. Aber als es dann dem Ende zuging, war sie ganz ruhig in seinen Armen eingeschlafen, und er und Michael und Sean waren füreinander dagewesen. Das war jetzt fast sieben Jahre her. Er liebte Maggie immer noch. Und es waren Maggies Worte, die ihm klargemacht hatten, daß so viel mehr in Gina steckte, in dieser Nacht, als er sie verhaftete. »Beurteile nie ein Buch – oder eine Frau – nur nach dem Äußeren!« Dank Maggie hatte er erkennen können, was hinter Ginas schönem Schein steckte. Und Gina, egal, womit sie ihren Lebensunterhalt verdiente, war eine gute Frau gewesen, voller Leben und Liebe.

Sie war – so mußte es scheinen – für ihre Träume gestorben.

Er hörte ein Geräusch an seiner Tür und griff automatisch nach seiner Dienstwaffe, die im Holster am Stuhl neben seinem Bett hing. Dann fiel ihm wieder ein, daß die Haustür fest verschlossen war. Er stand schnell auf, schlüpfte in seine Unterhosen und ein Paar Jeans. Er war kaum angezogen, als er ein Klopfen an seiner Schlafzimmertür hörte, die nur angelehnt war.

»Opa?«

»Komm rein, Kleines«, rief er und öffnete die Tür. Michaels Tochter, Brit, gerade sechs geworden, stand da und sah ihn von unten mit den blauen Augen, die denen ihrer Großmutter so glichen, an. Brit runzelte die Stirn, musterte ihn. Ihm fiel ein, daß sein Haar noch zerzaust war von der Dusche und daß er überhaupt wie der Tod persönlich aussehen mußte.

»Daddy wollte nicht glauben, daß du so spät zurückgekommen bist. Ich wußte es aber. Ich habe das Auto gesehen.«

»Kluges Mädchen.«

»Wenn ich groß bin, werde ich Detektivin«, sagte sie stolz.

Er hob eine Augenbraue. Er wollte gerade den Mund öffnen, um ihr zu raten, doch lieber etwas anderes zu werden. Polizeiarbeit ist gefährlich. Er wollte nicht, daß sie verletzt würde.

Dann dachte er aber, daß er kein Recht hatte, ihr das zu sagen. *Das Leben* war gefährlich, und er würde sich immer Sorgen um sie machen, aber sie sollte das Recht haben zu entscheiden, was sie aus ihrem Leben machen wollte. Er war der Cop in der Familie, aber Maggie hatten sie verloren.

Er strich ihr durch die dichten rotblonden Locken und lächelte. »Denk dran, junge Dame, du kannst werden, was du willst, wenn du groß bist. Alles wofür du bereit bist, hart zu arbeiten.«

Sie lächelte und sah ihn dann wieder kritisch an. »Du siehst ganz müde aus, Opa.«

»Ich bin gerade erst wachgeworden und habe geduscht.«

Brits Augen waren groß und rund vor Ernsthaftigkeit. »Es muß an der Seife gelegen haben, Opa. Deine Seife kann nicht richtig gewesen sein. Du hättest ›Mit Schwung in den Morgen‹ nehmen sollen. Oder vielleicht ›Mach die Augen auf‹. Glaube ich.«

»Mach die Augen auf?«

Verwirrt sah Mark hinter seiner Enkelin seinen Sohn an, der mitten im Wohnzimmer stand. Sein Sohn zuckte hilflos mit den Schultern. »Ich glaube, die, die sie meint, heißt ›Coast‹. Ich habe Lucy schon gesagt, daß Brit neuerdings zuviel fernsieht. Unser Leben ist eine einzige große Werbesendung. Berufsrisiko.«

»Hm.« Er schaute zu Brit hinunter. »Honey, ich gehe heute in einen Laden und kaufe mir die richtigen Sachen. Junge, Junge, wenn ich gewußt hätte, daß alles von der Seife abhängt!« Er streichelte ihr über die Wange und sah wieder seinen Sohn an. »Was tust du hier? Seit wann haben Werber unter der Woche frei?«

»Keine Schule und kein Babysitter heute und Stephanie mußte zum Arzt, da habe ich mir den Vormittag frei genommen. Ich wollte Brits Badesachen abholen, die haben wir vor ein paar Wochen hier vergessen, all die Strandspielsachen und so.«

»Du weißt, daß du jederzeit willkommen bist.«

»Ich wollte dich nicht erschrecken. Normalerweise bist du um diese Zeit ja gar nicht zu Hause.«

»Ich weiß.«

»Hast du schon gefrühstückt, Opa?« fragte Brit besorgt. »Milch ist gut für den Körper.«

»O je«, sagte Mark.

»Frag Opa, ob er Lust hat, zu einem späten Frühstück auszugehen, Brit. Wir sehen zu, daß er Milch in seinen Kaffee tut.«

»Aber nur ein ganz schnelles Frühstück«, sagte Mark. »Ganz schnell. Ich muß zurück zur Arbeit ...«

»Ja, ja«, unterbrach Michael lächelnd. »Ich habe die Morgenzeitungen gelesen. Auf der Titelseite steht alles über ...«, er zögerte mit einem Blick auf seine Tochter. »Über dieses Mädchen. Dein Name kommt ganz groß raus.«

»Mein Name?« stöhnte Mark auf.

»Der Super-Cop. Am Tatort in Sekunden. Mit ihm als Leiter der Untersuchung ist der Fall schon gelöst. Zieh dir was über. Du kannst beim Kaffee im Park lesen.«

Das Aufwachen war ziemlich schlimm. Erstens fühlte sie sich jetzt müder als zu dem Zeitpunkt, als sie dann endlich eingeschlafen war. Dann hatte sie so etwas wie einen Kater vom Wein, dazu kam die Dumpfheit in ihrem Herzen, als sie zugeben mußte, daß alles, was letzte Nacht passiert war, kein Traum war und nicht weggehen würde.

Als nächstes hatte sie die Zeitung gesehen. Der »Journalist« hatte in seiner blutrünstigen Story Jon klar beschuldigt und verurteilt, dazu makabre Vergleiche angestellt zwischen seinen Lieblingsfarben auf den Gemälden und seinen Lieblingsfarben in Leben und Tod – Rottöne, vor allem Purpurrot. Der Journalist verkündete, »verläßliche Quellen« hätten behauptet, daß Jon Marcel eine heiße Liebesaffäre mit Gina L'Aveau gehabt hatte, in der es auch schon vorher zu gewaltsamen Auseinandersetzungen gekommen war.

Wieder einmal war sie dankbar, daß sich Katie am Amazonas aufhielt. Und noch dankbarer, daß Jon wohl noch keine Zeitung bekommen hatte.

Wenn er überhaupt wieder bei Bewußtsein war.

War er nicht, wie sie erfuhr, als sie im Krankenhaus ankam.

Er war ins Koma gefallen.

Die Nachricht hatte sie augenblicklich in eine tiefe Depression geworfen, obwohl der Doktor ihr versicherte, daß ein Koma zwar gefährlich war, es aber keinen Grund zur Befürchtung gab, daß er nicht wieder erwachen würde. Er saß über zwanzig Minuten mit ihr zusammen. Sie kam sich vor, als ob sie selbst teilweise den Verstand verloren hätte, denn während des ganzen Gesprächs verstand sie nicht ein Wort seines Fachvokabulars. Robin Cook hatte ein Buch mit dem Titel »Koma« geschrieben. Die Patienten in diesem Buch waren für Körpertransplantationen mißbraucht worden. Ihr konnte man jedenfalls nicht weismachen, daß ein Koma gut war.

Sie saß den ganzen Nachmittag bei Jon und hielt seine Hand, sprach mit ihm, weil die Schwestern gesagt hatten, es sei gut für ihn. Im Krankenhaus hatten einige Polizisten Dienst; einer genau vor der Tür der Intensivstation, ein zweiter, um ihn abzulösen, verbrachte seinen Teil der Wache in der bequemsten Ecke des Wartezimmers. Die Schwestern und Cops flüsterten; sie hörte sie nicht.

Es war vielleicht gegen sechs Uhr, als sie bemerkte, daß jemand hinter ihr stand. Er mußte da schon länger gestanden und sie still beobachtet haben. Sie nahm den Hauch eines sehr eleganten Aftershaves wahr.

Das würde zu ihm passen. Ein Geruch nach Holz. Rauh. Aber nicht zu aufdringlich. In Eile aufgetragen.

Es überraschte sie nicht, den Lieutenant hinter sich zu sehen, als sie sich umdrehte.

Zu ihrer Beunruhigung spürte sie aber, wie ihr eine Flut von Tränen in die Augen schoß.

»Kommen Sie«, sagte er. Seine Stimme klang erstaunlich zart. »Es ist alles nicht so schlimm.«

Sie schluckte. »Nicht für Sie. Die Zeitungen stimmen Ihnen ja zu. Jon Marcel ist ein Monster.«

»Er kann es noch schaffen.«

»Er kann es noch schaffen. Er liegt im Koma, und die Zeitungen haben ihn schon verurteilt.«

»Er kann das hier überstehen und sich verteidigen.«

»Ja«, sagte sie ohne Überzeugung.

»Ist es so weit? Sie geben sich geschlagen? Geben auf?«

Mit einer schnellen Bewegung wandte sie sich um und sah ihn an. Das halbe Lächeln lag wieder auf seinen Lippen.

»Haben Sie entschieden, daß er unschuldig ist?«

»Habe ich nicht. Haben Sie entschieden, daß er schuldig ist?«

»Nein!«

Er zuckte mit den Schultern. »Nun, dann wird es also eine Schlacht geben. Sie sehen nicht so aus, als ob Sie das schaffen würden.«

Sie sah ihn fragend an.

»Sie sehen kaputt aus. Letzte Nacht habe ich gedacht, Sie wären dreißig. Heute sehen Sie eher wie vierzig aus.«

Sie hob eine Augenbraue.

»Lieutenant, das ist schlichtweg unverschämt.«

Er zog eine Grimasse. »Entschuldigung.«

»Sie sehen übrigens auch ziemlich mitgenommen aus.«

»Ich weiß. Das hat mir meine Enkelin auch schon gesagt.«

»Sie haben eine *Enkelin?*«

Er lächelte, nickte und trat näher ans Bett, betrachtete Jon mit all den Schläuchen und medizinischen Anschlüssen.

Unwillkürlich ballte sie die Fäuste.

»Sehen Sie sich vor«, flüsterte sie.

»Mrs. Marcel, ich versichere Ihnen, ich habe nicht die Absicht, irgendwelche Schläuche zu ziehen. Ob Sie mir glauben oder nicht, ich will unbedingt, daß dieser Mann überlebt.«

Er warf einen prüfenden Blick auf Jon, dann sah er sie an. »Er wird es schaffen.«

»Möchten Sie das wirklich?«

»Ja, wirklich.«

»Damit Sie ihn überführen können.«

»Wenn er schuldig ist. Wenn er nicht schuldig ist, könnte er etwas wissen.«

»Er weiß ... etwas«, sagte Ann.

»Er muß etwas wissen. Er spricht schon.«

»Er spricht schon? Nicht möglich«, sagte Ann mißtrauisch. »Was sagt er?«

»Er sagt, daß Sie unbedingt eine Weile hier raus müssen. Sie müssen ein bißchen durch die Straßen gehen, ein bißchen Sonne sehen, an ein paar Blumen riechen. In einem Café draußen sitzen mit Café au lait, Beignets, Baguettes, Käse, Protein, Schokolade, Essen. Das bringt ein bißchen Farbe auf Ihre Wangen, und ein bißchen Trost für die Seele.«

»Ich bin nicht in der Stimmung, ziellos durch die Stadt zu laufen.«

»Ich meinte nicht, daß Sie ziellos laufen sollten. Ich wollte auch einen Café au lait.«

»Ist das eine Einladung, Lieutenant?« fragte sie überrascht.

»Genau das.«

»Wollen Sie mich in die Zange nehmen?«

»Ich finde, Sie sind fürs erste genug in die Zange genommen worden. Ich könnte wirklich etwas Koffein und Cholesterin gebrauchen.«

»Was würde Ihre Frau dazu sagen, daß Sie mit der Ex-Frau eines mutmaßlichen Mörders Koffein und Cholesterin teilen?«

»Wenn Maggie noch leben würde, würde sie sagen, daß Sie so etwas dringend nötig haben. Gehen wir?«

Noch immer war sie mehr als mißtrauisch und wußte, daß man es ihr anmerkte. Aber er reichte ihr eine Hand, um ihr aus dem Stuhl zu helfen, und, wenn auch zögernd, ergriff sie sie.

Sein Griff war stark. Kraftvoll. Etwas an seinem Griff schien ihr Kraft zurückzugeben. Sie brauchte tatsächlich einen Kaffee. Keinen Krankenhauskaffee aus einem Plastikbecher. Richtigen, starken New-Orleans-Kaffee, frisch gebrüht. Heiß mit geschäumter Milch.

Sie schaute auf seine Hand, die ihre noch hielt. Gebräunt, kurzgeschnittene, saubere Nägel.

»Ich ...«

»Ja?«

»Ich weiß nicht genau. Kennen Sie einen Ort, wo es ruhig ist, mit einer schönen Aussicht, Kaffee, der einen umbringt, und mit einem unglaublich süßen Nachtisch?«

»Klar.«

»Wirklich?«

»Mrs. Marcel, ich kenne diese Stadt.«

»Hier geboren?«

»Ja, ich bin mit der Stadt so verwachsen, daß es mir manchmal zuviel wird.«

»In der Nähe des Krankenhauses gibt es nichts.«

»Ich habe meinen Wagen dabei.«

Sie mußte wieder merklich gezögert haben, denn er seufzte ungeduldig. »Mrs. Marcel, haben Sie Angst vor mir?«

»Ganz sicher nicht. Obwohl Ihnen vermutlich jedes Mittel recht wäre, das mich dazu bringt, irgend etwas Belastendes über Jon zu sagen.«

»Das mag stimmen, aber ...«

»Aber?«

»Ich habe es lieber, wenn sich meine Gegner wehren können. Sie sind zu angeschlagen. Im Moment sind Sie sicher vor mir. Auszeit. Gehen wir?«

Sie hatte keinen Grund, ihm zu trauen.

Er nahm sie bei der Hand und zog sie hoch. Sein Griff blieb fest, und die Wärme dieser Berührung schien ihr Kraft zu geben.

»Müssen Sie nicht zurück an die Arbeit?« fragte sie zuletzt.

Er zögerte kurz. »Ich habe den ganzen Nachmittag gearbeitet«, erzählte er ihr. »Ich gehe sicher auch später noch einmal ins Büro. Kommen Sie.«

Er ließ ihre Hand los und schob sie vor sich her. Sie warf Jon noch einen Blick zu.

Er schien tatsächlich ganz friedlich zu schlafen.

Und die Hand fühlte sich merkwürdig gut an.

Selbst wenn sie Lieutenant Adlerauge gehörte.

Sogar wenn sie nicht ganz sicher war, ob sie dem momentanen Waffenstillstand trauen durfte.

6. Kapitel

Cindy kam früh in den Club. An ihrem weißen Kostüm mußte etwas ausgebessert werden. Aber eigentlich wollte sie nur nicht allein sein.

Im Club war es ruhig, als sie hereinkam. April, die bereit war, in der Frühschicht für weniger Geld zu arbeiten, um früher zu Hause zu sein, stand allein auf der Bühne. Ein Discjockey spielte die Musik ab, wochentags bis neun, an Wochenenden bis zehn, dann traten die Dixie Boys auf. Die Bar war voll mit Büroangestellten, die auf ihrem Weg nach Hause mit Freunden auf einen Drink vorbeikamen, meist Yuppies mit Kindern und Frauen zu Hause. Als Publikum waren sie zurückhaltend und höflich, gelegentlich pfiff der eine oder andere bewundernd, aber die verheirateten Männer und ihre weiblichen Gegenstücke kamen hauptsächlich wegen der guten Musik, dem Tanz und Ambiente und waren angenehme, unauffällige Gäste.

Gregory saß an der Bar und hielt einen Drink in der Hand. Er war ein ambitionierter Musiker und kam oft früh, um noch die Instrumente zu überprüfen, oder im hinteren Teil des Etablissements, der früher ein Pferdestall gewesen und jetzt als Übungsraum und Abstellkammer für alle diente, neue Stücke auszuprobieren.

Er saß selten mit einem Drink an der Bar, es sei denn, es handelte sich um Cola.

Als sie ihn dort vor sich hinbrüten sah, ging Cindy zu ihm hin und kletterte auf den Barhocker neben ihm.

»Gregory«, sagte sie vorsichtig.

Er nickte.

»Hallo, Kleine.«

»Alles in Ordnung?«

Er nickte. »Ja, und bei dir?«

»Fix und fertig«, gab Cindy zu.

»Ja, fix und fertig. Ich würde sagen, ich bin verdammt fix und fertig. Es gibt einfach nichts, worauf man sich verlassen kann, weißt du.« Er starrte auf die Bühne, ohne etwas zu sehen. »Ich vermisse sie. Ich vermisse sie jetzt schon. Ich vermisse sie, weil sie in letzter Zeit so verdammt glücklich war. Weil sie an etwas *glaubte.*«

Cindy nahm ihre Hand in seine und drückte sie fest. »Mir fehlt sie auch.«

»Ich dachte, sie würde so glücklich werden. Ich dachte, sie würde bald alles haben, was sie wollte. Sie hatte viele Freunde, viele, die sich um sie kümmerten. Zum Teufel, sie hatte auch viele Kerle, aber dieser … Ich dachte, er wäre anders, der Künstler, weißt du? Ich dachte, er würde sie wirklich lieben. Ich dachte, er würde sie heiraten und anständig zu ihr sein und so. Cindy, ich dachte er wäre so viel besser als all der Schrott, den sie sonst traf! Kerle, die sie ausnutzten, sie schlecht behandelten … Hier ist der Mann mit der netten Art, dem Verständnis …« Er hielt inne, schüttelte seinen Kopf ungläubig und voller Abscheu. Er warf den Kopf zurück und kippte seinen Drink, offensichtlich ein Bourbon on the Rocks, mit einem einzigen Zug.

Seine ganze mächtige Gestalt schüttelte sich. »Der ›gute Mensch‹ bringt sie um.«

Cindy zögerte. »Vielleicht ist es nicht fair, ihn so schnell zu verurteilen.«

»Hast du die Zeitungen nicht gelesen?«

»Ja, aber es könnte sie auch jemand anders umgebracht haben, Gregory. Ich weiß, daß sie manchmal … also, ich weiß nicht genau, was los war, aber sie traf sich immer noch mit Harry Duval.«

»Ja, das stimmt. Ich dachte, Harry könnte der Bastard sein. Er wollte nie etwas Festes mit Gina, aber er wollte sie auch nicht loslassen.« Gregory sah Cindy an, seine großen, dunklen Augen überschattet, sein schönes schwarzes Gesicht traurig. »Ich hatte Harry gleich in Verdacht.«

»Und?«

»Er schwört, er hat es nicht getan. Er hat mich beschuldigt, es gewesen zu sein.«

»Dich?«

»Ja.«

»Mein Gott, was hast du gesagt?«

»Natürlich habe ich geschworen, daß *ich* es nicht war.«

»Wenn du Jon Marcel fragen würdest«, sagte Cindy, »wette ich, daß er auch leugnen würde.«

»Klar würde er das«, stimmte Gregory mißmutig zu. Er hielt Louis, dem Barmann, sein Glas zum Nachfüllen hin. Jack Daniels Black. Cindy überlegte, ob sie Gregory überreden könnte, etwas vorsichtiger zu sein.

Cindy sah ihm zu, wie er trank. Sie kaute an ihrer Unterlippe. Gregory war Ginas Freund gewesen, mehr nicht, aber er hatte sie wirklich gemocht.

»Das Merkwürdige war, daß ...«

»Was?« fragte Cindy.

»Ich habe mit ihr gegessen. Kurz bevor es passierte. Ich war mit ihr zusammen ... Ich hörte, daß sie jemanden traf, als ich ging.«

»Wen?« rief Cindy ungläubig.

Gregory zuckte mit den Schultern. »Muß Jon Marcel gewesen sein.«

»Es hätte doch auch jemand anderes gewesen sein können«, beharrte Cindy. »Es hätte Harry sein können ...«

»Richtig. Und wenn die falschen Leute wüßten, daß ich bei ihr gewesen war, hätte ich es sein können. Ich war ja bei ihr.«

»Dieser gutaussehende Mistkübel-Verwandte von ihr kam auch manchmal noch.«

»Jacques?«

»Jacques.« Als sie die Verwirrung in seinem Gesicht sah, seufzte Cindy. »Komm, Gregory! Sie waren entfernte Cousins. Ihre Mütter waren Großcousinen oder so etwas. Gregory, sie schlief mit ihm. Er wollte irgendwas von ihr.«

Gregory starrte sie an, zuckte mit den Schultern und trank noch mehr Bourbon.

»Ist ja auch egal.«

»Wieso.«

»Sie sagen, Marcel war es, und Marcel liegt jetzt im Koma.«

»Im Koma?« flüsterte Cindy.

Gregory nickte sorgenvoll. Er nippte noch einmal von seinem Drink, dann drehte er sich um und sah ihr fest in die Augen. »Ob wir es glauben oder nicht, das Urteil ist anscheinend gefällt.«

»Haben sie es bewiesen?«

Er zuckte wieder mit den Schultern. »Mehr oder weniger. Es gibt jede Menge Gerüchte. Wo Rauch ist ..., du weißt schon. Ach, zum Teufel, Cindy, hast Du denn nichts gehört?

»Was gehört?«

Und dann erzählte er ihr von den Neuigkeiten.

Das Hauptbüro des Clubs befand sich eine Ebene über dem Erdgeschoß und überblickte die Bühne, die Bar und den Eingang durch eine riesige Einwegscheibe. Es war ein großzügiger Raum mit einem modernen Schreibtisch, einem bequemen schwarzen Ledersofa, einigen schwarzen Leder-Freischwingern, Kühlschrank, Bar und kompletter Entertainment-Ausstattung.

Das war Harry Duvals Lieblingsplatz. Kein Vergleich mit dem Schmutz und Dreck und dem ärmlichen Strohdach des Hauses, in dem er aufgewachsen war, und auch heute kam er noch manchmal herauf und setzte sich einfach nur hin, und genoß den Triumph, daß er es so weit gebracht hatte, daß etwas aus ihm geworden war, daß er dies erreicht hatte. Was die hochnäsige alte Garde von Louisiana über ihn sagte, war ihm egal. Manche nannten ihn leichtsinnigerweise einen Zuhälter, wer das zu laut und zu oft tat, wurde oft von schattenhaften Gestalten verfolgt, und dann fand man ihn zusammengeschlagen in dunklen Nebenstraßen. Nie zu schwer verletzt, nie verkrüppelt.

Die armen Schweine hatten vielleicht einen Verdacht, aber sie konnten ihm nie beweisen, daß er auch nur einen Finger gegen sie erhoben hatte.

Es war eben eine harte Welt. So etwas passiert.

Aber dann ...

Dann passierte das mit Gina.

Er runzelte die Stirn, sah aus dem Fenster und schüttelte den Kopf. Gina. Die klügste und die beste von allen. Gina, mit ihrem Lachen, ihrem Strahlen. Ihrem Optimismus, den sie bis zum letzten Atemzug behalten haben mußte.

O Gott, ja, die Sache mit Gina. Gina, die sich auf Leute einließ. Gina, die von ihrem Glauben so geblendet war, daß sie nicht begriff, welchen verheerenden Schaden Gefühle und Leidenschaften bei anderen anrichteten.

Gina. Sie hatte sich geweigert, das Böse zu erkennen.

April, gesegnet sei sie, bewegte sich graziös auf der Bühne. Das war mal ein nettes, gutes Mädchen. Schöner als der Himmel, teuflischer als die Sünde. Kümmerte sich nur um ihre Angelegenheiten, ging ihren eigenen Weg. April würde mit heiler Haut davonkommen.

Er trat an seinen Schreibtisch und strich mit der Hand über das glänzend polierte Holz. Es schauderte ihn ein wenig, und er gestand sich ein, daß er sich ziemlich seltsam fühlte.

Lüstern.

Eines der letzten Male, als er mit Gina zusammengewesen war ...

Es war hier gewesen. Er spürte das Leder unter seinem Fleisch, beobachtete sie, wie sie sich auf dem glänzenden Holz bewegte. Sie hatte ihn überrascht an diesem Tag. War hereingekommen, als er sich gerade umgezogen hatte. Sie hatte nicht damit gerechnet, ihn so vorzufinden.

Gott, was war das für ein Nachmittag gewesen.

Er ging hinüber zur Bar und goß sich einen Bourbon ein.

Kippte ihn, goß noch einen ein. Zum Teufel, trinken konnte er. Wenn er einmal sterben würde, müßte man ihn nicht einbalsamieren, bis dahin wäre er vollständig mariniert. Würde aber auch nichts machen. Ihm gefiel sein Leben so. Er hatte das Unglaubliche erreicht. Das Leder, an seiner nackten Haut gehörte ihm. Die Mädchen gehörten auch ihm. Er besaß sie zwar nicht, aber das war auch nicht nötig. Sie kamen freiwillig. Auch sie mochten das Leder. Und Champagner, Seide und all das, was man für Geld kaufen konnte. Und, zum Teufel, manche der Mädchen waren noch raffinierter als die Männer. Sie wußten, wie man's macht.

Es war ein gutes Leben. Wenn mal die Lichter ausgingen, war er bereit. Er erwartete keine Gnade, er wollte nicht in den Himmel kommen, fürchtete sich aber auch nicht vor der Hölle. Er hatte beides auf Erden längst kennengelernt.

Er ging zurück zum Fenster. Seinen Drink hielt er in einer Hand, mit der anderen legte er Jacke und Hemd ab, während er das Geschehen auf der Bühne beobachtete.

Plötzlich wurde er aufmerksam. Gregory und Cindy saßen an der Bar, sein dunkler Kopf ein scharfer Kontrast zu ihrem hellen. Sie erinnerten ihn an zwei vertraute Saufkumpane, die in ihr Bier weinten.

Sie redeten, redeten immer weiter.

Er schüttelte den Kopf.

Manche Leute lernten doch nie dazu.

Die Cops würden wohl den Künstler festhalten. Und vielleicht hatten sie ja genug Indizien und forensische Erkenntnisse, um ihn festzunageln.

Aber Gina war *tot*.

Und dieses Gerede war gefährlich. Narren.

Dieses Gerede konnte so verdammt gefährlich werden. Harry Duval zermarterte sich den Kopf, ob Gregory etwas wußte.

Ob er irgend etwas gesehen hatte.

Er wollte verdammt noch mal wissen, was er da sagte. Wenn er überhaupt etwas zu sagen hatte.

Ann fürchtete, daß er sie in ein Café führen würde, wo man sie kannte. Die Leute in den Cafés in der Nähe ihrer Wohnung bei der Bourbon Street kannten sie alle, und sie wollte jetzt von niemandem gesehen werden. Im Krankenhaus war man äußerst nett zu ihr, aber nur aus Mitleid. Es wurde alles getan, um Jons Leben zu retten, aber wie alle Bürger der Stadt hatten sie ihn auch dort ohne Verhandlung schon für schuldig erklärt.

Okay, dachte sie, als sie im Auto saßen. Also, vielleicht, wenn man Jon nicht kannte, könnte man ihn für schuldig halten. So viel gab sie zu. Aber sie hoffte auch, daß irgend jemandem da draußen bewußt wurde, daß auch Jon schwer verletzt worden war, und daß immer noch keine Mordwaffe aufgetaucht war. Natürlich wähnte man die Waffe bei ihr. Andererseits war noch niemand mit einem Durchsuchungsbefehl bei ihr aufgetaucht, aber sie hatte die Polizei in ihrer Wohnung zurückgelassen – bei weit offenen Türen –, als sie mit Jon ins Krankenhaus gefahren war.

Er parkte den Wagen in einer privaten Garage außerhalb des French Quarter, oder Vieux Carré, Old Square. Er führte sie in eine Seitenstraße, die sie selber noch nie gesehen hatte, einen Fußweg entlang in ein Café, das eher wie ein privater Garten aussah.

Der Name der Kellnerin war Helena. Sie kannte Mark; sie war eine hübsche Frau von ungefähr dreißig und begrüßte ihn mit einem liebevollen Kuß auf die Wange. »Heute mal abseits der ausgetretenen Pfade?« sagte Helena und führte sie zu einem weißen schmiedeeisernen Tischchen neben einem hübschen kleinen Brunnen in Gestalt der griechischen Göttin Athene, mit der Eule auf ihren Schultern.

»Wir brauchen ein bißchen Ruhe«, sagte Mark zu Helena. »Ach so«, sagte Helena. Sie sah Ann kurz an, lächelte sie herzlich an und fügte hinzu: »Harter Tag heute, oder? Ich schlage die Ente à l'orange vor. Was kann ich Ihnen zu trinken bringen?«

»Erst einmal zwei Café au lait mit ein paar dieser fabelhaften Baguettes des Hauses. Ich werde versuchen, meine Freundin zu der Ente zu überreden.«

Helena lächelte und verschwand auf dem Gartenweg in das alte Haus neben dem Cafégarten.

»Hat sie mich erkannt?« fragte Ann neugierig.

»Ja«, sagte er offen. »Haben Sie heute nicht die Zeitung gelesen?«

»O doch, das habe ich«, sagte sie trocken.

»Jon Marcel war die Schlagzeile auf der Titelseite, aber auch die Kritiker haben sich um ihn gekümmert. Diese Ausstellung seiner Werke, die gestern eröffnet hat, muß ein Vermögen eingebracht haben. Über Sie stand auch was in diesem Artikel. Es war ein fabelhaftes Foto von Ihnen drin.«

»Deshalb hat Helena mich also erkannt.«

»Es sei denn, sie ist selbst Kunstkritikerin und kennt Sie von einer anderen Gelegenheit.«

»Lassen Sie uns hoffen, daß nicht noch mehr Kritiker in der Stadt sind«, murmelte Ann. »Ich möchte nicht erkannt werden. Ich möchte nicht, daß mich die Leute bemitleiden, auf mich zeigen, oder hinter meinem Rücken wispern, daß Jon ein schuldiger Kotzbrocken ist und daß ich ein Närrin bin, ihn zu verteidigen.«

»Also, eigentlich finde ich ja auch, daß Sie eine Närrin sind.«

»Sie sagen es mir wenigstens ins Gesicht. Und anscheinend kränkt es Sie nicht – jedenfalls sitzen Sie noch hier –, wenn ich Ihnen im Gegenzug sage, daß Sie ein kompletter Esel sind.«

Er grinste, sah auf den Tisch. Helena kam mit ihren Tassen und einem Korb mit frischen Baguettes. »Haben wir uns schon wegen der Ente entschieden?« fragte sie.

»Sie müssen essen«, sagte er zu Ann.

»Ich ..., also gut, die Ente.« Ann stimmte zu. Als die Kellnerin ging, sagte sie: »Wir machen halbe-halbe.«

»Das Dinner geht auf meine Kosten.«

»Oder auf Ihre Abteilung und die Steuerzahler. Erwarten Sie, daß ich irgend etwas Enthüllendes sage? Das werde ich nämlich nicht. Wenn Sie das denken, können Sie sich die Ente auch sparen.«

»Das Dinner geht auf meine Kosten. Und nicht, weil ich glaube, daß Sie etwas Enthüllendes sagen werden. Die Anwälte der Verteidigung könnten gehackte Ente aus mir machen, wenn ich sie mit Essen und Trinken zum Reden verführen wollte. Gefangenhalten, wissen Sie.«

Ann biß in ein Baguette. Es war außen ganz knusprig, innen warm, köstlich, zerging auf der Zunge. Sie hatte gar nicht gewußt, wie hungrig sie war. Ein Schluck von dem Kaffee war auch köstlich und baute auf.

Er hatte recht gehabt. Sie hatte das Krankenhaus hinter sich lassen müssen.

»Können sich Cops Ente leisten?« fragte sie. »Vielleicht sollte ich zahlen, wenn wir nicht auf Kosten des Steuerzahlers essen.«

»Ich kann mir ein Dinner leisten.«

»Ein gutbezahlter Cop?«

»Ich bin sehr lange dabei. Ich habe einige gute Investitionen gemacht.«

»Ah.« Sie legte ihr Brot plötzlich ab. Eigentlich fühlte sie sich wohl.

Und Jon lag im Koma. Starb. Katie war am Amazonas, während sie vielleicht ihren Vater verlor. Ohne es überhaupt zu wissen.

Sie schrak auf, als seine Finger ihre Hand ergriffen. »Sie haben ihn nicht verloren. Er wird ganz sicher durchkommen.«

»Er liegt im Koma.«

»Seine Lebenszeichen sind stabil und regelmäßig; er erhält die notwendige Blutzufuhr. Sogar seine Hautfarbe ist gut. Sein Körper hat einen extremen Schock erlebt; ohne die sofortigen medizinischen Maßnahmen, die er bekommen hat, wäre er gestorben. Aber so wird er jetzt nicht sterben.«

»Haben Sie Medizin studiert, Lieutenant?« fragte sie kalt.

Er zog seine Hand zurück und lehnte sich in seinem Stuhl zurück. Er sah sie an, und seine Augen nahmen eine stählerne Farbe an. »Ich kann Ihnen nicht sagen, wie viele Verletzte und Verwundete ich in Krankenhäusern gesehen habe. Daraus kann man was lernen. Wenn das Gehirn in Mitleidenschaft gezogen ist, besteht keine Hoffnung. ›Hirntod‹, Mrs. Marcel, dann kann man nur noch zum Himmel beten. Jon Marcel ist ins Koma gefallen, aber seine lebenswichtigen Organe sind in Ordnung. Er wird durchkommen.«

»Und dann werden Sie ihn verhaften.«

»Wahrscheinlich.«

Sie war wütend. Rasend. Sie fragte sich, ob sie sich über seine Offenheit so ärgerte – schließlich hatte er ihr ja nichts Neues gesagt. Sich dieser schonungslosen grauen Augen bewußt, die sie durchbohrten, butterte sie ihr Brot mit Rache.

»Cops!« zischte sie. »Sollten Sie nicht an den Ermittlungen arbeiten? Sie haben Jon sicher – aber Sie haben keine Mordwaffe! Wäre es nicht sinnvoller, wenn Sie nach demjenigen suchen würden, der die beiden niedergestochen hat?«

Er schwieg lange. »Mrs. Marcel, wir haben einige der Laborbefunde bekommen.«

»Und?«

»Sie machen natürlich noch weitere DNA-Testverfahren, die bisherigen wissenschaftlichen Tests haben aber schon ergeben, daß ihr Mann tatsächlich im Laufe des Tages, an dem sie umgebracht wurde, Sex mit Miss L'Aveau hatte. Ihr Blut war definitiv an ihm, und sein Blut klebte an ihr.«

Wieder sah er sie intensiv an.

»Wollen Sie mich schockieren, Lieutenant, wütend machen?«

»Ich nenne Ihnen die Fakten.«

»Fakten, gut. Es ist doch kein Verbrechen, wenn ein geschiedener Mann Sex mit der Frau hat, mit der er zusammen ist. Eigentlich ist es auch bei verheirateten Männern oder Frauen kein Verbrechen, mit anderen Sex zu haben. Eigentlich ...«

Er seufzte voller Ungeduld. »Und es ist auch kein Verbrechen, wenn Sie den Mann weiter lieben, Mrs. Marcel. Aber Sie müssen sich den Fakten stellen.«

»Ob ich meinen Mann noch liebe oder nicht, ist meine Angelegenheit. Bis jetzt ist jedenfalls die einzige Tatsache, die ich erkenne, die, daß die Polizei furchtbar lahm ist. Sie haben zwei niedergestochene Personen. Kein Messer.«

»Das Messer wird auftauchen.«

»Hm, in meiner Wohnung.«

»Es gibt keinen Durchsuchungsbefehl für Ihre Wohnung, Mrs. Marcel.«

»Warum sollte es einen geben? Ich habe die Wohnung mit offenen Türen und Cops in allen Räumen zurückgelassen.«

»Sie scheinen kein großes Vertrauen zu Cops zu haben.«

»Ich habe nicht viele Erfahrungen mit ihnen. Von dem, was ich jetzt bemerke, haben manche Cops die Angewohnheit, ziemlich blind zu sein.«

»Es gibt aber auch Leute, die nicht blind sind, sich aber weigern zu sehen«, erinnerte er sie.

»Warum haben Sie mich hierher gebracht, wenn Sie so entschlossen waren, mich zu quälen?« fragte Ann.

»Sie mußten etwas essen.«

»Gehört es zu Ihrem Job, sich um die Nahrungsaufnahme der Exfrauen von Mördern zu kümmern?«

»Mordverdächtigen«, mahnte er.

Sie wollte ihm gerade eine wütende Antwort entgegenschleudern, biß sich aber auf die Lippen, als sie Helena zwischen den Cafétischen durch auf sie zukommen sah, die Salate brachte, eine farbenfrohe, köstliche Zusammenstellung von grünem Salat, geraspelten Karotten, Paprika in allen Farben und Tomaten.

»Es tut mir leid. Ich habe ganz vergessen zu fragen. Möchten Sie jetzt Wein zum Dinner?«

»Nein, danke«, sagte Ann.

»Ja, bitte«, korrigierte er.

»Ich trinke nie Wein«, log Ann.

Sein Lächeln wurde breiter. »Nein, um keinen Preis. Helena, ich hätte gern eine halbe Flasche vom Hausrosé. Mrs. Marcel kann mir ja Gesellschaft leisten, wenn sie die Lust dazu überkommt.«

Helena verließ sie. Ann stieß heftig in ihren Salat. »Dürfen Cops eigentlich im Dienst trinken?«

»Ich bin nicht im Dienst.«

»Ach ja, stimmt. Sie nehmen mich gerade nicht in die Zange.«

»Stimmt.«

»Aber müssen Sie nachher noch zum Dienst?«

»Ja.«

»Ah, ich verstehe.«

»Was verstehen Sie, Mrs. Marcel?«

»Ich sehe einen Cop sturzbetrunken durch die Dunkelheit von New Orleans stolpern und nach einer Mordwaffe suchen.«

»Wollen Sie mich wieder zu sich einladen?«

»Bitte?«

»Wenn ich vorhätte, nach einer Mordwaffe zu suchen, würde ich dort anfangen.«

»Nein, ich lade Sie nicht zu mir ein.« Sie nahm ihre Gabel herunter. »Wie können Sie ...«

»Helena kommt.«

Helena kam zurück und brachte die Karaffe und zwei Weingläser. Sie stellte sie rasch ab und ging wieder.

Und Ann fragte sich, wieso es ihr etwas ausmachen sollte, daß Helena mithören könnte, wenn sie diesem Cop die Meinung sagte.

»Eigentlich bin ich mir gar nicht so sicher, ob ich wirklich denke, daß Sie die Mordwaffe verstecken«, sagte er angelegentlich, als Helena gegangen war.

»Wirklich? Wie unglaublich.«

Er goß sich Wein ein. »Wenn ich glaubte, daß Sie die Waffe hätten und bei sich versteckten, könnten Sie alles darauf wetten, daß ich schon längst einen Durchsuchungsbefehl hätte.«

Sie nahm ihm die Karaffe aus der Hand und goß etwas Rosé in ihr eigenes Glas. »Erinnern Sie mich, daß ich nie mehr mit Ihnen essen gehe.«

»Weil ich Sie zum Trinken bringe, Mrs. Marcel? Vielleicht sind es die Umstände allein, die das tun.«

Sie stellte die Karaffe hin, nahm ihr Glas und leerte es fast bis zur Neige. Sie stellte ihr Glas ab und stand auf.

»Ich glaube nicht, daß ich auf die Ente warten kann, Lieutenant. Es tut mir so leid.«

Seine Hand legte sich über ihre. »Ich heiße Mark, Mark LaCrosse. Wenn Sie mich hier schon mitten beim Essen sitzenlassen, könnten Sie mich vielleicht bei Namen nennen.«

Sie versuchte, ihre Hand wegzuziehen. Sein Griff war fest, seine Augen hielten sie. Das war lächerlich; niemand zwang sie, hier mit ihm zu sitzen.

»Die Ente!« Helenas begeisterte Stimme drang zu ihnen durch. Die Kellnerin kam mit einem Pagen, der ihre Salatschüsseln einsammelte, als Helena mit Schwung die Hauptgerichte servierte.

Ann blieb. Er hielt immer noch ihre Hand; sie lag auf dem Tisch, von seiner bedeckt.

»Guten Appetit!« sagte Helena.

Sie ging, gefolgt von dem Pagen. Plötzlich schien das

Gartenrestaurant ans Ende der Welt zu rücken. Kein Geräusch drang von den geschäftigen Straßen, die doch nur ein paar Meter weg lagen; das Laubwerk hielt den Lärm und die Straßengeräusche ab.

Er zog seine Hand zurück und machte sich an seine Ente. »Sie müssen wirklich essen, Mrs. Marcel. Sie sollten sich ausruhen, etwas essen, und Ihre Kraft für die Schlacht aufbewahren.« Er sah sie an, während er das Fleisch schnitt. »Gegen mich. Sie wollen mich doch nicht gewinnen lassen, oder?«

»Sie sind unausstehlich, Lieutenant.«

»Ich glaube, das hat etwas mit der Gegend hier zu tun.«

»Hm.«

»Sie möchten doch einen klaren Kopf behalten.«

»Ja, deshalb trinke ich ja auch mehr Wein, wenn Sie dabei sind.«

»Trinken Sie Wein, essen Sie Ente, gehen Sie nach Hause und versuchen Sie, etwas Schlaf zu bekommen. Ich werde helfen.«

Sie sah ihn immer noch durchdringend an.

»Mrs. Marcel, ich flehe Sie an, genießen Sie die Ente. Ich werde mein allerbestes tun, in den nächsten zwanzig Minuten nicht unausstehlich zu sein.«

Ann schnitt ein Stück ab. Sie sah ihn nicht an und kümmerte sich nicht um ihn, bis sie ihren Teller vollständig geleert hatte.

Nachdem sie den letzten Bissen geschluckt hatte, lehnte sie sich zurück und bemerkte, daß er sie erneut beobachtete. »Kommen Sie, ich bringe Sie nach Hause«, sagte er.

Sie stand auf. »Müssen Sie hier nicht die Rechnung bezahlen, Lieutenant?«

»Nein. Das Lokal ist nur Tarnung für einen illegalen Prostitutionsring, und sie bezahlen mein Schweigen mit Ente«, sagte er und stand ebenfalls auf.

»Tatsächlich ...«

»Tatsächlich geht es auf Rechnung. Kommen Sie, ich bringe Sie nach Hause.«

Er war fertig mit ihr; das Dinner war beendet. Er hatte bekommen, was er für diesen Tag wollte. Sie drehte sich herum und fühlte seine Hand auf ihrem Rücken, als er sie auf dem Gartenweg zurückführte. Sie wollte schneller gehen, um dieser Berührung zu entgehen. Andererseits ...

Es war keine intime Berührung. Sie kannten sich ja kaum. Es war eine höfliche, beschützende männliche Berührung. Sie fühlte seine Wärme, seine Stärke. Er war, dachte sie, ein sehr starker Mann. Mit starkem Willen. Eine Schulter, an der man sich ausweinen konnte.

Und er hatte die ganze Zeit zugehört.

Sie näherten sich der Straße. Helena erschien wieder, mit einem warmen, ehrlichen Lächeln. »War alles in Ordnung?« fragte sie.

»Das Essen war ausgezeichnet«, sagte Ann.

»Das freut mich. Sie haben auch schon wieder mehr Farbe im Gesicht.« Sie errötete leicht. »Entschuldigung, ich wollte nicht persönlich werden, oder beleidigend. Aber die Zeitungen, wissen Sie. Wundern Sie sich nicht, wenn Fremde Sie anstarren. Ignorieren Sie sie einfach. Die Zeit wird alles schon richten.«

»Danke. Ich werde daran denken«, sagte Ann.

»Tschüs, Kleines«, sagte Mark LaCrosse zu Helena. Er küßte sie auf die Wange. Die Wärme zwischen den beiden trieb Ann vorwärts.

»Lieutenant, besten Dank für das wunderbare Dinner und die geistreiche Unterhaltung. Wenn es Ihnen nichts ausmacht – ich wohne nicht weit von hier, und ich würde gern ein paar Schritte laufen – allein. Gute Nacht.«

Sie wartete die Antwort nicht ab. Sie bog ab und ging so schnell wie möglich hinaus auf die Straße. Sie ging schneller und schneller. Einen Block weiter schaute sie sich um.

Er folgte ihr nicht.

Sie war erleichtert. Und vielleicht ein wenig enttäuscht.

Sie wartete einen Moment, sah zurück, wartete. Er kam tatsächlich nicht.

Sie war nur ein paar Blocks vom Jackson Square entfernt, und lief jetzt in diese Richtung. In den Clubs wurde es mit dem Einsetzen der Dämmerung schon voller; aus vielen offenen Türen drangen Jazztöne auf die Straßen und verbreiteten eine einzigartige Atmosphäre, für die New Orleans so berühmt ist. Sie bog in die Charles Street, lief einfach weiter, spürte die Stadt um sich, schenkte ihr aber kaum Beachtung.

Sie fühlte sich so müde, aber trotzdem angespannt. Sie sollte zurück zum Krankenhaus gehen, dachte sie. Aber sie hatte schon Stunden bei Jon verbracht, ihn nur angesehen, mit ihm gesprochen, weil die Schwestern absolut überzeugt waren, daß das helfen würde. Und so hatte sie geredet und ihn angeschaut.

Und hatte eine Weile damit verbracht, mit Lieutenant Mark LaCrosse Ente zu essen, ohne dabei von ihm verhört zu werden.

Seiner Befragung standzuhalten, war die eine Sache, entschied Ann. Aber die Situation konnte sie keinesweg ändern. Sie hatten ein totes Mädchen und Jons Blut. Einen Beweis, daß Jon mit dem toten Mädchen geschlafen hatte. Es hätte schon zu Jack the Rippers Zeiten nicht gut ausgesehen, und jetzt, bei den Möglichkeiten der forensischen Technologie, war es einfach hoffnungslos.

Jons Unschuld zu beweisen, war so gut wie unmöglich.

Es sei denn, sie konnte beweisen, daß es jemand anderer war.

Sie fand sich am Jackson Square wieder, und schaute auf zu der imposanten Statue des Kriegers und Präsidenten, die dem Platz den Namen gab.

Jackson zum Beispiel, dachte sie.

Der Mann war der Held von New Orleans gewesen, hatte seine eigenen Truppen versammelt, Leute aus der Stadt, sogar die Piraten waren gekommen, um die Stadt gegen die Briten zu verteidigen. Für die vielen Indianer hingegen, die er unterworfen und dezimiert hatte, war er nichts weiter als ein verabscheuungswürdiger Mörder.

Aber Jacksons Vergangenheit stand nicht in Frage. Sie war nur zweischneidig. Er hatte New Orleans gerettet; er hatte ebenso die Ermordung und Ausrottung zahlreicher Indianer befohlen.

Sie seufzte.

»Großartige Statue.«

Sie wirbelte herum.

Er war ihr gefolgt. Sein Haar war leicht zerzaust, als hätte er laufen müssen, um sie einzuholen. Er schien aber nicht schwer zu atmen. Seine silbergrauen Augen waren durch das Zwielicht und das künstliche Licht der Straßenlampen leicht verschleiert. Groß, gerade, die Hände auf den Hüften, den Kopf leicht gebogen, stand er da und schaute zu der Statue.

»Wenn man Jackson mag«, sagte sie.

Er verzog die Lippen zu einem Lächeln. »Nun, er war ein militärisches Genie.«

»Er war talentiert und entschlossen, aber nicht unbedingt politisch populär.«

»Nein. Aber was er getan hat, reichte aus, um einen Platz in Jackson Square umzunennen, der vorher Platz der Waffen geheißen hatte.«

»So?« fragte sie, die Arme abwehrend über der Brust verschränkt.

»Sie sind nicht von hier?«

»Nein.«

»Woher?«

»Atlanta.«

»Gute Stadt.«

»Sehr freundlich.«

»Nein, wirklich.«

»Eine gute Stadt, aber nicht so gut wie New Orleans?«

»Eine ganz andere Stadt.« Er grinste. »Keine Stadt ist so gut wie New Orleans. Er lächelte, machte eine ausladende Geste. »Dies war der Platz für Militärparaden. Die Franzosen und Spanier waren nicht sehr glücklich über die Einmischung der Amerikaner nach dem Kauf von Louisiana. Der Wechsel kam sehr langsam zustande. Wenn er überhaupt je zustandegekommen ist ... Aber auch das macht den Charme der Stadt aus. Nur ist das Nicht-Einheimischen manchmal schwer zu erklären.«

»Aha ...« Sie drehte sich um und sah zur Kathedrale St. Louis hinüber. »Die Kathedrale! Benannt nach dem französischen König, der zwei Kreuzzüge geführt hat! Aber immer noch die älteste intakte Kathedrale in den Vereinigten Staaten. Und die Statue: Auf der der Kathedrale zugewandten Seite finden Sie die Worte eingemeißelt: Die Union muß und wird bewahrt werden! – eine Aussage der Yankees, als sie die Stadt einnahmen. Und der Platz, ja, es war der Paradeplatz. Aber es war auch der Schauplatz für öffentliche Hinrichtungen, unter anderem – durch all die Jahre – Verbrennen auf dem Scheiterhaufen, Hängen, Köpfen – und mein eigener persönlicher Hit auf der Liste der pathischen grausamen Tötungsarten: Rädern. Zum Glück kann ich Gott für einen kleinen Gefallen dankbar sein: Das alles ist Vergangenheit. Sie werden nicht in der Lage sein, Jon auf dem Scheiterhaufen zu verbrennen oder – hier auf diesem Platz – ihn köpfen zu lassen.«

Sie hatte damit gerechnet, daß er verärgert auf ihre höhnischen Bemerkungen reagieren würde.

Er sah sie bloß an, seine Augen glitzerten silbern in dem stärker werdenden Licht des Vollmondes, der gerade hinter ihm aufging. Aber er antwortete nicht verärgert. Er antwortete eine Weile gar nicht. Dann zuckte er einfach mit den Schultern und sagte: »Mist! Keine öffentliche Verbrennung auf dem Scheiterhaufen?«

Sie wandte sich ab, ging weiter von der Statue weg.

»Mrs. Marcel!«

Sie lief weiter.

»Verdammt, Ann!«

Sie erstarrte, als er sie am Ellbogen faßte und sie herumzog, damit sie ihn ansehen konnte. »Ich bringe Sie jetzt nach Hause.«

»Ich kenne den Weg.«

»Ich bringe Sie nach Hause.«

»Von hier aus kann man gut laufen.«

»Dann gehe ich mit Ihnen.«

»Nun, ich will aber nicht mit Ihnen gehen.«

»Gut, dann gehe ich eben hinter Ihnen.«

Ann lief los. Sie ging an ein paar Künstlern vorbei, die sie kannte, die am Square arbeiteten. Sie lächelte allen gezwungen zu und ging schneller weiter, immer schneller, entschlossen, nicht anzuhalten.

Aber er blieb dicht hinter ihr.

»Das ist nicht nötig.«

»Ich glaube doch.«

»Lieutenant, ich lebe hier. Ich gehe diesen Weg jeden Tag. Ich habe keine Angst ...«

»Aber ich.«

Sie hielt, drehte sich zu ihm um. Er war so nahe, daß sie beinahe mit ihm zusammengestoßen wäre.

Statt dessen roch sie ihn. Er roch gut. Verdammt gut. Zu gut. Sie fühlte sich lächerlich schwindelig, diesem Mann so nahe. Er legte ihr die Hände auf die Schultern, ihre Augen trafen sich.

»Ich bringe Sie nach Hause«, sagte er bestimmend. »Und ich kontrolliere, ob in Ihrer Wohnung alles in Ordnung ist.«

»Lieutenant, ich hatte mich für diesen Abend schon verabschiedet.«

»Ich bin wieder da.«

»Und ich bin auf einem abendlichen Spaziergang. Außerdem sind Sie nicht eingeladen.«

»Dies ist eine öffentliche Straße. Und ich möchte Ihnen hier durchhelfen.«

»Ich komme allein zurecht.«

»Es ist nur eine Vorsichtsmaßnahme.«

»Ich brauche aber keine ...«

»Ich aber.«

»Warten Sie, Sie wissen doch gar nicht, was ich sagen wollte. Was ist es bloß, daß ich so sicher bin, daß ich keine Hilfe brauche, und Sie, daß ich sie brauche?«

»Sie.«

»Bitte was?«

»Ich muß auf Sie aufpassen, Mrs. Marcel.«

»Warum?«

Er knirschte mit den Zähnen und seufzte tief und ungeduldig.

»Ich brauche Sie lebendig.«

»So? Warum, Lieutenant?«

»Es ist mein Job, sie am Leben zu halten.«

»Ich bin nicht bedroht worden.«

»Die ganze Situation ist bedrohlich.«

»Ich brauche keine ...«

»Doch!«

»Warum?«

»Weil ich mich um Sie kümmern werde, ob Sie mich brauchen, ob Sie mich wollen oder nicht!«

»Warum?« fragte sie nochmal in völliger Verzweiflung.

»Weil Sie, Mrs. Marcel, mir nicht die Wahrheit sagen – die ganze Wahrheit und nichts als die Wahrheit. Sie wissen etwas.«

»Nein.«

»Doch. Und Sie werden es mir erzählen.«

»Den Teufel werde ich tun.«

»Ah«, sagte er sanft, »Sie geben also zu, Sie wissen doch etwas.«

Sie versuchte seine Augen zu ergründen, die sie so scharf und gespannt ansahen. Die leichte Brise schob Strähnen seines dunklen Haares auf seine Stirn. Seine Schultern sahen im Mondlicht so breit und stark aus. Sie fühlte die absurde Versuchung, sich an ihn zu lehnen.

Er wollte Jon hängen.

Er würde Jon sicher gern zu Asche verbrennen sehen, mitten auf dem Jackson Square.

Sie lächelte süßlich. »Lieutenant.«

»Ja?«

»Zur Hölle mit Ihnen.«

Sie drehte sich wieder um und ging.

Und sie sah sich nicht ein einziges Mal mehr um. Aber sie war sich bewußt …

Seine Schritte folgten ihr bis nach Hause. An ihre Tür.

Sie betrat ihre Wohnung im ersten Stock vom Flur aus; er folgte ihr, bevor sie die Tür schließen konnte. Er sagte nichts. Er kontrollierte die Schlafzimmer und Schränke, dann ging er.

Aber sie blieb sich seiner bewußt.

Und sie wußte, daß selbst, wenn sie im Bett lag und die Lichter ausgeschaltet waren …

Er war immer noch bei ihr.

Er stand unten auf der Straße.

Seine Augen fixierten aufmerksam ihre Fenster …

7. Kapitel

April fühlte, daß sie beobachtet wurde. Augen, die aus der Dunkelheit kamen.

Merkwürdig, sie hatte nie Angst gehabt, wenn sie den Club verließ. Sie kannte ihren Nachhauseweg, dies war ihre Gegend. Sie und Marty hatten ein Apartment gleich beim Fluß, und sie war in den drei Jahren, die sie im Club arbeitete, immer nach Feierabend diese Strecke gegangen. New Orleans sollte einem Angst machen, Heimatstadt oder nicht, jeder wußte das. Es kam auf die Gegend an. New York konnte furchterregend sein, L. A. konnte furchterregend sein, eigentlich jede größere Stadt. Die Sicherheit bestand darin, daß man sich auskannte. Sie mied die Straßen, vor denen die Restaurantbesitzer die Touristen warnten; sie lief im Hellen. Sie trug Reizpulver bei sich.

Normalerweise verließ sie den Club zusammen mit Marty. Heute nicht. Marty mußte noch ein paar Stunden arbeiten; sie wollte nach Hause. Gregory hatte ihr gesagt, er würde früh aufhören, und sie wollte die Strecke mit ihm gehen. Aber Harry hatte Gregory zurückgerufen, und sie hatte gezögert. Als Shelly, die an der Bar arbeitete, ihr gesagt hatte, daß Gregory noch mindestens zwanzig Minuten bleiben würde, hatte sie ihrem Wunsch, nach Hause zu ihrem Baby zu kommen und ihre Schwester abzulösen, nachgegeben und ihre Furcht zurückgedrängt. Sie hatten eine gute Abmachung: sie paßte tagsüber auf Jessys Baby auf, und Jessy paßte abends auf ihr Baby auf.

Das einzige, was bei dieser Abmachung zu kurz kam, war Schlaf.

Es gab keinen Grund, sich mehr zu fürchten als normalerweise … arme Gina. Es zerriß ihr das Herz. Aber Gina hatte einfach auf zu vielen Schauplätzen gespielt. Sie hatte sich in den Künstler verliebt, Harry an der langen Leine gehalten, Jacques Moret wieder herbeigerufen, wenn die Lust oder die Einsamkeit sie plagte. Daneben hatte sie immer noch andere Freunde, wenn ihr langweilig war oder sie das Gefühl hatte, es liefe alles nicht so richtig.

Gina hatte mit dem Feuer gespielt. Und sie hatte sich verbrannt. Armes, süßes, verwirrtes Mädchen. Aber ihr Mord war sicher aus persönlichen Motiven geschehen.

Es gab also keinen wirklichen Grund für Furcht auf den Straßen …

Trotzdem hätte sie noch nicht nach Hause gehen sollen. Nebel kam auf, machte die Straßen feucht, legte sich über die Stadt. Die alten, engen, düsteren Straßen verwandelten sich vor ihr in gruselige Bilder. Ein Hund heulte; der Nebel schien vom Boden hochzuwirbeln, die schmiedeeisernen Balkone hinauf, um Zäune und Tore. Der Duft der Gardenien lag schwer in der Luft, vermischte sich mit dem Nebel. Sie hatte es nicht mehr weit.

Die Straßen schienen unheimlich still. Der Jazz füllte die Straßen nicht mehr mit den Klängen von Trompete, Horn, Saxophon. Sie fing an, sich etwas vorzusingen.

»Am Fluß entlang gehe ich, wo es warm ist und grün, ich habe vieles, worüber ich nachdenken muß … Sie brach ab. Sie sang aus einem *Concrete Blond*-Album. *Bloodletting*. Sie mochte Concrete Blond. Dieses Album mochte sie besonders, weil es direkte Anspielungen auf New Orleans enthielt.

»… als ich ein Vampir war, und du nur der wandelnde Tod …«

Mein Gott, es war wohl nicht die richtige Zeit für solch einen Song.

Aber die Melodie wich ihr nicht aus dem Kopf. Die Straßen blieben schaurig still.

War es immer so still um diese Zeit?

Abbiegen … sie kam jetzt in ihre Straße. Sie hörte ihren

eigenen Atem, hörte ihre Schritte. Vor ihr, in der Totenstille des Nebels, quietschte ein Eisentor.

Das Tor stand angelehnt. Sie fühlte sich wie in einem Film. Immer mehr Nebel schien aus diesem Tor zu dringen. Jeden Augenblick würde ein Mann in einem fließenden schwarzen Cape und Hut einen bedrohlichen, tödlichen Schritt in die enge Straße machen, hinter sich die Wolke aus Nebel und Dunst. Der Mond würde aufgehen, und die Stahlklinge in seiner Hand aufblitzen lassen.

»Reiß dich zusammen, April!« sagte sie laut mit fester Stimme. Sie fühlte in ihrer Schultertasche nach der Dose mit dem Reizpulver. Das offene Tor war genau vor ihr. Sie verlangsamte die Schritte.

Sie merkte, wie ihr der Atem stocke.

»Miiiau!«

April stieß einen Seufzer, einen Schrei aus, als plötzlich eine Katze aus dem Garten schoß. Sie zitterte vor Erleichterung. Eine Katze, eine verdammte schwarze Katze. Sie sah durch den Dunst in den Garten hinter dem Tor. Eine Kinderschaukel stand neben einer Vogeltränke. Ein Dreirad war gegen die Vogeltränke gerollt, an dem Dreirad lehnte eine Wasserpistole. April atmete tief ein, lachte über ihre Angst.

Dann erstarrte sie plötzlich wieder. Eiseskälte kroch ihren Rücken hoch und lähmte sie augenblicklich.

Sie bewegte sich nicht, aber sie konnte Schritte hören. Sie kamen von hinten.

Sie drehte sich herum. Niemand.

Niemand. Die Straße lag wieder ruhig. Nur alte Häuser in einer engen Straße, verborgen unter eine Decke aus Nebel.

Sie eilte nach Hause.

Schritte.

Andere Schritte. Da waren sie wieder, die Schritte.

Die Schritte einer anderen Person.

Sie folgten ihr. Verstohlen.

Sie rannte los.

Und hinter ihr …

Ihr Verfolger begann auch zu rennen.

Gegen Nachmittag fühlte sich Mark, als ob er zwei Tage ohne Unterbrechung im Büro verbracht hätte. Sein Schlafdefizit schien unaufholbar.

Gott, war er müde.

Es war dieser Fall.

Es war Gina.

Und es war Ann Marcel.

Halt, warnte er sich. Er war ja besessen von dieser Frau. Weil sie log. Marcel mußte ihr etwas gesagt haben.

Was?

Er war zu müde, um klar zu denken.

Vielleicht hatte Brit recht. Er benutzte einfach die falsche Seife, dachte er.

Er starrte auf seinen Schreibtisch. Turmhoch stapelten sich Papiere, die er durchsehen mußte, Berichte, die für das Büro des Bezirksanwalts auszufüllen waren. Er schlug mit dem Stift auf das Holz, die Papiere verschwammen vor seinen Augen.

Jimmy kam vorbei, klemmte sich auf die Schreibtischecke. »Bist du da, Mark?«

Mark sah zu ihm hoch. Er nickte.

»Ich habe gehört, daß Lee Minh seinen vollständigen Bericht abgeliefert hat.«

»Ja. Anscheinend hat das FBI ihm Computerunterstützung geleistet, und der DNA-Test ist da.«

»Und?«

Mark zuckte die Schultern. »Jon Marcel war eindeutig mit Gina L'Aveau zusammen an dem Tag, als sie ermordet wurde.«

»Mit ihr zusammen?« sagte Jimmy. »Du meinst, er hatte Geschlechtsverkehr mit ihr.«

»Ja, er hatte Geschlechtsverkehr mit ihr. Das wußten wir ja.«

»Jetzt wissen wir es mit absoluter Sicherheit. Sieht aus wie Schluß und fertig. Wir brauchen jetzt nur noch den Papierkram zu erledigen, und das Büro des Bezirksanwalts kann ihn unter Anklage stellen.«

»Du kannst keinen Mann im Koma unter Anklage stellen«, erinnerte ihn Mark.

»Aber das Verfahren kann vorbereitet werden und dann wird er sofort geschnappt, wenn er aus dem Koma erwacht.«

Mark sah ihn stirnrunzelnd an.

»Also, komm, du denkst doch auch, daß er schuldig ist? Mark, er war über und über mit ihrem Blut bedeckt.«

Mark deutete mit seinem Stift auf Jimmy. »Keine Mordwaffe«, erinnerte er.

»Wir hätten um einen Durchsuchungsbefehl für die Wohnung der Ehefrau ersuchen sollen.«

Mark schüttelte vehement den Kopf. »Nein.«

»Zum Teufel, Mark ...«

»Der Kerl lag im Sterben; Ann Marcel hatte keine Ahnung, daß es etwas zu verbergen gab. Vom ersten Moment an waren überall in der Wohnung unsere Cops. Ich kann dir eins garantieren: sie hat nicht überlegt, ob sie zuerst den Notarzt rufen oder ein Messer verstecken sollte. Sie versuchte, sein Leben zu retten.«

»Wo ist dann das Messer?«

»Ich habe keine Ahnung.«

»Wir haben überall gesucht.«

»Richtig. Das heißt also ...«

»Das heißt, daß Marcel clever genug war, irgendwie dieses Messer loszuwerden, so daß es nicht gefunden werden würde.«

»Als er gerade verblutete ...«, parierte Mark.

Jimmy runzelte die Stirn. »Mark, bei all den Anhaltspunkten, die wir haben, willst du mir doch nicht erzählen, daß du anfängst zu glauben, Ann Marcel könnte recht haben? Mark, schau doch hin, Marcel und L'Aveau waren mit dem Blut des jeweils anderen bedeckt ...«

»Jimmy, ein guter Strafverteidiger könnte das alles aus dem Weg räumen. Ehrlich, ich glaube auch, daß Jon Marcel schuldig ist. Vielleicht ist er eifersüchtig geworden, vielleicht ist sie eifersüchtig geworden. Vielleicht haben sie sich gegenseitig bedroht, und die Dinge gerieten außer Kontrolle. Aber alles, was ich hier sage, ist nur ein ›Vielleicht‹. Eines der beiden Dinge ist dort passiert. Entweder hat Gina Marcel erstochen oder Marcel hat Gina erstochen, oder es war ein Dritter im Spiel und hat sie beide erstochen.«

Jimmy schüttelte den Kopf und schlug sich mit der Hand gegen die Schläfe, als ob sein Hirn unter Wasser stünde.

»Mark, sie hatten Sex an diesem Tag. Sie waren zusammen. Sie waren beide wild und hatten schon vorher gewaltige Streitereien, sagen jedenfalls Augenzeugen.«

»Jimmy, ich habe es Dir doch gesagt. Ich bin überzeugt, daß der Kerl schuldig ist wie die Sünde. Aber wir brauchen noch mehr. Keine Waffe, Jimmy. Keine Mordwaffe.«

»Wir brauchen dieses verdammte Messer«, sagte Jimmy mißmutig. Er zeigte mit dem Finger auf Mark. »Und du paßt auf bei Ann Marcel. Wenn du nicht aufpaßt, überzeugt sie dich noch, daß Jon Marcel so unschuldig ist wie der Papst.«

»Ich glaube, sie weiß etwas, Jimmy. Außerdem ist sie unser einziges Verbindungsglied.«

Jimmy schnaubte.

Marks Telefon klingelte.

Er sah immer noch Jimmy an, als er abhob.

Captain Evers war dran. »Tyrell hat gerade angerufen. Wir haben wieder eine Leiche für Euch.«

»Wo?«

»Ein paar Kinder, die am Fluß spielten, haben sie gefunden. Die Taucher sind schon unterwegs; ich möchte, daß Ihr, du und Jimmy, den Fall übernehmt.«

»Warum? Was ist denn, etwa wieder eine Stripperin?«

»Bisher haben wir nur den Namen: eine Jane Doe. Wir haben nichts über sie, aber ich möchte so schnell wie möglich wissen, wer sie ist. Sie ist nackt, keine Papiere.«

»Gib mir die Adresse, wir sind unterwegs.«

Er warf Jimmy einen Blick zu und wiederholte knapp die Anweisungen des Captains.

»Wieder eine Stripperin?«

»Wieder eine tote Frau. Mehr wissen wir im Moment nicht.«

Er machte sich auf. Jimmy folgte ihm auf den Fersen.

»Jesus«, sagte er.

»Jesus, was?« fragte Mark.

»Ich hoffe nur, ... ich hoffe nur, wir kennen sie nicht.«

»Genau.«

»Noch etwas, Mark.«

»Ja, was denn?«

»Wenn es wieder eine Stripperin ist, bedeutet das doch, daß der Kerl, den wir da im Krankenhaus liegen haben, unschuldig ist.«

Mark zögerte. »Ja, das könnte stimmen. Komm, los.«

Jon Marcel konnte unschuldig sein, wenn die Morde in Zusammenhang stünden. Wenn die Leiche Opfer eines Mordes war. Er wußte jetzt noch nichts; er wollte noch nicht spekulieren.

Ihm ging Jimmys Bemerkung durch den Kopf.

Ich hoffe nur, wir kennen sie nicht.

8. Kapitel

Auf dem Weg zum Club kam Ann sich wie eine totale Närrin vor.

Sie hatte sich fünfmal umgezogen, auf der Suche nach einem neutralen Outfit für eine alleinstehende Frau, die in ein berühmtes Striplokal ging.

Eigentlich, dachte sie, gibt es solch ein Outfit gar nicht.

Sie hatte sich schließlich für ein einfaches schwarzes Cocktailkleid mit rundem Ausschnitt entschieden. Unauffällig elegant, hoffte sie. Nicht so gewagt, daß sie Gefahr laufen würde, für eine Bewerberin gehalten zu werden, aber auch nicht so jungfräulich und rein, daß sie sich sofort lächerlich gemach hätte – wie ein Fisch auf dem Trockenen.

Ein Fisch auf dem Trockenen ..., dachte sie, als sie *Annabella's* betrat.

Eher ein weißer Hai.

Schließlich gab es noch andere Frauen im Club.

Es gab einige.

Aber sie waren in Männerbegleitung.

Sie hielten sich hauptsächlich an der Bar auf, nippten an ihren Drinks, redeten, konzentrierten sich kaum auf die Bühne. Auch die Männer bei ihnen achteten nicht sehr auf die Bühne. Sie waren viel mehr mit den Frauen in ihrer Begleitung beschäftigt. Die Musik schien der Hauptanziehungspunkt zu sein; die Bühne war für Paare, die mit sich selbst genug zu tun hatten, eher Nebensache.

Panik erfaßte sie, als sie eintrat. Was tat sie bloß hier? Sie mußte verrückt sein. Total wahnsinnig.

Aber was konnte sie sonst tun.

Annabella's.

Das war der Name, den Jon ihr zugeflüstert hatte. In dem Moment, als er eigentlich ihren Namen hätte aussprechen sollen. So wie ›Danke, Annie, daß Du versucht hast, mich zu retten‹. Oder als er wenigstens den Namen der Person, die ihn angegriffen hatte, hätte sagen sollen. *Annabella's* selbst hatte ihn nicht angegriffen; ein Club kam als bewaffneter Täter nicht in Frage.

Alles, was sie sich denken konnte, war, daß er *Annabella's* gesagt hatte, weil hier die Antwort lag. Irgendwo.

Oder bei irgend jemandem.

Närrin. Sie konnte keine Antworten finden, nur, indem sie herkam und im Eingang stehenblieb.

Und das Gefühl hatte ...

Sie wurde beobachtet. Mit dem Moment, als sie durch die Tür trat, fühlte sie sich beobachtet.

Keine göttliche Eingebung. An der Bar saß ein ausgesprochen gutaussehender Schwarzer. Er starrte sie unverhohlen an, als sie in der Tür stehenblieb. Einige Paare sahen zu ihr auf, schienen sich über ihre Gegenwart kurz zu amüsieren. Da waren zwei klobige Kerle in der Nähe der Tür – Rausschmeißer, entschied sie. Sie beobachteten sie ärgerlich, als ob sie davon ausgingen, daß sie Schwierigkeiten machen würde.

So viel zu ihren Bemühungen, sich für diese Gelegenheit passend anzuziehen. Es lag aber nicht an der Kleidung, wie ihr auffiel. Jeder andere hier war entspannt. Sie hingegen war gespannt wie eine Klaviersaite.

Sie kam sich lächerlich vor.

Hier gab sie bestimmt einen besonders raffinierten Schnüffler ab.

Sie versuchte, nicht wieder stehenzubleiben, nachdem sie endlich eingetreten war. Trotzdem mußte sie sich erst einmal zurechtfinden. Zu ihrer Linken sah sie das Podium, auf dem die Band spielte. Gute Leute. Gerade spielten sie ein Medley aus alten Filmmelodien. Vier Musiker spielten; Ann war sicher, daß sie auf dem Podium mehr Platz hatten. Vielleicht wechselten sie sich ab, damit das Programm ohne Unterbrechungen weitergehen konnte.

Genau vor ihr lag ein dunklerer Teil des Etablissements. Hier standen der Bühne zugewandte Tischchen. Der Biegung der Bühne entlang standen Stühle, der äußere Rand der Bühne selbst war als Bar ausgestattet. Da sollte sie vielleicht hingehen; in der Dunkelheit war es aus der Entfernung nahezu unmöglich, die dort Sitzenden zu unterscheiden. Lediglich aus den Haaren auf den Köpfen ließ sich schließen, daß es sich um menschliche Wesen handelte. Aber natürlich saßen am Rand der Bühne ausschließlich Herren ... oder Männer.

Im Moment waren vier Tänzer auf der Bühne, in verschiedenen Stadien der Entkleidung, zwei Männer, zwei Frauen, zwei schwarz, zwei weiß. Alle vier perfekt in ihren Bewegungen und Formen. Trotz ihres Vorsatzes, nicht im Weg zu stehen, war es genau das, was Ann tat. Jetzt verstand sie Jons Wunsch besser, etwas von der Grazie und Schönheit dieser Wesen, seiner »Rotlichtdamen«, einzufangen. Jon hatte noch nicht vorgehabt, auch die Männer zu malen, aber Ann war sicher, dazu wäre es auch noch gekommen. Natürlich hatte er sich als typisch heterosexueller Mann zunächst einmal für die Frauen interessiert. Aber sie kannte Jon. Wenn erst diese erste Serie abgeschlossen gewesen war, hätte er sich auch den Männern zugewandt. Wie die Frauen bewegten sich auch die Männer auf der Bühne mit fließender und faszinierender Anmut. Sie waren perfekt, schön, stark gebaut.

Sie hätte ihm bei den Männern helfen können, dachte sie und versuchte, sich über ihren ersten Eindruck von dem Club klarzuwerden.

Er war nicht das, was sie erwartet hatte, aber es waren Jons Gemälde. Hier gab es nichts Billiges, nichts Geschmackloses. Wenn sich die Tänzer miteinander bewegten, stand im Vordergrund mehr die Sinnlichkeit als die Sexualität. Die Tänzer waren anziehend, erotisch ... und romantisch. Die Choreographie, die Bühnenausstattung, die Farben und die Zusammenstellung der Tänzer, alles stimmte harmonisch überein.

Eine kleine Bewegung lenkte sie von den Tänzern ab; wieder hatte sie das Gefühl, daß sie jemand beobachtete.

Natürlich wurde sie beobachtet. Sie sah lächerlich deplaziert aus, und die Hälfte der Anwesenden starrte sie an. Nein. Sie sah sich um. Jetzt schien ihr, als würden selbst die Wände sie anstarren.

»Entschuldigen Sie bitte, wer sind Sie und was tun Sie hier?«

Die Stimme kam von hinten, tief, voll, ein wenig rauh. Sie drehte sich schnell um und war erstaunt, daß der gutaussehende Mann seinen Platz an der Bar verlassen hatte, und jetzt mit ihr sprach.

»Ich will nur ...«

»Sie gehören hier nicht hin«, sagte er nüchtern.

»Also, entschuldigen Sie, aber das Etablissement ist für die Öffentlichkeit ...«

»Sie sind seine Frau.«

Sie schwieg einen Moment und versuchte, das Gesicht des Mannes zu ergründen. »Ich bin Jon Marcels Exfrau, ja. Würden Sie mir auch einen Gefallen tun? Wer zum Teufel sind Sie und warum starren Sie mich so an?«

Er grinste. »Gregory Hanson. Ein Freund Ihres Mannes. Exmannes. Bekannter. Sehr enger Freund von Gina L'Aveau. Das Mädchen, das gerade ermordet worden ist. Von ihrem Mann. Das sagt man jedenfalls.«

Ann war angenehm überrascht, daß dieser Mann Jon nicht ohne Gerichtsverhandlung verurteilte – egal, was für Verdachtsmomente die Zeitungen beschrieben hatten.

»Jon hat sie nicht umgebracht.«

Der Mann runzelte die Stirn. »Er hat mir mal erzählt, daß Sie beide Freunde sind. Richtig gute Freunde. Das kann man kaum glauben nach einer Scheidung.«

»Die bitteren Zeiten haben wir hinter uns.«

»Dann ist es noch schwerer zu glauben.«

Ann lächelte. »Ja, stimmt. Vielleicht haben wir Glück. Wir haben eine Tochter, und wir haben die Kunst, die uns verbindet. Unsere Ehe hat nicht gehalten. Aber ich kenne Jon, und ich weiß, daß er nie jemanden umbringen würde.«

»Auch nicht, wenn er sie liebte?«

»Liebte er sie?«

»Ich glaube, viele Leute liebten sie oder waren in sie verliebt.« Er zeigte zur Bar. »Setzen Sie sich zu mir. Damit Sie nicht ganz so auffallen wie eine weiße Nonne in Harlem.«

Ann ließ sich von ihm zur Bar führen. »Was möchten Sie trinken?« fragte er. »Sie müssen etwas trinken. Bist du in Rom ..., Sie wissen schon.«

Sie schaute ihn fragend an. »Was trinken Frauen hier in diesem Strip-Lokal für gewöhnlich?«

»Strip-Lokal ..., Mrs. Marcel. Dies ist ein Club.«

»Und die Frauen prostituieren sich auch nicht, sie arbeiten als Begleiterinnen, richtig?«

»Nur, wenn sie wollen«, erwiderte Gregory nüchtern. »Was möchten Sie trinken?«

»Ein Bier, bitte. Und ich wollte nicht beleidigend wirken.«

»Ich bin nicht beleidigt«, sagte Gregory und machte der jungen Frau hinter der Bar ein Zeichen.

»Sind Sie – Tänzer?«

Er grinste. »Oder männliche Begleitung?«

Sie errötete.

Er deutete zum Podium. »Ich spiele Trompete. Ich bin einer der besten in New Orleans. Im Land, vielleicht.« Er gab nicht an, aber er kannte auch keine falsche Bescheidenheit. Er sprach ganz sachlich.

»Warum spielen Sie dann nicht?«

»Ich habe gerade Pause. Was machen Sie hier?«

»Jon liegt im Koma.«

»Ja?«

»Er kann sich nicht selbst verteidigen.«

»Und da kommen Sie in ein Strip-Lokal, um ihn zu verteidigen?«

»Er hat Ihre Freundin nicht umgebracht.«

»Vielleicht nicht. Sollte sich nicht lieber die Polizei darum kümmern, wer es war?«

»Die Polizei hält Jon für schuldig.«

»Wundert Sie das? Jon war mit ihr zusammen, ihr Blut ist vermischt, sie haben es am selben Tag getrieben.«

»Woher wissen Sie das alles?«

»Ich habe die Zeitung gelesen.«

Die junge Frau hinter der Bar brachte Anns Drink. Sie trug eine durchsichtige weiße Bluse und nichts darunter. Ann wußte nicht, wo sie hinschauen sollte.

»Danke«, brachte sie hervor.

»Schon gut, Liebes«, sagte die Frau, warf Gregory ein strahlendes Lächeln zu und ging wieder.

Gregory prostete ihr zu. »Salute, Mrs. Marcel.«

Ann hob ihr Glas. Gregory setzte seines hin. »Ich habe sie geliebt«, sagte er.

»Gina?«

Er nickte. »Und ich bin Ihrer Meinung. Ihr Exmann hat sie nicht umgebracht.«

»Danke. Es ist gut, jemanden an seiner Seite zu haben.« Sie zögerte, trank den Schaum von ihrem Bier ab. »Wer hat es dann getan?«

Gregory zuckte mit den Schultern. »Ich weiß es nicht.« Er betrachtete seine Hände, erst die Außenseiten, dann drehte er sie und schaute in die Handflächen. Er hatte sehr große, kräftige Hände. »Gina ... Ich hoffe, Sie verstehen mich richtig. Gina machte sich manchmal Feinde, weil sie Menschen so sehr liebte.«

Ann sah ihn fragend an.

»Sie mochte die Leute, sie hatte Mitleid mit ihnen. Wenn jemand sie brauchte, fühlte sie sich verpflichtet, für ihn dazusein, ob das gut war oder nicht. Sie ...«

»Sie was?«

»Sie hatte was mit vielen Männern. Eigentlich mit allen außer mir.«

»Ich verstehe nicht ...«

»Ich habe Gina geliebt. Ich habe nicht gesagt, daß sie mich liebte. Ich glaube, sie hat sich in Ihren Exmann verliebt, Mrs. Marcel, aber sie hat es nicht fertiggebracht, einige ihrer früheren Beziehungen abzubrechen, und ich bin nicht sicher, ob sie glaubte, daß ein feiner Mann wie Marcel sie wirklich würde heiraten wollen, um ihr das zu geben, wonach sie sich sehnte.«

»Mit wem traf sie sich sonst noch?«

»Ah!« Gregory lehnte sich an die Bar. »Fragen Sie lieber, mit wem sie sich nicht traf. Auf dieser Liste stehe ich auch.«

Ann lächelte über seinen Versuch, es nicht so ernst zu nehmen. »Jetzt mal ehrlich, würden Sie mir sagen, was Sie wissen?«

Er nickte. »Also, ihre Familie waren Bayou-Leute. Mama Lili Mae, der Voodoo-Guru hier, war eine Urgroßtante von ihr oder so etwas ähnliches. Sie wuchs draußen im Bayou auf, in einer dieser kleinen Hütten, zusammen mit einem entfernten Cousin, Jacques Moret. Sie traf ihn, bekam immer mal mit seinen Geschäften zu tun. Meistens saubere Sachen; gerade genug zweifelhafte, um ihm ein ordentliches Einkommen zu sichern. Und dann war da Ihr Mann. Und ...«, er machte eine Pause und sah nach oben, wo die gravierten Spiegel die hohen Wände des Raumes bedeckten, »da ist dann noch Harry Duval.«

»Und er ist ...«

»Ihm gehört der Laden hier. Sie hatte schon lange eine Beziehung mit ihm.« Er zögerte. »Da sind sicher noch ein paar andere. Freunde. Oder andere, die mehr als Freunde waren.« Seine dunklen Augen tauchten tief in Anns. »An dem Tag, an dem sie ermordet wurde, kam sie zu Mama Lili Mae. Sie war aufgeregt wegen irgend etwas, worüber sie mit der alten Voodoo-Hexe gesprochen hatte.«

»Haben Sie mit ihr gesprochen?« wollte Ann begierig wissen.

Er schüttelte den Kopf.

»Aber ...«

»Man kann Mama Lili Mae nicht so einfach sprechen. Wenn ich sage Bayou, dann meine ich das Wasser, das Sumpfgebiet. In die Gegend ist noch keine Telefongesellschaft vorgedrungen. Kein Telefon, kein Licht, gar nichts.«

»Ich würde gerne mit ihr sprechen.«

»Sie?«

»Ja. Könnten Sie sich vorstellen, mich dorthin zu bringen?«

Er sah ihr ins Gesicht, lehnte sich zurück und wurde plötzlich ärgerlich.

»Sie wollen also in den Bayou? Zu den Aligatoren, in den Sumpf, zu den Schlangen ...« Er zischte.

»Ja.«

»Der Bayou ist brutal zu Fremden.«

»Ich werde ja mit Ihnen da sein.«

Dieses Mal kam er nicht dazu, ihr zu antworten. Eine schlanke Brunette mit großen grauen Augen war an Gregorys andere Seite getreten.

»Heh, ich habe gerade frei. Kann ich mit dir ein paar Scotch kippen? Oh!« Sie bemerkte Ann auf der anderen Seite. »Entschuldigen Sie, es tut mir leid, ich wollte nicht unterbrechen ...«

»Cindy«, unterbrach Gregory, »das ist die Frau des Künstlers.«

»Exfrau«, sagte Ann und reichte der hübschen Frau die Hand. »Ann Marcel.«

»Cindy McKenna. Nett, Sie kennenzulernen. Ihr Ex scheint ein toller Mann zu sein. Oh, entschuldigen Sie, das klingt furchtbar, nicht? Für einen Mordverdächtigen ist er ein toller Mann. Ich meine, ach, Gott. Er ist Ihr Ex, richtig? Was machen Sie dann hier, Mrs. Marcel? Nein, so meine ich das nicht – das klingt ganz falsch. Ich meine, das hier ist ein merkwürdiger Ort für manche Leute ...« Ihre Stimme brach ab. »Es tut mir so leid.«

»Es muß Ihnen nicht leid tun. Jon ist ein toller Mann. Und er hat es nicht getan. Jon hat niemanden ermordet.«

Cindy McKennas Augen weiteten sich. »Haben sie irgendwie herausgefunden, daß er es nicht war? Ist er frei?«

Ann schüttelte den Kopf. »Nein, sie haben gar nichts herausgefunden.«

»Oh, tut mir leid.« Sie sah aus, als ob sie es ernst meinte. Ihre Augen blieben groß und rund. Ann betrachtete sie, und ihr fiel auf, daß die Frau ihr bekannt vorkam. Dann wußte sie, woher.

»Oh, Sie sind eine der Tänzerinnen auf der Bühne!« sagte Ann.

Cindy errötete und nickte unbehaglich. »Man verdient gut dabei«, sagte sie leise.

Sich entschuldigend.

»Sie waren alle so ... wunderschön«, sagte Ann. »So anmutig, fließend. Es war wunderbar choreographiert.«

Cindy starrte sie an, dann wandte sie sich an Gregory. »Hast du das gehört?«

Ann runzelte die Stirn. »Ich habe es so gemeint.«

»Und es war sehr nett. So nett«, sagte Cindy. »Ich bin so nette Kommentare nicht gewöhnt, denn meistens, also ...«

»Meistens«, warf Gregory trocken ein, »betreffen die Kommentare nur T und A.«

»Titten und Arsch«, murmelte Cindy leise, falls Ann nicht verstehen sollte.

»Also«, sagte Ann, »solche Dinge können auch Werte sein.«

Cindy lachte. »Jon sagte immer, daß Sie nett wären und talentiert. Und nun ... Sie sind auch sehr loyal. Sie müssen sehr leiden wegen ihm. Ich wünschte, ich könnte Ihnen helfen.«

»Ich dachte, ich würde sie morgen mit zu Mama Lili Mae nehmen«, sagte Gregory.

»In den Bayou?« fragte Cindy überrascht.

»Warum sollte ich sie nicht dahin bringen?«

»Oh ... ich meine, manche Leute könnten das albern finden, aus Knochen lesen, Hühner opfern und all das ...« Sie lächelte wieder, aber dann verblaßte ihr Lächeln plötzlich, ihr Gesicht schien immer blasser zu werden, als sie an Ann vorbeisah. Ann drehte sich auf ihrem Barstuhl um, um zu sehen, wer diese Reaktion bei Cindy hervorgerufen hatte.

Der Mann, der jetzt hinter ihr stand, war groß, schlank, mit ausgeprägten Muskeln, elegant gekleidet in einen lässigen dunklen Anzug mit einem grauen Strickhemd darunter. Seine Haut war reines Kupfer; seine Augen fast golden. Er war ein exotisches und einzigartiges Wesen, hinreißend, nur durch seine Anwesenheit. Er lächelte träge in Anns Richtung.

»Mrs. Marcel.« Seine Stimme war tief und wohlklingend. »Willkommen bei *Annabella's*.

»Sie kennen meinen Namen?«

»Ganz New Orleans kennt Ihren Namen. Es war ein fabelhaftes Foto von Ihnen in der Zeitung.«

»Aha. Und Sie, Sir?«

»Ann Marcel, Harry Duval. Der Besitzer von *Annabella's*.«

»Alle hier sind tief verstört über die letzten Ereignisse, verstehen Sie.«

»Natürlich«, sagte Ann. »Wenn Sie meinen, ich sollte besser gehen ...«

»Im Gegenteil, wir freuen uns, Sie hierzuhaben. Ihr Exmann sprach öfters von Ihnen, voller Wärme und Zuneigung. Es gab nicht viele Leute, denen er traute, als er zuerst hierherkam und den Damen und mir seine Absicht mitteilte, sie zu malen. Wir sind so verstört, Mrs. Marcel, weil keiner von uns akzeptieren kann, was passiert ist. Gina war uns sehr wichtig. Sie ist ein Verlust. Wir können nicht glauben, was über Jon Marcel gesagt wird, aber ...«

»Er war es nicht«, sagte Ann.

Duval schaute fragend auf, genau wie Cindy kurz vorher, als Ann das Vertrauen in ihren Mann betont hatte.

»Hat die Polizei etwas Neues herausgefunden, Mrs. Marcel?«

War da ein wenig Angst in seiner Stimme zu spüren? Als ob er *Angst* hätte, daß Jon unschuldig sein könnte. Cindy hatte auch so reagiert. So sehr sie auch betonten, daß sie Jon mochten, wollten sie anscheinend doch, daß er schuldig wäre. Denn das bedeutete, daß ein Mörder gefangen und kein anderer in Gefahr war.

Und kein anderer schuldig sein konnte.

Sie schüttelte langsam den Kopf und sah Harry Duval an. »Die Polizei verläßt sich nur auf das Offensichtliche. Ich verlasse mich auf Jon.«

»Er kann sich glücklich schätzen, Sie zu haben. Es ist eine ... außergewöhnliche Beziehung, nicht?«

»Ich weiß nicht, ... ist Freundschaft denn etwas so Seltenes?«

»Warum sind sie hergekommen?« fragte Duval ausdruckslos.

»Ich ... die Bilder. Ich wollte sehen, was Jon zu solch wunderbarer Kunst beeinflußt hat. Jetzt weiß ich es, die Tänzer waren wunderbar.«

»Ja, meine Musiker sind die besten, meine Tänzer die Begabtesten. Nur wenige Leute verstehen, daß Tanz sein kann wie alles im Leben, etwas ganz Besonderes oder etwas für die Gosse.«

Er lachte plötzlich, seine goldenen Augen strahlten. »Ich will nicht leugnen, daß wir auch verführerisch sein wollen, die Sinne berühren, erregen ... Das tun wir auch. Aber der menschliche Körper ist schön und kann ein schönes Instrument sein, und wie Sie sicher an den vielen unterschiedlichen Leuten hier bemerkt haben, gehört Sinnlichkeit in alle Bereiche des Lebens.«

»Es ist ein ganz besonderes Lokal«, sagte Ann.

Er zeigte auf sie. »Und Sie sind eine ganz besondere Frau, hier in diese Räuberhöhle zu kommen, um ihren Freund zu schützen!« Er machte dem Barmann ein Zeichen. »Ein Drink aufs Haus, bitte?« Er betrachtete Ann lächelnd. »Ich wünschte, Sie wären hergekommen, um sich für einen Job zu bewerben. Sie wären sicher eine unglaubliche Tänzerin.«

»Das glaube ich auch, wissen Sie«, sagte Cindy.

Ann schüttelte lächelnd den Kopf. »Ich bin zu alt, zu ungelenkig, zu alles.«

»Ganz falsch«, korrigierte Cindy. »Ich könnte Ihnen in zwei Stunden ein Dutzend Grundbewegungen beibringen. Wollen Sie es irgendwann mal versuchen?«

»Ich ...«

»Zu exotisch für Sie, Mrs. Marcel?« Harry Duval rückte näher an sie heran, seine goldenen Augen schienen sie in einem merkwürdigen, verzaubernden Feuer zu baden. Er bewegte sich wie eine Katze, subtil, selbstbewußt. Er schlich sich an sie heran, dachte sie.

»Mr. Duval, ich glaube einfach, die Zeit ist vorbei, wo ich so etwas hätte lernen ...«

»Ach, meine liebe Mrs. Marcel, es ist nie zu spät, sich von allem Erotischen, von Stimulans, Verführung anziehen zu lassen ... genauso verlieren wir nie die Fähigkeit zu lieben, die Sehnsucht nach Liebe.«

Cindy lachte. »Was er sagen will, ist doch, daß wir sexy sein wollen, oder? Die meisten Frauen wollen auf wenigstens einen Mann sexy wirken.«

»Ich verstehe«, murmelte Ann. In ihrer Beunruhigung fühlten sich ihre Finger an, als würden sie brennen. Duval hatte ihre Hand in seine genommen. »Hauptsache, Sie kommen wieder, Mrs. Marcel. Vielleicht als Künstlerin, mit Farben, wenn Sie für einen wirklichen Ausdruck von Kunst nicht Ihren eigenen Körper benutzen. Kommen Sie mit Ihren Farben. Machen Sie weiter, wo Ihr Mann aufgehört hat. »Entschuldigung«, sagte er plötzlich. »Ich sehe da einen Freund, mit dem ich sprechen muß.«

Er sah zu einem Mann hinüber, der gerade zur Tür hereingekommen war und jetzt im Eingang stand und die Tänzer auf der Bühne beobachtete. Die Band spielte irgendeinen Dschungel Beat, und eine Rothaarige in einem knappen Leopardenkostüm glitt an dem Pfahl auf der Bühne auf und ab.

Aber der Mann war noch anziehender, besonders für eine Künstlerin, als das Mädchen oben auf der Bühne. Er war groß; er trug Versace mit so lässiger Eleganz, als ob er darin geboren wäre. Er war weiß, hatte dickes, dunkles Haar und die feinen Züge alter europäischer Aristokraten. Er sah gut aus, aber etwas an ihm veranlaßte Ann unwillkürlich, ihn mit der Bezeichnung »Gigolo« in Verbindung zu bringen.

»Jacques Moret«, murmelte Gregory Ann ins Ohr. »Ginas Liebhaber beginnen sich zu versammeln …« Er setzte sich zurück und sah jemanden an, der gerade hinter Ann aufgetaucht war.

»Mark«, sagte er und streckte eine Hand aus.

»Gregory, Cynthia, guten Abend.«

Anns Kopf fuhr herum. Lieutenant Mark LaCrosse stand genau hinter ihr.

Er war doch nicht durch die Vordertür gekommen, oder? Sie wußte nicht, wo er gewesen war, trotzdem stand er plötzlich hier. Neben ihr.

»Mrs. Marcel«, grüßte er, seine silbergrauen Augen scharf wie Messer, seine Stimme voll unterdrücktem Ärger. Sie sollte nicht hier sein. Nicht in seinen Augen. Plötzlich fühlte sie sich schuldig wie ein Schulmädchen.

Sie hatte das Recht hinzugehen, wohin sie wollte! Sie wurde nicht des Mordes verdächtigt.

»Lieutenant«, gab sie zurück, so kühl sie konnte.

Aber er schaute sie immer noch mit diesen Adleraugen an. Seine Augen drangen hindurch, ließen sie innerlich erbeben, äußerlich schaudern. Sie tastete blind nach ihrem Bier und trank es in einem Zug aus.

»Wie geht's, Mark?« fragte Gregory.

Gregory nannte ihn beim Vornamen, sie mußten sich also kennen. Ziemlich gut. Mark kannte Cindy auch. Natürlich, er hatte sie ja hier verhören müssen.

Vielleicht kam er auch hierher. Als Gast.

Öfters.

»Es geht so«, sagte Mark. Er schaute Cindy an. »Wie kommst du zurecht?«

»Es geht schon.«

»Paß auf dich auf«, sagte er.

Sie zuckte mit den Schultern und sah Ann unbehaglich an. »Ich dachte, du glaubst, ihr habt den Mörder im Krankenhaus.«

»Vielleicht. Und vielleicht hat ja Mrs. Marcel recht, die sicher hier ist, weil sie ihre Nase irgendwo hineinstecken muß, wo sie es nicht sollte. Vielleicht läuft da draußen im Schatten noch jemand frei herum, mit einem langen Messer, bereit zuzuschlagen. Also sei vorsichtig.«

»Danke, Mark, daß du so besorgt bist«, sagte Cindy. Ihre Worte klangen ernst.

»Ich lasse sie nicht alleine nach Hause gehen«, versprach Gregory. »Mrs. Marcel?« sagte Mark LaCrosse. Sie starrte ihn an. Sie fühlte wieder dieses eigenartige Erbeben.

Wie ein kleines Schulmädchen, das man beim Naschen erwischt hat. Ihr wurde heiß und unbehaglich, als ob sie einen Fehler gemacht hätte. Vielleicht war da noch mehr. Dieses Lokal mochte voller hübscher Tänzerinnen sein, aber es gab auch genug exotische Männer. Gregory, wie ein Gott aus Ebenholz, Duval, diese verblüffende Melange aus zwei Rassen und Jacques Moret, gutaussehend und beinahe schön. Aber all diese Männer verblaßten irgendwie neben Mark LaCrosse. Neben ihnen wirkte er stahlhart, maskulin, ehrlich. Es war die Art, wie er dastand, seine ganze Haltung. Auch er sah sehr gut aus, aber mehr wie ein zerklüfteter Fels. Sein Gesicht, seine gemeißelten, starken Züge prägten den Charakter. Niemals hatte sie so außergewöhnliche Augen gesehen, die Bände sprechen konnten, direkt in die Seele trafen und Antworten forderten.

»Ich denke, wir sollten gehen, Mrs. Marcel«, sagte er.

Sie lächelte und ihre Stimme klang wie ein leises, sanftes

Schnurren. »Ich kann mich nicht erinnern, daß wir zusammen gekommen wären, Lieutenant.«

»Sind wir vielleicht nicht. Wir sollten aber zusammen gehen«, antwortete er.

»Es wird spät«, sagte Cindy. »Mrs. Marcel, es war großartig, Sie kennenzulernen. Gregory, ich nehme dich beim Wort, daß du mich nach Hause bringst. Du hast noch einen Auftritt; ich warte einfach in der Garderobe.«

»Ich sollte besser wieder auf die Bühne«, sagte Gregory.

Ann bemerkte, daß er und Cindy ihr Bestes taten, um sie in der Obhut von Lieutenant LaCrosse zurückzulassen.

»Warten Sie ...«

»Gehen wir, Mrs. Marcel?«

Seine Hand ergriff ihren Ellbogen; er zog sie von ihrem Barhocker herunter. Sein Griff war fest. Bevor sie sich versah, wurde sie zum Ausgang geführt.

»Dazu haben Sie kein Recht ...«

»Wären Sie lieber in Gefahr, Mrs. Marcel?« fragte er.

»Wie kann ich in Gefahr sein, wenn die Dinge so sind, wie Sie sie sehen? Jon liegt im Koma, für niemanden eine Gefahr.«

»Und Sie wollen beweisen, daß ich unrecht habe.«

»Darauf können Sie wetten.«

»Dann sind Sie eine Närrin, wenn Sie hier herumwühlen und mit dem Feuer spielen, wenn ein anderer der Mörder ist. Kommen Sie jetzt, ich möchte Sie hier herausbringen.«

Sie biß die Zähne zusammen. Sie wußte, sie konnte nur mit ihm gehen oder hier im Eingang einen Schreikrampf inszenieren. Und das ging nicht, ohne noch mehr Aufsehen zu erregen.

Gregory! dachte sie plötzlich. Er hatte ihr angeboten, sie zu Mama Lily Mae zu bringen. Sie mußte dahin, um herauszufinden, was Gina L'Aveau an dem Tag, als sie gestorben war, mit dieser Frau besprochen hatte.

»Warten Sie ...«

»Wir gehen!« sagte er bestimmt, seine Augen funkelten.

»Ja, ja, wir gehen. Ich möchte mich nur bei Gregory für den Drink bedanken.«

Sie riß sich von ihm los, lief hinter Gregory her, der schon auf dem Weg zurück zum Podium war. »Gregory!«

Er blieb stehen, drehte sich um und fing sie mit beiden Händen auf, weil sie beinahe in ihn hineingerannt wäre.

»Danke für den Drink, wann treffen wir uns, um in den Bayou zu gehen und Mama Lili Mae zu treffen«, stieß sie außer Atem aus.

Er sah über ihre Schulter zu Mark.

»Ich sollte nicht ...«

»Bitte!«

»Aber Sie könnten in Gefahr geraten ...«

»Sie sind doch bei mir.«

»Ich ...«

»Gregory, helfen Sie mir. Helfen Sie Jon, und helfen Sie mir, damit Gina Gerechtigkeit widerfährt, bitte.«

Er blickte wieder über ihre Schulter. Sie sah sich schnell um. Mark kam wie zu erwarten entschlossenen Schrittes auf sie zu. »Ginas Trauerfeier ist morgen früh. Treffen Sie mich danach. Hier. Draußen vor dem Club. Ich fahre einen schwarzen Buick.«

»Ich werde dasein«, flüsterte sie.

Im gleichen Moment fiel eine Hand auf ihre Schulter. Stark und Gehorsam gebietend. »Mrs. Marcel, lassen Sie uns gehen. Gregory, gute Nacht.«

»Nacht, Mark. Vergiß nicht, ... wenn ich irgend etwas tun kann, um zu helfen ...«

»Danke, Gregory.«

Vor zweitausend Jahren, dachte Ann, hätte er ihr eins über den Kopf gegeben und sie an den Haaren herausgezogen. Jetzt schob er sie vor sich her nach draußen.

Er ließ auch nicht los, als sie vor dem Club standen, und schob sie zu seinem Auto.

»Vielleicht möchte ich ja lieber gehen ...«

»Idiotin!« explodierte er.

»Weil ich hier war?«

»Ja!«

»Sie waren auch da.«

»Ich bin ein Cop! Sie schreien doch danach, daß man Ihnen an den Hals geht.«

Sie zischte ihn an. »Wie könnte ich in Gefahr sein, wenn Ihr Killer im Krankenhaus liegt?« Ihre Stimme war schrill.

Er stand wortlos vor ihr, die Hände auf den Hüften und starrte sie an. Er wollte etwas sagen, blieb aber dann still. »Es gibt noch einen Mord«, sagte er schließlich.

Ann schnappte nach Luft und sah ihn ungläubig an. »Noch eine … Stripperin? Ist dadurch Jons Unschuld bewiesen?«

Er verneinte. »Das Opfer ist eine Jane Doe. Sie wurde nackt im Mississippi gefunden.«

»Aber …«

»Sie wurde erdrosselt.«

»Also …«

»Also hängen die Morde wahrscheinlich nicht zusammen. Zur Hölle, ich wünschte, ein Mord wäre in New Orleans etwas Einmaliges. Ist es aber nicht. Wir wissen nicht, wer sie ist. Wir wissen nicht, ob sie eine Stripperin ist.«

»Warum sollte ich dann plötzlich in Gefahr sein?«

Er schüttelte seinen Kopf und sah eine Minute zu Boden.

»Warum?«

»Polizistenintuition.«

»Was? Sie können mich doch nicht rumschubsen bloß wegen Ihrer Polizistenintuition!«

»Doch, kann ich.«

»Nein …«

»Lassen Sie uns jetzt bitte gehen.«

»Nein, warten Sie eine Minute.« Ann war noch nicht fertig.

Aber er wartete nicht, stieß und schob sie in sein Auto.

Er saß neben ihr. Den Mund fest zusammengebissen, Augen auf die Straße gerichtet. Sie war wütend. Sie zitterte.

Er verwirrte sie über alle Maßen.

Er roch so angenehm und betörend nach einem holzigen Aftershave. Sie wollte ihn schlagen, schütteln.

Sie wollte ihm eine Hand auf die Schulter legen, den Stoff seines Jackets fühlen …

Die Wärme seiner Haut und seines Körpers spüren.

9. Kapitel

Sie fragte ihn nicht, ob er noch mit hochkommen wollte. Die Fahrt vom Club zu ihrem Haus war kurz, und kaum hatte er das Auto geparkt, stand er schon an der Beifahrerseite und öffnete ihr die Tür. Sie eilte durch die Haustür, lief an dem Laden im Erdgeschoß vorbei und flog die Treppen zu ihrer Wohnung im ersten Stock hinauf.

»Also, vielen Dank, Lieutenant«, zischte sie, wühlte nach ihrem Schlüssel, steckte ihn ins Schloß. »Es war nicht nötig, mich nach Hause zu bringen, aber ...«

Die Tür sprang auf, er schob sie hinein, sich selbst hinterher. Hinter ihm schloß sich die Tür.

»Was berechtigt Sie, in diesem Fall herumzustochern?« fragte er.

»Ich brauche keine ›Berechtigung‹, um auf einen Drink in einen Club zu gehen«, gab sie zurück. Sie konnte sich kaum noch in Zaum halten. Sie warf ihre Tasche auf einen Stuhl und setzte sich auf das Sofa.

Das war ein Fehler. Er folgte ihr und baute sich wie ein Turm vor ihr auf.

»Es gibt auch andere Clubs in New Orleans.«

»Ich hörte, dieser habe den besten Jazz.«

Sie saß jetzt nicht mehr. Er hatte nach ihr gegriffen, sie auf die Füße gezogen.

»Die Polizei hat mit Verbrechen genug zu tun. Wir können darauf verzichten, uns um einen Babysitter für Sie zu kümmern.«

Sie versuchte, sich aus seinen Armen zu winden. Er schaute sie nur an und schien ihre Bemühungen nicht einmal zu bemerken.

»Sie brauchen nicht auf mich aufzupassen ...«

»Ich brauche es nicht, daß Sie sich umbringen lassen, Ann.«

»Ich lasse ...«, sie stammelte einen Moment und suchte nach Worten. Hatte er sie vorher schon einmal Ann genannt? Sie glaubte nicht. Plötzlich empfand sie, daß die Art, wie er ihren Vornamen gebraucht hatte, etwas lächerlich Persönliches hatte.

»Ich werde schon nicht umgebracht«, sagte sie. Sie räusperte sich. »Ich ...«

Dieser Mann war furchtbar. Er wollte Jon. Er war autoritär, dickköpfig und extrem aufdringlich. Ein Rüpel. Sie sollte jemanden wegen Polizeigewalt verständigen.

Trotzdem fehlten ihr die Worte. Sie wollte herausschreien, daß er kein Recht hatte, in ihrer Wohnung zu sein, kein Recht hatte, sie so festzuhalten. Aber sie mochte ihn in ihrer Wohnung. O Gott, sie mochte das Gefühl, wie er sie hielt, mochte seinen Geruch, seine Nähe, den Anblick seines rasierten Kinns, das Gefühl, wenn seine Jacke sie streifte, das Gefühl, wie seine Augen in ihre drangen und sie zu wärmen und erhitzen versuchten. Ihr Mund wurde trocken; sie konnte nicht schlucken, konnte nicht mehr klar denken. Mein Gott, er machte wieder ein Schulmädchen aus ihr. Das mit den großen Jungen spielen wollte. War das das ganze Problem? Sie wollte spielen. Sie kannte ihn kaum, aber sie wollte ihn berühren, sie wollte von ihm berührt werden. Er war nicht nur ein gutaussehender Mann, den sie mit Künstleraugen betrachten und bewundern konnte. Sie wollte ihn berühren. Und ihn fühlen.

Es lag am Club. Duval hatte rechtgehabt. Das Blut geriet in Wallung, die Atmosphäre faszinierte, verführte. Ihr Leben war seit ihrer Scheidung zu einsam gewesen. Gelegentlich eine Verabredung, Freundschaften, gesellige Abende ... aber nichts in dieser Richtung. Kein fürchterliches Verlangen, zuzupacken und einem beinahe Fremden die Kleidung vom Leib zu reißen, ihn zu fühlen, seine

Brust auf ihrer eigenen, seine Hände ... seine glattrasierten Wangen an ihrer Haut.

»Der Club ist gefährlich! Es kann Ihnen etwas passieren.«

Sie sah, wie sich seine Lippen bewegten. Er hatte einen wunderbaren Mund. Großzügig. Sinnlich. Seine Hände hielten noch immer ihre Arme fest im Griff. Sie näherte sich ihm, als er sprach. Sie sog ihn mit jedem Atemzug ein, und mit jedem Atemzug fühlte sie sich schwächer, das Beben in ihr raste immer heißer.

»Sie müssen gehen«, flüsterte sie.

»Sie hören mir nicht zu.«

»Doch. Sie denken, daß der Club gefährlich ist und ich wegbleiben sollte.«

»Was haben Sie dort gemacht?« Eine Locke war ihm in die Stirn gefallen. Seine Züge sahen so ernsthaft aus. Sie fühlte seine Bereitschaft, die Muskeln wie Drähte anzuspannen.

»Jons Gemälde ...«, sagte sie vage.

»Gemälde? Sie kleine Närrin ...«

»Dann kann Jon nicht schuldig sein!«

»Ob Jon schuldig ist oder nicht, es gibt Untiefen an diesem verdammten Ort, merken Sie das nicht? Die Straßen sind gefährlich, Ann, und Sie wissen es ganz genau. Ich sage Ihnen, daß ...«

Er brach ab. Er sah sie nur an. Sie kam näher, immer näher. Sie sah auf seinen Mund.

Plötzlich, überraschend, fast wild preßte er ihn auf ihre Lippen.

Seine Hände ...

Sie bewegten sich. Sein Mund umfaßte ihren, brennend vor Leidenschaft und Rage, drang in sie. Sie fühlte seine Zunge, heiß an ihren Lippen, hinter ihren Zähnen, ganz tief. So tief, daß ihr die Kraft schwand. Das war kein Kuß, sondern eine intime Berührung. So tief, daß er Feuer entfachte, schürte, die Flammen durch ihren ganzen Körper loderten.

Seine Hand strich über ihre Wangen, seine Finger tasteten über ihren Hals. Umfaßten und drückten, streichelten ihre Brüste über dem Stoff ihres schwarzen Abendkleids. Die Tiefe seines Kusses durchzuckte sie wie ein Blitz, ließ sie erzittern und drang tief in ihr Inneres, fuhr durch all ihre Glieder, zwischen ihre Schenkel, sie verbrannte ...

Dann, so plötzlich, wie es begonnen hatte, war alles vorbei. Sein Mund löste sich von ihrem, nur einen Atemzug entfernt. »O Gott«, stöhnte er.

Dann lockerte er seinen Griff, und plötzlich saß sie wieder. Er hatte sie auf das Sofa gedrückt; vielleicht in dem Wissen, daß sie sonst gefallen wäre. Er legte ihr die Hände in den Schoß. Seine Augen waren noch dunkel vor Leidenschaft, seine Züge härter, als sie sie je gesehen hatte, sein volles rotbraunes Haar zerwühlt. Er blickte sie an. »Verdammt!« Er öffnete den Mund, um noch etwas zu sagen, dann stand er auf. »Mist!« fluchte er wütend. »Mist!« Er lief zur Tür, fuhr sich mit allen Fingern durch die Haare. Er drohte ihr mit dem Finger. »Halten Sie sich von diesem verdammten Club fern!«

Und schlug die Tür hinter sich zu.

Gregory brachte Cindy die paar Blocks zu ihrem kleinen Apartment.

»Sie wird bestimmt wiederkommen«, sagte Cindy beunruhigt.

»Sie denkt, die Polizei hat den Falschen erwischt.«

Cindy schüttelte den Kopf. »Ich habe Angst um sie. Wenn sie recht hat, wird sie die falschen Knöpfe drücken.«

»Der Club ist öffentlich, und wir sind in Amerika; sie wird immer wiederkommen.«

»Aber ernsthaft, Gregory, meinst du wirklich, du solltest mit ihr zu Mama Lili Mae fahren?«

»Warum nicht. Wenn ich nicht mitfahre, versucht sie es alleine.«

»Mag sein«, stimmte Cindy zu. »Es ist nur, daß ...«

»Was?«

»Na, der Sumpf. So viele Meilen nur Gras und Wasser und Schlangen und Alligatoren. Und wenn es dunkel ist, dann ist es da so besonders dunkel. Wenn es stürmt, ist es wie am Jüngsten Tag.«

»So ist es nun mal im Bayou.«

Cindy schauderte. »Wir müssen dafür sorgen, daß keiner erfährt, daß sie dahin will.«

»Wer könnte davon wissen – außer uns beiden?«

»Glaubst du, daß jemand zugehört hat, als wir uns unterhalten haben?«

Gregory sah sich um, zögerte. Er sah herab zu Cindy. »Nein, ich glaube nicht.«

»Ich weiß nicht, warum, aber lassen wir Ann Marcel mal beiseite: Gina und Jon hatten eine furchtbare Auseinandersetzung, und vielleicht wollte es keiner von beiden, aber in der Hitze des Gefechts ... vielleicht hat er sie ja umgebracht.«

»Dann wäre sie ja sicher.«

»Und wenn es nicht so gewesen ist?« fing Cindy wieder an. »Und wenn wir alle in Gefahr sind?«

Gregory legte ihr einen Arm um die Schulter. »Wie heißt es doch so schön: Die Wahrheit wird es an den Tag bringen. Cindy, wir können Marcels Exfrau nicht aufhalten.«

»Aber wir müssen auf sie aufpassen.«

»Ja, sie wird zum Club zurückkommen. Sie wird immer wiederkommen, bis sie bekommen hat, was sie will.«

»Ich könnte ihr Tanzen beibringen.«

»Vielleicht kann sie ja auch paar Bilder malen.«

Gregory blieb mitten auf der Straße stehen. »Über was zum Teufel reden wir eigentlich die ganze Zeit? Egal, was sie im Club tut, sie wird da sein.«

Cindy zitterte stärker. »Gregory, ich komme morgen mit Euch.«

»Zum Bayou?«

Sie nickte. »Zu mehreren sind wir sicherer«, sagte sie bestimmt. Ich meine, wenn nun doch jemand was von Eurem Trip zum Bayou gehört hat?«

»Cindy ...«

»Gregory, wir sind alle schon dutzendmal zu Mama Lili Mae gegangen. Wir haben uns nie etwas dabei gedacht. Glaube mir, es ist besser, wenn wir zusammen sind, meinst du nicht?«

Gregory seufzte. »Wenn du möchtest.« Er nahm sie fester in den Arm. »Laß mich dich jetzt nach Hause bringen. Morgen haben wir einen langen Tag.«

Gina L'Aveau wurde in einem Mausoleum beigesetzt, das den Namen ihrer Familie trug.

Ann kam zum Gottesdienst in die Kirche, blieb aber am Eingang stehen und beobachtete alles aus der Distanz. Die Männer, die Ginas Sarg trugen, bildeten eine interessante Gruppe: Gregory, Harry Duval, der Mann, der ihr als entfernter Verwandter vorgestellt worden war, Jacques Moret, und, merkwürdigerweise, Lieutenant Mark LaCrosse.

Als sie der Prozession schließlich zum Friedhof folgte, war sich Ann ziemlich sicher, daß sie noch niemand bemerkt hatte, jedenfalls Mark nicht. Sein Partner, der große Mann mit dem Basset-Gesicht, war auch dabei, aber wie sie hielt er sich im Hintergrund. Ann hoffte, daß sie weit genug weg von Officer Jimmy stand, um nicht von ihm gesehen zu werden. Drinnen waren weitere Cops, sie kannte alle, denn sie hatten abwechselnd die Tür zu Jons Zimmer im Krankenhaus bewacht.

Für sie war es ein seltsames Gefühl, hier zu sein, schließlich hatte sie Gina gar nicht gekannt. Allmählich begann sie zu glauben, sie hätte sie doch gekannt.

Noch seltsamer war, dieser Beerdigung auf dem Friedhof beizuwohnen. Ann liebte die Friedhöfe in New Orleans, und diesen hatte sie oft besucht. Das erste mal war sie allein gekommen, aber ein Parkwächter, der eine Gruppe geführt hatte, hatte sie gewarnt, es könnte für sie gefährlich sein. Am vorherigen Abend hatte es eine Schießerei gegeben. Anschließend war sie immer nur mit Gruppen gekommen, hatte die Grabsteine gezeichnet, den Friedhof mit der Stadt im Hintergrund. Sie fand sich nicht besonders morbide, aber Friedhofskunst als solche war eine gute Schulung. New Orleans hatte zwar nicht so viele alte Engelsfiguren zu bieten, keine Totenköpfe, Grabinschriften, Schwingen. Madonnen und was sonst für Friedhöfe in Neu-England oder Europa charakteristisch war, aber die Grabstätten, die sich wegen des hohen Wasserstandes über der Erde befanden, waren an sich schon faszinierend. Es gab Engel und andere Kreaturen in Hülle und Fülle, aber anders. Greifvögel mit weiten Schwingen und schmiedeeiserne Tore bewachten Familiengräber; Weinranken, Efeu, Moos und Blumen wurzelten in rissigem Zement und krochen und wanden sich wie in einem Jagdrevier.

Ginas Familiengrabstätte stammte vermutlich aus der zweiten Hälfte des 17. Jahrhunderts. Die großen eisernen Tore waren für die Einlieferung des Sarges in die L'Aveau-Krypta geöffnet worden. Die Trauernden bildeten eine feierliche, stille Gruppe. Ab und zu hörte man ein paar Schluchzer, und Ann sah Cindy McKenna in einem Kreis von jungen Frauen lautlos weinen. Eine sehr alte Dame schlug das Angebot einiger junger Männer aus, ihr beizustehen und sie zu begleiten. Ann glaubte nicht, daß das Ginas Mutter sein konnte. Sie stand zwar gerade und aufrecht, aber ihr Gesicht sah wie das einer mindestens Achtzigjährigen aus.

Ginas Priester führte den Gottesdienst am Grab zu Ende. Er sprach über Ginas Liebe zum Leben und ihre gute Seele, und versprach, sie werde in Gottes Armen ruhen, während man auf Erden Gerechtigkeit suchte.

Vielleicht hatte der Priester gerade kein allzu großes Vertrauen in die Behörden von New Orleans, denn er versprach auch, daß, wenn auf Erden keine Gerechtigkeit gefunden werde, obliege dies immer dem Allmächtigen, und der Tag des Jüngsten Gerichts werde kommen.

Ann schlüpfte schnell auf die Straße und stieg in ihr Auto, als der Gottesdienst beendet war; sie wollte keinesfalls von Lieutenant LaCrosse gesehen und aufgehalten werden. Vor allem nicht, wenn sie gerade auf dem Weg in den Bayou war. Nachdem er sie aus dem Club gezerrt hatte, war er gewiß fähig, sie fast zu ertränken, falls sie ein Boot in den Sumpfgebieten nicht freiwillig verlassen wollte.

Sie duckte sich hinter dem Lenkrad, und wieder spürte sie, wie die Wärme in ihr aufstieg – eine schon vertraute Wärme, die sie den ganzen Morgen begleitet hatte. Sie konnte sein Verhalten von letzter Nacht nicht vergessen. Sein Kuß. O Gott. Sie fing an zu zittern. Närrin. Sie wollte das nicht, gewiß nicht. Aber er fühlte sich so gut an. Wie er sie berührt hatte, sie geküßt hatte …

Er hatte sich losgerissen.

Was hätte sie getan, wenn nicht?

Sie hätte keine Wahl gehabt. O Gott, er hätte es so leicht gehabt. Sie wollte ihn so sehnlich. Es war lächerlich, natürlich wollte sie ihn nur, weil sie so viel gearbeitet hatte. Weil sie so lange keine Beziehung gehabt hatte. Sie brauchte eine Beziehung, nur das und nicht mehr.

Nein, nein, so bei anderen Bekanntschaften war sie nie in Versuchung geraten. Sie hatte sie nie spüren wollen, sie nie nackt sehen wollen, von ihnen berührt werden.

Ihre Handflächen wurden feucht. Verflucht! Sie hätte sich schon früher jemandem auf der Straße an den Hals werfen sollen. Denn sie wollte ihn wirklich, sie hätte weitermachen wollen, als er aufhörte, der Geruch seines Körpers hatte sie berauscht, seine rauhen Wangen, seine Hände, sein starker Griff.

Er ist der Cop, der hinter Jon her ist! Ermahnte sie sich selbst wütend.

Jetzt konnte sie ihn sehen. Sie duckte sich in ihren Wagen und hoffte, er würde ihren kleinen grauen Mazda nicht wiedererkennen. Er blieb stehen und unterhielt sich mit seinem Basset-gesichtigen Partner und einem hübschen Orientalen. Er trug einen schwarzen Anzug, ein weißes Hemd, Weste und Krawatte waren ebenfalls schwarz. Er sah sehr würdevoll aus, unglaublich attraktiv mit seinen rotbraunen, an den Schläfen zurückgekämmten Haaren. Sehr ernst, frisch rasiert für die Beerdigung. Wieder spürte sie diese Hitze, das Zittern. Eigentlich kannte sie ihn nicht, aber es kam ihr so vor, als hätte sie ihn schon immer gekannt. Bei ihrer allerersten Begegnung hatte er sich ihr eingeprägt. Dieser Kuß …

Aber er hatte sie beschimpft. Nun gut, er war ein Cop. Er durfte keine – was war sie – eine Verdächtige? – verführen, eine Helfershelferin bei Mord? Ein mögliches Opfer, eine Zeugin, was war sie für ihn?

Von allem etwas? neckte sie sich.

Er würde direkt an ihr vorbeigehen. Sie duckte sich noch tiefer in ihren Sitz. Sie hielt ihren Atem an, atmete kaum noch.

Als ob er sie deshalb nicht sehen würde!

Erstaunlicherweise bemerkte er sie nicht. Er war zu sehr beschäftigt, dem Orientalen zuzuhören.

»Also wirklich nichts, gar nichts?« Mark LaCrosse hakte starrköpfig nach.

»Na, unsere Jane Doe war nicht beim Militär, soviel kann ich Ihnen sagen. Und sie hat keine Verbrechen begangen, keine amtliche Stelle in den Vereinigten Staaten oder Kanada hat ihre Fingerabdrücke. Wir prüfen jetzt Zahnarztkarteien und wühlen uns durch Berge von Vermißtenanzeigen. Alleinstehende sind oft tagelang verschwunden, bis Freunde oder die Familienangehörigen merken, daß sie sich nicht gerade irgendwo anders aufhalten.«

»Was ist mit dem Club?«, fragte Mark barsch.

»Ja, da sieht es ähnlich aus – jedenfalls die nächsten vierundzwanzig Stunden. Harry Duval sagt, daß keines seiner Mädchen bei der Arbeit gefehlt hat, aber die Mädchen müssen auch nicht jeden Abend arbeiten. Natürlich konnte ich ihn heute morgen nicht allzusehr unter Druck setzen, nicht bei Ginas Beerdigung, aber morgen hole ich ihn ins Leichenschauhaus, damit er sich die Leiche einmal ansieht.«

Mark schob die Hände in die Taschen und drehte sich zu den Toren des Friedhofs um, wo sich die Menge gerade auflöste. »Wenn sie vom Club war, hätte ich sie mit Sicherheit erkannt.«

»Kennen Sie alle Tänzerinnen?«

»Nein«, gab Mark zu. »Aber was meinen Sie? Könnte es derselbe Mann gewesen sein?«

»Die Vorgehensweise ist anders.«

»Das weiß ich«, sagte Mark. »Aber was meinen Sie, das möchte ich wissen.«

»Also ...«, begann der Orientale.

Sie waren an Anns Wagen vorbeigegangen. Sie bemühte sich, die Antwort zu verstehen, aber so sehr sie es auch versuchte, sie konnte nichts hören. Sie blieb für eine Weile tief im Sitz versunken und betete, daß irgendeine forensische Erkenntnis auftauchen würde, die die Polizei endlich überzeugen würde, daß Jon unschuldig war. Die Vorgehensweise war anders. Traurig, aber wahr. Es wurden so viele Frauen ermordet, daß die Existenz von zwei verschiedenen Mördern nicht unwahrscheinlich war.

Sie setzte sich auf, ließ ihren Wagen an und fuhr vom Friedhof weg in Richtung *Annabella's*.

Sie konnte ihre Gedanken nicht von dem unmittelbar Erlebten abwenden. Während der Fahrt fragte sie sich, wieso Mark LaCrosse einer der Sargträger für Gina L'Aveau gewesen war.

»Ich möchte dich zum Mittagessen einladen, Mama Lili Mae«, sagte Jacques Moret zu seiner Ururgroßtante. Er schaute sie von der Seite an. Während der Messe war sie aufrecht und beherrscht gewesen, jetzt starrte sie still vor sich hin. Sie weinte nicht, aber er wußte, daß sie trauerte. Gina hatte Mama Lili Mae immer ein wenig angelogen. Sie hatte versucht, ihr Leben rosiger erscheinen zu lassen, als es war. Mama Lili Mae war die Ururgroßtante von mindestens zwei Dutzend junger Leute, die alle ursprünglich aus dem Bayou stammten und alle zur Familie der L'Aveau gehörten.

Und jeder berief sich gern auf sie, wenn wieder einmal ein Fernsehteam über die alte Dame berichten wollte, die nun – so wurde geschätzt – ihrem einhundertzehnten Geburtstag entgegensah. Sie behielt ihre erstaunlich gute Gesundheit, die üblichen Schwächen des Alters kannte sie nicht. Sie ging jeden Tag spazieren – ohne Stock. Ihr Augenlicht funktionierte noch tadellos. Ab und zu litt sie ein wenig an Arthritis, aber dann wirkten schon ein paar Aspirin Wunder.

»Mama Lili Mae?« wiederholte Jacques. Sie schüttelte den Kopf.

»Du solltest jetzt noch nicht zurückgehen. Geh mit mir in ein Restaurant essen und verbringe noch ein wenig Zeit in New Orleans.«

Mama Lili Mae suchte in ihrer Handtasche nach einer ihrer selbstgerollten zigarrenähnlichen Zigaretten. Sie zündete sie an.

Jacques mochte keinen Rauch in seinem sonderangefertigten Mercedes. Gesagt hätte er ihr das aber nie. »Du solltest nicht rauchen. Es schadet deiner Gesundheit«, mahnte er.

Sie verdrehte die Augen. »Was? Hast du Angst, daß ich jung sterbe?«

Jacques seufzte. »In Ordnung. Steck sie dir an. Sei dickköpfig. Ich bring' dich zurück.« Er warf ihr sein charmantes Lächeln zu. »Die meisten Frauen nehmen eine Einladung von Jacques Moret zum Lunch an, weißt du«, neckte er.

»Die meisten Frauen sind dumm«, sagte sie, aber sie nahm ihren Worten die Schärfe, indem sie ihm mit ihrer papierdünnen, knochigen Hand auf den Arm klopfte. »Komm mit zu mir nach Hause. Die meisten Männer und Frauen müssen zahlen, wenn sie mir zuhören wollen. Du kommst mit und hörst den Rat, den ich dir zu geben habe, und ich serviere dir die feinsten Flußkrebse, die du je essen wirst, selbst in New Orleans. Also, *mon fil?*«

»Gut, gut«, erwiderte er seufzend. Jacques warf einen Blick in ihre Richtung, sie erwiderte den Blick mit ihren geraden dunklen Augen. Sie ergründeten ihn. Plötzlich begann er zu schwitzen. Sie sah Dinge. Jeder wußte das. Sie konnte sehen.

Er fürchtete sich vor der Frage.

»Bring mich schnell nach Hause«, sagte sie.

»Ja, ich bringe dich schnell nach Hause, Ich meine nur, du solltest ...«

»Ich muß nach Hause«, wiederholte sie.

»Warum denn?«

»Es kommen Leute, die mit mir sprechen wollen«, sagte sie selbstgefällig.

Ihm wurde wieder ganz heiß.

»Die Leute sollten dich in Ruhe lassen.«

»Gina ist ermordet worden.«

»Die Polizei hat doch schon mit dir gesprochen«, sagte er und versuchte, sanft zu bleiben. »Sie haben den Mann ...«

»Ach, Schwachsinn!« Mama Lili Mae sah ihn fest an. »Der Polizei sagt doch niemand die Wahrheit! Wir wissen nie, welche unschuldige Wahrheit ans Licht kommt. Aber dann ...«

»Was dann?«

»Dann müssen die, die schuldig sind, bezahlen, ob sie von unserem Blut sind oder nicht.«

Was um Himmels willen meinte sie damit, fragte er sich. Er sollte die alte Vettel am besten in der Bucht ertränken, dann ersparte er all ihren Nachkommen die Mühe, zur Stelle zu sein, wenn sie dann und wann aufzutauchen geruhte.

»Du solltest überhaupt nicht mit Leuten sprechen«, sagte er fest. »Und die Polizei sollte dich auch in Ruhe lassen. Du bist zu sehr beteiligt, du bist zu sentimental.« Er zögerte. »Du hast Gina immer am meisten geliebt, mehr als alle anderen in der Familie.«

»Ich lebe schon so lange und habe zu viele Tote gesehen, um noch zu sentimental zu sein«, versicherte sie ihm. »Aber was ist mit dir, *mon cher*?

Bist du der Sache vielleicht zu nah, zu sentimental? Hast du keine Angst um dich selbst, wenn du mit der Polizei sprichst?«

Asche fiel auf das weiße Lederpolster. Sicher hatte sie das gesehen. Sicher wußte sie, wie sehr sie ihn damit ärgerte.

Er hätte sie würgen können.

»Ich habe mit der Polizei gesprochen«, sagte er.

»Du hast sie mal geliebt. Mehr als ein entfernter Cousin.«

»Ich liebte sie immer noch, mehr als ein entfernter Cousin. Sie hat mich nicht geliebt.«

»Aus Leidenschaft erwächst Haß.«

»Hast du das von deinen Opferhühnern gelernt?«

Sie nickte selbstzufrieden. Sie hatte keine Angst vor ihm; sie hatte vor niemandem Angst. Sie war alt, verbraucht, und bereit, ihrem Schöpfer entgegenzutreten, wenn ihre Zeit gekommen war.

»Aus Leidenschaft wachsen Haß, Wut und Zorn.«

»Sie haben den Mann! Sie haben den Mann, der mit ihrem Blut bedeckt war. Warum stellt jeder in Frage, was klar auf der Hand liegt? Ihr Mörder liegt im Krankenhaus im Koma.«

»Ach, wenn er doch nur freundlicherweise sterben würde!« spottete Mama Lili Mae und wischte Asche von ihrer Baumwollbluse. »Immer wird jemand in Frage stellen, was klar auf der Hand liegt, und in dieser Nacht waren zu viele Männer bei ihr, die genauso verdächtigt werden könnten wie der eine, nicht wahr, *mon cher?*«

Wieder brach ihm der Schweiß aus. *Wie zum Teufel konnte sie wissen, was sie in dieser Nacht getan hatte? Was wußte sie genau? Nicht daß er sich irgendwie verantwortlich fühlte.*

»Wer kommt denn? Warum mußt du so schnell zurück?« fragte er. »Mit der Polizei hast du doch schon gesprochen; auf dem Friedhof wimmelte es heute von denen. Also, wer kommt denn noch?«

»Ich weiß nicht genau, wer. Ich weiß nur, warum.«

»Warum?«

»Weil nichts auf der Welt so einfach ist, wie es scheint. Los, Jacques, fahre zu. Bringe mich zurück in den Bayou.«

Er biß die Zähne zusammen.

Und fuhr.

Mama Lili Mae saß bequem in ihren Sitz gelehnt. Sie war eine alte Frau. Es blieben ihr nicht mehr viel Freuden.

Eine davon war, Jacques zur Weißglut zu treiben, indem sie in seinem Auto rauchte.

Eine andere war, andere Leute zu betrachten und zu beurteilen. Sie prüfte immer wieder ihre Fähigkeiten, das Innere der Menschen zu beurteilen, auf die sie traf.

Sie hatte heute diese Frau gesehen. Die sie beobachtete, die alle anderen beobachtete. Die die Wahrheit suchte. Diese Frau würde kommen. In Wahrheit war kein Voodoo oder irgendeine Magie im Spiel, daß sie das wußte; Ginas einziger wahrer Freund, der hübsche junge Gregory Hanson, hatte ihr erzählt, daß er jemanden mitbringen würde.

Ihre Intuition sagte ihr, daß es sich um die schlanke blonde Frau handeln mußte.

Ihr Instinkt sagte ihr, daß heute der Tag war, an dem sie reden würde, an dem sie die Wahrheit sagen würde. Die Wahrheit mußte nicht nur gesagt werden, um nützlich zu sein. Es mußte sie auch jemand hören.

Bevor er den Friedhof verließ, verabredete Mark sich mit Harry Duval im Leichenschauhaus. Während der Messe hatte er Gelegenheit, die meisten Leute zu treffen, die in

Ginas Leben eine wichtige Rolle gespielt hatten. Wenn man ihre Blutflecken auf Jon Marcel außer acht ließ, hatten drei der Hauptverdächtigen mit ihm Ginas Sarg getragen – Harry Duval, Jacques Moret und Gregory Hanson. Mama Lili Mae war dagewesen – sie wußte mehr, als sie sagte, aber um herauszufinden, ob sie ihm etwas Besonderes sagen konnte oder nicht, mußte er sie allein sprechen. Die Dixie Boys waren alle da gewesen, ebenso die meisten Tänzer aus dem Club. Viele hatten Gina geliebt. Einer, der sie geliebt hatte, war ihr Mörder.

Und jetzt dieser andere Mord. Und eine der wichtigsten Fragen zum Opfer würde bald beantwortet werden.

Duval war pünktlich; beide Männer waren für die Begegnung mit einer Toten richtig gekleidet. Beide trugen noch ihre schwarzen Anzüge von der Beerdigung. Mark dachte, daß sie wie zwei Pinguine aussehen mußten.

Sie gingen den Korridor entlang, um Lee Minh im Kühlraum zu treffen. Duval sah Mark an.

»Ich habe sie nicht umgebracht, wissen Sie.«

»Ich habe Sie nicht beschuldigt.«

»Wir kennen uns gut genug. Sie haben ungewöhnliche Augen, mein Freund. Sie durchbohren einen Mann und verurteilen ihn schnell.«

Mark runzelte die Stirn. »Ich bin Kriminalbeamter. Ich sammele Beweise für den Bezirksanwalt. Ich verurteile niemanden.«

Duval schnaubte. »Natürlich, wenn die Polizei beschließt, trotz Jon Marcel weiterzusuchen, werden sie bei mir anfangen. Mir gehört der Club, in dem Gina L'Aveau arbeitete. Ich handele mit Fleisch. Den Bibelgetreuen bin ich ein Teufel, Satan in Schwarz und Weiß. Wenn die Morde zusammenhängen, dieses erdrosselte Mädchen und Gina, dann muß Jon Marcel unschuldig sein, es sei denn, er kann sich vom Krankenhausbett erheben wie ein Geist und nur durch seine Willenskraft einen Mord begehen.«

»Wenn die Morde zusammenhängen, wirft das natürlich ein ganz anderes Licht auf den Verdacht gegen Jon Marcel. Wie viele Ihrer Tänzerinnen sind noch nicht wieder aufgetaucht?«

»Ich hatte Judy noch nicht gesehen, aber sie war heute auf der Trauerfeier. April ist auch nicht aufgetaucht, aber sie ist verheiratet, und ich habe auch ihren Mann nicht gesehen, sie brauchen erst heute nachmittag zur Arbeit zu kommen. Renee, Samantha, Ashley und Jean haben sich auch noch nicht gemeldet und sind auch nicht auf der Beerdigung gewesen. Aber wir werden wohl in ein paar Minuten Bescheid wissen, oder?«

»Jetzt sofort«, stimmte Mark zu und hielt Duval die Tür auf.

Lee Minh erwartete sie. Die Leiche lag auf einem Seziertisch. Sie war aus dem Wasser gezogen worden. Anders als Gina sah sie im Tod nicht wunderschön aus.

»Kennen Sie sie?« fragte Mark, als Duval auf die Tote hinabschaute.

Duval knirschte mit den Zähnen.

Das Gesicht hatte er schon einmal gesehen.

10. Kapitel

Es war gut, daß sie einigermaßen früh losgefahren waren. Cindy McKenna wartete mit Gregory auf sie. Die beiden waren vor ihr beim Club angekommen. Ihr fiel ein, daß sie den Friedhof verlassen haben mußten, während sie noch versucht hatte, das Gespräch zwischen Mark und dem Orientalen mitzubekommen.

Da sie sich bei den Trauerfeierlichkeiten im Hintergrund gehalten hatte, trug Ann nur schwarze Jeans, schwarze Turnschuhe und einen schwarzen Pullover und war damit bereit für ihren Ausflug in die Wildnis. Gregory und Cindy, die bei der Beerdigung entsprechend gekleidet gewesen waren, hatten sich schon umgezogen. Sie trugen Jeans und Polohemden.

»Ann, wir nehmen Ihren Wagen, wenn's recht ist«, sagte Gregory. »Keiner wird sich wundern, wenn er meinen Wagen beim Club stehen sieht, sie werden denken, ich habe hier zu tun. Während Ihr Auto …« Er zuckte die Schultern. »Wenn jemand herumschnüffelt, könnten sie Ihren Wagen erkennen und darüber nachdenken, was Sie vorhaben.«

»Sicher«, sagte Ann.

Cindy schlüpfte auf den schmalen Rücksitz, Gregory setzte sich neben Ann. Gregorys Worte verursachten ihr leichtes Unbehagen. Wenn sie im Bayou verlorenging …

Niemand würde sie finden.

Cindy auf dem Rücksitz drückte ihr eine Hand auf die Schulter. Sie sah zu Gregory hinüber. Wieviel waren menschlicher Instinkt und Intuition wert? Sie fühlte sich wohl bei Gregory. Sie hatte sich von Anfang an in seiner Gegenwart wohlgefühlt.

Spring aus dem Wagen, schreie wie eine Wahnsinnige, vergiß das Treffen mit Mama Lili Mae und den Beweis für Jons Unschuld, oder fahre in aller Ruhe in den Bayou.

Sie ließen die Stadt hinter sich und fuhren direkt am Wasser entlang. Als ein Wäldchen auftauchte, dirigierte Gregory sie in einen Seitenweg und ließ sie unter den Bäumen parken. Als sie ausstiegen, bemerkte sie verwundert, daß in dem seichten Gewässer einige Boote vertäut waren.

»Kommen Sie«, sagte Gregory, sprang an Bord eines der kleinen Motorboote und reichte ihr eine Hand.

»Ist das Ihr Boot?«

»Es hat Gina gehört«, sagte Cindy.

»Ist schon in Ordnung. Viele der Familien, die hier leben, haben hier Boote liegen. Wenn man sie besuchen will, nimmt man einfach eins.«

»Stiehlt sie denn keiner?«

Cindy lächelte und schüttelte den Kopf. »Nur die Bayou-Leute wissen, daß sie hier sind. Man kann sie von der Straße auch gar nicht sehen.«

Gregory hielt ihr immer noch seine Hand entgegengestreckt.

Na gut, wenn sie denn nun wirklich ermordet werden würde – und unter den gegebenen Umständen kam ihr die Befürchtung gar nicht mal so paranoid vor –, war es ihre eigene Schuld.

Niemand würde sie ermorden. Sie wußte, daß Gregory Gina nichts getan hatte. Er war nicht leidenschaftlich, er war nicht wütend, er war nur tieftraurig. Und Cindy war bei ihnen. Und sie hatte Mama Lili Mae gesehen; sie war sich sogar sicher, daß Mama Lili Mae sie direkt angesehen hatte. Diese Frau würde ihr nichts tun.

Sie ergriff Gregorys Hand und hockte sich ins Boot. Cindy kletterte neben sie.

»Woher wissen wir eigentlich, daß sie da ist«, versuchte Ann das Röhren des Motors zu übertönen.

»Ich habe ihr gesagt, daß wir kommen«, schrie Gregory

grinsend zurück. »Sie wartet auf uns; ich glaube, sie will, daß wir kommen.«

Ann nickte.

»Setzen Sie sich bequem hin, genießen Sie die Fahrt!« schrie Cindy. Ann drehte sich um und sah, daß Cindy es sich bequem gemacht hatte. Der Wind spielte mit ihren Haaren. Ann kam sich viel glücklicher vor und viel entspannter als bisher. Der Bayou, dachte sie, ist diesen Leuten wirklich eine Heimat. Der Himmel, das Wasser, das dichte Grün.

Sie sprachen nicht; der Motor war zu laut. Eine Weile fuhren sie über verschiedene offene Wasserwege, dann stellte Gregory den Motor aus und nahm ein Ruder. Sie hatten einen engeren Kanal erreicht, in dem das Wasser sehr seicht aussah. Baumwurzeln wuchsen über der Wasseroberfläche, und das Ufer schien oft in schwarzen Löchern zu verschwinden. Keiner sagte ein Wort, ab und zu rief ein Vogel, und man hörte, wie das Ruder ins Wasser stieß. Cindy tippte sie an. »Sehen Sie mal«, sagte sie leise und zeigte auf das Ufer.

Ein Alligator – gut drei Meter lang – ließ sich leise ins Wasser gleiten. Seine aufmerksamen Augen blieben über der Wasserfläche.

Sie richteten sich auf das Boot.

»Sind wir sicher?« flüsterte Ann.

Gregory kicherte leise. »Dieser alte Kerl hat genug mit seinen Vögeln und Waschbären zu tun. Er ist kein Menschenfresser.«

»Manche haben aber schon Menschen gefressen«, sagte Cindy. Sie sah Ann an. »Oh, aber ganz selten. Und sie greifen keine Boote an. Jedenfalls habe ich noch nie davon gehört.«

»Wir sind sicher«, versicherte ihr Gregory. »Ich bin diese Strecke mit Gina oft gefahren. Auch allein, Cindy auch. Wir haben die Alligatoren jedes Mal überlebt. Sie schmekken übrigens gut, wenn man diese Schurken ordentlich kocht.«

»Ich habe schon Alligator gegessen«, sagte Ann und wunderte sich über ihren aggressiven Unterton.

»Kennen Sie also den Sumpf, kennen Sie Alligatoren?« sagte Gregory.

Sie schüttelte den Kopf. »Nein, ich bin von Atlanta direkt ins French Quarter gezogen. Ich kenne weder Alligatoren noch den Sumpf. Ich bin eine Stadtpflanze.«

»So, Sie kennen weder die Alligatoren noch den Sumpf«, neckte Gregory.

»Ich mag den Sumpf. Er ist wunderschön. Ich möchte ihn mal malen.«

»Das wäre wunderbar!« Cindy klatschte in die Hände. »Jon hat immer gesagt, wie gut Sie Landschaften malen. Er sagte, daß Sie Gesichter am besten könnten, aber Ihre Landschaften wären großartig.«

»Er war sehr stolz auf Sie«, sagte Gregory sanft.

»Er ist noch nicht tot!« zischte Cindy Gregory an. Dann sah sie schuldbewußt zu Ann. »Ist er doch nicht, oder?«

Sie schüttelte den Kopf. Sie war kurz beim Krankenhaus vorbeigefahren, bevor sie sich auf den Weg zur Trauerfeier machte. Jon lag immer noch im Koma. Die Schwestern hatten ihr versichert, daß er in wirklich »gutem« Zustand sei, so merkwürdig das auch klang, aber sie war dankbar für jeden kleinen Gefallen. Sie hatte noch nicht mit ihrer Tochter gesprochen; allerdings hatte sie die Schule angerufen, wo man ihr versicherte, Verbindung mit den Leuten auf der Expedition aufzunehmen. Katie arbeitete bei Stämmen in einer sehr weit abgelegenen Region, daher konnte es einige Tage dauern, bis man sie fand, und weitere Tage, bis sie zu ihrer Mutter zurückkommen konnte. Ann hatte nicht ausdrücklich gesagt, daß es sich um einen Notfall handelte und sie betete, daß sie gute Neuigkeiten für Katie hatte, wenn sie endlich von ihr hörte.

»Jon lebt. Sie haben mir wieder gesagt, daß seine Lebensfunktionen sehr gut sind und daß er eine gute Farbe hat. Sie glauben, er übersteht es. Vielleicht wollen sie mir auch nur einen Gefallen tun. Der Arzt hatte ihm offiziell eine Chance von fünfzig zu fünfzig gegeben.«

»Er wird es schaffen«, sagte Gregory aufmunternd.

»Danke.«

»Wir legen hier an«, sagte er plötzlich.

Ann spähte zu dem Punkt hinüber, auf den Gregroy gezeigt hatte. Die Stelle schien sich vom übrigen Ufer durch nichts zu unterscheiden. Dann entdeckte sie, daß unter einigen Bäumen mit verknoteten Wurzeln zwei weitere Boote lagen; vermutlich ein Hinweis auf so etwas wie ein Bayou-Dorf. Gregory half ihr aus dem Boot. »Vorsicht mit dem Schlamm. Das Wasser ist hier nur ein paar Fuß tief, aber das Grundwasser steht ziemlich hoch, auch wenn Sie denken, Sie wären auf festem Boden. Passen Sie auf, da oben wird es schon fester.«

Schwarzer Schlamm quietschte unter ihren Füßen. Vor sich erkannte sie so etwas wie einen Pfad. Sie folgte ihm auf den höhergelegenen Boden und wartete. Vögel kreischten hoch über ihnen. Ein leichte Brise strich durch die Blätter, die um sie herum wucherten. Ihr fiel auf, daß der Sumpf einen ganz eigenen Geruch verströmte. Er roch nach Wasser, nach feuchter Erde, irgendwie *grün*.

Gregory legte ihr einen Arm um die Schulter. »Kommen Sie, wir müssen noch ein ganzes Stück laufen. Das Haus ist da oben um die Ecke. Cindy, kommst du?«

»Ich ziehe das Boot nur noch ein bißchen höher ans Ufer«, rief Cindy.

»Das Haus ist nur zu Fuß zu erreichen?« fragte Ann.

»Dann muß die arme alte Frau hier herunter laufen, wenn sie mal in die Stadt will?«

»Diese arme alte Frau kann wahrscheinlich weiter laufen als ein Olympiasieger«, sagte Gregory trocken.

»Sie muß mindestens achtzig sein.«

»Fast einhundertzehn.«

»Jesus.«

Gregory grinste. »Jetzt glauben Sie auch an Voodoo, was?«

»Hühner umbringen und Nadeln in Puppen stechen?« sagte Ann skeptisch.

Gregory lachte. »Ach, da ist mehr an Voodoo dran als das, früher wie heute. Mama Lili Mae ist eine gute praktizierende Katholikin *und* eine Voodoo-Königin.«

Sie sah ihn fragend an.

»In früheren Zeiten haben sie Hexen verbrannt. Einige ›Hexen‹ ehren die Erde, praktizieren ›Wicka‹. Sie sind gut und freundlich und hegen und pflegen.«

»Voodoo ist gut und freundlich?«

»Mama Lili Maes Art von Voodoo ja«, sagte er. »Sie liest aus Knochen; sie gibt jungen Leuten Ratschläge. Sie hat das zweite Gesicht. Vielleicht ist nichts in den Knochen; aber sie ist schon so alt, daß sie weiß, was gesagt werden muß. Vielleicht hat sie auch kein zweites Gesicht, aber eine Innensicht in die menschliche Natur.«

»Aber sie praktiziert alten Zauber.«

»Alten Zauber, der sich gewandelt hat. Sie müssen sich vorstellen, wo das alles angefangen hat. Denken Sie an all die Sklaven, die von Afrika hertransportiert worden sind, erst auf Inseln wie Martinique und Hispaniola, dann hierher, nach New Orleans. Schwarze Männer und Frauen von ganz unterschiedlichen Stämmen des Schwarzen Kontinents, verschiedene Religionen, verschiedene Zivilisationen.«

»Voodoo begann also auf den Inseln.«

Er grinste. »Ja und nein. Die Herkunft ist Westafrika, das damals sogenannte Dahomey Land, heute Volksrepublik Benin, und Yorubaland und Nigeria. Die weißen Sklavenhändler dachten, die schwarzen Wilden wären ohne wahre Religion, aber sie ehrten ihre Vorfahren, Gottheiten und die Kräfte der Natur. Sie huldigten ihnen mit Musik und ihren Trommeln. Sie brachten ihre Religionen in die neue Welt, wo sie von den indianischen Kulturen beeinflußt wurden und sogar vom Christentum. Heute ist Voodoo, in Mama Lili Maes Fall jedenfalls, Spiritismus. In New Orleans gibt es viele spiritistische Kirchen. Aber denken Sie zurück, stellen Sie sich vor, wie es den Sklaven ergangen sein muß. Abhängigkeit von einem Besitzer, der ein guter Mensch, oder vielleicht ein grausamer war. Die Frauen wurden von ihren Besitzern genommen, wenn denen danach war. Ein neues Volk entstand, als die Sklavenkinder, die aus diesen Vereinigungen entstanden, geboren wurden. Die Voodoo-Trommeln machten den Weißen angst. Manchmal waren die Trommeln für die Sklaven das einzige Mittel gegen ihre Herren.«

»Einschüchterungstaktik?«

»So kann man es nennen. Tatsächlich hatte 1782 der Gouverneur von Louisiana eine solche Angst vor einem Voodoo-Aufstand, daß er weitere Sklavenimporte von Martinique verbot, weil er diesem Land die größte Schuld gab. Zu spät für New Orleans. Der Grund war durchweicht, die Stadt feucht, es gab andauernd Gelbfieberepidemien! Das Leben verflog schnell, die Trommeln schlugen, und es gab Versprechen, was alles passieren konnte, wenn man die richtigen Opfer brachte oder den richtigen Preis bezahlte. Das Spirituelle war immer ein guter Freund – oder Feind. Fester Glaube kann Dinge wahrmachen. Voodoo-Königin Marie Laveau arbeitete an den Gedankenvorgängen anderer. Sie haben sicher von ihr gehört.«

»Ich lebe in New Orleans, natürlich habe ich von ihr gehört.«

Er grinste. »Sie können sich nicht vorstellen, wie viele Touristen ihr Grab besuchen.«

»Ich muß zugeben, daß ich auch schon da war«, sagte Ann. Sie blieb stehen, fuhr sich mit dem Handrücken über das Gesicht. New Orleans war immer noch feucht und heiß. Mittlerweise hatten sie sich vom Ufer entfernt. Cindy trottete hinter ihnen her. Sie hätten auch im Nirgendwo sein können. Dichtes Blattwerk und tiefhängende Wolken verdunkelten den Tag, obwohl es gerade erst drei Uhr war und Sommer, wo es eigentlich noch Stunden hell war.

Wenn sie jetzt die Augen schloß, dachte sie, konnte sie sich die Vergangenheit gut vorstellen. Der Sumpf, die unterdrückten Sklaven, auf der Suche nach Freiheit um jeden Preis, die wild zum Klang der Voodoo-Trommeln tanzten, während das Blut von Hühnern über die Hände des Voodoo-Priesters lief. Die reichen Plantagenbesitzer würden die Trommeln hören und wissen, daß sich die Sklaven in wildem Rausch zusammenfanden. Und sie hatten Angst.

»Marie Laveau hatte wahrscheinlich weißes, schwarzes und indianisches Blut in sich. Sie kämmte weißen Frauen die Haare und brachte ihnen bei, wie sie Gewalt über ihre Feinde bekommen konnten, indem sie Nadeln in ihre Puppen stachen. Sie verkaufte magischen »Gris-Gris«-Staub, der gleichzeitig Zauberpuder war, Hexenpuder oder Schutzpuder. Ihre Tochter, wieder eine Marie, war dann berüchtigt für ihre Machenschaften, ihre Macht und ihre Sexorgien. Aber an manche Dinge glauben die Leute heute noch. Stimmt's, Cindy?«

Cindy, die sie eingeholt hatte, errötete. »Na ja, ich habe um das eine oder andere Liebespulver gebeten. Und ich hatte einen furchtbaren Lehrer in der Schule und machte eine Strohpuppe aus ihm, die ich dann mit Nadeln gespickt habe.«

»Was ist ihm passiert?«

»Er wurde zum Direktor der Schule befördert«, sagte sie achselzuckend.

Ann lachte, Gregory kicherte. Das Sumpfland kam ihr gar nicht so verboten oder erschreckend vor. Trotzdem sah sich Ann immer wieder um. Und sie war froh, nicht allein zu sein. Der Bayou war von einem bedrohlichen dunklen Grün unter tiefhängenden Wolken. Die gelegentlichen Vogelschreie zerrten an ihren Nerven. Die Dunkelheit verströmte ihren eigenartigen Geruch. Sie konnte ihn fast sehen, eine Moosfarbe, die um sie herumwirbelte.

»Ich habe aber auch Zauber gesehen, die wirken«, fuhr Cindy fort. Ihre Stimme war sehr leise, fast ein Flüstern, paßte zum Spuk des Bayoulands. »Ich habe gesehen, wie einer von Mama Lili Maes Zaubersprüchen gewirkt hat.«

»Auf wen?« fragte Ann.

»Männer«, sagte Cindy kurz.

»Vielleicht hätten sich diese Männer sowieso verliebt«, argwöhnte Ann.

Cindy lächelte. »Ja, aber diese Männer verliebten sich in die richtigen Mädchen und *benahmen* sich dann. Und dazu, ich versichere es Ihnen, braucht es einen Zauber!«

»Vielleicht haben Sie recht«, stimmte Ann lachend zu. »Die Namen sind sich ähnlich, nicht?«

»Welche Namen?« fragte Cindy.

»Gina und Lili Mae. Der Nachname ist L'Aveau, oder? Und dann noch diese berüchtigte Marie ist auch eine Laveau, stimmt's?«

»Ja, aber sie sind wohl nicht verwandt. Die Hälfte aller Leute hier hat französische Nachnamen. Es gibt Dutzende von Familien mit sehr ähnlicher Schreibweise oder grammatischer Ableitung von Namen«, sagte Gregory.

Cindy kicherte. »Vielleicht waren die Familien ja verwandt. Ich meine, Marie Laveau war eine *schlimme Mama!* Berüchtigt für ihre Sexorgien. Unsere L'Aveaus wollten sicher nichts mit den anderen zu tun haben.«

Gregory, der vorausgegangen war, blieb plötzlich stehen. Er griff hoch in einen Baum und zog etwas herunter.

»Was ist das?«

»Schwarze Magie«, murmelte er, perplex über was immer er gefunden hatte. Er wandte sich den beiden Frauen zu. Er hielt eine kleine Strohpuppe hoch, nicht größer als zehn Zentimeter. Sie steckte in einem schwarzen Kleid und hatte gelbes Garn als Haar, grüne Knöpfe für die Augen. Nadeln steckten in ihrem Körper.

Ann hatte das ungute Gefühl, daß die durchpiekste Figur sie darstellen sollte.

»Ich dachte, Mama Lili Mae praktiziert gute Magie«, murmelte sie.

»Ja«, sagte Gregory fest. Er zuckte die Schultern. »Aber hier sind noch andere Häuser. Einige aus ihrer Familie, aber auch andere. Nicht gerade dicht bewohnt, aber trotzdem ... Dieses Land im Westen ist Cajun. Viele Bayou-Fischer, die hier Rast vom Krebsfang machen. Und dann gibt es hier natürlich auch Kinder. Kinder spielen ihre Spiele.«

»Kinder. Sie können einfach schrecklich sein«, sagte Cindy.

Aber sie und Gregory sahen sich an.

Ann war sich sicher, daß die beiden ebenfalls dachten, daß diese Figur sie darstellen sollte.

»Laßt uns jetzt weiter zu Mama Lili Mae gehen«, sagte Gregory. »Die Hütte ist gleich da vorne. Das ist doch alles Unsinn!« Er ließ die Puppe auf den Boden fallen und ging voran.

Ann blieb noch stehen, sah auf seinen breiten Rücken. Sie hob die kleine Puppe hastig hoch und steckte sie in ihre Jeanstasche. Sie wollte mit Mama Lili Mae darüber sprechen, falls sich die Gelegenheit ergab.

»Ann?« fragte Gregory, der sich nach ihr umsah.

»Ich komme!« Lächelnd lief sie los, um die beiden einzuholen. »Was haben Sie vor?« fragte Gregory unsicher. »Sie nehmen diese Sache mit der Puppe doch nicht ernst?«

»Ich komme aus Atlanta, erinnern Sie sich?« sagte sie und überholte ihn.

Natürlich nahm sie die Puppe nicht besonders ernst.

Sie fragte sich, ob sie sie ernst genug nahm.

Mark hielt beim Krankenhaus an, um sich über Jon Marcels Zustand zu erkundigen. Fast unverändert, aber seine Chancen zu überleben und aus dem Koma zu erwachen, schienen tatsächlich etwas besser geworden zu sein.

Marcels Frau war nicht im Krankenhaus.

Als er den Arzt verlassen hatte, fuhr Mark zu Anns Haus. Er verfluchte sich selbst unentwegt. Er riskierte seinen Job. Sein Integrität. Seinen klaren Verstand.

Der Verstand entglitt ihm bereits.

Er parkte vor ihrem Haus, ging zu der hübschen Fassade und nahm die Treppen zu ihrer Wohnung im ersten Stock. Vor der Tür gab es keine wachhabenden Polizisten mehr. Er klingelte, klopfte, rief ihren Namen.

Er fühlte sich plötzlich leer und verspürte eine seltsame Angst. Er stieg die Stufen hinab und ging zum Auto. Er sah zum Himmel. Es würde Sturm geben. Wolken verdunkelten das Sommerlicht. Die Nacht würde sich für New Orleans und seine Umgebung in der Senke zu einer einzigen Hölle entwickeln.

Was tat sie draußen?

Sei vernünftig, befahl er sich selbst. Sie kann ausgehen, wann sie will, wohin sie will.

Nein, kann sie nicht.

Sie hatte auf ihn reagiert. Sie hatte ihn gewollt; er war der verdammte Idiot gewesen, der sich Gedanken über die Sache und die Umstände und über das, was von seiner Integrität übrig war, gemacht hatte. Vielleicht hatte er nie Integrität besessen, vielleicht war er einfach noch nie einer Ann Marcel begegnet. Es hatte zwar andere Frauen gegeben …

Wo konnte sie nur sein? Was zum Teufel tat sie? Am Abend vorher war er weggelaufen, weil der Drang sie zu berühren, sie zu schmecken, zu stark geworden war. Der Drang noch weiterzugehen war überwältigend gewesen. Fast.

Hölle. Er hatte ihn unterdrückt. Na gut, nicht kontrolliert, er war mit diesem Drang weggegangen. Warum kam er also zurück. Um sich selbst zu quälen? Es sei denn, weil er beschlossen hatte, auf alles zu pfeifen, ob richtig oder falsch, auf seinen Job, seine eigenen Empfindlichkeiten in diesem Fall.

Ein Fall mit seltsamen Drehungen und Wendungen, wie er sie nie zuvor bei seiner Arbeit erlebt hatte. Vielleicht sollten sie alle aufhören. Warten. Beten, daß Jon Marcel durchkam.

Komm, Ann! Komm nach Hause, dachte er beunruhigt.

Wieder sagte er sich, daß sie ausgehen konnte, sein, wo sie wollte.

Der Club.

Er sprang ins Auto und ließ den Motor an.

Ein Pfeifen irritierte ihn. Er sah auf. Jimmy kam vorbei, blieb neben ihm stehen.

»Ist sie nicht da?«

»Stimmt.«

»Dann hattest du noch keine Gelegenheit, ihr von Jane Doe zu erzählen?«

»Nein.«

»Sie war auf dem Friedhof, das weißt du.«

»Sie war was?«

»Sie war heute morgen in der Kirche und auf dem Friedhof. Also, sie kam nicht direkt in die Kirche. Sie drückte sich im hinteren Teil rum. Auch auf dem Friedhof. Sie sah aus wie jemand, der das Verlangen hat, an einer Beerdigung teilzunehmen, aber die echten Leidtragenden nicht stören möchte, wenn du weißt, was ich meine.«

»So ungefähr«, sagte Mark. Hölle. Sie war den ganzen Tag in seiner Nähe gewesen und er hatte sie nicht gesehen. Großartiger Detektiv. Nun, er hatte Gina zu Grabe getragen. Außerdem ging ihm ein anderer Leichnam durch den Kopf.

Und er schwitzte immer noch beim Gedanken an letzte Nacht. Daß er ohne Verstand gehandelt hatte, ein Narr war, weil er überhaupt angefangen hatte. Sie hatte nicht ahnen können, welche Sorgen er sich die ganze Zeit um sie gemacht hatte. Vielleicht hatte er die Dinge zu endgültig dargestellt. Jon Marcel schien ja auch tatsächlich offensichtlich schuldig zu sein. Alles sprach gegen ihn. Aber sie mußte vorsichtig sein. Sie verstand es nicht. Er war wütend geworden. Immer wieder beunruhigend, was Ärger bewirken konnte. Ja, Ärger war Leidenschaft. Und Leidenschaft war Begehren. Er hätte sie nie berühren sollen.

Er hätte nie gehen sollen.

Jetzt blieb ihm dieses Gefühl der Leere, das Brennen, etwas beinahe besessen zu haben, jetzt noch zu begehren. So sehr zu begehren. Mehr von ihrem Geschmack.

Sie machte ihm zu schaffen. Er verfiel ihr. War es Liebe? So schnell? Vielleicht Begehren. Sie hatte Macht über ihn. Der Klang ihrer Stimme. Ihr kurzes, strahlendes Lächeln. Er mochte sie, ihr Talent, ihre Zuversicht und ihre Bescheidenheit. Er mochte sie, bewunderte sie.

Er mochte auch ihr Aussehen. Ihre zarte Figur, das weiche, blonde Haar. Ja, das war es. Er begehrte sie. Er verbrachte die Zeit damit, sie sich vorzustellen. Ihre Brüste. Nackt. Ihren ganzen Körper. Nackt.

Jimmy redete weiter. Er verzog das Gesicht. »Sie sollte sich vorsehen. Sie ist ein verdammt hübscher Köder, falls jemand anders in die Sache verwickelt ist.« Er zögerte. »Beide Opfer waren wirklich schön. Nicht daß das unbedingt irgend etwas zu sagen hat. Ich meine, immerhin ist sie ja in die Sache verwickelt. Sie taucht immer wieder auf ...«

»Ich wollte gerade im Club nachsehen«, sagte Mark.

Jimmy schüttelte den Kopf. »Da war ich gerade. Du hast mich doch hingeschickt, erinnerst du dich nicht? Ich habe die Nachforschungen mit unserem Jane-Doe-Photo gemacht. Ann Marcel war nicht da. Sie ...«

Seine Stimme versagte plötzlich, und er sah Mark mit plötzlich sehr großen Augen an. »Oh, Mist.«

»Was?« fragte Mark. »Verdammt, Jimmy,was ist?« Die Angst, die in ihm gewachsen war, zerstörte langsam die Fassade, hinter der er sich verschanzt hatte.

»Ich ... habe heute Gregory Hanson mit Lili Mae L'Aveau reden hören.«

»Und?«

»Er wollte jemanden zu ihr in den Bayou bringen.«

»Mist!« rief Mark. »Mist!« Der Motor jaulte auf, dann schoß der Wagen auf die Straße.

11. Kapitel

Mama Lili Mae saß auf der Veranda ihres alten Holzhauses, wiegte sich behaglich in einem dick ausgepolsterten Korbschaukelstuhl. Das Haus war sehr hübsch, man erreichte es über eine kleine hölzerne Brücke, die über einen Teich mit riesigen Seerosen führte. Ann fragte sich, wo mitten im Sumpf Seerosen herkamen.

Mama Lili Mae hatte sie offensichtlich erwartet. Sie rauchte eine langstielige Pfeife, behielt dabei den Pfad und die Brücke im Auge. Sie nickte ihr zur Begrüßung und wandte sich direkt an Ann, ohne Gregory und Cindy dabei zu beachten.

»Ann Marcel, wie geht es dem Jungen heute abend? Ein bißchen besser?«

»Ich weiß nicht. Er liegt immer noch im Koma«, sagte Ann und überquerte die Brücke. Sie ging auf die alte Frau zu und ergriff die ihr entgegengestreckte Hand. Mama Lili Maes Händedruck war überraschend stark und fest. Ann spürte die überwältigende Kraft der Frau in diesem Griff und nahm sich vor, sich nicht durch die äußerliche Zerbrechlichkeit täuschen zu lassen. Sie war wie ein altes Reptil, dachte Ann, mit ihrer dicken, ledrigen Haut. Auch die Augen erinnerten an ein altes Reptil, gelb und nicht mehr so scharf, aber wachsam. Immer auf der Hut. Ihr Lächeln bezauberte, belebte ihr ganzes Gesicht und machte es strahlend schön.

»Ich habe Sie heute gesehen, als Sie sich da im Hintergrund rumgedrückt haben. Ich wußte, daß Sie kommen würden.«

»Wirklich?«

»Gregory, hilf mir doch mal bitte.«

»Ja, Mama Lili Mae«, sagte Gregory schnell. Er trat an

ihre Seite und half ihr aus dem Schaukelstuhl. Ann hatte den Eindruck, daß sie die Hilfe gar nicht unbedingt nötig hatte, aber die Aufmerksamkeit genoß, und offensichtlich gefiel ihr auch, daß Gregory sofort reagierte. Sie winkte Ann zu sich.

»Kommen Sie herein. Wir sprechen unter vier Augen.«

»Aber Mama Lili Mae ...«, protestierte Cindy.

»Junge Dame, wir sprechen uns später«, versprach Mama Lili Mae. Gregory legte sie eine Hand an sein hübsches Gesicht. »Wir sprechen uns auch noch. Gott der Allmächtige, es tut mir weh, dich so sehr trauern zu sehen. Sie ist jetzt in Gottes Hand, das sollte dich trösten. Gina war wie ein Feuer aus Licht und Schönheit und Wildheit, und sie brannte heller als jede Rakete zum Nationalfeiertag; aber jetzt ist sie sicher, sicher vor jedem, der ihr etwas antun wollte. Du wirst lernen, damit zu leben. Der Herrgott weiß, ich habe den Tod oft genug gesehen, um zu wissen, daß er zum Leben gehört, so ist das nun mal. Du mußt jetzt dein Leben weiterleben, hörst du?«

Gregory nahm die alte Hand, die seine Wange gestreichelt hatte, und hielt sie sanft. »Ich versuche es, Mama Lili Mae.«

»Gib dir mehr Mühe!«

Mit dieser strengen Ermahnung ging sie ins Haus. Die anderen folgten ihr.

Das Wohnzimmer war ein merkwürdiger Raum. Bequeme Sofas mit wunderschönen handgearbeiteten Quilts standen im rechten Winkel zum Eingang, am anderen Ende gab es eine kleine, aber praktische Küche, zwischen den beiden Räumen nur eine Theke aus Ziegelsteinen. Wasser kam aus einer Pumpe. Auf zwei Tischen brannten Kerosinlampen und erleuchteten das ganze Zimmer.

Im krassen Gegensatz zu den Sofas und Quilts, die eine vertraute altmodisch-amerikanische Gemütlichkeit verbreiteten, baumelten an verschiedenen Stellen Glockenspiele aus Knochen von der Decke. Eine leichte Brise wehte durch die geöffneten Fenster und erzeugte durch die aneinanderschlagenden Knochen eine seltsame Melodie, die ganz leicht und sanft erklang und wunderbarerweise beruhigend wirkte.

»Sie brauchen sich nicht zu fürchten, es sind alles nur Hühnerknochen. Ich habe noch nie ein menschliches Wesen geopfert«, neckte Mama Lili Mae, als sie beobachtete, wie Ann sich im Raum umsah.

»Cindy, bring Ann und mir ein Glas Limonade. Dann verschwindest du mit Gregory.«

»Und was sollen wir tun?« fragte Cindy.

»Geht spazieren. Sprecht mit Billy. Pflückt ein paar wilde Blumen. Sucht Eure Seele, sprecht mit Eurem Schöpfer. Himmel, Kind, ich weiß es nicht. Unterhaltet euch, ihr seid doch Freunde, oder?«

»Wird uns schon was einfallen«, sagte Gregory zu Cindy.

»Sicher«, antwortete Cindy und ging in den Küchenbereich, um die Limonade einzuschenken. »Old Billy ist ein über vier Meter langer Alligator. Genau der Typ, mit dem man sich gern unterhält.«

»Er ist harmlos«, sagte Mama Lili Mae. »Er freut sich, wenn Leute mit ihm sprechen. Jetzt bring uns unsere Limonade, und ihr zwei verzieht euch.«

Cindy brachte die Limonade; Ann dankte ihr lächelnd.

Cindy verzog das Gesicht. »Wir kommen schon zurecht, Mama Lili Mae. Was ist mit Mrs. Marcel hier?«

»Ich kann wesentlich gefährlicher sein als der alte Alligator, Kind, aber ich wette, Mrs. Marcel geht das Risiko ein, mit mir allein zu sein, sonst wäre sie sicher nicht hergekommen.«

»Ich denke, es ist in Ordnung«, sagte Ann.

Cindy winkte. »Sonst noch etwas, Mama Lili Mae?« fragte sie.

»Verzieht euch.«

»Also komm.« Gregory verdrehte die Augen, nahm Cindys Hand und zog sie hinaus. Die Verandatür schloß sich mit einem Knall hinter ihnen.

»Nun, also.« Lili Mae lehnte sich in die Polster zurück und musterte Ann, während sie ihre Pfeife wieder anzündete. »Freut mich sehr, Sie zu kennenzulernen. Es kommt nicht oft vor, daß ein Mann mit solcher Hochachtung von seiner Exfrau spricht. Dieser Junge scheint viel von Ihnen zu halten.«

»Jon war hier draußen?«

Mama Lili Mae nickte bestätigend. »Ja. Er sagte mir, Sie seien eine gute Künstlerin, und daß sie bestimmt gerne mein Gesicht malen würden.«

»Das stimmt«, sagte Ann lächelnd. »Ich habe noch nie jemanden mit so einem wunderbaren Gesicht getroffen, in dem so viel Wissen und Charakter steckt.«

Mama Lili Mae nahm das Kompliment ganz selbstverständlich hin. »Dann kommen Sie eines Tages und malen mich.«

»Wenn Sie erlauben.«

»Das habe ich hiermit getan.«

Ann lächelte wieder. Sie konnte verstehen, daß die Leute die Mühe, den Sumpf zu überqueren, auf sich nahmen, um sich bei Mama Lili Mae Rat und Gris-Gris-Puder zu holen.

Mit einem Ruck saß die alte Frau wieder aufrecht. »Aber das hat noch Zeit. Wir müssen jetzt über Gina sprechen.«

»Sie und Jon meinten es sehr sehr ernst miteinander.«

»Das wußten Sie?«

Ann schüttelte den Kopf. »Nein. Ich wußte von den Bildern; ich hatte das erste und einige von den anderen in verschiedenen Stadien der Fertigstellung gesehen. Er sprach darüber, wie viel es ihm bedeutete, mit den Menschen zusammenzusein, die er dort kennengelernt hatte. Durch ihn sah ich die Leute im Club in einem ganz anderen Licht.«

Mama Lili Mae nickte zufrieden. »Er sprach noch nicht darüber, aber er wollte Gina heiraten. Ist das ein Schock für Sie?«

Ann schüttelte den Kopf. »Nein. Jon und ich sind Freunde. Sehr gute Freunde. Man sagt mir immer wieder, wie ungewöhnlich das ist, und sicherlich stimmt das. Wir haben eine Tochter, die wir beide sehr lieben. Und wir lieben beide die Kunst. Wir haben vieles gemeinsam, aber nur als Freunde. Wenn er verliebt war und heiraten wollte, wäre ich sehr glücklich für ihn gewesen.«

»Das hat er auch gesagt.«

»Was ist also passiert?« fragte Ann verwirrt.

Mama Lili Mae lehnte sich wieder zurück und schüttelte den Kopf. »Ich weiß es nicht. Ich weiß nur, daß sie beunruhigt war. Sie hatte sich mit jemandem eingelassen ... nun, ehrlich gesagt, Gina hat sich mit vielen Leuten eingelassen. Aber wer diese auch Person war, Gina wurde das Verhältnis zu ernst. Am Tag, als sie starb, kam sie zu mir. Sie fragte mich, ob sie Jon Marcel heiraten sollte, ob er sie lieben könnte nach dem Leben, das sie bisher geführt hat. Sie hatte so viele Männer.«

»Was haben Sie ihr gesagt?«

»Ich habe ihr gesagt, daß der Mann nicht ihre ganze Vergangenheit lieben müßte, um sie zu lieben. Ich habe ihr geraten, ihn zu heiraten. Ziehe einen endgültigen Strich unter deine Vergangenheit und heirate ihn.«

»Und dann ...«

»Meine Antwort hat sie glücklich gemacht, glaube ich. Sehr glücklich. Aber sie war immer noch beunruhigt. Sie wollte sich von diesem anderen Liebhaber endgültig trennen. Ich weiß nicht, wer er war. Ich habe sie nicht zu einer Antwort gezwungen, weil ich nicht ahnte, wie sehr sie in Gefahr war.«

Sie schüttelte wieder den Kopf, bedauernd und sehr verunsichert. »Innensicht, Intuition. Beides ist hervorragend, wenn es funktioniert. Ich habe nicht vorhergesehen, was ihr zustoßen würde. Die Aussicht auf ihr Glück muß mich geblendet haben.«

»Sind Sie denn ebenso sicher wie ich, daß Jon Gina nicht umgebracht hat, obwohl sie ihr Blut überall an seinem Körper gefunden haben?«

»Ich weiß, daß er es nicht getan hat. Ich weiß auch, daß sie glauben, daß Sie es beweisen müssen. Das sollten Sie nicht. Die Polizei wird die Lösung finden.«

»Die Polizei hat Jon vorverurteilt.«

Mama Lili Mae zuckte die Schultern. »Die Wahrheit wird ans Licht kommen. Ich fürchte, Sie bringen sich in Gefahr, wenn Sie sich nicht zurückhalten. Verbringen Sie die Tage im Krankenhaus. Sitzen Sie bei Jon. Sprechen Sie ihn ins Leben zurück. Meiden Sie den Pfad, auf dem der Tod sich so frei bewegt.«

»Denken Sie denn, daß ich in Gefahr bin?«

»Natürlich sind Sie das. Jon ist unschuldig. Es war jemand anderes.«

»Vielleicht haben wir deshalb diese Puppe hier auf dem Weg gefunden.«

Mama Lili Mae runzelte die Stirn. »Eine Puppe?«

»Ja, sie hing in einem Baum.« Ann zog die kleine Puppe aus ihrer Jeanstasche. »Diese Puppe. Bin ich das?«

Mama Lili Mae nahm ihr stirnrunzelnd die Puppe ab.

»Bin ich es?«

»Ja, sehr wahrscheinlich.«

»Wo sollte sie herkommen? Wer könnte sie in den Baum gelegt haben?«

»Ich weiß es nicht.«

»Was bedeutet es?«

»Es ist eine Warnung. Es …«

Mama Lili Mae brach plötzlich ab und starrte zur Tür. Beunruhigt. Sie steckte die kleine Puppe unauffällig in eine Hemdtasche.

Hatte sie vielleicht Angst?

Da war jemand. Jemand …

Eine Bedrohung.

Ann kam es so vor, als würden sich ihre Nackenhaare sträuben. Sie sah Mama Lili Mae an, die Tür konnte sie aber von ihrem Platz aus nicht sehen. Sie erstarrte, fühlte, wie eine schreckliche Gefahr aufzog, als ob jemand ihr im nächsten Moment ein Messer in den Rücken stoßen würde.

Sie sprang auf, fuhr herum, bereit, jeder Gefahr ins Auge zu sehen.

Ein Mann stand im Eingang. Hinter dem Lampenlicht und den Schatten konnte sie sein Gesicht nicht erkennen. Nur seine Gestalt, groß, kräftig.

Mama Lili Maes Atem rasselte.

Der Mann trat vor.

Mark raste über das Wasser und behielt dabei den Himmel im Blick. Die Sommersonne war zu früh verschwunden. Der aufkommende Sturm schob dunkle Wolken über den Himmel. Der Wind blies bereits merklich stärker.

Es war nicht mehr weit. Es war überhaupt nicht mehr weit. Er konnte die kleine Bucht sehen, wo der Pfad begann. Er konnte die anderen Boote erkennen, die an der Uferböschung lagen.

Vor lauter Angst hätte er sie inzwischen würgen können. Was, wenn sie überhaupt noch bei Verstand war, hatte sie veranlaßt, hierherzukommen, ohne die Polizei zu informieren?

Vielleicht die Tatsache, daß die Polizei ihr nicht gerade bereitwillig zugehört hatte, wenn es um Jon Marcel ging?

Er wußte immer noch nichts. Halbwahrheiten, vielleicht merkwürdige Zufälle, das war alles, was er hatte.

Aber sie sollte nicht hier draußen sein. Er mußte sie finden. Sie zurückbringen. Er könnte sie würgen …

Sie wieder festhalten.

Der Uferstreifen war genau vor ihm …

Er hätte den Motor früher abstellen sollen, damit er sich nicht in den Wurzeln am Ufer verfing. Aber er wartete, bis der verbleibende Schwung das Boot ganz dicht ans Ufer brachte. Er sprang in den Schlamm und zog das Boot auf die Böschung. Gregory hätte besser wissen müssen, daß er sie nicht herbringen durfte.

Gregory glaubte, er könnte sie beschützen. Wahrscheinlich fühlte sich Gregory im Sumpf sicher, er kannte ihn gut genug.

Es wird schon alles gut werden, sagte sich Mark, und ließ das Boot mit den ersten hastigen Schritten auf dem verschlammten Pfad hinter sich. Zum Haus ging es genau geradeaus.

Gregory und Cindy saßen am Ufer. Die Sonne senkte sich allmählich am Horizont. Aufgeblähte Regenwolken schienen sie auf die Erde hinunter zu pressen.

»Seltsam, findest du nicht?« fragte Cindy. »Man könnte glauben, Mama Lili Mae wollte ihr etwas sagen, das sie uns nicht sagen kann.«

»Vielleicht sagt Mama Lili Mae jedem nur das, was er wissen muß«, antwortete Gregory achselzuckend. Er legte einen Arm um Cindy. »Mach dir keine Gedanken. Sie wird auch mit dir sprechen. Und Sie wird dir das sagen, was du wissen mußt.«

»Hoffentlich«, murmelte Cindy.

»Bestimmt«, versicherte Gregory. Er sah ihr zu, als sie aufstand und sich reckte, dann blickte er wieder ins Wasser und warf einen Stein.

»Ich werde hier wahnsinnig.«

Er ließ noch einen Stein über die Wasseroberfläche flitzen. »Cindy, du hättest nicht mitkommen sollen. Ich habe dir keinen Vergnügungsausflug versprochen.«

»Ich weiß. Ich bin eben so rastlos. Du kennst mich doch. Ich mag Action. Ich muß in Bewegung bleiben.«

»Tanz den Fischen da draußen was vor.«

»Gregory.«

»Cindy, sie bleibt sicher nicht mehr lang.«

»Ich glaube, ich bewege mich mal ein bißchen. Meine Beine strecken. Ich gehe ein Stückchen.«

»Nein, Cindy, nicht. Bleib hier.«

Ein paar Sekunden später fiel ihm auf, daß sie nicht geantwortet hatte. Und sie hatte auch nichts gesagt. Er drehte sich um. Sie war wie vom Erdboden verschluckt. In den aufziehenden dunklen Wolken aufgelöst.

»Ach, verdammt!« fluchte Gregory und stand auf. »Cindy, komm zurück!«

Aber sie antwortete nicht.

»Cindy, du Luder!« schimpfte er. »Cindy!«

Immer noch keine Antwort.

Fluchend lief er hinter ihr her.

Der Mann trat ins Lampenlicht.

Das Licht fiel auf sein Gesicht. Licht und Schatten verliehen seinen Zügen eine Maske ungebrochener Böswilligkeit.

Das Übel.

Die Schatten schwanden. Er trug keine Maske. Im Gegenteil, er war ein erstaunlich gutaussehender Mann.

Und dennoch …

Etwas Böses schien ihn immer noch zu umgeben, wie die Aura einen Spiritisten. Ann schalt sich für ihre albernen Gedanken.

Ann wußte, wer er war.

Sie erkannte den Mann, den man ihr bei *Annabella's* als Jacques Moret vorgestellt hatte. Er war durch die Verandatür gekommen und stand jetzt im Haus. Er starrte sie an.

Sogar hier im Sumpf war er tadellos gekleidet. Er trug einen staubfarbenen Leinenanzug mit einem dunklen Seidenhemd. Er starrte Mama Lili Mae an, sie erwiderte seinen Blick.

Seine Augen, wie zwei Kristalle im dämmrigen Lampenlicht, wanderten jetzt zu Ann.

»Mrs. Marcel, ich bin Jacques Moret«, sagte er sanft. Er

ging auf sie zu und streckte ihr seine Hand entgegen. Sie nahm sie, zog ihre Hand aber sofort wieder zurück. Er war zu hübsch, sein Lächeln zu glatt. Ölig. Ann dachte darüber nach. Sein Äußeres war so künstlich wie sein Blick, wie das Titelbild eines Magazins. Sein Lächeln war zu bereitwillig und sein Charme zu professionell.

»Ich habe schon von viel von Ihnen gehört. Es ist mir ein Vergnügen, Sie kennenzulernen.«

»Und keine Überraschung, weil Jacques wußte, daß Sie kommen würden«, sagte Mama Lili Mae.

»Mama Lili Mae ist, überaus bemerkenswert, meine Ururgroßtante. Auch Ginas.«

»Äußerst bemerkenswert«, stimmte Ann zu. Als ob eine Araberstute eine Kobra hervorgebracht hätte.

»Es war ein harter Tag für Mama Lili Mae. Ein sehr langer Tag. Die Beerdigung. Sie wird Sie sicher gern willkommen heißen, aber Sie müssen wissen, wie schwer ...«

»Natürlich«, murmelte Ann.

»Ich habe schon einige Jahre hinter mir, wissen Sie«, sagte Mama Lili Mae. Ihr Ton war scharf. Sie schien sich in der Anwesenheit dieses Mannes ebenso unwohl zu fühlen wie Ann.

»Sie müssen jetzt gehen, Mrs. Marcel«, sagte Moret freiheraus.

»Jacques!« sagte Mama Lili Mae. »Dies ist mein Haus!«

Jacque Moret schien sie nicht zu hören. »Sie sind eine hübsche Frau, Mrs. Marcel. Schlank, delikat. Mit einem schönen Hals. Es sind gefährliche Zeiten. Sie sollten sich hier nicht aufhalten.«

»Sie ist mein Gast«, sagte Mama Lili Mae.

»Du bist alt, müde!« sagte er.

»Mir geht es gut!« Ann sah sie an und bemühte sich, nach außen hin mutig zu erscheinen. Die alte Frau sah tatsächlich müde aus – und verbraucht. Ann dachte an ihr hohes Alter.

Mama Lili Mae hatte Ann gesagt, was sie wußte.

Und Ann mochte Jacques Moret nicht.

Sie sehnte sich wieder nach der sicheren Nähe von Gregory und Cindy. Am liebsten wäre sie auf der Stelle zu ihnen gelaufen.

Und hoffte, er würde nicht näherkommen und sie berühren. Oder aufhalten.

»Gut«, sagte sie mit erzwungenem Mut und Bestimmtheit. »Mama Lili Mae, Sie sind wunderbar, und ich freue mich wirklich darauf, Sie zu malen. Ich muß jetzt gehen«, sagte Ann und ging auf Mama Lili Mae zu. »Auch wenn ich eigentlich Ihr Gast bin.« Sie umarmte die Frau herzlich – dabei war ihr unbehaglich, weil sie Jacques Moret den Rücken zukehren mußte.

Hatte er Gina umgebracht? War er der Liebhaber seiner Cousine gewesen? Ein Mann, der nicht akzeptieren wollte, daß sie ihn jetzt nicht mehr sehen wollte, weil sie einen anderen liebte?

Die Idee schien vollkommen plausibel. Ann konnte sich vorstellen, wie er in Rage geriet und auf Gina losging. Und Jon hatte gesehen, was passierte, und er hatte versucht, ihr zu helfen. Aber dann wurde er angegriffen …

Und die Mordwaffe war deshalb weg, weil auch der tatsächliche Mörder verschwunden war.

Vielleicht war es doch keine gute Idee gewesen, herzukommen. Vielleicht hätte sie die Polizei informieren sollen. Vielleicht hätte sie mit Mark reden sollen, und er …

Er hätte sie angeschrien und gesagt, sie solle ihre Nase aus Polizeiangelegenheiten raushalten.

Und natürlich hätte er sie damit wieder wütend gemacht. Und damit wäre alles noch schlimmer gewesen.

Weil sie ihn immer noch begehrt hätte, auch wenn sie wütend wurde. Selbst wenn er sie wie eine Aussätzige fallengelassen und geflucht hatte, nachdem er sie so plötzlich geküßt hatte.

O Gott, all das war ein furchtbarer Fehler gewesen. Sie brauchte ihn jetzt. Und wollte ihn.

Sie hatte Angst. Heillose Angst.

Sie wollte seine Stärke. Sie wollte sich an ihn klammern. Sie wollte seine eindringlichen Blicke über sich gleiten fühlen, auch wenn er wütend war.

Aber beschützend.

Schnell raus …

Nichts wie raus hier …

Jetzt!

»Ich weiß, daß Sie gehen müssen. Es kann Ihnen nichts passieren. Gregory und Cindy sind gleich hier draußen. Machen Sie sich keine Sorgen. Und kommen Sie wieder«, flüsterte Mama Lili Mae.

Ann drückte sie noch einmal schnell. »Mache ich. Sie wissen, daß ich wiederkommen werde.«

Mama Lili Mae drückte sie auch. Fest. Diese Frau war wirklich nicht so zerbrechlich, wie sie aussah.

Sie hatte keine Angst vor Jacques Moret, dachte Ann.

Nicht um ihrer selbst willen.

Aber …

Sie hatte Angst um Ann.

Ann entzog sich Mama Lili Maes Umarmung. Sie stand dem Mann in der Tür gegenüber.

Er blockierte die Tür. Sie straffte die Schultern. »Also, nett, Sie zu treffen, Mr. Moret«, sagte sie.

Dann wollte sie an ihm vorbei.

Mama Lili Maes Holzhaus war noch ein Stück entfernt. Mark hatte den schlammigsten Teil des Pfades bereits hinter sich und lief jetzt auf festerem Boden. Er beschleunigte seine Schritte, während er sie in Gedanken verfluchte.

Kleine Närrin.

Sie hätte nie herkommen dürfen. Wenn sie es unbedingt gewollt hätte, hätte sie mit ihm sprechen sollen.

Aber bei Gregory war sie gut aufgehoben.

Oder nicht?

Er stellte sich ihre Augen vor, diese tiefgrünen Augen.

So groß und weit. Voller Integrität und Leidenschaft. Ihre Entschlossenheit, Jon Marcel um jeden Preis zu retten.

Um jeden Preis.

Er stellte sich ihre Augen vor …

Dann Ginas, wie sie tot dagelegen hatte.

Er fing an zu rennen.

Fast hatte er es geschafft. Fast.

Aber noch nicht ganz.

Das Haus war noch nicht in Sicht, als Mark den ersten, markerschütternden Schrei hörte.

12. *Kapitel*

»Cindy!«

Gregory hatte den Schrei gehört, aber der Regen hatte eingesetzt. Wie eine plötzliche unaufhaltsame Sintflut, die in riesigen, stechenden Tropfen auf ihn einschlug. Der Lärm, den der Regen auf der Erde und auf den Blättern machte, war ohrenbetäubend.

Er brachte die Dunkelheit.

Vollkommene Dunkelheit.

»Cindy, verdammt, wo zum Teufel bist du? Cindy, antworte!«

Seine Stimme ging im Tosen des Sturms unter. Er verfluchte sich selbst; er hätte den Regen voraussagen können.

»Cindy!«

Er versuchte zu rufen, wurde aber schnell heiser.

»Cindy!«

Seine Stimme wurde schwächer. Auch seine Hoffnung.

Dann lief er los durch den Schlamm und verfluchte sich selbst.

Er blieb stehen. War es überhaupt Cindy, die geschrien hatte? Er kannte den Bayou; wenigstens glaubte er, daß er ihn kannte. Er wußte nicht, wo er war, und er wußte nicht, aus welcher Richtung der Schrei gekommen war.

»Cindy? Ann?«

Er versuchte, sich das Wasser aus den Augen zu reiben, versuchte, in der Dunkelheit etwas zu erkennen. Da war etwas ... jemand ... vor ihm, nein, die Erscheinung verschwand.

Er hatte das unangenehme Gefühl, daß sich jemand an ihn heranschlich. Er drehte sich im Regen um. Drehte sich wieder um. »Cindy? Ann? Wo zum Teufel seid ihr beiden? Jesus Christus, Mädels, antwortet!«

Nur der Regen antwortete ihm. Und der Wind, der jetzt stärker wurde, die Blätter peitschte.

Niemand antwortete, dennoch wußte er …

Jemand hatte ihn gehört. Jemand war …

Hinter ihm.

Er wußte es wenige Sekunden, bevor der durchdringende Schmerz von einem Schlag auf den Kopf ihn in ein tiefes dunkles Loch fallen ließ.

Bewußtlosigkeit.

Mark schrie und fluchte. Der Schrei war schon eine Weile verklungen, und er befand sich nicht mehr in der Nähe des Hauses, wurde von den tobenden Winden und der Sturmflut immer weiter fortgetrieben. Er fühlte sich von Wasser umgeben.

Der Regen überschwemmte die tiefer gelegenen Gebiete des Bayou in wenigen Minuten. Die Häuser überstanden das, weil sie, wie Mama Lili Maes, auf Stelzen gebaut waren. Aber den Pfad hatte er vollkommen weggewaschen, und der Sturm war über ihm wie ein riesiger Pesthauch.

Er hörte ein dumpfes Geräusch. Noch jemand, der durch den Schlamm watete, jemand der gerade ganz knapp an ihm vorbeigelaufen sein mußte. Jemand, nach dem er die Hand hätte ausstrecken können.

Instinktiv wechselte er die Richtung, und lief zu der Stelle, wo die Boote gelegen hatten.

Der Regen war fürchterlich. Die Fluten wischten Wege und Pfade und Marksteine einfach weg.

Aber er wußte, als er in die Richtung starrte, wo einmal das Ufer gewesen war, daß er an der richtigen Stelle stand.

Und alle Boote waren weg.

Moret …

Uh! Ann schüttelte sich, rannte über die Brücke den Pfad hinab. Er verursachte ihr eine Gänsehaut. Sie war sicher gewesen, daß er nach ihr greifen würde, um sie am Gehen zu hindern.

Aber er hatte sie nicht angefaßt. Relativ beherrscht und erhaben war sie an ihm vorbeigegangen, mit bewundernswerter Tapferkeit. An der Tür von Mama Lili Maes Haus hatte sie angefangen zu rennen. Und sie war sicher, sein Lachen hinter sich zu hören.

»Gregory, Cindy?« rief sie über die Brücke in Richtung des Pfades. Hier war niemand zu sehen. War sie überhaupt auf dem richtigen Pfad? War er vorher auch so überwachsen gewesen?

»Gregory? Cindy?« Sie sprach die Namen jetzt leiser, schrie nicht mehr.

Wo waren die beiden?

Sie sah hoch. Es war, als wollte sich der Himmel auf den Boden stürzen. Die schwärzer werdende Dunkelheit sank auf sie herab.

Sie hörte Schritte.

Hinter ihr.

Sie wirbelte herum. Nichts. Niemand. Sie fühlte Augen auf sich. Augen der Nacht. Sie starrten sie aus dem Gebüsch an.

Sie wollte nicht den Verstand verlieren. »Es gibt viele kleine Wesen in den Bäumen!« sagte sie laut. Und sie sollten sie nur anschauen.

Diese Kreatur war aber hier draußen. Old Billy. Dieser alte Alligator – was hatte Cindy gesagt? Er war über vier Meter lang.

Ann wußte nicht viel über Alligatoren, aber dieser war sicher riesig.

»Kein Problem«, sagte sie zu sich selbst. »Wenn ich den Übeltäter finde, rede ich einfach mit ihm. Ich rede ganz schnell. Bitte friß mich nicht, Old Billy, bitte, bitte, bitte, friß mich nicht. Schönes Wetter, oder? Vielleicht mag er sowas.«

Schritte!

Sie hörte jemanden rennen, sie war sich ganz sicher. Ganz in der Nähe.

»Gregory, Cindy!«

Ihr Blut gefror, als sie den Schrei hörte. Sie wußte nicht, woher er kam. Er schien Teil des Windes zu sein, Bestandteil der Luft, des wütenden Treibens der Blätter, als der Sturm die Luft peitschte und die Erde zum Rasen brachte.

»Cindy?« schrie sie.

Der erste dicke Regentropfen traf genau in ihr linkes Auge, mit solch einer Kraft, daß sie zurücktaumelte und blinzelte. Dann öffneten sich die Schleusen, und innerhalb von Sekunden war sie von der Sintflut überwältigt.

Wohin sollte sie gehen? Aus welcher Richtung war der Schrei gekommen? Sollte sie versuchen, dem Schrei nachzugehen, oder sollte sie versuchen, so weit von ihm wegzulaufen, wie sie nur konnte?

Die Arme um sich geschlungen, mit klappernden Zähnen, machte sich Ann in die Richtung auf, in der sie das Haus vermutete.

Aber es gab keinen Pfad mehr. Der Regen hatte den Boden bereits überall aufgeweicht. Das Wasser würde noch mehr steigen, dachte sie.

Und dann hätte sie das Gefühl, als ob sie selber auf einem der kleineren Kanäle des Bayou treiben würde. »O Hölle!« stieß sie aus.

Sie konnte hier nicht stehenbleiben.

»Cindy, verdammt, wo bist du, wo seid ihr? Wo bitte seid ihr?«

Sie bekam keine Antwort; sie hatte keine erwartet. Sie hätte unmöglich jemanden hören können.

Außer …

Sie hörte etwas.

Sie fuhr herum. Da war eine Bewegung im Gebüsch links von ihr.

Wieder ein Geräusch, rechts von ihr, als sie sich jetzt

nach links wandte. War es der Sturm? War es ein anderes Geräusch?

Was für eine Gefahr schlich sich da an?

Sie wußte nicht, aus welcher Richtung das Unheil kam, aber ihr Instinkt, ihre Intuition, jede Faser ihres Körpers warnte sie, daß sie nicht allein war.

Ein Freund war es sicher nicht, der sie suchte. Panik ergriff sie. Sie versuchte, tief durchzuatmen und atmete den Regen ein. Sie biß die Zähne fest zusammen und bemühte sich, ihre Chancen abzuwägen. Wo war das Haus? Wo waren die Boote?

Wo gab es so etwas wie einen Weg?

Sie versuchte, vorwärts zu gehen, ganz vorsichtig. Da, rechts. Der Busch bewegte sich. Da könnte etwas sein. Ein Tier. Irgendein Bayou-Wesen.

Eine Schlange.

Der Gedanke brachte sie auch nicht weiter. Sicher gab es in dieser Gegend reichlich Mokassins.

Die Schlange mußte ziemlich groß sein.

In Menschengestalt.

Sie drehte sich blind um, war sicher, daß sie eine schreckliche Gefahr bedrohte, und daß die Gefahr ganz nah war. Jetzt war es gleich, in welche Richtung sie rannte.

Sie schlug blind um sich, versuchte sich durch das Blattwerk zu kämpfen, das zu ihr zurückschlug. Sie konnte es hören ... ja, sogar über den Sturm. Ein dumpfes, pochendes Geräusch hinter ihr, das näher und näher kam. Jemand war hinter ihr her. Näher. Näher.

Sie wechselte die Richtung.

Mit dem Wind konnte sie ihren eigenen Atem hören. Trotz der Kälte des Sturms brannten ihre Lungen.

Sie traf auf eine Art Lichtung. Das Wasser lag vor ihr. Kein überfluteter Pfad, sondern das Wasser, der Bayou. Sie wandte sich um. Hatte das Gefühl, am Rande eines Abgrunds zu stehen und jeden Moment in die Tiefe zu fallen.

Hatte sie es noch einmal gehört? Das Pochen? Irgend etwas.

Etwas ... knackte, ganz nahe. Sie versuchte, unter dem tobenden Wind etwas zu hören. Sie lief zurück zum Wasser.

Sie schrie auf, als sie plötzlich auf Fleisch stieß. Hartes, unnachgiebiges Fleisch, Muskeln. Eine Hand preßte sich auf ihren Mund. Starke, unnachgiebige Arme zogen sie vom Weg zurück.

Mama Lili Mae stand auf ihrer Veranda, Wind und Regen, der trotz des Verandadaches entgegenschlug, beachtete sie nicht.

Sie hätte das Mädchen überreden sollen, bei ihr zu bleiben. Der Regen kam. Jeder konnte das vorhersehen.

Allerdings nicht die brutale Gewalt dieses Sturms. Sie hatte seit Jahren keinen Sturm dieses Ausmaßes erlebt, ein Sturm, der sich zu einem gewaltigen Unwetter auswuchs.

Sie schüttelte den Kopf; sie konnte überhaupt nichts sehen. Sie würden schon zurechtkommen da draußen. Obwohl sie den Schrei gehört hatte. Sie kannten sich hier gut genug aus. Die kleine Cindy war sicher nur auf eine Baumschlange gestoßen und hatte mit ihrem Schrei alle in Angst und Schrecken versetzt. Sie mußten zurechtkommen.

Jacques würde sie finden. Er war Ann Marcel nachgegangen, als der Regen eingesetzt hatte. Sie hatte es ihm ausdrücklich aufgetragen, also würde er mit ihr zurückkommen, wenn die drei nicht schon in den Booten und auf dem Weg zurück gewesen waren, als er sie suchen ging. Dumm. Sie hätten zurückkommen sollen. Cindy und Gregory hätten es wissen müssen. Wirklich.

Sie würde zurückkommen.

Wieder schüttelte sie beunruhigt den Kopf.

Vielleicht auch nicht.

Sie ging in ihr Haus zurück, durch das Wohnzimmer in ihren Schlafraum. An einem Altar in der Ecke zündete sie

Kerzen an. Sie kniete sich hin und begann, sich hin und herzuwiegen.

Und zu singen.

Sie nahm die kleine Puppe, die Ann Marcel ihr gegeben hatte, aus der Tasche.

Eine nach der anderen entfernte sie die kleinen Nadeln, die in der Puppe steckten.

Dabei sang sie immer weiter.

Er würde sie nicht umbringen müssen. Ihr Herz schlug eine Million Mal in der Stunde, es würde jeden Moment aussetzen. Sie konnte nicht atmen, konnte nicht denken, sie war kurz davor, bewußtlos zu werden.

Nein, sie wollte nicht kampflos sterben.

»He, still!«

Er sprach mit ihr. Er hatte sich an sie herangeschlichen, er würde sie umbringen, und jetzt wollte er, daß sie dabei stillblieb. Sie trat ihn, so fest sie in ihrer Position nur konnte. Sie traf sein Schienbein. Er fluchte, fiel in den Schlamm.

Zog sie mit sich.

Seine Hand blieb über ihrem Mund, als er versuchte, sich über sie zu drängen. Sie schaute in das Gesicht über ihrem, aus dem der Regen triefte, das Haar war so durchnäßt, daß das Wasser wie aus einem Schlauch auf sie hinunterlief.

»Willst du wohl stillsein, bitte, Jesus nochmal, ich komme, um dir das Leben zu retten und du trittst mich. Frauen!«

Mark. Mark LaCrosse. Er war hier im Sumpf bei ihr, lag über ihr im Schlamm.

Er nahm die Hand von ihrem Mund.

»Mark?«

»Ja.«

Sie war so perplex, daß sie nach ihm ausschlug. »Verdammte Hölle!« keuchte er und fing den Schlag ab.

»Sie haben mich zu Tode erschreckt. Sie haben sich im Wald und im Regen angeschlichen …«

»Seien Sie kein Idiot. Ich habe mich nicht angeschlichen – ich habe versucht herauszufinden, wer da war.« Er sprang auf die Füße, griff nach ihrer Hand und zog sie hoch. Sie waren beide von oben bis unten voller Schlamm. Sicher sahen sie aus wie zwei braune Sumpfungeheuer.

»Verdammt noch mal ...«, legte Ann los.

»Still!«

Zitternd verstummte sie. Sie standen beide reglos im Regen und horchten. Außer dem ununterbrochen niederströmenden Regen war nichts zu hören.

»Kommen Sie«, befahl er.

Er nahm sie fest bei der Hand und ging los.

»Wohin gehen wir?«

»Zurück zu Mama Lili Mae.«

»Cindy und Gregory sind hier irgendwo.«

»Vielleicht.«

»Was meinen Sie mit vielleicht?«

»Alle Boote sind weg. Es kann sein, daß sie schon weggefahren sind.«

»Meinen Sie, sie würden mich zurücklassen?«

»Haben Sie sie irgendwo gesehen?«

Sie schüttelte den Kopf. »Aber ich habe einen Schrei gehört.«

Er blieb stehen. »Sie haben also nicht geschrien?«

»Nein. Das muß Cindy gewesen sein.«

Er nickte. »Okay. Wir sehen uns weiter um. Aber Cindy war mit Gregory zusammen, oder?«

»Ja. Ich bin gekommen, um mit Mama Lili Mae zu reden. Sie wollte allein mit mir sprechen, also sind Cindy und Gregory spazierengegangen.« Wenn sie zusammen sind, ist mit Cindy alles in Ordnung. Gregory würde sie nicht allein lassen. Aber wir suchen weiter, solange wir können.« Er drehte sich um und ging weiter. Sie folgte ihm und stemmte sich gegen den peitschenden Regen. Jetzt sollte er die Führung übernehmen.

O Gott. Er führte sie. Eine große Erleichterung. Bald

waren sie dieser Hölle entkommen. Er hatte sie angeschrien, weil er wütend war, aber bald würden sie aus diesem Sumpf heraus sein. Sie sehnte sich nach einer Dusche. Sie wollte unter kochendem Wasser stehen. Solange sie es aushielt. Sie würde sich die Haare schrubben, bis selbst das kleinste Schlammpartikelchen draußen war.

Plötzlich blieb er stehen und fluchte. Sie prallte gegen seinen Rücken.

»Was ... ?«

»Verdammt! Wir gehen hier nicht weiter.«

»Warum nicht?«

Er zog sie zu sich. Riesige entwurzelte Bäume waren vor ihnen aufgetaucht. Man hätte eine Machete gebraucht, um sich einen Weg durch das Gestrüpp von Wurzeln und Blattwerk zu bahnen.

»Wir gehen nicht zu Mama Lili Mae zurück«, sagte er.

»Kommt sie denn allein zurecht?«

»Mama Lili Mae? Ihre Verfassung wird besser sein als meine im härtesten Kampf«, sagte Mark trocken. »Vielleicht haben Gregory und Cindy zu ihr zurückgefunden. Wir suchen weiter, aber die beiden sind wenigstens zusammen, ob sie nun im Haus sind oder draußen im Sumpf.«

»Sollen wir denn einfach weggehen und zurückfahren?«

»Wir können nicht zurückfahren.«

»Warum nicht?«

»Haben Sie nicht gesehen, daß die Boote weg sind?«

»Ich ... sind Sie sicher? Vielleicht waren Sie an der falschen Stelle?«

»Es war die richtige Stelle. Es waren keine Boote mehr da.«

»Mein Gott, was sollen wir dann ...«

»Wir müssen meinen Weg gehen.«

»Wohin?«

»Zu einem Unterschlupf.«

»Ein Unterschlupf? Wir müssen aus diesem Sumpf heraus!«

»Ich weiß. Aber jetzt …«

Er zog etwas aus der Tasche. Ann erkannte, daß es ein Handy war.

»O, Gott sei Dank! Jemand kann uns holen kommen.«

»Ich weiß nicht, ob ich überhaupt durchkomme. Und ich weiß nicht, ob jemand hier heraus kommen kann.«

Der Baum neben Ann begann sich plötzlich zu bewegen. Ein Ast bewegte sich. Und fiel plötzlich vom Baum genau auf sie herunter.

Sie schrie vor Entsetzen wild auf und sprang zurück.

Stieß gegen Mark.

Mark fluchte.

Der Ast glitt weg.

Das Handy flog ihm im hohen Bogen aus der Hand. In die Dunkelheit. In den Schlamm.

»Verdammter Mist!«

»Das war eine Schlange!«

»Es war eine harmlose kleine Baumschlange.«

»Schreien Sie mich nicht an, suchen Sie lieber das Handy.«

»Entschuldigen Sie bitte! Ich war es nicht, der einen Herzanfall wegen einer winzig kleinen Schlange hatte!«

»Sie war nicht klein.«

»Sie war winzig.«

»Unsinn.«

»Suchen Sie das Telefon.«

Fluchend machte er sich auf die Suche nach dem Handy. Ann fiel neben ihm auf die Knie. Außer Schlamm und Dreck fand sie nichts. Der Regen strömte nach wie vor auf sie herunter. Sie stand auf. Sie hatte das beunruhigende Gefühl zu versinken.

Seine Arme packten sie und zogen sie von der Stelle weg, auf der sie gestanden hatte. Der Schlamm gab mit einem grausigen, schmatzenden Geräusch nach.

»Idiotin!« schimpfte er in den dunklen, kalten, blind machenden Regen hinein.

»Was?«

»Treibsand.«

»Treibsand?«

»Sumpfrisiko. Benutzen Sie irgendeinen Ihrer gottgegebenen Sinne, wenn Sie sich runtergezogen fühlen.«

Tränen der Angst und der Wut standen in ihren Augen. Sie blinzelte sie verärgert weg. »Bei jedem einzelnen Schritt habe ich das Gefühl zu versinken.«

»Also, das Handy ist weg. Gut haben Sie das gemacht.«

»Es tut mir leid. Mehr, als Sie sich denken können.«

Er starrte sie an. Der Regen prasselte auf sie hinab. »Das verdammte Ding hätte wahrscheinlich sowieso nicht funktioniert.«

»Vielleicht nicht.«

»Folgen Sie mir einfach. Und machen Sie es mir nicht so schwer.«

»Ich mache es Ihnen nicht schwer!«

Er ging weiter, nahm die Spur der Schritte wieder auf, die sie schon gegangen waren. Sie kamen wieder ans Ufer, und er ging weiter ins Wasser, das Ann nahezu bis zur Hüfte stand.

»Mark!«

Er antwortete zuerst nicht.

»Mark, verdammt, was tun wir hier, wo gehen wir hin?«

»Wir können den anderen Weg nicht nehmen!«

»Wir können aber auch nicht durch das verdammte Wasser gegen.«

»Wir müssen!«

»Lassen Sie uns versuchen zurückzugehen. Kommen Sie – Sie sind ein Cop, Sie können doch irgendwas tun.«

»Verdammt, Ann, ich kann mir doch keinen Weg durch umgefallene Bäume schießen!«

Er bewegte sich weiter. Sie drängte sich von hinten an ihn, panisch vor Angst. Äste ragten von allen Seiten wie riesige Skelettfinger in das Wasser. Die Wurzeln streiften sie bei jedem Schritt.

Andere Äste bewegten sich von alleine.

Ihre Zähne klapperten. Sie konnte nicht mehr. Sie konnte nicht weitergehen.

Ann griff nach seinen Schultern, zog sich nahe genug an ihn heran, um ihm in die Ohren zu schreien. »Ich weiß ... es gibt doch keine Giftschlangen hier, oder?«

Er drehte sich zu ihr um. »Seien Sie nicht albern. Es ist ein Bayou. Natürlich gibt es Giftschlangen.«

»Mist!«

»Lassen Sie sie in Ruhe, dann tun sie Ihnen auch nichts.«

»Und? Ich kann ja nicht einmal sehen, wo ich hintrete!«

Er blieb stehen, fuhr zu ihr herum. »Haben Sie vielleicht eine bessere Idee, was wir tun sollen?«

Sie starrte ihn entgeistert an, ihre Kleider klebten an ihrem Körper, das Haar klebte ihr klitschnaß im Gesicht, Wasser tropfte von ihrer Nase. »Huckepack«, sagte er plötzlich. »Dann haben wir wenigstens Ihre Beine vom Boden.«

Sie lächelte kopfschüttelnd. »Nein, es geht schon. Gehen Sie voran.«

Er lief los. Ann hatte das Gefühl, ewig zu laufen. Vielleicht waren es aber auch nur einige Minuten. Plötzlich trafen sie auf eine Stelle, wo das Wasser so hoch stand, daß sie fiel, ihr Kopf geriet unter Wasser.

Ehe sie sich aufrichten konnte, hatte er sie schon herausgezogen, ihren Körper mit beiden Armen umfassend. Instinktiv warf sie ihm ihre Arme um den Hals. Auge in Auge mit ihr ging er weiter.

»Sie brauchen mich nicht zu tragen. So kommen wir nicht sehr weit.«

»So schwer sind Sie gar nicht.«

»Schwer genug in diesem Regen und Schlamm.«

»Es ist nicht mehr weit.«

»Was ist nicht mehr weit?«

»Sie werden schon sehen. Wir sind fast da.«

Sie biß sich auf die Unterlippe. Natürlich war ihr elend.

Sie war vollkommen durchnäßt von Regen und Schlamm, sie hatte Angst um ihre neuen Freunde. Aber er hatte recht: Cindy und Gregory waren wenigstens zusammen. Und Mama Lili Mae war hier im Sumpf zu Hause.

Und sie war nicht mehr allein. Sie war in seinen Armen. Er war genauso durchweicht. Sie spürte den Blick seiner silbergrauen Augen in ihren. Sie waren beide durchnäßt, aber dieser Blick wärmte. Brannte. Kochte in ihr.

»Da vorne«, sagte er plötzlich schroff.

Er stellte sie wieder auf die Füße. In der undurchdringlichen Dunkelheit verstand sie zunächst nicht, wovon er redete. Dann sah sie Umrisse vor sich auftauchen, auf einem Hügel. Das Wasser umspülte den Boden, aber die Hütte stand hoch darüber.

»Kommen Sie.« Er zog sie an der Hand. Er lief jetzt, zog sie hinter sich her eine Art Weg hinauf zu einem Zypressenvorsprung. Darunter ließ er ihre Hand los, lehnte sich gegen die Wand einer Blockhütte und schnappte keuchend nach Luft. Auch Ann japste und betrachtete den Regen, wie er am Vordach herunterlief.

»Ein Drink«, murmelte Mark.

»Ein Drink?«

Er drehte sich um und drückte die Tür des Blockhauses auf. Ann trat hinter ihm ein, bewegte sich vorsichtig vorwärts. In der Hütte war es so finster wie in einem Tintenfaß.

»Ich will mir nur erst die Schuhe ausziehen ...«

Sie hörte ein Poltern, dann flammte plötzlich ein Streichholz auf. Eine Sekunde später war die Hütte erfüllt von einem sanft strahlenden Licht, als Mark das lange Streichholz benutzte, um den Docht einer großen Öllampe anzuzünden.

Vollkommen überrascht sah Ann sich um. Die Hütte hatte nur einen Raum, sehr ähnlich dem Wohnzimmer von Mama Lili Mae, nur war dieser Raum Schlafzimmer, Wohnzimmer und Küche in einem. Es gab ein mit einem altmodischen Quilt bedecktes Doppelbett an der einen Wand der Hütte, einen Schreibtisch mit Stuhl in der Mitte, einen runden Tisch mit vier Stühlen bei der Küche; eine Theke und Schränke, ein Gasofen und eine Spüle bildeten die Küche selbst. Wie bei Mama Lili Mae war der Spülstein altmodisch und mit Pumpe betrieben. Am Ende des Raumes sah sie einen großen Kamin: Holzscheite und Anzündhölzer lagen bereit.

»Ich mache eben das Feuer an«, sagte Mark.

Ann stand immer noch ungläubig in der Tür.

»Wem … wem gehört das?«

Er wandte sich zu ihr und hob eine Augenbraue.

»Mir.«

»Ihnen?«

Er sah sie an. »Ja, mir. Ist das so überraschend?«

»Ich wußte einfach nicht …«

»Daß ich aus dem Sumpf stamme? Gestatten, Mrs. Marcel, vor Ihnen steht ein echter ›Coon‹.«

»Cajun.«

Er antwortete nicht. Er kümmerte sich wieder um das Feuer, das sich leicht anzünden ließ. Alles Notwendige hatte in der Hütte auf das Eintreffen des Besitzers gewartet. Das Anzündholz lag schon auf den Scheiten. Er mußte nur ein wenig stochern, bis das Feuer gleichmäßig brannte. Er stand auf, sah sie an.

»Tun Sie, was Sie wollen. Die Dusche ist draußen. Ich will nicht die ganze Nacht in diesem Schlamm verbringen.«

»Dusche … draußen …?«

»Ja.«

Er öffnete eine Tür zu einem winzigen Bad. Es gab eine Toilette und einen Spülstein, auch wieder mit Pumpe zu betätigen. Aber es gab auch noch einen Wandschrank. Er kramte kurz und fand ein paar große weiße Handtücher, zog dann nach weiterem Suchen ein riesiges Flanellhemd hervor.

»Ich glaube, das ist das Beste, das ich auftreiben kann. Sie können aber gerne selber noch einmal schauen.«

Er ging mit seinem Handtuch nach draußen. Ann sah ihm nach. Hm. Sie schüttelte das Hemd aus, das er ihr gegeben hatte.

Sie würde nicht duschen. Sie konnte nicht. Sie hatte ihn gewollt, wollte ihn, aber das …

Das war unglaublich. Und er schrie sie immer noch an. Und schlimmer, er war hier.

Was tat er hier draußen? Er hatte hier eine Hütte. Aber er war ganz zufällig mitten im Sumpf auf sie gestoßen. Sie legte das Flanellhemd auf das Bett, wandte sich ihm plötzlich zornig ab. Sie wollte Antworten. Sie ging nach draußen und sah, daß die Dusche tatsächlich außerhalb der Hütte an einer Außenwand befestigt war. Gespeist wurde sie aus einem Brunnen. Zum Pumpen zog Mark an einer Schnur, und immer neue Wellen von frischem Wasser fielen auf ihn herab.

Er war nackt.

Er war so, wie sich ihn vorgestellt hatte. Breite Schultern, straffer Körper, ein bronzefarbener Hautton. Wasser und Schlamm spritzten von seiner Brust. Seine Arm- und Schultermuskeln zogen sich zusammen und dehnten sich, als er die Pumpe mit der einen Hand bediente und den Schlamm mit der anderen abrieb.

Das Haar auf seiner Brust war sehr naß und sehr dunkel, bildete einen Wirbel bis zu einer schmalen Linie an seiner Hüfte, weiter unten ein dichtes dunkles Nest für sein Glied. Sie starrte ihn an, vergaß vollkommen, was sie sagen wollte. O Gott, ja. Er war genau, wie sie sich ihn vorgestellt hatte.

Und mehr.

Aber mein Gott, sie starrte ihn ja gedankenlos an.

Er erwiderte den Blick.

Sie machte auf dem Absatz kehrt und lief schnell wieder in die Hütte.

Sie würde mit ihm sprechen, wenn er angezogen war.

Ein paar Minuten später kam er zurück durch die Tür, eingehüllt in einen Frottemantel, und rubbelte sich die Haare mit einem Handtuch. »Die Dusche ist frei«, sagte er.

Sie wollte sagen, daß sie die Dusche nicht benutzen würde.

Und was würde sie damit erreichen?

Sie sehnte sich dringend nach einer Dusche, selbst wenn sie eiskalt war. Er sah so gut aus, so behaglich, nicht mehr zentimeterdick mit Lehm und Schlamm bedeckt. Es juckte sie. Sie fühlte sich, als ob etwas über ihren Körper krabbelte. Sie mußte einfach duschen.

»Danke«, stammelte sie und ging mit Handtuch und Hemd unterm Arm auf die Tür zu.

»Haben Sie nicht etwas vergessen?«

»Was denn?«

»Wie wär's mit Seife?«

Er warf ihr das Stück Seife zu. Sie fing es automatisch. »Danke. Vielen Dank«, murmelte sie und ging schnell nach draußen.

Auf der Schwelle zögerte sie. Sie sah sich nervös um, während sie sich auszog. Aber wer sollte ihr denn hier bei diesem Sturm mitten in der Wildnis zusehen? Niemand.

Aber Mark war da.

Er kam nicht nach draußen. Er würde nicht kommen, entschied sie. Er war derjenige gewesen, der sich letzte Nacht zurückgezogen hatte, wüst schimpfend. Oh, es fühlte sich so gut an, diese Kleider loszuwerden. Ob Blutegel drin waren? Gab es Blutegel im Sumpf? Wahrscheinlich. Alles mögliche konnte in diesen Kleidern stecken. Plötzlich konnte sie die Kleider gar nicht schnell genug abstreifen. Dann konnte sie nicht schnell genug pumpen. Sie ließ endlose Kaskaden des kalten Wassers auf ihre Haare prasseln. Sie fuhr sich mit den Fingern der anderen Hand durchs Haar, immer wieder, bis sie überzeugt war, sie ausreichend ausgespült zu haben. Sie schloß die Augen. Das Wasser war kalt; höllisch kalt. Das machte aber nichts. Zitternd, schaudernd ließ sie immer mehr Wasser über sich laufen, über ihre Brust und Taille, die Beine hinunter. Sie schloß die Augen, als sie das Gesicht unter den Wasserstrahl hielt. Danach öffnete sie die Augen wieder.

Mark.

Er stand da. Dicht bei ihr.

Sie hatte sich geirrt. Er war doch nach draußen gekommen. Licht und Schatten umgab sie, das Licht der Öllampe strahlte durch die Fenster entlang der Hüttenwand. Seine Augen glänzten wie reines Silber. Sein Gesicht war markant und kantig, unglaublich gespannt ...

Maskulin. Bedrohlich maskulin ...

So maskulin, daß eine heiße Woge wie ein Blitz durch ihren ganzen Körper fuhr.

Ihre Kehle war trocken.

Ihr Herz raste.

Ihr Atem keuchte.

»Ich dachte, Sie bräuchten vielleicht Hilfe bei Ihren Haaren«, rief er über den Wind und den Regen, der auf das Vordach über der Veranda und der Dusche prasselte.

Seine Augen tauchten in ihre. Aber dann glitt sein Blick hinunter zu ihren Brüsten, zu ihren Hüften. Zu dem Dreieck zwischen ihren Schenkeln. Das Brennen in ihrem Innern loderte immer wilder.

Ihre Haare.

Er hob den Blick wieder und sah sie an.

»Meine Haare?«

»Ja, Ihre Haare.«

»Sie starren mich an«, sagte Ann.

Er zuckte die Schultern. Ein leichtes Lächeln kräuselte seine Lippen. »Sie haben mich genauso angestarrt.«

»Hab' ich nicht.«

»Natürlich haben Sie das. Aber ich komme wirklich wegen Ihrer Haare. Sie sind ja zu dickköpfig, um um Hilfe zu bitten, und es ist schwierig, sich die Haare zu waschen und gleichzeitig die Pumpe zu bedienen.«

»Ich bin schon fertig damit.«

»Dann Entschuldigung. Ich wollte nicht ...«, begann er. Aber dann brach er ab.

»Sie starren mich an«, wiederholte sie.

»Stimmt. Und Sie haben mich angestarrt. Wir haben hiermit festgestellt, daß wir beide gestarrt haben.«

»Ich habe aber nicht so lange gestarrt!«

»Sie haben zuerst gestarrt.«

»Nur versehentlich.«

»Sonst noch was?«

»Also, Sie haben jetzt genug gestarrt.«

»Ich habe Ihnen doch gesagt, ich wollte nicht ...«

Seine Stimme versagte. »Egal, was ich wollte! Sie haben verdammt recht. Ich habe genug gestarrt«, rief er, plötzlich heftig. Er griff nach ihr, zog sie aus der Dusche in seine Arme.

13. Kapitel

Er sprach kein Wort, drückte mit dem Fuß die Tür zur Hütte auf und schlug sie auf die gleiche Weise wieder hinter sich zu. Er ging mit ihr zu dem quiltbedeckten Bett und ließ sich mit ihr fallen, küßte sie. Sein Mund verschlang den ihren, seine Zunge stieß tief, hungrig in ihren Mund und erweckte wildes, glühendes Verlangen in ihr. Seine Hand lag auf ihrer Wange, streichelte sie, dann den Hals. Dann weiter, fühlte die Rundung ihrer Brüste, glitt ihre Rippen hinunter zu ihren Hüften, bewegte sich immer weiter. Jetzt preßte sich seine Hand wieder auf ihre Brüste, er strich mit dem Daumen über die Brustwarzen, rieb sie. In ihrem Körper bebten die Gefühle in wilden, süßen, heftigen Wellen.

O Gott, sie fühlte ...

Alles. Überall. Seine Leidenschaft und sein Drängen erweckten in ihr ein nacktes, schwindelerregendes Verlangen, nie hatte sie sich vorstellen können, daß es so sein würde, wenn sie zum ersten Mal mit einem anderen Mann schlief. Mit seinem ganzen Körper beschwor er sie.

Wo sein Körper nackt war, ihre eigene Nacktheit berührte, fühlte sie heißes Brennen. Wo sein Bademantel ihn noch bedeckte, war Faszination. Wo seine Hände sich bewegten ...

Erregt wurde sie sich seiner Zunge wieder bewußt, die ihre Lippen schmeckten, als sie erneut tief in ihren Mund eindrang, sich zurückzog, streichelte ...

Dann war er plötzlich über ihr, auf seine Handflächen gestützt sah er auf sie herab.

»Gibt es Einwände?« fragte er heiser. Er atmete schwer, der Puls an seinem Hals pochte. Seine Augen leuchteten silbern in den scharfen Konturen seines attraktiven Gesichts, im Lampenschein schimmerten sie beinahe golden.

»Lieber Himmel, Ann, wenn du Einwände hast, dann schick mich jetzt zurück in den Regen.«

Ein Lächeln spielte auf ihren Lippen. Sie hätte ein halbes Dutzend Einwände gehabt.

Aber ihr fiel kein einziger ein.

Sie konnte nicht denken oder sprechen. Überhaupt nichts. Sie schüttelte den Kopf.

»Sicher?«

Sie nickte.

Er stöhnte leise.

Sein Mund näherte sich ihrem wieder, dann war er rittlings über ihr, warf mit einem Griff den Bademantel ab, und war vollkommen nackt, berührte ihre brennende Nacktheit …

Er drehte sich um, legte sich neben sie und zog sie in eine feste Umarmung. Seine Finger strichen ihren Rücken hinunter, über ihre Pobacken. Er küßte sie wieder. Er berührte leicht ihre Lippen, glitt weiter. Sein Mund bedeckte ihre Brust, leckte sie, seine Zunge spielte mit ihren Brustwarzen, während seine Finger ihr Rückgrat entlangfuhren. Sie bäumte sich ihm entgegen, keuchend, ihre Finger fuhren durch sein Haar. Seine Berührung entfachte ein loderndes Feuer, die Oberfläche seiner Finger war rauh, der Kontakt mit ihnen wie Quecksilber. Er streichelte über ihre Gliedmaßen, glitt weiter, um sie zu teilen, streichelte, drückte forschend, bohrte …

In ihr drinnen. Fand einen Rhythmus.

Sie schrie auf, grub ihre Finger in seine Schultern, mit den Nägeln ritzte sie leicht über die bronzene Haut. Gott, sie hatte vergessen, wie unendlich lang es her war, daß sie sich so gefühlt hatte, so verzweifelt, so gut, noch einmal so verzweifelt, begehrend …

Sein Mund legte sich wieder über ihre Brust, die Zunge spielte, kreiste, während sein Daumen eine unerträglich empfindliche, intime Stelle tief in ihrem feuchten Geschlecht gefunden hatte. Dann plötzlich, ganz plötzlich, kniete er sich vor sie, nahm ihre Knie, hob sie hoch, spreizte sie. Und sie starrte ihn an, mit Röte überzogen vor lauter Verlangen, vor lauter Gefühl …

Ein ganz neues Gefühl. Gott, er war ganz neu für sie, er erweckte die ganze Tiefe ihrer Leidenschaft, seine Augen ruhten auf ihr, forderten absolute Hingabe. Sie glaubte, er hätte vor, sich aufzurichten, in sie zu stoßen. Auch er war so aufgewühlt, erregt, elektrisiert, so drängend, so fordernd. Aber er stieß nicht in sie, nicht mit seinem Glied. Er beugte sich vor. Seine rauhen Wangen kratzten leicht an der zarten Haut ihres Unterleibs, seine Lippen hauchten Küsse. Dann …

O Gott, dann …

Eine Woge riß sie dahin. Intimer als sie je in ihrem Leben verführt worden war, leidenschaftlicher. Draußen trommelte der Regen und übertönte die schrillen Schreie, die sich ihrer Kehle entrangen, als Woge um Woge der Lust sie erfüllte und in ihr explodierte. Sie bettelte, sie flehte. Sie verlangte, daß er aufhörte … sie vergaß die Worte, die sie gesagt hatte, als die süße Befriedigung sie wieder überwältigte. Sie glaubte sterben zu müssen, dann wieder fühlte sie sich lebendiger als je zuvor. Die Welt verfinsterte sich, explodierte dann plötzlich in hellem Gold. Dann …

Dann beugte er sich plötzlich über sie. Und endlich war er in ihr. Und es fing wieder an. O Gott, sie konnte nicht mehr …

Sie hielt es nicht aus, ihn nicht zu fühlen. Sie hatte die Augen geschlossen. Dann öffnete sie sie. Und er sah sie an. Silbern. Noch immer mit dieser süßen hungrigen Leidenschaft, die ihre Gefühle ihm wieder entgegentrieb, als sich die Hitze ihrer beiden Körper in den Auf- und Abbewegungen vereinigte.

Qual und Ekstase würden nie enden, waren nie genug. Der Regen hämmerte gegen die hölzernen Wände, der Wind riß an der Hütte, Blitze zuckten über dem Sumpf. Das alles schien in ihr stattzufinden. Als sich endlich sein Körper in einem riesigen Knoten zitternder Spannung über ihr aufbäumte und sein Höhepunkt ausbrach, brachte die glühende Hitze, die in sie einströmte, auch sie noch einmal zu einem gewaltigen Höhepunkt. Anschließend umhüllte sie wohlige und zugleich verwirrende Wärme. Sie konnte sich nicht erinnern ..., nein, sie hatte so etwas noch nicht erlebt. Jon war ein guter Liebhaber gewesen, aber nie so, wie sie es hier gerade erlebte ...

Der Regen hatte endlich aufgehört, bemerkte sie, als sie tief einatmete. Sie lag neben ihm auf dem Rücken, ihr Herz hämmerte noch immer wild in ihrer Brust. Auch er hatte sich zurückfallen lassen, einen Ellbogen über sein Gesicht gelegt. Sie drehte sich um und sah ihn an.

Sein Körper war ... wunderschön. Und was er damit machen konnte ...

Er drehte sich ihr zu. Ein breites Lächeln machte seine Züge weicher. Er zog sie warm und sanft an sich. »Wow«, sagte er nur und drückte ihr einen Kuß auf die Stirn.

Es war etwas an der Art, wie er das sagte, daß ...

Es war mit das Schönste, das sie je gehört hatte.

Er lag in einer finsteren Welt, einer Welt der Leere; lebte im Nichts.

Aber da waren seltsame Momente ...

Alpträume zuckten durch seinen Schlaf im Nichts. Er ging durch verdunkelte Straßen, ab und zu lichtete sich die Schwärze. Er hörte, daß sie ihn rief. Immer wieder. Er wußte, wo sie war; er sah ihr Gesicht. Sah den Schmerz, das Entsetzen. Sie wollte ihn warnen. Weil sie im Schatten war.

Und sie war nicht allein.

Er rief nach ihr, versuchte, sie zu erreichen. Je schneller er rannte, desto langsamer wurde er. Seine Stimme klang verzerrt wie auf einem ausgeleierten Tonband. Seine Glieder versagten, als ob ein grausamer Filmregisseur ihn zu Bewegungen in Zeitlupe zwang. Er hörte Musik; die geliebte Musik seiner geliebten Stadt, die nun ihre verzweifelten Hilfeschreie übertönten. »Gina!«

Er rannte und rannte …

Er erreichte sie. O Gott, dieser plötzliche Schmerz.

Und das Blut, o Gott, all das Blut …

Und ein Gesicht. Ein Gesicht im Schatten. Für den Bruchteil einer Sekunde sah er das Gesicht. Dann war es wieder weg. Und sogar in seinen Träumen …

Er wußte nicht, ob er es jemals wieder aus dem Schatten ziehen könnte.

Kompakt. Kompakt hatte er sie in Gedanken genannt. Ein vollkommen falscher Ausdruck, unpassend in jeder Beziehung.

Sie war umwerfend. Ihre Beine waren wunderschön geformt. Ihre Brüste waren exquisit, genau die richtige Größe, ihre Taille war schlank, selbst ihre Ellbogen waren perfekt, sagte er zu sich selbst. Ihre Augen glichen verhangenen Edelsteinen, wenn sie ihn ansah. Ihr Lächeln brachte sein Herz zum Flattern, ihre Leidenschaft machte ihn lebendiger, als er geglaubt hatte, jemals sein zu können.

Er hätte es nicht tun sollen. Pech. Das war verdammt viel besser als wegzugehen.

Sein Kinn ruhte jetzt auf ihrem Kopf, während er sie fest an sich gedrückt hielt. Selbst wenn man außer acht ließ, daß er gerade die wahnsinnigsten Höhepunkte erlebt hatte, war sie einfach bemerkenswert. Menschen, die so loyal waren wie sie gegenüber Jon Marcel, traf man äußerst selten, die entschlossen waren, alles zu riskieren, um die Unschuld eines Mannes zu beweisen. Blindes Vertrauen. Er selbst war blindem Vertrauen gegenüber sehr skeptisch – Berufsrisiko. Aber sie besaß die Fähigkeit, ihm den Glauben daran zurückzugeben.

»Hunger?« fragte er.

»Wie meinst du das?« fragte sie mißtrauisch.

»Ich meine, möchtest du etwas zu essen?«

»Du hast etwas zu essen?«

Er lachte, stand auf, tappte leichtfüßig über den Holzfußboden zur Küche. »Die Speisekarte ist nicht besonders, aber ich habe immer einen anständigen Wein da … und ich habe auch immer ein paar Dosen da, Cracker, Suppe und so weiter, und dann kann man noch immer … Hm. Zieh dir was an, wir gehen nach draußen.«

»Nach draußen?«

»Komm.«

Sie antwortete nicht direkt; sie starrte ihn einen Moment an, als hätte er den Verstand verloren, die grünen Augen weit aufgerissen, ihr blondes Haar im Gesicht. Er warf ihr den Bademantel zu, nahm sich selbst ein langes Hemd, faßte sie bei der Hand und zog sie vom Bett.

»Wir plündern Netze.«

»Wir plündern Netze?«

»Ja.«

Er zog sie auf die Veranda, dann um die Hütte herum, wo sie direkt über dem Wasser lag.

Die Hütte gehörte ihm. Das Land, auf dem sie stand, gehörte ihm. Die Netze gehörten Verwandten, die seine Hütte mitbenutzten, wenn sie sie brauchten, und jeder hielt alles stillschweigend in Ordnung.

»Hilf mir mal eben«, bat er Ann. Sie starrte ihn immer noch verwirrt an, sie hatte keine Ahnung, was er da machte, würde ihm aber helfen.

Blindes Vertrauen.

Auch ihm würde sie es entgegenbringen.

Mist. Er war dabei, sich zu verlieben.

»Hier, halt mal das Seil fest.« Gemeinsam zogen sie das Netz hoch, das sich von einem Pfahl des Docks zum anderen erstreckte. Das Dock bildete die Rückseite der Veranda. Das Netz war voller Flußkrebse. Sie stieß erstaunt den Atem aus.

»Sie sind wirklich gut.« Er nahm sich einen, drehte den Kopf ab und saugte das Fleisch aus dem Schwanz. Sie schluckte, ihre Haut wurde ein wenig blasser. »Keine

Angst«, versicherte er. »Der Herd funktioniert mit Gas. Ich kann sie kochen. Ich meine, wenn du sie magst.«

»Ich habe schon einmal Flußkrebse gegessen«, sagte sie pikiert. »Immerhin lebe ich schon eine Weile hier.« Sie zögerte. »Ich hatte sie nur noch nie roh.«

»Sie sind gar nicht so schlimm, besonders wenn man am Verhungern ist.«

»Bist du am Verhungern?«

»Sex macht hungrig.«

Sie errötete. Er strich ihr über Wange und Kinn. »Ich kann wunderbare Teufelskrebse à la Mark LaCrosse.«

»Ich gebe eine wunderbare Küchenhilfe ab. Also an die Arbeit.«

Sie fingen an. In seinen wohlgefüllten Schränken gab es reichlich scharfe Saucen und Gewürze. Schon bald köchelten die Krebse in einer Bratpfanne, der Wein war offen, und sie fanden Cracker, die sie zu den Krebsen essen konnten. In kürzester Zeit stand ihr Dinner auf dem Tisch, und sie setzten sich zum Essen. Eine Weile aßen sie schweigend.

»Sehr gut«, versicherte sie ihm.

»Danke. Mit frischen Zutaten ist es zwar besser, aber ...«

»Die Krebse könnten nicht frischer sein.«

»Der Hilfskoch war erstklassig.« Er applaudierte.

»Schließlich waren wir beide am Verhungern.«

»Das stimmt. Vielleicht bekommen manche Küchenchefs ihren guten Ruf, indem sie Leuten zu essen geben, die verhungern.«

»Vielleicht.« Sie wischte sich die Finger ab und sah ihn an. »Ich esse gestohlene Krebse mit einem Cop.«

Er grinste. »Es ist unwahrscheinlich, daß ich mich selbst einsperre. Außerdem sind sie nicht wirklich gestohlen.«

»Wir können sie schlecht zurückgeben.«

Er hob sein Weinglas, schluckte, grinste. »Ich komme hier aus der Gegend. Ich habe hier Familie. Ich habe dir ja gesagt, ich bin ein ›Coonhound‹.«

»Was für ein Ausdruck!«

»Ist schon in Ordnung – solange wir uns selber so nennen.«

»Ich mag Cajun.«

Er lächelte, streckte seine Hand aus und strich ihr mit den Fingern zart über den Handrücken. »Das würdest du.«

»Wie meinst du das?«

»Ich meine das positiv. Du kennst keine Vorurteile.« Er trank noch etwas Wein, seufzte. »New Orleans ist eine großartige Stadt; wir sind eine bunte Mischung aus allem, eine tolerante Stadt. Aber im Laufe der Geschichte haben die Kreolen immer über die Cajuns die Nase gerümpft, weil sie Nachkommen der Akadier waren, die aus Nova Scotia fliehen mußten. Als ich Kind war, habe ich immer hier draußen gelebt. Mein Vater hat Krebse gefangen. Er hatte Kunden, die uns Cajun-Kinder ›Sumpfnissen‹ genannt haben. Da hast du es.«

»Nun, du hattest doch deine Revanche«, sagte sie.

»Wirklich?«

Sie nickte. »Die Cajun-Küche meine ich. Cajun-Küche ist die populärste hier im Land.«

Er grinste.

»Komplexe hast du keine, oder?« fragte sie ihn.

»Eigentlich nicht. Ich bin mit mir zufrieden.«

»Ich auch«, sagte sie. Dann errötete sie, biß in einen Krebs und wedelte mit der Hand vor dem Mund. »Gut, wirklich gut. Aber scharf.«

Er prostete ihr mit seinem Weinglas zu. Sie trank einen Schluck, betrachtete dann ihr Glas.

»Gutes Cajun-Essen muß scharf sein«, sagte er.

Sie schaute mit einem unsicheren Lächeln zu ihm auf. Sie war atemberaubend, ihr Haar noch ganz zerzaust, ihre Augen so grün in den zarten Zügen ihres Gesichts. Sie war kein Kind mehr; er war sich immer noch nicht klar über ihr Alter. Aber sie war einfach schön, eine natürliche Schönheit, die sich aus Reife und Erfahrung ergibt, wenn man im Einklang mit sich selbst lebt. Ihr Lächeln war mild, fast wehmütig. Sie hatte sein Herz gefangen, und seine Lenden. Vielleicht verliebte er sich in sie, aber erst mußte er seine Lust ausleben. Die Situation war gut. Wann hatte man schon das Glück, mit dem Gegenstand seiner Begierde in einer Hütte eingeschlossen und für Stunden unerreichbar zu sein?

»Gutes Cajun-Essen muß scharf sein«, wiederholte sie. »Und was ist mit Cajun-Männern?« fragte sie.

Er nahm einen langen Schluck. Eigentlich war das besser als jede Fantasie. Sie trug noch immer seinem Bademantel, er nichts weiter als ein Hemd.

»Ist das ... eine Einladung?« fragte er mit heiserer Stimme.

»Sieht so aus.«

Er stand so ungestüm auf, daß sein Stuhl hinter ihm umfiel. Er streckte eine Hand nach ihr aus; sie zögerte nur kurz. »Es sei denn, du magst noch ein paar von den Krebsen?«

»Nein, ... eh, danke, ich bin satt ...«

Sie nahm seine Hand.

Sie liebten sich.

Schliefen.

Liebten sich. Bei diesem dritten Mal lud sie ihn nicht nur ein, sie griff an. O Gott.

Was sie alles tat.

Ihr Haar auf der bloßen Haut seiner Brust. Ihre Küsse, die Spitze ihrer Zunge, die sich seinen ganzen Körper entlangschlängelte, über seine Brust, seine Hüften, kitzelte, forderte, bis es unerträglich wurde, bis irgendwo in ihm das männliche Urvieh aufschrie und er sie packen mußte, sie halten, in sie versinken, nach ihr dürsten ... er stand in Flammen, nahm sie, nahm sie ganz, in stoßendem Rhythmus keuchten sie, bis sie zusammenbrachen, für diesen einen Moment wieder gesättigt und erschöpft.

Er strich ihr über das Haar, erschöpft, aber wach. Er wäre gern mit ihr eingeschlafen, wollte die Zeit mit ihr aber nicht mit Schlafen verbringen.

»Du bist unglaublich«, sagte er leise.

Sie rollte sich herum, stütze sich auf seine Brust und sah ihn fragend an.

»Bin ich wirklich ... in Ordnung?«

Er grinste, verblüfft über die Frage. »In Ordnung?« Er streichelte ihr Gesicht. »Du bist wunderschön. Perfekte Formen. Ich bin zwar kein Künstler, aber das kann sogar ich erkennen.«

Sie nahm das Kompliment an, sagte aber: »Aber die Dinge ... verändern sich.«

»Was meinst du?«

»Na ja, die Haut sitzt nicht mehr so auf den Knochen, wie sie es vor zwanzig Jahren tat.«

Er lachte, strich ihr das Haar zurück, um sie besser ansehen zu können. »Die Veränderungen sind aber auch gut, es hat auch was mit der Reife der Seele zu tun, weißt du.«

»Hm.« Sie runzelte die Augenbraue. »Es reifen aber auch die Brüste und senken sich ein wenig.«

Er schüttelte den Kopf und lachte wieder. »Ich persönlich mag sie genau da, wo sie sind. Es sind übrigens sehr schöne Brüste. Das hat sogar mein Partner gesagt.«

»Wirklich?«

Er nickte und streichelte eines der fraglichen Objekte. »Er fand auch deinen Hintern ganz in Ordnung.«

»Sehr professionell.«

Mark zuckte die Schultern. »Immerhin hat er nur davon gesprochen. Es war eine künstlerische Bewertung. Ich muß zugeben, daß ich blind gewesen sein muß; ich habe dich zunächst nur für winzig gehalten.«

»Ich bin immer noch winzig.«

»Gott, die besten Sachen kommen in kleinen Packungen.«

»Meinst du das wirklich?«

»Ja.« Er betrachtete sie genauer, berührt von ihrer Unsicherheit. »Wie alt bist du genau, Ann Marcel?«

»Fünfundvierzig.«

»Ah.«

»Macht das was?«

Er schüttelte den Kopf. »Mir wäre bei dir jedes Alter recht. Nein, das stimmt nicht. Ich hätte nicht gern, daß du zu jung wärst.«

»Das beruhigt mich.«

»Ich bin ja auch nicht gerade ein Küken.«

»Ich weiß nicht. Du bist ein ausgewachsener Hahn.«

»Cajun extra scharf?« neckte er.

Sie nickte bedächtig.

Er nahm ihr Gesicht zwischen beide Hände. »Ich liebe dein Aussehen; du bist jetzt eine wunderschöne Frau, du warst vermutlich vor zwanzig Jahren wunderschön, und du wirst in zwanzig Jahren wunderschön sein. Dein Herz ist so schön, es zeigt, wie du dich für Menschen interessierst, es zeigt dein Interesse und deine Leidenschaft für andere, in deiner einfachen Höflichkeit, in deiner Kunst, in jeder Bewegung. So gut wie mit dir in meinen Armen habe ich mich nicht mehr gefühlt seit …«

Sie leckten sich die Lippen. »Seit deine Frau gestorben ist?«

»Das ist länger her«, gab er zu. »Sie war krank, weißt du, eine ganze Zeitlang. Ich wußte, daß sie sterben würde. Die letzten Tage waren wertvoll, sie waren aber auch eine Hölle.«

»Das tut mir leid.«

»Durch diese schreckliche Zeit mußten wir durch. Ich habe sie geliebt.«

Sie nickte, sie verstand, was er gesagt hatte, er brauchte dazu nichts mehr zu sagen.

Er verschränkte seine Finger hinter dem Kopf, um sie besser ansehen zu können.

»Männer sind so.«

»Wie?«

Sie grinste. »Ich habe kürzlich eine Talkshow im Fernsehen zu diesem Thema gesehen. Männer müssen nur nahe bei einer Frau sein, um sie zu begehren; Frauen brauchen Gefühle, bevor sie Männer begehren.«

Er grunzte. »Ich bin nicht so sicher, ob das immer zutrifft.«

»Soll das heißen, das war eben mehr als Sex?«

Sie neckte ihn, dachte er. Vielleicht ging es aber auch ein wenig tiefer.

»Was war es für dich, Ann Marcel?«

Sie setzte sich rittlings auf ihn, sah ihm ins Gesicht, dachte über die Frage nach. Sie fuhr ihm mit einem Finger über die Brust.

»Du bist ein attraktives männliches Wesen. Verheerend gutaussehend in der genau richtigen, reifen Art. Breit, muskulöse Brust, wunderbare silberne Fäden in dem vollen, männlichen Haar darauf.

»So?«

»Du hast wunderschöne graue Augen. Wie Messer.«

»Hm, das klang irgendwie nicht so schrecklich romantisch.«

»Du hast recht. Es kam nicht so ganz richtig heraus, wie ich es gemeint hatte. Du hast die Fähigkeit, einen anzusehen ... und direkt hineinzusehen. Jemanden irgendwie auszuziehen. Das kann natürlich furchtbar nervend sein. Auf der anderen Seite kann es auch sehr sexy sein.«

»Wirklich?«

Sie nickte feierlich. »Mach weiter. Sprich weiter.«

»Du hast eine schöne Stimme. Rauh, tief, volltönend. Sie geht unter die Haut, sie verursacht heiße Schauer in den Adern.«

»Großartig.«

»Dann deine Art zu küssen.«

»Ja?«

»Wow.«

»Wow?«

»So ... intim.«

»Das ist gut, hoffe ich.

Sie nickte wieder. »Und übrigens …«

»Ja?«

»Dein Hintern ist auch nicht übel.«

»Na Gott sei Dank. Ich bin froh, daß du zufrieden bist.«

Sie lächelte.

»Also, sag es mir«, fragte er. »Ist es nur Sex für dich?«

Sie lehnte sich an ihn. »Du willst einen sehr guten Freund von mir festsetzen.«

»Ah, der alte Exmann.«

Sie nickte. »Es sollte nicht einmal Sex sein«, erklärte sie sittsam.

»Aber das Verlangen war überwältigend?«

»Sowas in der Art«, sagte sie trocken.

»Mein Hintern ist halt so verdammt gut.«

»Ja, und wenn man erst einmal angefangen hat, ist da so vieles, was so verdammt gut ist.«

Ihre Stimme war tief, ehrlich, rauh, ernsthaft. Sie verursachte einen dieser heißen Schauer, von denen sie gesprochen hatte. Er fühlte den Schauer in seinen Adern und mehr.

»Ich glaube, ich möchte noch ein bißchen mehr die Ernsthaftigkeit auf die Probe stellen«, sagte er plötzlich.

Sie war so klein.

Kompakt.

Aber so verdammt klein und kompakt. Es war leicht, sie umzuwerfen, in Sekunden lag sie auf dem Rücken, und er lag über ihr. Und die Worte, die er benutzte, um zu beschreiben, wie perfekt er ihre Brüste fand, gingen unter, als er sie mit seinen Lippen, seinen Zähnen, seiner Zunge liebkoste, sein Glied steif werden fühlte, als ihre Brustwarzen unter dem Spiel seines Mundes hart wurden. Ihr süßer eigener Körpergeruch mischte sich mit der Seife aus der Dusche und dem Moschusduft ihrer früheren Liebesakte und erweckte wieder seine Lust. Er preßte sich an ihren Körper, badete sie mit seiner Zunge, küßte, leckte, streichelte, gab, forderte …

Als es dieses Mal vorüber war, lag er auf dem Rücken und sah an die Decke, verwundert, daß es immer noch besser wurde. Er zog sich wieder an sich.

»Ist es also nur Sex?«

»Der Sex ist sehr, sehr gut.«

»Ist es nur Sex?«

»Habe ich dir nicht gesagt, daß bei Frauen auch Gefühl dabei sein muß?«

»Du hast gesagt, daß in einer Talkshow gesagt wurde, daß bei Frauen auch Gefühl dabei sein muß.«

Sie lachte. Dann wurde sie ernst. »Du bist ziemlich unglaublich, Mark LaCrosse. Ich wollte, ich wäre richtig groß, so wie ein Preisboxer, und könnte dich in der Luft zerreißen.«

»Hm, das klingt nicht besonders gut.«

»Aber vielleicht auch nicht so schlecht. Du weckst Gefühle – sei es Ärger, oder etwas anderes. Und ich bewundere dich. Ich mag dich … Ich mag deine Ehrlichkeit, und sogar deine Beharrlichkeit.« Sie grinste. »Ich mag deine persönlichen Gefechte. Ich mag deine Lebenseinstellung.«

»Da bin ich aber froh.«

»So, jetzt habe ich fast mein ganzes Herz ausgeschüttet. Was ist mit dir?«

» Es ist nur der Sex.«

»Was?« fragte sie beleidigt.

»Nur der Sex.«

Er lachte. Sie wollte ihn schlagen; er hielt ihre Hand fest. Er zwang sie zu sich hin, küßte ihre Lippen, dann flüsterte er ihr etwas zu. »Ich wünschte, es wäre nur der Sex. Ich wünschte, du würdest mir nicht so unter die Haut gehen, ich wünschte, ich würde mich nicht deinetwegen zu Tode ängstigen.«

Sie lächelte, schmiegte sich an ihn. »Es gibt keinen Grund, Angst um mich zu haben.«

»Das sagst du so. Im schlimmsten Sturm seit Jahren läufst du mitten im Sumpf herum, und ich soll keine Angst um dich haben.«

»Was hast du im Sumpf gemacht?«

»Ich habe dich gesucht.«

»Warum?«

»Ich hatte Angst um dich.«

»Warum?«

»Ich weiß nicht, Eingebung.« Er stockte. Plötzlich fiel ihm ein, daß er ihr immer noch nicht von Jane Doe erzählt hatte. »Du weißt doch, daß man noch eine Frau tot aufgefunden hat, oder?«

Sie nickte mit gerunzelter Stirn. »Erdrosselt.«

»Mit einem Nylonstrumpf.«

»Können die beiden Morde überhaupt zusammenhängen? Ich dachte, daß Serienmörder einem bestimmten Muster folgen, daß sie morden, weil ihre abartigen Bedürfnisse durch den Mord, durch die Art des Mordens an sich befriedigt werden?«

»Dies hier muß nicht unbedingt ein Serienmord sein«, sagte er. Er rollte sich herum. »Als ich bei der Polizei anfing, hatten die Morde meistens persönliche Motive. Eifersucht war ein Motiv, Gier war ein Motiv. Die Welt hat sich geändert; wir haben es immer mehr mit Verbrechen zu tun, die von Verrückten an total Fremden begangen werden, um diese Gelüste zu befriedigen, die du meinst. Aber ich bin sicher, Ginas Mord hatte ein persönliches Motiv.«

»Bist du wieder bei Jon.«

Er hob eine Hand. »Bin ich nicht.«

»Hast du inzwischen begriffen, daß er unschuldig ist?«

»Nein. Ich bin nur nicht mehr so überzeugt, daß er schuldig ist, wie ich es vorher war.«

»Warum?«

»Jane Doe«, sagte er.

»Hast du etwas über sie herausgefunden?«

»Wir wissen, daß sie in der Nacht, in der sie starb, im Club war.«

»O Gott, war sie eine von den Tänzerinnen?« fragte Ann entsetzt.

»Nein, sie hat nicht im Club gearbeitet. Sie war einfach da. Einige vom Personal haben sie gesehen. Das Problem ist nur, daß niemand gesehen hat, mit wem sie gekommen ist, ob sie allein da war, oder mit wem sie gegangen ist.«

»Das hilft ja nicht viel weiter.«

»Wir werden ihre Identität bald wissen; im Computerzeitalter kann die Polizei das eine oder andere schnell herausfinden.«

»Die Fälle könnten auch nicht zusammenhängen«, murmelte Ann.

»Stimmt. Jon Marcel könnte Gina erstochen haben, irgendein Verrückter könnte Jane Doe gefolgt sein.«

»Vielleicht erwacht Jon bald aus seinem Koma.«

»Vielleicht. Und wenn, dann können wir nur beten, daß er uns helfen kann – ohne sich selbst zu überführen.«

»Er muß irgend etwas wissen.«

»Wir können nur hoffen«, stimmte Mark zu.

Sie lehnte ihren Kopf an ihn, zitternd.

Er nahm sie fest in die Arme.

»Mark?«

»Ja?«

Sie zögerte. »Mark, als ich bei Jon im Krankenzimmer war in der Nacht, als Gina ermordet wurde, hat er tatsächlich etwas zu mir gesagt, bevor er das Bewußtsein verlor.«

»Ich weiß.«

»Du weißt es?«

»Du bist eine lausige Lügnerin. Ich wußte, daß er etwas gesagt hatte, in dem Augenblick, als du gesagt hast, er hätte nicht.«

»Wirklich.«

»Ja.« Er schwieg eine Minute. »Also, hast du das Thema aufgebracht, weil du es jetzt sagen willst?«

»Ja.«

»Und, was hat er gesagt?«

»Ich dachte, er hätte mich erkannt. Daß er sich an mich klammerte, daß er versuchte, meinen Namen auszusprechen.«

»Aber das war es nicht, was er gesagt hat.«

Er spürte, daß sie den Kopf schüttelte. »Er sagte *Annabella's*. Und wie ich dir gesagt habe, als er in meine Tür fiel, sagte er andauernd ›Ich war es nicht.‹ Und dann, im Krankenhaus, sagte er nur den Namen des Clubs.«

»Deswegen bist du also in den Club gegangen.«

Mark zögerte. Das war keine schockierende Enthüllung gewesen. Aber wenn Marcel unschuldig war ... Und es sah wirklich langsam so aus, als ob der Kerl unschuldig war.

Annabella's.

Er zog sie näher zu sich heran. »Du läßt deine Nase in Zukunft aus all dem heraus, verstehst du mich?«

Sie antwortete nicht. Er zog sie an den Haaren, zog ihren Kopf zurück, bis sie ihm in die Augen sehen mußte.

»Ich möchte, daß du dich aus dem Fall heraushältst.«

»Gut.«

Sie log. Sie hatte nicht die Absicht, ihm zu gehorchen.

»Es könnte wirklich sehr gefährlich werden.«

»Ja, das sehe ich ein.«

»Du siehst überhaupt nichts. Du läufst hier durch den Sumpf ...«

»Ich war gekommen, um einer alten Frau ein paar Fragen zu stellen. Ich bin nicht allein gekommen.«

»Aber am Ende warst du allein.«

Sie seufzte.

»Ann, ich meine es ernst. Halte dich da raus.«

»Ich habe ja gesagt, gut.«

»Verdammt!« Sie machte ihn schon wieder wütend. Zur Hölle. Und als er wütend wurde, spürte er noch etwas. Körperlich. Er wollte sie wieder.

Zwei Dinge konnten passieren: sie würden diese Hütte

verlassen und in Zukunft zu einer richtigen Beziehung finden. Vielleicht gingen sie aber auch, nachdem sie diese Hütte verlassen hatten, getrennte Wege. »Nur noch ein Mal, Ann. Ich meine es ernst. Halte dich aus diesem Fall raus!«

Sie öffnete den Mund, um zu protestieren. Er küßte sie, schon allein um zu verhindern, daß sie ihn noch einmal anlog. Bald würde es dämmern.

Und er wollte sie noch einmal lieben, bevor es hell wurde und sie sich wieder der Welt stellen mußten.

Mark spürte das heller werdende Licht und die warmen Sonnenstrahlen, als ein Gefühl von Gefahr ihn weckte. Er öffnete die Augen. Da war jemand ...

Jemand war draußen vor der Hütte.

Er stand vorsichtig auf, ganz leise, nahm sein Flanellhemd und schlüpfte hinein. Er ging zurück zum Schrank, horchte, suchte sich eine Jeans, die er schnell überzog.

Schritte. Verstohlen. Langsam.

Das Blattwerk bewegte sich unmerklich.

Er hatte seinen Dienstrevolver in den Schrank gelegt, bevor er zum Duschen herausgegangen war. Er nahm ihn heraus, horchte immer noch, nahm jeden Tritt wahr.

Jedes noch so geringe Blätterrauschen.

Er ging barfuß über den Holzfußboden.

Ganz leise ...

Er wartete.

Die Tür schwang auf.

Er sprang vor, die Waffe schußbreit in beiden Händen.

»Stehenbleiben!« schrie er. Dann: »Verdammter Hurensohn, du bist es!«

14. Kapitel

Es war noch früh. April wußte selbst nicht, warum sie so früh in den Club gekommen war. Marty, der einige der Nummern, die von mehreren Tänzern aufgeführt wurden, choreographierte, mußte früher kommen, um auf der Bühne ein paar Schritte auszuprobieren. Normalerweise wäre sie zu Hause geblieben und hätte sich um ihr Kind gekümmert; heute hatte aber ihre Schwester Zeit, und April wollte in Martys Nähe bleiben.

Sie saß an der Bar und trank Kaffee. Sie hatte Marty nichts von dem schrecklichen Gefühl auf dem Heimweg am Abend zuvor erzählt; als sie so sicher gewesen war, daß ihr jemand folgte. Als sie diese Augen gespürt hatte ... Augen, die sie beobachteten.

Aber sie war nervös, und ihr Mann wußte es. Natürlich war auch er nervös.

Weil diese Frau hier im Club gewesen war, bevor sie ermordet worden war.

Gina war ermordet worden.

Und jetzt war eine Fremde ermordet worden.

Das Leben war so schrecklich geworden. Die Zeitungen waren auch nicht gerade tröstlich. In einigen Artikeln hatte man angedeutet, daß Frauen, die solche Clubs aufsuchten, es nicht besser verdient hätten, als ermordet zu werden. Das machte sie wütend, daß sie gern angefragt hätte, ob junge Schulmädchen verdient hätten, ermordet zu werden, nur weil sie jung waren und im Bikini an den Strand gingen. Vielleicht würde sie einen Leserbrief schreiben. Bald.

Jetzt nicht.

Sie war zu nervös.

Sie dachte über ihr Leben nach, über jeden, der darin eine Rolle spielte. Sie hatte gedacht, Harry Duval sei als Boß in Ordnung. Sie hatte ihm nie nahegestanden, andere doch. Er hatte sie anständig behandelt, er schlug niemanden, aber doch ...

Sie hatte geglaubt, daß die meisten ihrer Kunden in Ordnung waren. Jetzt war sie verunsichert.

April erschrak, als Cindy plötzlich auf den Stuhl neben ihr kletterte und nach der Kaffeekanne griff.

»Cindy!«

Cindy war kreidebleich und sah sehr erschöpft aus. »Was machst du hier um diese Zeit?«

»Ich mache mir Sorgen«, sagte Cindy.

»Was ist passiert?«

Cindy schüttelte den Kopf. »Ich ... Regen. So viel Regen.« Sie trank von ihrem Kaffee, sah dann April an, mit dicken Tränen in den Augen. »Ich bin gestern mit Gregory und Jon Marcels Exfrau in den Bayou gefahren.«

»Warum?«

»Ann Marcel wollte Mama Lili Mae treffen.«

April schüttelte ihren Kopf. »Wir sollten uns vor dieser Frau in acht nehmen. Immerhin ist sie seine Exfrau.«

Cindy winkte ab. »Nein, April, sie ist wirklich richtig nett. Sie versucht nur herauszufinden, was passiert ist.«

»Trotzdem könnte sie mit ihren Versuchen, herauszufinden, was passiert ist, jemand anderem schaden.«

»April, wenn Jon Gina nicht umgebracht hat, dann ...«

»Dann hat es jemand anderes getan. Jemand, der Gina einfach umbringen mußte. Verdammt. Marcel ist sowieso halbtot, er vegetiert nur noch vor sich hin, oder? Gina ist tot; er liegt im Sterben. Vielleicht sollten wir wirklich die Sache auf sich beruhen lassen. Vielleicht sind wir nur dann in Sicherheit!« April wurde klar, was sie da gesagt hatte. Sie schauderte. »Natürlich möchte ich Gerechtigkeit, nur nicht auf Kosten meiner eigenen Sicherheit«, gab sie zu. »Cindy, ich habe Angst. Aber ich habe dich gar nicht ausreden lassen ... was ist passiert?«

»Ann Marcel war bei Mama Lili Mae im Haus. Gregory

und ich saßen draußen am Wasser. Du kennst mich. Ich werde schnell ungeduldig, also ging ich ein bißchen spazieren. Ich stand unter einem Baum, als einer der Äste abbrach. Ich bin zu Tode erschrocken, habe laut geschrieen wie verrückt, und bin wild losgelaufen, einfach in den Sumpf hinein, gerade als der Regen anfing. Ich habe mich verirrt. Wahrscheinlich sind alle anderen bei diesem Schrei zu Tode erschrocken, und sie haben sich sicher alle verirrt, als sie mich gesucht haben. Ich weiß es nicht. Ich habe niemanden mehr gesehen. Ich habe es geschafft, die Boote wiederzufinden und habe versucht, vom Wasser aus das Ufer abzufahren und die anderen zu suchen. Ich habe gesucht und gesucht. Dann wollte ich wieder zu Mama Lili Mae zurück, aber das ging nicht, weil ein ganzer Baum umgestürzt war. Dann habe ich gedacht, daß Ann und Gregory es zu Mama Lili Mae geschafft haben müßten, um sich vor dem Sturm zu schützen. Ich kann dir gar nicht sagen, wie schlimm der Sturm war. Ich bin so froh, daß ich nicht ertrunken bin. Ich habe zurück zur Straße gefunden, und ein Fischer hat mich mitgenommen und in die Stadt gebracht. Ich habe versucht, Mark LaCrosse anzurufen, aber er war nicht da. Schließlich habe ich dann seinen Partner erreicht. Jimmy hat sich sofort auf den Weg in den Bayou gemacht, nachdem ich mit ihm gesprochen hatte, also warte ich jetzt, bis ich von ihnen höre.«

»Ich bin sicher, Gregory und dieser Frau geht es gut«, sagte April. »Manchmal denke ich, daß in diesen Zeiten der Bayou noch die sicherste Gegend ist.«

»Ja. Mit den echten Alligatoren und Schlangen«, stimme Cindy trocken zu.

April zögerte einen Moment, dann sagte sie: »Cindy, erinnerst du dich an diese Nacht, in der die Frau, die hier im Club gewesen war, erdrosselt wurde?«

»Ja.«

»Marty mußte in dieser Nacht länger arbeiten als ich. Gregory sollte mich nach Hause bringen, aber er mußte noch einmal zurück. Zu dem Zeitpunkt hatte ich auch noch keine Angst, also bin ich allein losgegangen.«

»Oh, April!«

»Keine von uns sollte mehr allein gehen!« sagte April entschlossen.

»Was ist passiert?«

»Na ja, eigentlich ist nichts passiert. Wirklich. Ich hatte bloß das Gefühl, beobachtet zu werden. Dann dachte ich, daß mir jemand folgte. Ich bin den halben Weg gerannt, sicher, daß da eine dunkle Gestalt hinter mir her war. Und dann ...«

»Dann?«

»Als ich dann schließlich zu Hause ankam, war niemand da. Ich bin gleich hoch in die Wohnung gegangen und habe mich eingeschlossen. Das war alles. Ich kam mir vor wie ein paranoider Idiot mit Halluzinationen.«

Cindy verzog das Gesicht. Sie schaute zu der Einwegscheibe des Büros hoch. »Laß uns das mal mit Verstand überdenken. Gina ist ermordet worden ... Kein Wunder, daß du dich idiotisch benimmst. Du wärst ja idiotisch, wenn du keine Angst hättest. Und wenn man darüber nachdenkt; wir wissen alle, daß Harry Duval uns die meiste Zeit beobachtet, es ist uns schon in Fleisch und Blut übergegangen, daß wir uns beobachtet fühlen.«

»Das wird es sein«, sagte April.

Sie blickte zum Fenster hoch und zitterte leicht. »Hast du es schon mal mit Duval gemacht?«

Cindy errötete.

»Hast du?«

»Ja«, gab Cindy zu.

April schüttelte sich. »Gott sei Dank habe ich Marty. Keiner erwartet so etwas von uns, solange wir beim Tanzen unser Bestes geben. Wir werden bald genug Geld haben, um hier herauszukommen. Gott, ich wünschte nur, es wäre schon so weit ...« Sie sah auch zum Fenster hoch.

»Wie war Duval?«

»April!«

»Ach komm schon, Cindy! Ich kenne doch all die Tricks und die abartigen Sachen.«

»April, du bist eine verheiratete Frau und Mutter ...«

»Stimmt. Ich bin mit meinem Leben zufrieden, kriege aber durch dich und die anderen Mädchen genug mit.«

»Aber Duval ...«

»Duval kann einem angst machen. Ich bin neuerdings richtig unsicher. Macht er dir angst?«

Cindy überdachte die Frage. »Er hat etwas von einem Pferd. Er liebt es, nackt durch die Gegend zu gehen und sich selbst anzuschauen, und ...«

»Und was?«

»Ach, ich weiß nicht. Er hat etwas Satanisches an sich. Er will einen Schritt weiter gehen, das ist es, was Sex für ihn bedeutet. Er nimmt, was er will. Zögert nicht. Er kann erregend sein. Er mag es mit zwei Frauen. Er wird wirklich erregt, wenn er andere beobachtet. Gina. Er liebte es, Gina zu beobachten, wenn sie ...

»Was?«

»Egal, was sie tat«, sagte Cindy. »Er mag Frauen überhaupt. Er mag Sex. Mit vielen Frauen. Einzeln, in Paaren, zu dritt. Er genießt das Zusehen, aber er hat auch eine gewisse Macht. Er zieht Liebhaber an. Ich weiß nicht, wie ich es sagen soll.«

April zögerte. »Macht es ihm auch Spaß, andere zu quälen?«

Cindy sagte nichts, dachte nach. »Ich ...«

»Na, ihr zwei!« rief Marty.

Sie fuhren zusammen.

»Wenn ihr schon hier seid, könnt ihr mit mir arbeiten. Laßt uns mal sehen, ob ich die Bewegungen für diese Nummer richtig habe, ja?« Er lächelte seiner Frau liebevoll zu. April lächelte zurück. Sie hatten beide Angst. Er würde sie nicht aus den Augen lassen. Sie hatte Glück. Marty war groß und gebaut wie ein Adonis aus Ebenholz. Er besaß viel Talent und er war einer der nettesten, intelligentesten Männer, die sie in ihrem Leben kennengelernt hatte. Sie liebte ihn so sehr.

Vielleicht sollten sie jetzt aufhören. Hier weggehen, bevor jemandem etwas passierte.

Sie verdienten zusammen genug Geld. Bald würden sie in der Lage sein, sich irgendwo ein neues Leben aufzubauen. Sie würden noch mehr Kinder haben.

Und ihren Kindern sollte die ganze Welt zu Füßen liegen.

»Laßt mal sehen, was ihr da habt!« sagte eine andere männliche Stimme.

Wieder fuhren die beiden Frauen zusammen.

Harry Duval war heruntergekommen, ging auf Marty zu und wollte den neuen Tanz sehen. Er schaute sich nach den beiden Mädchen um, seine haselnußfarbenen Augen glitzerten. »Die Damen?«

Sie setzten sich in Bewegung.

April ging an ihm vorbei.

Sie spürte *Augen.*

Sie spürte, wir ihr eine heiße Welle am Rücken herunterlief.

Sie drehte sich zu ihm um. Ein Gesicht wie aus Kupfer, golden glitzernde Augen, dunkles Haar, hell strahlendes Lächeln, volle, sinnliche Lippen. Er sah sie an. Als ob er etwas über sie wüßte, mehr wüßte, vielleicht mehr als sie selbst.

Dieser Mann war der Teufel.

»Marty, wie ist meine Position?« fragte sie und lief auf ihren Mann zu.

Ann wachte ganz plötzlich auf. Sie hatte etwas gehört.

»Mark!« flüsterte sie, tastete mit der Hand neben sich über das Bett.

Aber Mark war nicht da.

Sie war im Bayou, in einer Hütte … allein. Vollkommen allein.

Old Billy war irgendwo da draußen. Wer sonst noch? Was sonst noch?

Wo war Mark bloß, und was hatte sie da gehört?

Sie kletterte aus dem Bett, voller Angst, daß jeden Moment jemand die Türe aufreißen könnte.

Der Mörder würde sie finden.

Und wenn nicht der Mörder …

Na, dann einer von Marks Verwandten, die mitten in den Wäldern auf eine nackte Frau stießen. Natürlich war es besser, wenn es seine Verwandten waren, aber grundsätzlich war sie beunruhigt, was überhaupt passieren konnte.

Sie fand das Hemd, das er ihr gegeben hatte, auf dem Fußboden und schlüpfte schnell hinein. Es war riesig – zum Glück. An ihrem schmalen Körper war es fast so gut wie ein Kleid. Sie knöpfte es zu und rollte die Ärmel hoch, ging dann vorsichtig zum Fenster.

Der Regen hatte aufgehört. Es war ein wunderschöner Tag. Draußen war etwas. Sie hörte Schritte, die auf die Hütte zukamen. Sie zog sich zur Wand zurück, merkte dann aber, daß sie dort dem Eindringling ausgeliefert war.

Sie schnappte sich eine Pfanne aus der Küche und kroch unter das Bett.

Die Tür öffnete sich. Sie sah nackte Füße und jeansbedeckte Unterschenkel.

Kannte sie sie wieder? Waren es Marks Füße?

Hatte sie gerade ein halbes Dutzend Mal mit einem Mann geschlafen, ohne seine Füße zu erkennen? Das war es nicht, sie konnte einfach nicht gut genug sehen.

Der Mann fluchte, ging durch die Hütte. Die Schritte hielten inne. Er hatte sie gesehen. Sie schrie auf, als sie an den Füßen gepackt und brutal aus ihrem Versteck herausgezogen wurde. Sie kämpfte wild, nutze die erste Gelegenheit, mit ihrer Waffe zuzuschlagen.

Sie traf den Mann an der Schläfe.

Die Tür flog wieder auf.

»Was zum Teufel ... ?«

Marks Stimme.

»Was ist hier los?«

Ann holte tief Luft; es war Jimmy, Marks Partner. Sie hatte ihm gerade mit einer Pfanne eins übergebraten. Und Mark war da, starrte seinen verwundeten Partner und seine halbnackte Geliebte an.

Sie sprang auf die Füße, versuchte, das Flanellhemd richtig runterzuziehen.

»Es tut mir leid.« Sie sah von Mark zu Jimmy. »Du warst nicht da und ich hörte Schritte, dann ging plötzlich die Tür auf ... Oh, Officer Deveaux, ich habe Sie hoffentlich nicht zu sehr verletzt. Ist es schlimm?«

»Es tut saumäßig weh!« sagte Jimmy.

Mark stand da, die Hände auf den Hüften, und beobachtete die beiden. Er seufzte verzweifelt.

»Warum haben Sie mich auch so unter dem Bett hervorgezogen?« fragte Ann.

»Weil ich dachte, ein heruntergekommener Landstreicher wäre in die Hütte meines Freundes eingebrochen«, stellte er fest.

»Du wußtest doch, daß sie hier draußen war«, sagte Mark.

»Ich habe aber nicht damit gerechnet, daß sie sich unter dem Bett versteckt«, schoß Jimmy zurück. »Wo zum Teufel warst du denn?«

»Jacques Moret war gerade hier draußen, drüben bei Mama Lili Mea. Wir haben ein ernstes Problem.«

»Du warst das ernste Problem«, sagte Jimmy zu Mark. »Cindy McKenna hat heute morgen angerufen, weil sie Gregory Hanson und Mrs. Marcel letzte Nacht verloren hatte. Sie konnte dich nicht erreichen. Ich wußte, wo du warst, aber ich dachte, du könntest vielleicht Hilfe gebrauchen.«

»Jimmy, dein Timing war perfekt. Wir brauchen ganz dringend Hilfe. Ich hoffe, du hast dein Telefon dabei. Wir haben Gregory gerade unter einem umgestürzten Baum ausgegraben. Er ist schwer verletzt. Er hat eine schwere Gehirnerschütterung – vermute ich –, außerdem hat er auch noch die ganze Nacht bei diesem Wetter dort draußen gelegen. Ich glaube, er hat einen Schock. Mama Lili Mae und Jacques haben ihn, so gut sie konnten, aufgewärmt, bevor sie mich holten, aber wir müssen ihn ganz schnell ins Krankenhaus bringen.«

Ann schaute erschrocken zu, wie Jimmy ein Handy aus der Tasche zog und die Nummer des Polizeinotrufs drückte. Er sprach schnell und präzise und wiederholte, was Mark ihm gerade berichtet hatte. Er klappte das Handy wieder zusammen und steckte es in die Jackentasche zurück. »Also los, packen wir's an.«

Sie liefen nach draußen. Ann sah den Stapel ihrer lehmbedeckten Kleider an, wie sie sie gestern abend zurückgelassen hatte. Die waren nicht mehr zu retten. Um die Kleider oder um ihren momentanen lächerlichen Aufzug konnte sie sich jetzt keine Gedanken machen.

Gregory starb möglicherweise.

Jimmy war mit einem einigermaßen geräumigen Motorboot gekommen. Gregory lag schon darin, in Decken verpackt, gestützt von Jacques Moret. Er nickte Ann ernst zu, als sie ins Boot kletterte, sein Blick fiel kurz auf ihre Bekleidung. Sie strich das Hemd sorgfältig unter sich zurecht, als sie sich hinsetzte, dann strich sie Gregory vorsichtig über das Gesicht. Er fühlte sich kalt an, ganz kalt.

Seine Augen standen offen, bemerkte sie. Weit offen, starr.

»Mein Gott«, flüsterte sie. »Ist er ...«

»Es ist der Schock«, sagte Mark.

Sie zuckte zusammen, als Jacques sie ansprach. »Sein Herz schlägt regelmäßig, Mrs. Marcel. Er ist ein starker Mann. Ein sehr starker Mann.«

Sie biß sich auf die Lippen. »Er ist auch ein guter Mann. Wo haben Sie ihn gefunden?«

»Keine dreißig Meter vom Haus entfernt. Vielleicht hat

er geschrien, aber der Sturm war so laut … Wir haben nichts gehört. Heute morgen hatte Mama Lili Mae eine ihrer Eingebungen. Wir fanden ihn, konnten den Baum aber nicht alleine hochheben. Sie sagte mir, daß Mark vielleicht hier draußen wäre … wenn er gewußt hätte, daß Sie da sind, wäre er sicher gefolgt.« Er zuckte leise lächelnd mit den Schultern. »Sie hatte mal wieder recht. Wir haben zusammen den Baum hochbekommen und ihn hierher gebracht.« Er grinste. »Und Mark sagte, daß Jimmy heute morgen kommen würde. Copinstinkt.«

Sie nickte und sah weiter Gregory an. Seine Haut war aschfahl.

Sie wünschte, sie hätte Krankenpflege gelernt, statt Kunst zu studieren.

Der Motor röhrte laut auf; Mark saß am Steuer. Ann klammerte sich an ihrem Sitz fest und hoffte, daß sie in diesem Tempo nicht in eine Wurzel fuhren und alle in die Luft gingen.

Aber Mark kannte den Bayou.

Natürlich, er war ja sein Zuhause.

Sie machten schnell Fahrt und überquerten in rasendem Tempo das Wasser. Als sie das Ufer erreichten, wartete bereits ein Helikopter auf dem Feld. Notärzte rannten zu Gregory hin, dann transportierten sie ihn ab.

Ann, Mark, Jimmy und Jacques sahen zu, wie der Helikopter aufstieg.

Mark wandte sich zu Ann. »Steig in dein Auto. Fahr nach Hause. Ich komme nach. Ich habe mein eigenes Auto hier.«

Sie nickte, fühlte sich dumpf. Sie ging zu ihrem Auto.

Es war ihre Schuld. Wenn sie Mama Lili Mae nicht hätte treffen wollen …

Ein Baum hatte ihn getroffen. Höhere Gewalt. Oder?

Oder nicht?

Sie kletterte hinter das Steuer. Hilflos starrte sie vor sich hin. Mark trat zu ihr ans Fenster der Fahrerseite.

»Was ist los?«

»Keine Schlüssel.«

Er fluchte. »Rutsch rüber.«

Sie rutschte auf den Beifahrersitz. Er machte sich unter dem Armaturenbrett zu schaffen.

Entsetzt beobachtete sie, mit welcher Geschwindigkeit er den Wagen kurzgeschlossen hatte. Erstaunt sah sie ihn an.

»He, wenn du die ganze Zeit mit Gaunern zusammenhängst, lernst du auch das eine oder andere.« Er strich ihr über die Wange. »Er wird es schaffen, Ann.«

Sie nickte, schluckte. »Ich bete für Gregory, daß er es schaffen wird. Und Jon. Und zwei Frauen sind schon tot.«

»Fahr nach Hause.«

Sie nickte.

Er kletterte aus ihrem Wagen. »Ich bleibe hinter dir, bis du in deiner Wohnung bist.« Sie nickte wieder.

Sie fuhr an, winkte den beiden anderen mit einer Hand zu. »Fahr heim«, sagte Mark noch einmal. Er stand noch auf der Straße, barfuß, die Jeans eng an seinen muskulösen Hüften, sah gut aus in seinem roten Hemd.

Sie sehnte sich nach ihrem Zuhause. Sie brauchte eine Dusche. Sie brauchte etwas zum Anziehen.

Schuhe.

Kaffee. Wie dringend sie jetzt einen Kaffee nötig hatte!

»Und bleib dort!« rief Mark nachdrücklich hinter ihr her.

Bleib dort …

Trotz allem, was passiert war, konnte sie dies nicht so leicht erfüllen.

15. Kapitel

Ann duschte, trank drei Tassen Kaffee und strich durch ihre Wohnung. Ihr war klar, daß die drei Tassen Kaffee nur noch zu ihrer Unruhe beigetragen hatten.

Sie streckte sich, sie setzte sich in einen Sessel, kuschelte sich ein und erlebte die Nacht, die so plötzlich geendet hatte, noch einmal. Mehr konnte sie im Moment nicht tun.

Sie sehnte sich nach mehr.

Sie wollte sich von ihrer Spannung nicht überwältigen lassen, und so lief sie wieder durch die Wohnung, entschied dann, daß sie eine Närrin war – sie mußte etwas tun. Sie stellte einen Zeichenblock auf die Staffelei und zeichnete eine Weile. Sie brauchte ein paar Fotos, dachte sie; wenn sie nicht direkt nach dem Modell arbeiten konnte, nahm sie Fotos. Für das geplante Portrait von Cindy brauchte sie ein paar Polaroids. Sie fragte sich, ob das Cindy etwas ausmachen würde.

Ihre Arbeit fesselte sie für mehr als zwei Stunden, aber dann war es aus.

Um zwölf entschloß sie sich, ins Krankenhaus zu fahren. Sie versuchte, etwas über Gregory herauszufinden. Man sagte ihr, daß sein Zustand kritisch, aber stabil sei.

Sie ging zur Kapelle und saß dort eine Weile still. Sie versuchte zu beten; sie starrte auf die Blumen auf dem Altar. Sie fühlte sich dumpf und vollkommen hilflos. Sie verließ die Kapelle wieder und suchte den Weg in Jons Zimmer auf der Intensivstation. Dann setzte sie sich zu ihm und sprach zu ihm.

Die Schwestern sagten ihr wieder, daß seine Lebenszeichen und die Gesichtsfarbe ausgezeichnet waren. Sie hatten sie alleingelassen.

Sie sprach nicht nur zu Jon. Sie schrie ihn an. Er mußte

wissen, was er tat, er mußte vorsichtig sein. Er hatte eine Tochter, um Himmels willen, und es würde nicht mehr lange dauern, bis Katie zu Hause anrief.

Und was sollte Ann ihr dann bloß sagen: »Mach dir keine Sorgen, Liebes, falls Daddy aus seinem Koma erwacht, wird er wegen Mordes verhaftet.« O Jon. Du mußt schnell wieder gesund werden und diese verdammte Sache aufklären.

Im Krankenhaus war sie genauso rastlos. Sie rief ihren Anrufbeantworter an, um eingegangene Gespräche abzuhören, aber Mark hatte nicht angerufen.

Schließlich konnte sie sich nicht mehr zurückhalten. Sie ging nach draußen, hielt ein Taxi an und ließ sich zum Club fahren.

Es war früher Nachmittag; alles war ganz ruhig. Ein Diskjockey legte Platten auf.

Cindy war auf der Bühne.

Das schlanke Mädchen an der Bar erkannte Ann und lächelte ihr freundlich zu. Ann bestellte ein Glas Wein und beobachtete Cindy, während sie es trank.

Cindy war ganz einfach wunderschön. Sie war sicher mindestens einsachtzig groß, und jeder Zentimeter wohlproportioniert. »Delilah Delite«, die Person auf der Bühne, trug rosafarbenen Lippenstift, dunkles Augen-Make-up und sehr wenig mehr. Sie wirbelte, drehte sich, umtanzte die phallischen Säulen auf der Bühne. Ihr hellblondes Haar umspielte ihr Gesicht, bis einer der männlichen Tänzer dazukam, ein hübscher Mann mit stählernen Muskeln. Die Bewegungen, die sie zusammen ausführten, waren exquisit; Cindy so hellhäutig, der Mann so dunkel, dann das geschmeidige Zusammenspiel. Der Tanz war absolut erotisch. Ann erkannte, daß sie dieses Paar elektrisierender fand als alle Tänzer, die sie bisher gesehen hatte.

Wohl deshalb, gab sie sich selbst gegenüber zu, weil sie selbst den Sex wiederentdeckt hatte.

Eine junge schwarze Frau schlüpfte plötzlich auf den Sitz neben Ann. »Sie müssen Ann Marcel sein.«

Ann nickte, sah die Frau genau an. Sie war sehr hübsch. Sie erkannte sie als eine der Tänzerinnen wieder, die sie schon auf der Bühne gesehen hatte.

»Ich bin April Jagger. Das da mit Cindy ist mein Mann, Marty.«

»Oh!« sagte Ann verblüfft und versuchte zu lächeln.

April lachte. »Machen Sie sich nichts daraus. Sie sind vollkommen harmlos miteinander.«

Ann errötete. »Aber es ist so …«

»Richtig.«

»Aber wunderschön, wirklich.«

»Ich hoffe. Marty ist ein guter Choreograph. Er hat schon einige Musikvideos gemacht, und natürlich kriegen wir da immer mal einen Job.«

»Sie sind alle sehr begabt.«

April lachte. »Es ist aber gar nicht so schwierig. Wir könnten es Ihnen beibringen. Außerdem sind sie fast fertig. Cindy wird froh sein, Sie zu sehen. Sie war heute morgen verrückt vor Sorge.«

»Ich wußte, daß sie zurück war, ich hätte sie anrufen sollen.«

»Ist schon in Ordnung; die Polizei hat uns dann erreicht. Wir wußten, daß es Ihnen gutging. Und wir wissen natürlich auch, was mit Gregory passiert ist.«

»Ich war gerade im Krankenhaus. Sie haben mir gesagt, daß sein Zustand noch kritisch ist, aber stabil. Er muß einen furchtbaren Schlag auf den Kopf bekommen haben.«

»Das war ein starker Sturm. Schlimmer als manche Hurrikans. Es ist verblüffend, wie schnell sie aufkommen können, und dann kommt der nächste Morgen und der Wind und der Regen sind weg, als hätte es sie nie gegeben. Allerdings hätten die beiden sehen müssen, daß so ein Wetter aufzog. In einem Sturm wie diesem hat man im Bayou nichts zu suchen. Egal, kommen Sie mit hinter die Bühne. Sehen Sie meine bessere Hälfte an. Bringen Sie Ihr Glas einfach mit.«

Ann nahm ihr Weinglas und folgte April durch den

dunkleren Teil des Clubs zur linken Seite der Bühne. Sie betraten einen langen Gang mit zahlreichen Türen. »Die meisten von uns teilen sich diesen Raum«, sagte April und öffnete eine Tür. Sie winkte Ann, ihr zu folgen.

In der Garderobe war nur eine sehr dralle Brünette mit einem Federkopfputz, der bis an die Decke reichte. Ihr übriges Kostüm bestand aus ein paar wenigen anderen, sorgfältig plazierten Federn, die sie am Ende der Nummer nur noch teilweise am Körper trug.

Sie stand da und schminkte sich gerade die Lippen.

»Jennifer, das ist Ann Marcel. Jons Frau.«

»Hallo, nett, Sie kennenzulernen, er war ein Schatz, ist ein Schatz, er lebt doch noch, oder? O Verzeihung, das klingt so schrecklich, ich bin wie immer spät dran. Es hat mich wirklich gefreut, Sie kennenzulernen. Man sagt, Sie sind genau so nett, wie er war.«

»Danke«, sagte Ann. »Nett, Sie kennenzulernen.«

»Fangen Sie hier an, Honey? Ich dachte, Sie wären auch Künstlerin?«

»Bin ich auch. Nein, ich fange nicht hier an.«

April lachte. »Wir warten auf Cindy. Dann geben Cindy und ich ihr ein paar Stunden im Beckenkreisen und sehen, ob wir sie nicht doch überreden können.«

»Macht nur, Mädchen. Wir sehen uns gleich.«

Jennifer flatterte mit wehenden Federn hinaus.

»Setzen Sie sich«, bot April an. »Ich muß mich auch fertigmachen.«

Sie deutete auf ein bequemes Sofa neben einem Garderobenständer. Das Sofa stand gegenüber dem langen Schminktisch mit fünf Einzelspiegeln. Am anderen Ende stand ein Paravent. April wählte ein Tigerkostüm und verschwand hinter der Wand. »Ich habe gehört, daß die Frau, die man erdrosselt aufgefunden hat, an dem Abend im Club gewesen ist«, sagte Ann.

»Ja. Ich habe sie selbst gesehen, kurz bevor ich an diesem Abend ging.«

»Ach.«

Aprils Kopf erschien über dem Paravent. Sie nickte. »Sie saß direkt an der Bar.«

»Vielleicht war sie allein da.«

»Neben ihr stand noch ein Drink.«

»Na ja, jemand muß den Drink bestellt haben.«

»Nicht beim Barmann.«

»Wie ...«

»Jemand muß den Drink, den ich gesehen habe, bei einer der Kellnerinnen bestellt haben, das heißt, es kommen fast hundert Leute in Frage. Es ist erstaunlich. Nicht eine Menschenseele hier im Club hat eine Ahnung, mit wem sie zusammen war.«

»Unheimlich, nicht?«

»Schrecklich.«

Cindy kam mit einem Bademantel über dem, was von ihrem Kostüm übriggeblieben war, in den Raum gelaufen. »Ann!« Sie rannte direkt auf das Sofa zu und umarmte Ann heftig. »Gott, ich bin so froh, daß es wenigstens Ihnen gut geht. Ich gehe gleich rüber ins Krankenhaus und sehe nach Gregory. Mir geht es furchtbar schlecht; es war alles meine Schuld.«

»Wie kann ein umstürzender Baum Ihre Schuld sein?« fragte Ann.

»Weil ich so unruhig war, weil ich weggegangen bin, und Gregory, so wie er nun mal ist, sichergehen wollte, daß mir nichts passierte. Wir waren alle so gefährlich dumm ... nicht Sie, Sie kennen den Sumpf nicht. Aber als wir einmal dort draußen waren und der Sturm aufkam, hätten wir alle drei zu Mama Lili Mae gehen sollen. Große Kissenparty. Dann wäre alles in Ordnung. Und Gregory ...« Sie unterbrach sich, ihre Augen füllten sich mit Tränen. »Und Gregory wäre nicht im Krankenhaus.«

»Zum Glück geht es Ann gut«, erinnerte April sie.

»Ja, der Detective des Jahres war hinter ihr her.« Sie lächelte, dann seufzte sie. »Aber Gina hat das nicht geholfen.«

»Gina und er gingen aber auch nicht fest miteinander«, sagte April.

Cindy starrte Ann an. »Ich wußte nicht, daß Sie und Mark fest zusammen sind. Ich wußte, ehrlich gesagt, gar nicht, daß Sie überhaupt zusammen sind. Ich meine, Jimmy Deveaux hat mir gesagt, daß er in den Bayou gefahren ist, aber ...«

»Er kam in den Bayou und hat mich gefunden, und wir sind nicht fest zusammen«, sagte Ann. Sie brannte darauf, selbst Fragen stellen zu können, anstatt welche zu beantworten.

»Ich wußte nicht, daß er mit Gina ... etwas hatte.«

»Na ja, gelegentlich. Jedenfalls ging das eine Weile so.«

»Wissen Sie, sie sind irgendwie miteinander aufgewachsen«, sagte April.

Cindy seufzte. »Wußten Sie das nicht? Mark und sie trafen sich öfter. Mark stammt auch von Mama Lili Mae ab, die einen LaCrosse geheiratet hat. Sie waren also ganz entfernt miteinander verwandt. Deshalb ist er auch mit Jacques entfernt verwandt. Aber mit Gina ...«

»Sie hatten eine Beziehung, einige Zeit, nachdem Marks Frau gestorben war. Die kühlte dann aber wieder ab. Dann hatten sie wieder eine Beziehung. Dann waren sie nur noch Freunde. Dann ...«

»Also hätte er mit ihr schlafen können, an dem Tag, als sie starb?«

»Sie liebte Jon wirklich, glaube ich wenigstens«, sagte April.

»Ja«, sagte Cindy. »Aber selbst wenn sie ihn liebte, hielt sie das aber nicht davon ab, gleichzeitig noch andere Leute zappeln zu lassen.«

»Sie hat eine ganze Weile in Harry Duvals Büro verbracht, an dem Montag, bevor sie umgebracht wurde.«

»Und was war mit Jacques Moret?« fragte Ann.

»Also, ich wußte nie, was für eine Macht er über sie hatte. Sie traf sich mit ihm«, sagte April. »Es war nie Liebe.

Vielleicht haben sie sich zusammengetan, wenn es einem von beiden langweilig war.«

»Ich weiß nicht«, murmelte Cindy. »Ich hatte immer den Eindruck, daß sie sich zusammentaten, wenn Jacques danach war.«

»Na ja, ist ja auch egal. Jon war es, den sie wirklich liebte. Ich glaube, es hätte gutgehen können«, sagte April. Sie trat fertig angekleidet hinter der Wand hervor.

»Schnapp sie Dir, Tiger«, neckte Cindy.

»Ich glaube, ich habe noch ein paar Minuten Zeit«, sagte April. »Ann, stehen Sie auf. Wir zeigen Ihnen, wie einfach diese Bewegungen eigentlich sind.«

»Großer Gott, nein, ich kann nicht. Ich bin fünfundvierzig, ich kann nicht ...«

»Jeder kann!« lachte April.

»Kann was?« fragte Cindy.

»Egal, was. Kommen Sie, Ann, stellen Sie sich zwischen uns. Denken Sie an eine Anatomiestunde. Es wird Ihnen helfen, wenn Sie dann auch die ›Rotlichtdamen‹ malen.«

»Ganz bestimmt. Es ist einfach«, beharrte Cindy.

Sie war sich nicht sicher, ob ihre Körperkräfte ausgereicht hätten, um sich den beiden zu widersetzen, wenn sie sich wirklich geweigert hätte. Sie lachte, als die beiden sie packten, obwohl sie innerlich schäumte, aber sie war entschlossen, sich nichts anmerken zu lassen.

In ihr war etwas zusammengebrochen. Ihre ganze Welt war eine Katastrophe, aber diese Nacht war so wunderbar gewesen. Sie war ihm verfallen, hatte ihn eingeatmet, hatte sich in ihn verliebt ...

Und nun war er nicht nur hinter Jon her, er hatte außerdem mit Gina etwas gehabt.

»Hin und herwiegen, hin und herwiegen«, kommandierte April. »Denken Sie daran, wo alle Körperteile sind.«

»Ich wiege mich doch!« lachte Ann.

»Lassen Sie los, lockern Sie sich«, sagte April. »Lassen Sie die Hüften den Knien folgen, fühlen Sie sich wie eine

Schlange. Genau so. Sehr sexy. Sehr schön. Das ist es, das ist es ...«

»Sie ist verdammt gut«, lobte April.

Jennifer kam in die Garderobe zurück. »April, du bist dran, mach dich besser auf. Ihr bringt der Künstlerin tanzen bei? Toll. Zeigt ihr auch ein paar Armbewegungen. Übrigens haben die meisten von uns als Kinder Balletunterricht gehabt. Hat Ihre Mutter Sie auch ins Ballett geschickt?«

»Zehn ganze Jahre«, lachte Ann.

»Kein Wunder. Sehen Sie, es kommt alles wieder. Der Körper lernt, der Körper erinnert sich«, sagte April.

»April, du mußt los«, warnte Cindy.

»Ich bin ja schon weg. Ann, das hat Spaß gemacht. Falls Sie gehen, bevor ich zurück bin, kommen Sie doch nochmal wieder vorbei.«

»Mache ich, danke.«

Ann zog sich in den Gang zurück. Sie konnte nicht länger ruhig bleiben. Am liebsten hätte sie diesen Morgen noch einmal erlebt und Mark mit der Pfanne auf den Kopf geschlagen anstatt seinem triefäugigen Partner.

»Cindy, ich wollte nur sehen, ob es Ihnen gutgeht. Ich glaube, ich gehe jetzt nach Hause, sehe mir noch irgendeinen Schund im Fernsehen an und lege mich dann ins Bett. Wenn sie irgend etwas hören, rufen Sie mich an. Wenn ich irgend etwas höre, melde ich mich bei Ihnen.«

»Danke, Ann.«

»Oh, Cindy, kann ich morgen ein paar Photos von Ihnen machen? Ich arbeite gern mit Photographien.«

»Wollen Sie mich malen?« Cindy schien geschmeichelt.

»Wenn es Ihnen nichts ausmacht?«

»Nein, ich bin eitel. Ich würde es genießen.«

»Großartig.«

»Ja, gut. Wir sehen uns morgen. Und irgendwann bringen wir Sie noch auf die Bühne.«

Niemals, dachte Ann.

Aber sie lächelte. »Die Unterrichtsstunde hat Spaß gemacht. Wiedersehen.«

Ann verließ die Garderobe, ging durch die Hinterräume, am Publikumsbereich, an der Bar und am Podium vorbei nach draußen.

Seltsam.

Sie fühlte sich beobachtet.

Alle beobachteten sie, sagte sie sich selbst. Sie beobachteten sie alle, weil sie hier nicht hingehörte. Sie war Jon Marcels Exfrau. Und Jon Marcel ...

Sie alle schienen das gleiche für Jon zu empfinden.

Sie alle mochten ihn.

Dennoch hielten ihn einige für schuldig.

Und andere wußten anscheinend verdammt genau, daß er es nicht war, verdammt genau.

Mark saß mit Lee Minh in seinem Büro und las Jane Does Autopsiebericht.

»Todesursache ... Strangulieren.« Er legte den Bericht nieder. »Sie wurde im Wasser gefunden ...«

»Mit einem Nylonstrumpf um den Hals«, führte Lee fort. »So viel liegt klar auf der Hand, eine einfache Schlußfolgerung.

»Okay, also ...«

»Kein Wasser in ihren Lungen. Sie war tot, bevor sie ins Wasser geworfen wurde.«

»Nackt.«

»Richtig.«

»Und sie hatte Sex mit einem Mann, dessen Blutgruppe 0 positiv ist ...«

»Dieselbe Blutgruppe wie die Hälfte der männlichen Weltbevölkerung.«

»Also Sex, dann Strangulieren. Unser Mörder ist männlich.«

»Oder sie hatte Sex, und ist danach jemandem begegnet, der etwas gegen sie hatte.«

»War dieser Jemand sehr kräftig?« Lee zuckte mit den Schultern, »Nun, ein schwaches Kind war es nicht. Aber wenn Sie mit der Schlinge in den Händen hinter jemanden treten ...«

»Ich verstehe, dann muß man gar nicht unbedingt sehr stark sein.«

»Man könnte.«

Mark seufzte verzweifelt. »Also haben wir nichts.«

»Vielleicht nicht. Ich arbeite noch an ihrem Mageninhalt. Wir wissen, wo sie ihre Bloody Mary getrunken hat – aber nicht, mit wem sie sie getrunken hat. Vielleicht finden wir heraus, wo sie zu Abend gegessen hat.«

»Und ob sie vielleicht in Gesellschaft gegessen hat«, sagte Mark, »ich habe ihr Foto und ein Bild des Gerichtszeichners, wie sie vor ihrem Tod ausgesehen haben muß, schon an alle hiesigen Restaurants verteilt. Hoffentlich finden wir bald etwas.«

»Ganz bestimmt«, versicherte Lee.

»Ich hoffe nur, wir finden es rechtzeitig«, sagte Mark.

Er bedankte sich bei Lee, rief dann das Krankenhaus an, um sich nach Gregorys und Marcels Zustand zu erkundigen. Beiden Männern ging es sichtlich besser. Gregory hatte sich von »kritisch« auf »ernst« verbessert. Mark war erleichtert. Gregory hatte jedermann gemocht. Ihm war zu wünschen, daß alles gutging. Wenn Gott sich überhaupt um die Menschen bemühte, würde er sich um Gregory kümmern.

Marcel sah wieder richtig gut aus, aber er war noch nicht wieder aus dem Koma erwacht, jedenfalls hatte er noch nicht wieder gesprochen. Aber die Ärzte waren zuversichtlich.

Er verließ Lee Minhs Büro.

Und machte sich auf den Weg zu Ann.

Sie hatte sich auf der Couch zusammengerollt und trank Schokolade. Sie versuchte sich gerade einzureden, daß sie keinen Arzt um irgendwelche Tranquilizer bitten mußte, um dies durchzustehen, als es klopfte. Angespannt starrte sie auf die Tür.

»Ann!«

Sie antwortete nicht. Vielleicht würde er glauben, sie sei nicht da und ging fort. »Ann!« Er klopfte weiter.

Sie setzte ihre Tasse ab. Vielleicht war ihr der heiße Kakao zu Kopf gestiegen. Sie ging leise zur Tür und horchte.

Er klopfte immer noch. Wie konnte er wissen, daß sie da war?

»Ann, verdammt, was ist denn mit dir los? Öffne die Tür. Ich bin's, Mark.«

Sie lehnte sich gegen die Tür. »Ich weiß verdammt gut, wer du bist«, versicherte sie.

Ein Moment Stille. »Warum läßt du mich dann nicht herein?«

Sie war bereit. »Weil du ein selbstsüchtiger Bastard bist, schlimmer als all die anderen.«

»Was?«

»Alles nur Oberfläche und Geschenkverpackung, einen unschuldigen Mann willst du vors Gericht bringen – wo du genauso genauso ein Verdächtiger bist wie er!«

»Was um Himmels willen ... ?«

»Ja, ja, was um Himmels willen! Du hast mit ihr geschlafen, du verdammter Bastard!«

»Na und?«

»Also bist du auch verdächtig.«

»Ich hatte keine Blutspuren an mir.«

»Und du bist nicht niedergestochen worden und du liegst nicht im Koma!«

»Ann, laß mich rein ...«

»Geh weg, geh zur Hölle.«

»So kann man das nicht lösen ...«

»Was denn lösen? Du bist ein Cop. Ich bin Jons Exfrau. Wenn er überlebt, sehen wir uns vor Gericht.«

»Verdammt, Ann ...«

»Geh zur Hölle! Geh weg.«

»Nein.«

»Hurensohn. Ich hole die Cops.«

»Ich bin selbst ein Cop.«

»Es gibt wohl noch andere, wie du weißt.«

»Ann, verdammt, laß mich rein.«

»Warum hast du mir nichts davon gesagt?«

»Du hast mich nicht gefragt.«

»Und du hast gemeint, daß es mir nichts ausmachte?«

»Wir hatten keine Jahrhundertaffäre, und wir haben nicht mehr miteinander geschlafen, als sie starb.«

»Oh. War es nur Sex?«

»Ann, ich will das nicht durch die verdammte Tür besprechen«, schrie er.

»Dann geh weg!«

Wütend wandte sie sich von der Tür ab. Sollte er doch draußen toben. Sie ging zu ihrer Staffelei, wo sie an den Entwürfen für Cindys Portrait gearbeitet hatte. Sie nahm den Bleistift und skizzierte die Augen.

Er hämmerte nicht mehr an die Tür. Er sagte auch nichts mehr.

Sie ging zurück zur Tür und legte horchend ihren Kopf daran.

Nichts.

Sie wandte sich von der Tür weg und erstarrte.

Er stand mitten in ihrem Wohnzimmer und sah sie stirnrunzelnd an.

»Du verdammter Kerl!« schrie sie und lief in ihr Schlafzimmer. Er kam hinterher.

»Ann!« Sie versuchte, ihm die Tür vor der Nase zuzuschlagen.

Er stoppte sie mit seiner Schulter. Die Tür prallte hart gegen sein Schultergelenk. Und ging wieder auf.

Und als sie jetzt zurückwich und ihn ansah, hätte sie unmöglich sagen können, ob sie unglaublich wütend war … oder einfach nur froh über seine Hartnäckigkeit.

16. Kapitel

Vielleicht hätte er mit ihr darüber sprechen sollen, dachte Mark, als er in ihren Augen las, wie gekränkt sie war. Er hatte ihr die Wahrheit nicht verschweigen wollen, das Thema war nur noch nicht zwischen ihnen aufgekommen.

Und jetzt ...

Sie trug einen weichen Samtanzug, genauso grün wie ihre Augen. Ihr Haar war frisch gewaschen und umrahmte weich ihr Gesicht. Es drängte ihn, zu ihr zu gehen, sie aufzuheben, wiederzufinden, was er letzte Nacht entdeckt hatte, alles in seinen Gefühlen für sie zu ertränken.

»Weißt du, das könnte als Polizeigewalt ausgelegt werden«, belehrte sie ihn.

»Ich habe dich nicht angefaßt.«

»Du hast meine Schlafzimmertür schwer beschädigt.«

»Warum willst du nicht mit mir sprechen?«

»Du hast ein Verhältnis mit ihr gehabt.«

»Ja. Warum bist du darüber so wütend? Da habe ich dich doch noch gar nicht gekannt ...«

»Aber beinahe. Hast du mit ihr geschlafen, als sie starb?«

Er biß die Zähne zusammen. »Nach meiner Kenntnis hat überhaupt niemand mit ihr geschlafen, als sie starb.«

»Du weißt genau, was ich meine.«

»Nein.«

Sie schwieg. Er verschränkte die Arme über der Brust. »Soll das heißen, du glaubst, daß ich lüge?«

»Ich weiß nicht. Warum hast du mir nicht von ihr erzählt?«

»Also, denk doch mal nach. Als ich dich zum ersten Mal traf, ging es dich nichts an.«

»Als du mich zum ersten Mal trafst, warst du hinter meinem Mann her.«

»Exmann.«

»Es war ein klarer Fall. Er hatte mit ihr geschlafen. Also mußte er schuldig sein.«

»Er war über und über mit ihrem Blut bedeckt. Wie kannst du diese geringfügige Tatsache nur so vernachlässigen?«

»Tue ich ja gar nicht. Aber es gibt eine Erklärung dafür.«

»Und die wäre?«

»Er wollte ihr helfen.«

»So? Vielleicht wollte er sie lieber tot sehen?«

»Raus!« schrie sie ihn an.

Mark atmete tief durch, bekämpfte die Stürme, die in ihm tobten. Mehr als alles in der Welt wollte er jetzt zu ihr gehen und sie in die Arme nehmen. Aber das war kein Weg, diesen Streit zu beenden. Ganz abgesehen davon, daß sein Stolz tief verletzt war, weil sie ihn wegen eines Fehltritts, der in der Vergangenheit lag, so leichtfertig verstieß.

Er blieb, wo er war, sah sie mit wachsender Irritation und Wut an, als ihm aufging, wo sie ihr plötzliches Wissen her hatte.

»Als ich dich heute morgen verließ, habe ich dir gesagt, du solltest nach Hause gehen.«

»Nun, Lieutenant, ich bin auch nach Hause gegangen. Obwohl du kein Recht hast, mir zu sagen, was ich tun soll. Ich bin eine erwachsene Frau.«

»Ich habe dir gesagt, du solltest heimgehen und dort bleiben.«

»Du hast kein Recht, mit irgend etwas zu sagen.«

»Ich sollte dich verhaften.«

»Weswegen?«

»Unablässige Gefährdung.«

»Wessen Gefährdung?«

»Aller in deiner Umgebung. Der Club ist gefährlich. Hast du das immer noch nicht gemerkt?«

»Der Club ist nur gefährlich, wenn Jon unschuldig ist.«

Er konnte sich nicht mehr beherrschen ... er ging auf sie zu. Er ballte seine Hände zu Fäusten und verschränkte die Arme hinter seinem Rücken, wild entschlossen, sie nicht anzufassen.

Er sah, wie ihr Puls raste.

Aber sie rührte sich nicht von der Stelle.

Gott, ihr Hals sah so gut aus, ihr Dekolleté, das der Anzug enthüllte. Nähe, hatte sie ihm erklärt, machte, daß ein Mann eine Frau wollte.

Gefühle machten es, daß eine Frau einen Mann wollte. Und ihn gleichzeitig umbringen wollte – so schien es.

»Ich habe dir ja zugestanden, daß dein wertvoller Jon unschuldig sein könnte – Blutbad oder nicht. Trotzdem bist du eine Närrin, in diesem Club herumzuhängen. Eine andere Frau, die zuletzt lebend in diesem Club gesehen wurde, ist ermordet worden. Also egal, ob Jon Gina umgebracht hat oder nicht, ein anderer hat Jane Doe umgebracht. Möchtest du auch gerne umgebracht werden?«

»Nein!« Sie zeigte mit dem Finger auf ihn, dann klopfte sie sich auf die Brust. »Ich möchte dich nur aus meinem Haus haben.«

»Du bist also doch zum Club gegangen.«

»Gehst du jetzt endlich.«

»Und jemand im Club hat dir von Gina und mir erzählt.«

»Du hast doch ein Zuhause, oder nicht?«

»Sie war für mich da, als es mir wirklich schlechtging. Kannst du das nicht verstehen? Und ich lernte sie kennen, genau wie Dein Exmann ...«

»Ja, und das ist der Punkt.«

»Sie war eine besondere Frau.«

»Davon habe ich gehört.«

»Sie wurde zu einem Freund. Einem guten Freund. Sie suchte nach etwas Solidem und Dauerhaften. Ich hatte nur um Hilfe gerufen. Wir blieben Freunde, sie verliebte sich in

Jon, und er verliebte sich in sie. Was ist daran, verdammt, das du nicht vergeben kannst?«

»Du hast mir die Wahrheit verschwiegen.«

»Das war keine Absicht.«

»Du bist wie eine Bulldogge hinter Jon hergewesen! Am liebsten hättest du ihn auf der Stelle gehängt, wenn du nur gekonnt hättest.«

»Ich bin weder Richter noch Geschworener. Ich wollte auch nie Richter oder Geschworener sein. Du ...«

»Ich möchte heute nacht allein sein. Jetzt sofort!« rief sie wütend.

Sie war immer noch zu nah. Sie schlug mit der Hand gegen seine Brust, versuchte, ihn aus dem Zimmer zu treiben.

Er hob beide Hände und wehrte sie ab. »Du möchtest allein sein, du Dummchen. Kommt es dir denn nie in den Sinn, daß du in Gefahr sein könntest?«

»Ich bin sicher in meiner Wohnung. Was kann mir hier passieren?« fragte sie. Ihre grünen Augen funkelten wie Smaragde, das Kinn war trotzig erhoben.

Er runzelte seine Augenbrauen. »Ich bin doch hereingekommen, oder?«

»Weil ich die Balkontüren offengelassen hatte ...«

»Ich bin drin, oder?«

»Ich hätte sie vor dem Zubettgehen geschlossen.«

»Ja, ja, und wenn ich jetzt der Mörder gewesen wäre, wie hättest du dich verteidigt, mit einem Pinsel vielleicht?«

»Würdest du jetzt gehen?«

Ja, er würde gehen. Er war total außer sich.

Er wollte eine kalte Dusche. Er wünschte sich in den verdammten Sumpf zurück, wo er einfach in kaltes Wasser eintauchen und darin bleiben konnte, bis die Hitze in seinem Inneren ausgekühlt war.

Aber ... konnte er sie alleinlassen? Sicher?

»Also gut, hör zu, du bist also richtig wütend, stimmt's?«

Ihre Augen weiteten sich. »Lieutenant, das war hervorragende Detektivarbeit. Ihre Beobachtungsgabe ist jenseits menschlicher Vorstellungskraft.«

»Ich werde auf deinem Sofa schlafen.«

»Was?«

»Polizeischutz.«

Sie stieß ihm gegen die Brust, wollte ihn aus dem Weg schieben.

Er kämpfte mit sich selbst, als sie an ihm vorbei wollte. Kämpfte.

Gewann.

Verlor.

Er packte sie beim Ellbogen, drehte sie zu sich herum, zwang sie, ihn anzusehen. »Verdammt, siehst du nicht, wie du alles wegwirfst?«

Er schlang seine Arme um ihren Körper, zog sie nah an sich heran, preßte ihre Hüfte, ihr Geschlecht, ihren Bauch dicht an sich und fand ihre Lippen. Sie blieb starr.

Einige Sekunden lang.

Nur Sekunden. Ihre Hände stemmten sich noch gegen seine Brust, ihre Lippen blieben fest verschlossen ...

Dann öffneten sie sich.

Ihr Körper entspannte sich. Er dehnte seine Liebkosung auf ihren Hintern aus, strich ihr den Rücken entlang, tiefer. Ihr Mund öffnete sich ihm jetzt bereitwilliger ... sie schmeckte nach Schokolade, nach Wärme. Ihr Mund war so süß, so sinnlich, als sie ihm langsam nachgab, ihre Zunge seine streichelte, ihr weicher Körper sich seiner streichelnden Hand entgegenschmiegte ...

Er zog sich zurück, sah auf sie hinab. Sie zitterte; er konnte es fühlen.

»Verdammt, Mark ...«

»Na gut, wie du willst.«

Er ließ sie los und ging ins Wohnzimmer zurück. Er zog sein Jacket aus, nahm seine Waffe und das Schulterholster ab und legte beides auf den Couchtisch. Er setzte sich und zog die Schuhe aus.

Sie stand in der Schlafzimmertür, verwirrt; mit dem Handrücken bedeckte sie ihre feuchten, geschwollenen Lippen.

»Du bleibst nicht hier. Ich bin in Sicherheit.«

»Den Teufel bist du! Geh ins Bett. Ich werde dich nicht anrühren. Du bist ein großes Mädchen. Du entscheidest selbst, was du willst.«

Ein Wutschrei entrang sich ihr. Aufgebracht ging sie in ihr Schlafzimmer und versuchte, die zerschmetterte Tür zuzuschlagen. Sie schloß nicht mehr ganz richtig. Sie schien sich einzureden, daß sie geschlossen sei.

Sie kam nicht wieder heraus.

Zuerst erschien ihm die Nacht endlos. Er wälzte sich, drehte sich von einer Seite auf die andere, fluchte über ihr Sofa, das kaum unbequemer sein konnte.

Gegen Mitternacht war er gerade eingedämmert, als ihn ein Geräusch weckte. Er öffnete die Augen, wartete. Ja, da draußen war etwas.

Er sprang auf. In Socken schlich er lautlos auf die Balkontüren zu, die er auch in der Dunkelheit nicht geschlossen hatte. Wolken bedeckten den Mond, zogen weiter, bedeckten ihn wieder. Überall gab es Schatten zwischen den Straßenlampen, wo das Mondlicht verdeckt wurde.

Da war ein Schatten... Er kam über das Balkongeländer. Der Schatten verharrte, als ob er Mark in der Dunkelheit spüren könnte. Er drehte sich um und sprang zurück auf die Straße.

Mark fluchte, sprang hinterher. Vielleicht war der Schatten ein wenig jünger als er: Er federte auf dem Pflaster ab. Mark prallte hart auf, kam aber schnell auf die Füße und rannte los.

Aber der Schatten war verschwunden, und Mark wußte, daß er ihn nicht finden würde. Zu viele Clubs hatten noch geöffnet; es gab zu viele Nischen und Ecken in den zahlreichen Straßen, wohin der Schatten verschwinden konnte. Er ging zurück zu Anns Haus, stieg wieder über den Balkon ein und klopfte an ihre Schlafzimmertür.

Sie antwortete nicht.

Er öffnete die Tür. Sie saß aufrecht im Bett, sah ihn an.

»Ein Eindringling«, sagte er. »Ich wollte dir nur sagen, daß ich die Polizei rufe.«

»Eindringling?«

»Jemand auf deinem Balkon.«

»Ein Dieb?«

»Oder Mörder«, sagte er trocken.

Er schloß die Tür und rief an. Man konnte nicht viel tun, aber Mark bat die Kollegen, es wenigstens mit den Fingerabdrücken zu versuchen.

Ann war in ein leichtes sommerliches Trägerkleid geschlüpft. Sie beobachtete die Vorgänge in ihrer Wohnung schweigend, dann bot sie an, Kaffee zu machen. Die Cops nahmen dankend an. Ralph Fellow, der Fingerabdruckspezialist in dieser Nacht, schüttelte den Kopf. »Wir haben ein paar Abdrücke genommen, aber das sind vermutlich Ihre und die von Mrs. Marcel. Ihr Schatten hat Handschuhe getragen.«

Er zögerte und fragte dann: »Sie haben doch keine Gespenster gesehen, Lieutenant, oder? Sie haben den Schatten wirklich gesehen?«

»Ich sehe keine Gespenster, oder haben Sie das schon mal bei mir erlebt?« fragte er verärgert.

»Entschuldigung, Sir. Muß ein erfahrener Dieb gewesen sein ... New Orleans ist voll davon. Die Kerle tragen alle Handschuhe, sie wissen, was sie tun. Wir nehmen es zu den Akten. Mrs. Marcel möchte jetzt sicher schlafen. Sollen wir einen Mann an der Tür lassen?«

»Nein, ist schon in Ordnung. Ich bleibe hier.«

»Gut, dann ...«

Die Polizisten tranken ihren Kaffee aus, bedankten sich bei Ann und gingen. Ann sah ihn fragend an.

»Hast du den Eindringling nur erfunden, um zu beweisen, daß ich zu blöde bin, um die Balkontüren zu schließen, und ohne dich in schlimmsten Schwierigkeiten bin?« fragte sie.

Er sah sie wütend an. »Weißt du, in New Orleans gibt es einiges an Kriminalität. Ich bemühe mich redlich, meine Leute nicht unnütz zu beschäftigen und davon abzuhalten, die Verbrechen zu bekämpfen.«

Er legte sich wieder auf das Sofa und drehte ihr den Rücken zu.

Doch …

Er war sicher, daß sie da stehenblieb und ihn immer noch ansah.

Vielleicht wollte sie ja mit ihm sprechen.

Vielleicht sollte er etwas sagen.

Aber das hatte er ja versucht. Sein Stolz hatte schließlich schon einen schweren Schlag erlitten.

Er spürte, daß sie sich abwandte und zurück in ihr Zimmer ging.

Er schlief lange. Die Sonne schien durch die Scheiben der inzwischen geschlossenen Balkontüren.

Er fühlte sich so erschöpft. Er fragte sich, was ihn geweckt hatte. Das Telefon. Das Telefon klingelte.

Ann kam aus ihrem Schlafzimmer gestürzt. Dann sah sie ihn, hielt inne, sah das Telefon an, dann wieder ihn.

»Es ist dein Telefon«, sagte er.

»Nett, daß dir das aufgefallen ist.«

»Und?«

»Der Anrufbeantworter ist an.«

Sie runzelte plötzlich die Stirn. Er konnte sehen, wie es in ihr arbeitete. Ja, der Anrufbeantworter war angeschaltet. Wenn sie jetzt nicht den Hörer abnahm, konnte er hören, was immer der Anrufer sagte.

Sie machte einen plötzlich Vorstoß zum Telefon auf der Küchentheke.

Zu spät. Die Maschine hatte sich schon eingeschaltet.

»Hallo, hier ist Ann. Ich kann das Gespräch im Moment nicht entgegennehmen. Bitte hinterlassen Sie Ihren Namen, Telefonnummer und eine Nachricht und ich melde mich so bald wie möglich. Danke.«

Ann öffnete den Mund, um etwas zu sagen.

Aber die Stimme am Telefon kam ihr zuvor.

»Mrs. Marcel, hier spricht Roana Jenkins; ich bin eine von Jon Marcels Schwestern auf der Intensivstation. Ich wollte Sie nur benachrichtigen, weil Jon aus dem Koma erwacht ist. Der Doktor hat natürlich sofort die Polizei informiert, aber ich wollte Sie so schnell wie möglich erreichen; vielleicht können Sie ja vor ihnen hier sein. Ich weiß ja, wie Sie sich fühlen, Sie haben sich so aufgeopfert, und es ist Ihnen doch so wichtig, daß er wieder gesund wird ...«

Natürlich! dachte Mark verärgert. Zum Glück hatte der Arzt zuerst die Polizei informiert. Und wenn er wegen ihr nicht sein Handy verloren hätte, hätten sie ihn noch eher erreicht.

Er ging zu Ann und nahm ihr den Hörer aus der Hand, bevor sie antworten konnte. Sie funkelte ihn böse an. Er beachtete sie nicht. »Hier ist Lieutenant LaCrosse, Miss Jenkins. Mrs. Marcel und ich sind unterwegs.« Er lächelte Ann grimmig an und fügte hinzu: »Beide.«

Das Telefon auf Jacques Morets Schreibtisch klingelte, geistesabwesend griff er zum Hörer.

»Hallo?«

»Hallo, ich habe Sie also in Ihrem Büro angetroffen!« sagte die Frau am anderen Ende aufgeregt. »Ich habe es bei Ihnen zu Hause versucht, aber Miss Trainor sagte mir, Sie arbeiteten unermüdlich und gingen schon sehr früh. Hier ist Sherie, Miss Trainors Sekretärin. Wir sind hier langsam etwas beunruhigt. Miss Trainor sollte schon gestern wieder im Büro erscheinen, ist aber nicht gekommen, und auch zu Hause haben wie sie nicht erreicht, bis heute morgen nicht. Wir hoffen, daß sie in New Orleans geblieben ist und daß

Sie vielleicht wissen, wo sie ist.« Sherie räusperte sich umständlich. »Wir machen uns einfach Sorgen, wissen Sie.«

»Natürlich.«

Er starrte den Hörer an. O Hölle, Hölle.

Seine Stimme blieb unverbindlich. »Ich glaube nicht, daß Sie sich zu große Sorgen machen sollten. Ich kann Ihnen nicht wirklich helfen, weil wir uns wie geplant früh getrennt haben, aber sie sagte, daß sie, wo sie nun einmal in New Orleans war, ein paar Tage anhängen würde, diese Plantagen-Tour, diese Touristengeschichte, Sie wissen doch?«

»Oh! Sie ist ja so praktisch, aber normalerweise ruft sie an.«

»Sie ist doch der Boß, oder nicht?«

»Ja, ja, natürlich.«

»Vielleicht hat sie einfach mal Urlaub gemacht. Wie ich gehört habe, plant sie immer den Urlaub für andere Leute, gönnt sich aber selbst kaum einen freien Tag.«

»Das stimmt. Natürlich hat sie jede freie Minute verdient, nur ... wie gesagt, wir machen uns einfach Sorgen.«

»Ich bin sicher, es wird sich alles finden.«

»Natürlich. Bestimmt wird sie bald anrufen. Vielen Dank für all Ihre Hilfe.«

»Ich werde sehen, ob ich irgend etwas herausfinden kann.«

»Ganz herzlichen Dank.«

»Bitte, gern.«

Der Hörer in seiner Hand war still. Entsetzt starrte er ihn an.

Und legte sehr langsam auf.

Kalter Schweiß stand auf seiner Stirn.

Ann kam sich vor, als ob sie mit Mark ein Wettrennen veranstaltete.

Aber es war ja egal. Als sie das Krankenhaus erreichten, ging er in Führung – er war einfach größer, und hielt sie mit festem Griff am Arm zurück.

»Ich bin mit ihm verwandt«, zischte Ann.

»Du bist nur die Exfrau.«

»Das zählt aber trotzdem.«

»Ja. Das kannst du einem Mann erzählen, der für mehrere Kinder Unterhalt zahlen muß.«

Als sie sich Jons Zimmer auf der Intensivstation näherten, tauchte ein junger, dunkelhaariger Arzt auf und strahlte: »Lieutenant! Wie schön, daß Sie da sind!«

»Ja, ich freue mich auch, Michael. Wie geht es dem Patienten?«

»Er schafft es.«

»Wie geht es ihm jetzt?« fragte Ann ängstlich.

»Er sammelt Kräfte. Ich bin sicher, er wird Ihnen gefallen, wenn Sie ihn sehen. Er hat gebadet, er hat schon selbständig gegessen – sind Sie die Exfrau?«

»Ja«, sagte Ann mit einem Blick auf Mark.

»Bisher hat noch niemand mit ihm gesprochen, Lieutenant. Wenn Sie erst allein ...«

»Sollte er nicht zuerst mit seinen Angehörigen sprechen?« fragte Ann.

»Sie sind die Exfrau, richtig?«

»Ich bin diejenige, die ihn hergebracht hat!«

Marks Hand packte sie wieder am Arm. »Wir gehen zusammen hinein.«

»Fünfzehn Minuten. Morgen wird er schon kräftiger sein.«

Sie liefen das kurze Stück den Korridor hinunter.

»Du kennst Doktor Michael?« fragte Ann.

»Als meine Frau krank war, hat er hier gerade ein Praktikum gemacht. Und er ist mit meinem jüngeren Sohn befreundet. Er studiert Medizin.«

»Kann ich mir vorstellen«, murmelte Ann.

An der Tür zu Jons Zimmer übernahm sie die Führung. Sie rauschte hinein, blieb dann am Fuße des Bettes stehen und konnte einfach nicht glauben, was sie sah.

Er saß aufrecht. Mit offenen Augen. Groß und blau. Er

sah immer noch schmal und blaß aus. Aber gut. Er sah sie an und lächelte.

Er sah Mark hinter ihr hereinkommen und runzelte die Stirn.

»Jon!«

Sie lief zu ihm, ließ Mark hinter sich, fiel ihm um den Hals und hielt dann erschrocken inne, weil ihr klar wurde, wie schwach er noch sein mußte. »Eine Umarmung von dir kann ich schon aushalten«, flüsterte er ihr zu und hielt sie fest. Sie zog sich ein wenig zurück und musterte ihn gründlich, und auch er musterte sie.

»O Gott, Jon, du hast es geschafft!«

»Katie?« fragte er besorgt.

»Sie weiß noch nichts. Ich habe der Schule gesagt, daß sie mich anrufen soll, aber ich wollte nicht sagen, daß es sich um einen Notfall handelte. Du lagst ... im Koma.«

»Das hast du ganz richtig gemacht. Wenn sie dich jetzt anruft, kann ich mit ihr sprechen.« Er schaute an ihr vorbei zu Mark. »Aus meiner Gefängniszelle, vermute ich. Hallo, Lieutenant.«

Ann blickte erstaunt von einem Mann zum anderen. »Ihr kennt Euch?«

»Wir haben uns schon gesehen«, sagte Jon.

Mark sah Ann an. »Im Club.«

»Bin ich verhaftet?« fragte Jon.

»Ich weiß es noch nicht. Können Sie sich erinnern, was passiert ist?«

»Jon, du weißt, wie ernst ...«, sagte Ann.

»Gina ist tot, ja. Aber ich habe es nicht getan.«

»Das hast du mir gesagt, Jon«, sagte Ann. »In der Nacht, als es passierte. Ich weiß, daß du es nicht warst. Aber wir beten alle, daß du helfen kannst, der Polizei Hinweise zu geben, was wirklich passiert ist. Du mußt etwas gesehen haben.«

Er schüttelte den Kopf, zuckte dabei vor Schmerz zusammen.

»Hast du Schmerzen, bist du in Ordnung?« fragte Ann besorgt.

»Marcel, wenn Sie etwas wissen ...«, begann Mark.

»Schatten.«

»Was sagen Sie da?« fragte Mark scharf. Seine silbrigen Augen warfen einen stahlharten Blick zu Ann, dann sahen sie wieder zu Jon. »Schatten?«

»Ich weiß nicht genau, was ich gesehen habe. Da war etwas, ja. Als ich wieder zu mir kam, muß ich geträumt haben. Ich habe diese Nacht wieder und wieder gesehen, wie ein Film, der sich in meinem Kopf wiederholt. Da war etwas ... Ich könnte das Gesicht dieses Schattens gesehen haben, eine Idee des Gesichts, irgend etwas ... aber nur für den Bruchteil einer Sekunde. Dann habe ich es verloren. Und alles, was ich sah, waren Schatten.«

»Du weißt nicht, wer dich angegriffen hat?« sagte Ann alarmiert.

Er schüttelte den Kopf und schaute Mark an. »LaCrosse, ich weiß, wie das aussieht. Ich wußte es gleich. Ich war kurz davor zu sterben, aber ich wußte instinktiv, daß ich mich zu Anns Haus schleppen mußte, weil ich wußte, daß sie an meine Unschuld glauben würde. Ich sollte Gina eine Straße von Ann entfernt bei der Schweizer Bäckerei treffen, an der langen Straße.«

»Wo Gina gefunden wurde«, sagte Mark.

»Ja. Als ich ankam, hörte ich sie schreien. Ich bog in die Straße. Jemand, ein Schatten, ganz schwarz gekleidet, war über ihr. Ich versuchte, die Gestalt wegzureißen. Sie drehte sich zu mir um. Ich wollte nach Gina greifen ... Ich wußte ...« Er schüttelte den Kopf und begann noch einmal. »Ich griff nach Gina, versuchte, sie hinter mich zu bringen. Sie fiel mir in die Arme. Ich wußte sofort, daß sie tot war. Ich warf die Arme hoch, um die Schläge abzuwehren, aber das Messer kam immer wieder. Ich sah ...

»Was hast du gesehen?« drängte Ann.

»Irgend etwas, das ich verloren habe. Einen Sekundenbruchteil lang … irgend etwas. Jemand.« Er starrte Mark an. »Werde ich also beschuldigt?«

»Das Büro des Bezirksanwalts hat genug Beweise gegen Sie. Sie waren mit Ginas Blut bedeckt.«

»Führen Sie mich als Verdächtigen vor. Soll das Büro des Bezirksanwalts mit den Anklagepunkten doch kommen.«

»Ich kann Sie festhalten, bis … Wie gesagt, der Bezirksanwalt hat eine lange Liste von Indizien.«

»Verhaften Sie mich also jetzt?«

Mark schnaubte ungeduldig. »Sie sind gerade eben aus dem Koma erwacht; draußen steht ein Wachmann. Nein, nicht jetzt.«

»Ich habe es nicht getan«, sagte Jon. Er blickte zu Ann. »Ich … ich habe sie geliebt. Ich wollte sie an dem Abend mit zu dir bringen. Ich wollte sie heiraten, aber ich wollte dich und Katie nicht überraschen; deswegen solltest du sie kennenlernen, und wir wären alle zusammen in die Galerie zur Vernissage meiner ›Rotlichtdamen‹ gegangen. Ann, mein Gott, wir hatten unsere Hochs und Tiefs, aber hast du jemals erlebt, daß ich gewalttätig war?«

»Nein«, versicherte Ann und nahm seine Hand. Dabei sah sie Mark an.

»Ich habe sie geliebt«, wiederholte Jon. Er sah verzweifelt aus. Als ob es eigentlich nicht wichtig war, ob man ihm den Mord anlastete oder nicht. Ginas Tod allein zählte. Und nichts würde sie zurückbringen.

Mark zog sich einen Stuhl ans Bettende. »Es hat noch einen Mord gegeben.«

Jons Augen weiteten sich. »Nicht … noch eins von den Mädchen?«

Mark schüttelte den Kopf. »Wir kennen den Namen der Frau noch nicht. Sie wurde mit einem Strumpf erdrosselt.«

Jon sah verwirrt aus, er verstand den Zusammenhang nicht.

»In der Nacht, in der sie umgebracht wurde, war sie im

Club. Viele Leute haben sie gesehen. Sie wissen alle nur nicht, wer sie begleitet hat.«

»Es gibt also noch eine tote Frau«, sagte Jon bitter. »Aber mir hilft das.«

»Ja. Es ist furchtbar, daß dieser zweite Mord passieren mußte«, sagte Mark.

»Aber ... wenn da draußen jemand Frauen aus dem Club tötet, würde er es nicht immer auf dieselbe Art und Weise tun?«

»Serienmörder benutzen meist dieselbe Methode, das stimmt. Ich glaube aber nicht, daß wir es hier mit einem Serienmord zu tun haben.«

Jon lächelte auf einmal. »Eigentlich haben Sie Zweifel, daß ich Ihr Mann bin, oder?«

»Sie besitzen eine Menge Freunde«, sagte Mark. »Alle bestehen darauf, daß Sie es nicht gewesen sind.«

»Sie glauben also, ich bin unschuldig ...«

»Nein, ich glaube nicht, daß Sie unschuldig sind.« Er sah Ann hart an. »Ich bin nur für alle Möglichkeiten offen.«

Jon sah Mark immer noch befremdet an. »Wissen Sie, LaCrosse, Gina sagte immer, daß Sie sehr geradlinig sind. Ich sage Ihnen die Wahrheit. Ich habe sie nicht umgebracht. Das war jemand anderes.«

Ann erschrak, als sie hörte, wie sich hinter ihnen jemand räusperte. Der Arzt hatte wieder das Zimmer betreten.

»Er muß erst wieder zu Kräften kommen«, erinnerte er sie. »Die Zeit ist um.«

»Ich möchte morgen jemanden für ein Verhör vorbeischicken«, sagte Mark.

»Das wird gehen. Morgen kann er die Intensivstation verlassen.«

»Kann ich hier bei ihm sitzenbleiben, wenn ich verspreche, nicht zu reden?« fragte Ann. Sie konnte sich nicht vorstellen, Jon jetzt zu verlassen. Sie hatte Angst, daß er, wenn sie gegangen war, wieder ins Koma fiel. Sie brauchte noch etwas Zeit bei ihm, um sich zu vergewissern, daß er wirklich auf dem Weg der Besserung war.

Mark schaute sie an.

»Es ist wirklich nicht ratsam«, sagte der Arzt.

»Ann ist meine nächste Angehörige«, sagte Jon. »Ich möchte, daß sie hier ist. Das heißt, wenn die Polizei keine Einwände hat.«

»Ich dachte, sie sei Ihre Exfrau«, warf der flotte junge Doktor Michael ein. »Ich glaube, sie ist rechtlich nicht mehr mit Ihnen verwandt.«

»Ich bin das engste Familienmitglied, das ihm noch geblieben ist«, sagte Ann. »Jedenfalls hier. Unsere Tochter ist im Ausland. Ich bin seine ganze Familie.«

»Lieutenant?« fragte Jon Mark.

Mark sah Ann an. »Du bleibst hier bei ihm.«

»Ja«, murmelte sie vage.

»Ich meine es ernst. Bleib hier.«

»Jon ist gerade erst aus dem Koma erwacht. Ich werde bei ihm bleiben.« versprach Anne ruhig. Sie konnte ihm nicht in die Augen sehen.

»An der Tür wird ein Wachmann stehen«, sagte ihr Mark.

»Der Wachmann hat dort gestanden, seit Jon hier eingeliefert worden ist«, sagte Ann tonlos.

»Ist das Hausarrest oder Polizeischutz?« fragte Jon.

»Nehmen Sie es als beides«, sagte Mark.

Er drehte sich um und ging. Der Arzt folgte ihm nach draußen.

Ann drehte sich wieder zu Jon und bemerkte, daß er sie forschend ansah. »Was hat das alles zu bedeuten? Was geht hier vor?«

»Nichts, wirklich.«

»Er hatte gar keine Angst, daß ich hier weglaufe. Er hatte Angst um dich.«

»Ich glaube, er macht sich um uns beide Sorgen ... Jon, Du und ich, wir wissen beide, daß du unschuldig bist. Das heißt, daß da draußen ein Mörder rumläuft, der dich lieber tot sieht, bevor du deine Unschuld beweisen kannst.«

»Er macht sich Sorgen um *dich.*«

Schatten, dachte Ann.

Sie wollte ihm nicht sagen, daß ein Schatten beinahe über den Balkon in ihre Wohnung geklettert wäre. Daß sie vor diesem Schatten gerettet wurde, weil Mark LaCrosse auf ihrem Sofa geschlafen hatte.

Deshalb auf dem Sofa, weil sie so in Rage war, als sie herausfand, daß er mit Gina geschlafen hatte und ihn deshalb nicht in ihr Bett lassen wollte.

»Ann?« Er klang müde und besorgt.

»Jon, ich habe versprochen, nicht zu sprechen, damit ich hierbleiben darf. Seltsam, all die anderen Male, die ich hier war, haben sie mich beschworen zu reden, jetzt soll ich still sein. Du brauchst Ruhe. Und du mußt dich wirklich ausruhen. Du mußt schnell wieder gesund werden, um hier herauszukommen.«

»Sie ist tot, Ann«, sagte er leise. Sie hörte die Verzweiflung in seiner Stimme.

»Jon, du hast eine Tochter; du darfst jetzt nicht aufgeben. Du hast deine Tochter, deine Kunst, und mich.«

»Das Leben ist doch merkwürdig. Diese verdammte Ausstellung war mir so wichtig ... und nun interessiert sie mich überhaupt nicht mehr. Hast du sie eigentlich gesehen?«

Sie schüttelte den Kopf und lächelte. »Ich war oft hier. Und ... «

»Und?«

»Na ja, anderweitig beschäftigt. Wir sprechen später darüber. Jon, du mußt jetzt schlafen. Du brauchst deine Kraft. Wenn nicht für mich, dann für Katie. Wenn nicht für uns beide, dann für Gina. Ihr Mörder soll nicht davonkommen.«

»Nein«, stimmte er zu. Seine Augen fielen zu. Sie dachte, er würde schlafen, aber seine Hand ergriff plötzlich ihre.

»Annie, ich werde es irgendwie beweisen. Ich werde herausfinden, wer sie umgebracht hat, das schwöre ich.«

»Ich weiß, Jon, ich weiß«, sagte Ann.

Endlich schlief er. Sie hielt seine Hand. Sie dachte über die Dinge nach, die er gesagt hatte. Wieder und wieder.

Schatten …

Aber er hatte auch ein Gesicht gesehen, oder einen Teil davon, und es wieder verloren.

Sie glaubte nicht, daß Jon sehr weit gehen mußte, um den Mörder zu finden.

Der Killer war in seinem Gehirn eingesperrt.

Das Wichtigste war, Jon klarzumachen, daß er bereits wußte, was er erst noch erfahren wollte.

Dann …

Dann konnten sie alle nur hoffen, daß die Wahrheit ans Tageslicht kam, bevor der Mörder erfuhr, daß Jon ihn gesehen hatte …

Ein Gesicht.

Das Gesicht des Todes.

»Du wirst mit mir gehen«, murmelte Jon plötzlich.

Hm, dachte sie.

Wenn er nur wüßte, wie weit sie mit ihm schon gegangen war! Aber er war jetzt noch nicht kräftig genug, die Wahrheit zu erfahren. Er würde früh genug erfahren, was alles passiert war.

17. Kapitel

Mark gab dem uniformierten Beamten vor Jons Tür den strengen Befehl, ihn zu informieren, sobald Ann das Krankenhaus verließ, dann ging er. Er wollte Jimmy finden, dann mit dem Chef sprechen, Charlie Harris, der immer wieder damit drohte, in den Ruhestand zu gehen und Mark zwingen wollte, seinen Job zu übernehmen. Er wollte seine wachsenden Ahnungen und seine Idee über den Fall mit beiden, mit Jimmy und Charlie, besprechen, dann wollte er kurz beim Bezirksanwalt vorbei. Er wollte, wenn es auch seltsam klang, seine Empfehlung ändern.

Jetzt, wo Jon Marcel bei Bewußtsein war, konnte Mark ihn festnehmen und für vierundzwanzig Stunden festhalten, während das Büro des Bezirksanwalts die Anklage vorbereitete, was nicht lange dauern würde.

Aber Mark glaubte nicht, daß Jon Marcel wegen Mordes verhaftet werden sollte, er wollte nur, daß man ihn auf Schritt und Tritt verfolgte, wenn er das Krankenhaus erst verlassen hatte.

Bevor Mark das Krankenhaus verlassen konnte, wurde er von einem anderen Beamten in Uniform angehalten.

»Lieutenant. Lieutenant!«

Es war Billings. Ein Grünschnabel, der sich vor ihm wichtig tat.

»Ist etwas mit Marcel?« fragte er besorgt.

Billings schüttelte den Kopf. »Es geht um Gregory Hanson, Sir.«

»Gregory, mein Gott ...«

»Nein, Sir, nichts Schlimmes. Sein Zustand hat sich sehr gebessert. Er hat gehört, daß Sie hier sind, und möchte mit Ihnen sprechen.«

Mark lächelte erleichtert. »Gott sei Dank. Gregory ist am Leben und bei Bewußtsein. Danke, Billings.«

Er kannte Gregorys Zimmernummer; er hatte sich ja oft genug nach seinem Zustand erkundigt. Er ging rasch hin, blieb kurz im Türrahmen stehen und musterte den Mann.

Mit den Bandagen am Kopf sah Gregory aus wie eine verdammte Mumie. Seine Gesichtsfarbe war immer noch eher grau als schwarz. Eine Krankenschwester stand an seiner Seite und maß den Blutdruck.

Aber er saß aufrecht in den Kissen, und er sah Mark mit scharfen, klaren Augen an.

»Hallo, mein Freund!« sagte Mark und trat ein. »Du siehst gut aus! Du hast uns vielleicht gestern morgen einen Schrecken eingejagt.«

»Ich dachte, mit mir wäre es aus«, stimmte Gregory zu. Er blickte zur Krankenschwester auf, und Mark erkannte, daß er wartete, bis sie den Raum verließ, bevor er sagte, was er zu sagen hatte.

»Ein übler Sturm«, sagte Mark.

»Und du mitten drin.«

»Ich kam wegen Ann«, sagte er ehrlich.

Gregory sah ihn fragend an.

»Du weißt doch, wegen ihr gibt es Schwierigkeiten.«

Gregory grinste. »Mama Lili Mae mochte sie gleich.«

Mark senkte die Augen und nickte. »Ja, sie hat eine gute Menschenkenntnis. Aber du, mein Herr ... was hast du dir dabei gedacht, sie mit in den Sumpf zu nehmen?« Gregory zuckte mit den Schultern. »Sie gehört zu den Leuten, die nicht nachlassen. Mir schien es sicherer für sie, daß ich bei ihren Nachforschungen dabei war. Aber dann war ich ihr ja eine großartige Hilfe.«

»He, keiner von uns kann etwas gegen höhere Gewalt ausrichten.«

»Lassen Sie meinen Patienten in Ruhe und im Bett«, sagte die Schwester und packte Ihren Blutdruckmesser ein.

»Mache ich«, versprach Mark.

Die Schwester ging und schloß die Tür hinter sich.

»Höhere Gewalt, so ein Quatsch!« platzte Gregory heraus, sobald die Schwester draußen war.

»Was?«

Gregory schüttelte den Kopf. »Ich weiß nicht mehr, was los ist. Cindy und ich sitzen zusammen, sie wird unruhig und kann nicht mehr stillsitzen. Du kennst ja Cindy. Die haut einfach ab. Sehr weit konnte sie aber nicht gekommen sein. Ich hörte sie schreien, dachte, sie wäre in Schwierigkeiten, rannte ihr nach. Ich sah mich um. Der Sturm hatte gerade angefangen, richtig zu toben ... und dann kam jemand und schlug mir auf den Kopf.«

»Wer?«

»Wer – verdammt, wenn ich das wüßte!« fluchte Gregory. »Aber es war jemand.«

»Bist du sicher? Du hast unter einem ganzen Baum gelegen, als wir dich fanden.«

»Ich weiß, ich weiß, ich weiß. Mark, du kennst mich schon länger, du weißt, daß ich nicht blöd bin. Jemand kam schnell hinter mir her und schlug mir hart und kräftig auf den Kopf. Ich bin umgefallen wie ein Baby, bevor der Baum auf mich fiel.«

Mark seufzte. »Mist.«

»Ja, weiß ich.«

»Und du hast nichts gesehen.«

Gregory schüttelte verzweifelt den Kopf. »Irgendeine flüchtige Bewegung. Ein verdammter Schatten. Sonst nichts.«

Ein verdammter Schatten.

Sie jagten einen Schatten.

Einen Schatten, der zweimal gemordet und versucht hatte, Gregory zu ermorden. Langsam fühlte er sich wie bei einem Ratespiel: Gina auf der Straße mit einem Messer, Jane Doe am Fluß mit einem Nylonstrumpf, Gregory im Bayou mit einem Schlag auf den Kopf.

Ein Schatten ...

Derselbe verdammte Schatten, der beinahe in Anns Haus eingedrungen war.

»Was geht hier bloß vor?« sagte er laut.

»Ich habe mit keinem darüber gesprochen. Als ich hierher ins Krankenhaus kam, habe ich gleich gemerkt, daß alle glaubten, ich wäre von einem Baum erschlagen worden. Ich habe die Wahrheit für mich behalten. Ich habe gemerkt, daß das besser ist. Bis ich die Gelegenheit bekomme, mit dir zu sprechen. Aber, übrigens, ich habe gehört, Marcel ist aus dem Koma. Toll. Endlich. Aber hat er etwas gesehen?«

»Ja.«

»Was?«

»Einen flüchtigen Schatten«, erzählte ihm Mark. »Einen verdammten, flüchtigen Schatten!«

Ann verbrachte fast den ganzen Tag im Krankenhaus, saß einfach nur an Jons Seite. Die Schwestern waren reizend und brachten ihr immer mal wieder Kaffee und Zeitschriften, damit sie etwas zu tun hatte, während Jon döste. Er schlief immer wieder ein und gewann seine Kraft zurück. Er bekam immer noch Flüssigkeit, Glukose und Mineralien über eine Infusion, aber mittags aß er schon wieder feste Nahrung: Suppe, Kekse und Pudding.

Nachdem er gegessen hatte, fiel Jon wieder in Schlaf, und Ann beschloß, sich auch ein Sandwich zu besorgen und vielleicht in irgendeinem Laden einen Zeichenblock.

Als sie den Raum verließ, wurde sie von dem jungen Wachhabenden angehalten.

»Mrs. Marcel!«

»Ja?«

»Wo gehen Sie hin?«

Ann zog eine Augenbraue hoch. »Ich hole mir etwas zu essen.«

»Im Krankenhaus?«

Sie runzelte die Stirn. »Vielleicht, vielleicht nicht. Warum?«

»Nun, ich ...«

»Bin ich unter Arrest ... oder Verdacht?«

»Nein, natürlich nicht.«

»Dann, Sir, machen Sie sich bitte keine Sorgen um mich oder darum, wo ich hingehe«, sagte sie ihm und lächelte, um ihren Worten die Schärfe zu nehmen.

Mark.

Er würde ihr nicht befehlen, was sie zu tun und lassen hatte.

Sie lief den Korridor entlang und sagte sich, daß es Mark doch nur darum ging, daß sie am Leben und unversehrt blieb. Problematisch war nur, daß Mark ihre Überzeugung von Jons Unschuld nicht teilte.

Sie aß in der Krankenhauscafeteria und fand im Kiosk eine kleinen Schreibblock, mit dem sie am Nachmittag auskommen konnte. Ein ungutes Gefühl beschlich sie ... sie hatte gesagt, sie würde Jon nicht verlassen. Sie ging zurück in sein Zimmer und war entsetzt, als sie Marks Partner, Jimmy Deveaux, hinter Jon an der Wand stehen sah. Er beobachtete ihn im Schlaf. Beim Anblick dieses Mannes überkam sie ein ungutes Gefühl.

»Officer Deveaux«, sagte sie leise. »Was machen Sie hier? Die Polizei darf Jon heute nicht weiter befragen. Mark war schon hier ...«

»Ich weiß.«

»Jon soll morgen seine Aussage machen.«

»Ich weiß.« Jimmy Deveaux sah sie mit einem seiner Bluthundblicke an. »Ich wollte nur sehen, ob alles in Ordnung ist. Brauchen Sie etwas, geht es Ihnen gut?«

»Ich ... ich komme zurecht«, sagte sie.

Er nickte. »Na, eigentlich nicht so recht.«

»Wie bitte?«

»Es gab letzte Nacht einigen Wirbel in Ihrem Haus.«

»Jemand ... kam den Balkon herauf.«

»Ja. Gut, daß Mark da war, um Schlimmeres zu verhindern.«

»Ja, natürlich.«

»Sie müssen vom Club wegbleiben, Mrs. Marcel. Sie bringen sich nur noch in schlimmere und gefährlichere Situationen.«

»Also ...«, murmelte sie. »Sie stimmen mir also zu, daß Jon unschuldig ist?«

»Nie im Leben«, gab er zu.

»Dann bin ich auch nicht in Gefahr. Und ich danke ihnen für Ihre Besorgnis, aber der Doktor hat bestimmt, daß Jon heute nicht mehr verhört werden darf, und ich würde Sie herzlich bitten, ihn jetzt in Ruhe zu lassen.«

»Sicher. Ich wollte nur helfen. Anstelle von Mark.« Er lächelte seltsam, dachte Ann. Wieder fühlte sie sich unbehaglich.

»Mir geht es gut.«

»Wir sehen uns, Mrs. Marcel«, sagte er.

Und ließ sie allein.

Ann setzte sich wieder an Jons Bett, sah Jimmy Deveaux nach. Sie betrachtete Jon. Er schien friedlich zu schlafen.

Sie legte ihr Ohr an seine Brust, um sicher zu sein, daß er atmete und daß sein Herz schlug.

Er war natürlich noch am Leben. Deveaux war nicht gekommen, ihn im Schlaf umzubringen oder so etwas.

Warum war er dann gekommen?

Mark saß mit Chief Charlie Harris an einem kleinen Tisch in einem der originellen kleinen Cafés nahe der Bourbon Street. Sie hatten Krebse und Linguini bestellt. Obwohl die milde Tomatensauce, in der die kleinen Krebse schwammen, ganz anders schmeckte als seine scharfe, die er erst vor so kurzem genossen hatte, erinnerte ihn das Essen an die Hütte. An Ann. Ann in der Hütte. Nackt.

Er legte seine Gabel hin. Sie hatte ihm erzählt, daß einen Mann schon die Nähe zu einer Frau erregte, während eine Frau Gefühle brauchte. Sie hatte unrecht.

Er brauchte die Nähe nicht. Nur die Erinnerung.

Er sollte jetzt nicht an Ann denken. Er hörte sich mit den Zähnen knirschen. Marcel war bei Bewußtsein. Hing an ihr. Und sie war bei ihm. Seine beste Freundin. Sein Kumpel. Seine nächste Angehörige.

Marcel, der Gina geliebt hatte. Aber Gina war jetzt tot. Marcel blieb also nur seine Exfrau. Seine Exfrau ... die bereit war, ihr Leben zu riskieren, um seinen Kopf zu retten.

»Wie ich es sehe, sprechen die Indizien immer noch gegen Marcel«, sagte Charlie Harris gerade. Charlie hätte Gouverneur werden sollen. Er war groß, hatte schlohweiße Haare, ein rötliches Gesicht, schöne blaue Augen und ein bereitwilliges Lächeln. Er hatte so ein aufmunterndes Wesen, was allerdings ein wenig täuschte, denn Charlie konnte knochenhart sein.

»Na ja, wenn wir die Tatsache beachten, daß der Mann mit dem Blut des Opfers bedeckt war, ja«, sagte Mark.

»Das scheint aber doch eine bedeutsame Tatsache zu sein«, stimmte Charlie ihm zu. Er lehnte sich zurück und nahm einen Schluck von seinem kochendheißen Kaffee. »Aber Sie wollen mir sagen, daß Sie ihn nicht verhaften werden, wenn er aus dem Krankenhaus entlassen wird?«

»Während er im Krankenhaus war, ist ein anderer Mord passiert.«

»Anderer Typ Mord.«

»Die Morde hängen zusammen – ich weiß es.«

Charlie zuckte mit den Schultern, zeigte mit einem Finger auf Mark. »Das Büro des Bezirksanwalts hat Indizien gegen Marcel. Wenn Sie jetzt ernst machen wollen, kann die Polizei des Regierungsbezirks New Orleans nicht im Weg stehen. Übrigens ... haben wir unsere Jane Doe inzwischen identifiziert?«

»Nein, aber Lee Minh ist davon überzeugt, daß in den nächsten vierundzwanzig Stunden irgend etwas hereinkommen wird. Die Computer durchforsten gerade alle Vermißtenmeldungen. Das Problem ist, wenn sie eine Touristin ist, die hier ermordet wurde, werden Familie und Freunde sie erst nach Tagen vermissen.«

»Das ist mir klar. Ich bin mir immer noch nicht sicher, ob diese Morde zusammenhängen, nur weil ein Mädchen in dem Club gearbeitet hat und ein anderes dort gesehen wurde.«

»Das ist nun mal alles, was wir haben, um weiterzumachen.«

»Mark, ich wünschte, es wäre nicht so, aber wir haben genug Mörder hier in der Gegend.«

»Ich weiß.«

»Was sagt Jimmy dazu?«

»Ich weiß nicht. Ich hatte heute noch gar keine Gelegenheit, mit ihm zu sprechen. Er ist selbst mit Jane Does Fotos zu ein paar Leuten gegangen.«

Harris zögerte, trommelte mit den Fingern auf den Tisch. »Sie sind ein guter Detective, Mark.«

»Danke, ich hoffe es. Ich habe hart dafür gearbeitet.«

»Sie wissen, wie Sie Indizien bekommen und beurteilen. Sie wissen, wie alles korrekt zusammengetragen wird … wir sind nie mit einem Fall vor Gericht gescheitert, weil Sie die korrekte Vorgehensweise nicht eingehalten hatten.«

»Was hat es für einen Sinn, jemanden zu verhaften, wenn man ihn nicht verurteilen kann?« fragte Mark.

»Gutes Argument, aber es ist nicht die korrekte Vorgehensweise, die Sie zu einem guten Detective macht.«

»Nicht? Sondern?«

»Ihre guten Reaktionen. Es sind ja keine Launen … sie kommen von jahrelanger Arbeit auf der Straße, von der Kenntnis der Leute. Der Kunst, sie zu durchschauen. Ich überlasse diesen Fall ganz Ihnen.«

Mark atmete auf. Das Leben war schon verdammt komisch. Er konnte Marcel viel schneller verhaften als manchen Verbrecher, den er geschnappt hatte – und der verurteilt worden war.

Noch vor ganz kurzer Zeit hätte er bei seinem Leben geschworen, daß Jon Marcel auf gar keinen Fall unschuldig sein konnte. Er war immer noch nicht restlos davon überzeugt. Aber er war sicher, daß es nur einen Weg gab, die Wahrheit über Ginas Tod herauszufinden. Man mußte Marcel aus dem Krankenhaus entlassen – und all den anderen, die in den Fall verwickelt waren, ein paar ungemütliche Stunden bereiten.

»Der Fall ist Ihrer«, wiederholte Charlie Harris fest. »Sie wissen ja, ich könnte in den Ruhestand gehen, wenn Sie meinen Job übernehmen würden.«

Mark lächelte. »Ich bin noch nicht so weit, daß ich von den Straßen New Orleans' möchte. Ich glaube immer noch, daß ich da draußen etwas bewirken kann. Aber andererseits …«

»Ja?«

»Ich weiß nicht. Mir ist auch …«

»Ist was?«

»Mir ist in letzter Zeit das Leben ein bißchen lieber geworden. Aber planen Sie noch keine Exkursionen den Nil herunter oder so.«

»Entscheiden Sie sich bitte, bevor ich noch viel älter werde, wenn's geht.«

Mark lachte und nickte. »Ich werde mich bemühen.« Er wurde gleich wieder ernst. »Wenn Marcel erst wieder draußen ist, muß er beschattet werden.«

»Sie haben sich und Jimmy.«

»Ich brauche mehr Leute. Ich sage Ihnen doch, daß jemand versucht hat, in das Haus seiner Exfrau einzubrechen …«

»Sie waren aber doch da.«

Mark lehnte sich zurück, zögerte. Charlie Harris sah ihn unverwandt an.

»Ich kann nicht überall sein.«

Harris hob eine Augenbraue. »Ich werde Sie nicht fragen, was Sie tun, Mark. Sie sind ein erwachsener, intelligenter Mann. Aber lassen Sie sich nicht aus dem Ruder bringen. Es hat schon mehr Morde gegeben. Niemand ist unschuldig, bevor wir die Wahrheit kennen.«

»Ich weiß.«

»Fangen Sie nicht an, mit Ihrem Schwanz zu denken.«

»Sie sollten mich besser kennen.«

Harris musterte ihn eine Weile ernst. »Ich gebe Ihnen Latham und Hinkey, Spätschicht. Mehr Leute kann ich nicht erübrigen. Wie gesagt – wir haben genug Verbrechen hier.«

»Latham und Hinkey. Das wird reichen. Danke.«

Auf der Intensivstation gab es keine Telefone, aber einen Apparat im Schwesternzimmer, den man notfalls umstöpseln konnte. Gegen sechs brachte eine hübsche kleine dunkelhaarige Schwester das Telefon in Jons Zimmer und sagte Ann, es sei ein Gespräch für sie da.

Es war Mark.

»Wie geht es ihm?«

»Gut. Er hat fast den ganzen Tag geschlafen.«

»Ich hole dich zum Essen ab.«

Ann zögerte einen Moment, starrte das Telefon an, biß sich auf die Unterlippe. Allein der Klang seiner Stimme ließ sie vergessen, daß sie je etwas Schlimmes über ihn gehört hatte. Ein Feuer durchlief ihre Glieder.

Und schon fiel ihr das Atmen schwerer.

»Ich sollte hierbleiben.«

»Vor der Tür steht ein Cop und paßt auf.«

»Hm. Cops sind überall.«

»Was meinst du damit?«

»Dein Partner war heute nachmittag hier.«

»Jimmy?«

»Hast du noch einen anderen Partner?«

»Nein. Ich hatte nur nicht gewußt, daß er vorbeikommen wollte.«

»Ich glaube nicht, daß ich weggehen sollte.«

»Ann, Jimmy war sicher nicht im Krankenhaus, um deinem wundervollen Exmann etwas anzutun.«

»Wie kannst du da so sicher sein?«

»Wie sind die Cops. Wir sind ›die Guten‹.«

»Es hat auch schon falsche Cops gegeben.«

»Deshalb wird doch nicht gleich der ganze Polizeistab zu Kriminellen.«

»Ändert aber auch nichts daran, daß es Lügner unter den Cops gibt.«

»Ich habe dich nie angelogen.«

»Du hast mir nie gesagt, daß du mit ihr geschlafen hast.«

Sie hörte seinen unwilligen Seufzer am anderen Ende der Leitung.

»Außerdem hast du mir nie gesagt, daß du mit Jacques Moret verwandt bist. Und mit Mama Lili Mae.«

»Da ich keine Ahnung davon hatte, daß du Mama Lili Maes Bekanntschaft machen würdest, kam es mir nie in den Sinn, dich über unsere entfernten Verwandtschaftsgrade aufzuklären.«

Sagte er die Wahrheit?

»Und Jacques ...«

»Jacques ist ein schmieriger Hund. Hat man dir nie erzählt, daß man sich seine Verwandtschaft nicht aussuchen kann?«

Die Sache mit Jacques machte ihr auch gar nicht so sehr zu schaffen – sondern es war sein Verhältnis mit Gina, das mußte sie zugeben. Guter Gott, war sie denn eifersüchtig auf ein armes totes Mädchen? *Jon hatte sich in Gina verliebt; sie war wunderschön gewesen; Mark hatte auch etwas mit ihr gehabt ...*

»Ich hole dich ab«, sagte er.

»Nicht ...«, begann Ann.

Zu spät; er hatte schon eingehängt. Sie starrte den Hörer an. Fein. Dinner. Trotzdem würde sie darüber nachdenken, wir ihre Beziehung sein würde.

Lange und sorgfältig nachdenken. Mit ihm diskutieren, ihm ihre Gefühle und ihre Haltung in dieser ganzen Situation klarmachen!

Ann wollte ebenfalls auflegen, den Stecker ziehen und

das Telefon zurück ins Schwesternzimmer bringen. Sie zögerte und wählte dann die Nummer des Clubs. Sie fragte, ob sie Cindy sprechen könnte.

Cindy war nicht da. Aber als das Mädchen, das abgenommen hatte, auflegen wollte, nahm jemand anderes den Hörer.

»Ann, sind Sie es? Wie geht es Jon? Ich höre, er ist aus dem Koma und es geht ihm besser.«

»Jon geht es erstaunlich gut.«

»Ich bin so froh. Wir alle freuen uns.«

»Hoffentlich ... Ich wollte nur fragen, ob alles in Ordnung ist.«

»Ja. Alles geht seinen gewohnten Gang. Aber haben Sie gehört? Gregory ist wieder bei vollem Bewußtsein.«

»Nein! Das freut mich sehr. Ich muß schnell bei ihm vorbeischauen, solange ich noch da bin.«

»Es sieht allmählich wieder ein bißchen besser aus, meinen Sie nicht? Nur Jon werden sie vielleicht jeden Moment verhaften.«

»Vielleicht, ich weiß es nicht.«

»Ihnen und Jon zuliebe hoffe ich, daß sie es nicht tun. Aber es macht alles noch beängstigender, meinen Sie nicht?«

»Wieso?«

»Wenn Jon draußen ist, könnte er selbst auch in Gefahr sein. So wie wir alle.«

»Vielleicht.«

April zögerte. »Ich weiß nicht, ob ich es Ihnen erzählen sollte ...«

»O Gott, April. Tun Sie das nicht! Entweder erzählen Sie etwas oder nicht, aber machen Sie es nicht so spannend!«

»Ich kann nicht am Telefon darüber sprechen. Kommen Sie morgen her, dann können wir reden.«

Das Telefon verstummte. Ann starrte es an und fluchte. Sie sah hinüber zu Jon.

Er schlief immer noch tief und fest.

Sie schlüpfte aus dem Zimmer. Der Wachmann an der Tür war neu. Sie lächelte ihn an. »Ich gehe zu einem Freund, der auch hier im Krankenhaus liegt. LaCrosse ist auf dem Weg hierher, wenn Sie ihm das also bitte ausrichten würden.«

Sie wartete seine Antwort nicht ab. Sie brachte das Telefon noch zurück und sagte den Schwestern, daß sie gehen wollte, dann fragte sie nach Gregorys Zimmernummer. Sie gaben sie ihr, und sie lief den Korridor hinunter.

Cindy saß an Gregorys Fußende. Sie lächelte Ann strahlend an, sprang auf und umarmte sie. Ann ließ sich umarmen und schaute an Cindy vorbei zu Gregory.

»Sie sehen schon wieder richtig gut aus!« sagte sie, entglitt Cindy, um an seine Seite zu treten.

»Für eine Mumie«, sagte er und lächelte schmerzhaft.

Ann küßte ihn auf die Wange. »Es tut gut, Sie so lebendig zu sehen«, sagte sie. »Dieser Sturm war entsetzlich!«

Er nickte und sah sie ernst an. »Ja, der Sturm war schlimm.« Er schüttelte den Kopf. »Irgend etwas ist mit unserem Leben zur Zeit nicht in Ordnung. Das habe ich zu Cindy gesagt und sage es jetzt auch Ihnen – passen Sie auf!«

»Ich verspreche es.«

»Jon weiß gar nichts?« fragte Cindy besorgt. »Ich wollte ihn sprechen, aber sie haben mich nicht auf die Intensivstation gelassen.«

»Jon hat nichts gesehen«, sagte Ann.

Gregory schüttelte verzweifelt den Kopf. Er zuckte vor Schmerzen zusammen.

»Ladies, ich sage es euch beiden, bitte seid sehr, sehr vorsichtig!«

»Machen wir«, versprach Cindy.

»Jeder warnt mich vor dem Club«, murmelte Ann.

»Ich kann es mir nicht leisten, vom Club wegzubleiben«, sagte Cindy. »Aber eigentlich kann im Club nichts passieren – gefährlich ist der Weg zum oder vom Club.«

»Da ist was dran«, sagte Ann. Sie zögerte. Sie wollte Gregory nicht noch mehr beunruhigen. Sie legte ihm eine Hand auf die Wange. »Ich bin so dankbar, daß es Ihnen wieder gutgeht! Ich bleibe nicht länger, Sie brauchen, genau wie Jon, jetzt Ihre Ruhe.« Sie küßte ihn noch einmal leicht, vorsichtig, damit sie seinen Verband nicht berührte. »Cindy?«

»Oh, natürlich. Du mußt dich jetzt ausruhen. Ich muß an die Arbeit.«

Cindy stand auf und folgte Ann aus dem Zimmer. »Cindy. April hat am Telefon etwas angedeutet, dann sagte sie, ich sollte in den Club kommen. Haben Sie eine Ahnung, um was es sich handelt oder was sie mir erzählen wollte?«

»So spontan nicht. Tut mir leid.«

»Ich glaube, Sie haben recht mit dem Club. In der Regel ist mindestens ein Dutzend Leute da ... es kann nicht gefährlich sein, sich dort aufzuhalten, das Kommen und Gehen ist gefährlich. Sagen Sie April, daß ...

»Ja?«

»Daß ich sie morgen treffen werde.«

Cindy nickte. Sie räusperte sich warnend, mit den Augen deutete sie auf die Person, die gerade hinter ihr auftauchte.

Sie fuhr herum und sah Mark.

Cindy lächelte ihn an. »He, hallo. Ist es nicht wunderbar? Gregory geht es gut ... und Jon Marcel liegt nicht mehr im Koma!«

»Es sieht gut aus«, antwortete Mark freundlich. »Du hast Gregory besucht?«

Cindy nickte. »Ann meint, er braucht jetzt Ruhe.«

»Ganz bestimmt.«

»Und ich muß zur Arbeit.«

»Ich will selbst schnell noch bei Gregory reinschauen, dann bringe ich dich hin.«

»Gut«, sagte Cindy erleichtert.

Mark ging an beiden vorbei in Gregorys Zimmer. »Ich

weiß, er ist derjenige, der am meisten dagegen hat, daß Sie in den Club gehen!« flüsterte Cindy. »Sind Sie sicher, Sie sollten ...«

»Cindy, ich bin nicht verhaftet oder so etwas. Er kann mir wirklich nicht befehlen, was ich tun oder lassen soll.«

»Richtig. Ich glaube ...«

Sie brach ab. Mark war schon wieder zurück. »Gehen wir, Ladies?«

Er verließ das Krankenhaus. Sie folgten ihm durch die antiseptischen Korridore.

Er öffnete ihnen die Türen seines Wagens. Ann setzte sich auf den Vordersitz; Cindy nahm hinten Platz. Sie fuhren zum Club, unterhielten sich darüber, wie gut Gregory aussah, und wie es Jon ging. Beim Club angekommen, parkte Mark sein Auto genau vor der Tür.

»Cindy, spring rein. Ich fahre erst, wenn du uns aus der Tür zuwinkst, okay?«

»Ja, danke, Mark.«

»Nichts zu danken. Spring raus.«

Cindy ging zur Tür, öffnete sie, sah hinein, schaute zurück und winkte mit einem fröhlichen Lächeln. Sie verschwand im Innern des Clubs.

Mark drehte sich zu Ann um und drohte ihr mit dem Finger. »Du bleibst da weg.«

Sie schob den Finger weg.

»Und du hörst auf, dich wie die Gestapo zu benehmen.«

»Wieso, bist du lebensmüde?«

»Ich habe doch gar nicht gesagt, daß ich hierher kommen wollte.«

»Du hast aber auch nicht gesagt, daß du nicht hierher kommen würdest.«

»Ich habe nur gesagt, daß du kein Recht hast, mir zu sagen,was ich tun darf und was nicht.«

»Ich versuche nur, dich davor zu retten, erstochen oder erdrosselt oder ...«

»Oder was?«

Er fluchte leise und reihte sich in den Verkehr ein. Ann hatte keine Ahnung, wohin sie fuhren, bis sie vor einem Haus hielten, das aussah wie eine ehemalige Remise. Er stürzte aus dem Wagen, rannte auf die andere Seite und riß ihr die Beifahrertür auf. Sie stieg aus, er öffnete den Kofferraum und nahm ein paar Tüten heraus. Ein verführerisches Aroma stieg Ann in die Nase. Ihr fiel auf, daß sie hungrig war.

»Was ist das?« fragte sie ihn.

»Cajun-Chinesisch.«

Sie fing an zu lachen.

»Doch, ich schwöre es.«

Es war tatsächlich Cajun-Chinesisch, und in wenigen Minuten waren sie um die alte Remise herum an einem Springbrunnen vorbei durch einen ummauerten Garten mit schmiedeeisernem Tor auf die breite Veranda getreten und kamen in ein hübsch restauriertes altes Haus, das mindestens zweihundert Jahre alt sein mußte. Im Wohnzimmer gab es ringsum Bücherregale. Gemütliche Ledersofas standen gegenüber einem Kamin und einer Stereoanlage.

Es war schön hier, schön und behaglich. Als Ann vom Wohnzimmer ins Eßzimmer weiterging, hörte sie Mark in der Küche. Ein großer Raum mit einem Küchenarbeitsblock in der Mitte. Kupfertöpfe hingen von der Decke, außerdem gab es eine Eßecke. Als Ann hereinkam, goß Mark gerade Eistee in Gläser und stellte Teller auf den Tisch in der Eßecke.

»Das ist Dein Zuhause, nehme ich an.«

»Stimmt. Setz Dich.«

»Ist das ein Befehl?«

»Das ist eine Einladung.«

Sie setzte sich. Er öffnete die Päckchen. Es gab Hähnchen in scharfer Sauce, Reis, rote Bohnen, Lo Mein, Rindfleisch in Orange, Mungobohnen und Brokkoli. Der Name des Restaurants, von dem das Essen stammte, stand auf den Tüten: *Wong Sartes Cajun-Chinese.*

»Wong ist ein Freund von mir«, sagte Mark. »Er ist ein großartiger Koch – du wirst sehen. Sein Vater ist ein Cajun aus dem Bayou, seine Mutter Chinesin.«

Ann mußte lächeln. »Kennst Du eigentlich jedes Restaurant in New Orleans?«

»Jedenfalls ziemlich viele.«

Anscheinend war er selbst kurz vor dem Verhungern. Er häufte sich den Teller voll und sah zu, wie sie vorsichtig erst einmal jedes Gericht probierte, dann auch mit großem Appetit zu essen begann.

Jetzt war sie hier. Sie wollte das Beste daraus machen, sagte sie sich. Wong Sartes interessante Küche war zweifellos besser als das Krankenhausessen.

»Und was hast du jetzt vor?« fragte er.

»Wie meinst du das?«

»Heute abend?«

»Soll das heißen, ich darf gehen? Ich kam mir schon wie eine Gefangene vor, weil wir bei dir zu Hause sind und du mir ständig sagst, wo ich hingehen darf und wo nicht.«

»Wenn ich dir sagen würde, daß du hierbleiben sollst, würdest du es tun?«

»Ich ... ich glaube, es ist für mich nicht der der richtige Zeitpunkt, mich auf eine Beziehung mit dir einzulassen.«

»So? Und wenn ich dich bitten würde zu bleiben, würde das einen Unterschied machen?«

»Ich habe nur gesagt ...«

»Und wenn ich nur bei dir bleibe, um dich zu schützen?«

»Da ist noch eine ganze Menge ungeklärt. Du hast immer noch die Möglichkeit, Jon jederzeit zu verhaften.«

Er legte seine Gabel hin, stürzte seinen Tee hinunter. Dann stand er auf, ergriff sie, zog sie auf die Füße und an sich heran. »Laß dich nicht mit mir ein«, sagte er.

»Du hältst mich ...«

O Gott, ja, er hielt sie. So nahe, daß der Stoff ihrer Kleidung sich aufzulösen schien. Die Hitze seines Körpers strömte auf sie über, sein erregtes Glied preßte sich an sie. Seine Finger griffen in ihr Haar und zogen ihr den Kopf zurück. Seine Lippen waren nur Millimeter von ihren entfernt.

»Laß dich nicht ein. Wir haben nur Sex«, sagte er.

»Ich will nicht ...«

Sein Mund auf ihrem. Offen, fordernd, seine Zunge tief in ihr, seine Hände ...

Plötzlich hob er sie hoch. Trug sie durch das Haus. Alles verschwamm vor ihren Augen. Sie saß auf seinen Hüften, dann fiel sie zurück in ein weiches, behagliches Nest. Sein Bett. All ihre Glieder wurden weich. Sie sah ihn unverwandt an, sagte aber kein Wort. Ihr Kleid war bis zur Hüfte hochgeschoben; unbewußt spürte sie, wie er seinen Gürtel öffnete.

Dann fluchte er, seine Finger auf ihrem Seidenhöschen.

Er zerriß es.

Sie öffnete den Mund, wollte protestieren.

Aber es spielte keine Rolle mehr.

Sie konnte nicht mehr warten. Etwas Heißes, Schmelzendes fuhr über ihre Glieder und fand einen Platz zwischen ihren Schenkeln. Es brannte, loderte.

Sie schnappte nach Luft, als er sie berührte, die Stelle ihrer Lust mit Daumen und Zeigefinger berührte, bevor er plötzlich in sie stieß. Das Gefühl war so süß, so hinreißend, daß sie laut aufschrie, ihn an den Schultern packte, sich in sie hineinwühlte. Sie zitterte bei dem Versuch, jede fiebrige Faser seines Körpers zu spüren, als er immer und immer wieder in sie drang, immer wilder, immer schneller. Ihre Gier war so groß wie seine, das Feuer, das sie erfüllte, genauso leidenschaftlich, genauso brutal. Sie stieß ihm entgegen, besinnungslos, sie fühlte nur die eine Stelle, wo er sie ausfüllte, wo sie raste vor Verlangen nach Erleichterung.

Sie kam zum Höhepunkt, schrie auf vor der Gewalt des

Gefühls, das sie wegriß, zitterte, weil er so viel Macht über sie hatte, bemerkte kaum, daß sie beide ja noch fast angekleidet waren, daß es sich nur um Sekunden gehandelt haben konnte, in denen er sie genommen und verführt hatte.

So viel zum *Nachdenken* über ihre künftige Beziehung.

Und sie wollte doch mit ihm reden – über ihre Haltung.

Ihre Haltung war ...

Verletzlich.

O Gott, so verletzlich.

Er hatte gerade die Erde zum Beben gebracht. Sie schwebte noch immer. Das hielt ihn nicht ab. Seine Lippen lagen auf ihren. Seine Hände. Seine Lippen. Seine Küsse. Auf ihr Fleisch, das jeden seiner Atemzüge einsaugte, ... feucht, offen ...

Er hob sich über sie, flüsterte gegen ihre Lippen.

»Geh nicht. Du mußt keine Beziehung haben wollen. Nur Sex. Verdammt guten Sex.«

»Zum Teufel mit dir«, flüsterte sie.

»Geh nicht.«

Sie weigerte sich, auf die Bitte zu antworten.

Aber sie konnte auch nicht aufstehen.

Und das Haus würde sie auch in dieser Nacht nicht verlassen.

18. Kapitel

Ann wachte ganz langsam auf. Als sie dann endlich eingeschlafen war, hatte sie wie ein Klotz, vollkommen ruhig, sicher, behaglich.

Er lag neben ihr. Sie wußte, ihr konnte kein Übel geschehen.

Sie schlief tief, daß das Wachwerden schwerfiel. Aber sie spürte, daß sie wachwerden mußte. Sie öffnete die Augen.

Beinahe hätte Ann laut aufgeschrien.

Jemand beobachtete sie.

Jemand, der nicht groß war.

O Gott.

Schnell zog sie die Laken um sich, versuchte das kleine Wesen zu erkennen, das sie da anstarrte. Ein kleines Mädchen, ein sehr kleines Mädchen, vielleicht vier Jahre alt. Die Kleine hielt einen Teddy unterm Arm und sah sie ernsthaft an. »Du brauchst auf jeden Fall ›Frisch in den Tag‹, sagte sie nachdrücklich.

Ann schluckte, zog die Laken enger um sich und versuchte, sich einigermaßen würdevoll aufzusetzen.

»Brit!«

Mark kam ins Zimmer gestürzt, ohne Hemd, barfuß, aber immerhin mit Jeans bekleidet. Er blieb kurz vor dem Bett stehen, sein Blick wanderte zwischen dem Kind und Ann hin und her. Verlegen strich er sich mit der Hand durch die Haare, die Situation hatte ihn ganz aus der Fassung gebracht.

»Brit!« wiederholte er verstört.

Das Gesicht des kleinen Mädchens verzog sich. Ihr dämmerte, daß sie etwas falsch gemacht hatte, als sie einfach so ins Zimmer gekommen war, sie wußte nur noch nicht, was.

»Hallo, Brit«, sagte Ann und versuchte, Mark einen beschwörenden Blick zuzuwerfen.

»Liebes«, sagte Mark beherrscht, »würdest du aus dem Zimmer gehen und Mrs. Marcel in Ruhe aufwachen lassen?«

Brit nickte ernsthaft, ohne ihre neugierigen Augen von Ann abzuwenden. Sie lächelte vorsichtig, dann fragte sie Mark: »Wer ist das?«

»Eine sehr nette Dame, die hier übernachten mußte, weil sie in ihrer eigenen Wohnung vielleicht in Gefahr war.«

»Oh«, sagte Brit, als hätte sie den Sinn dieser Worte vollkommen verstanden. »Hallo«, sagte sie jetzt zu Ann.

Ann lächelte.

»Opa hat ›*Frisch in den Morgen*‹ im Bad, weißt du. Das wird dir guttun.«

»Danke«, sagte Ann ebenso ernst. »Ich kann das gebrauchen ... dein ›Frisch in den Morgen‹.«

»Eine Seife«, informierte sie Mark schnell, legte Brit eine Hand auf die Schulter und führte sie aus dem Zimmer. Die Tür schloß sich hinter den beiden.

Ann duschte – mit »Frisch in den Morgen«.

Das Kind war entzückend. Mark sah zwar überhaupt nicht aus, wie sie sich einen »Opa« vorgestellt hatte, aber er schien die Rolle zu genießen, und Brit himmelte ihn offensichtlich an.

Ann biß unter der Dusche die Zähne zusammen. Ein Großvater zu sein ... und das Enkelkind lebte anscheinend in seinem Haus. All das machte ihn noch liebenswerter.

Sie wollte ihn aber heute morgen nicht liebenswert finden.

Sie hatte ihn in der vergangenen Nacht so begehrt.

Sie hatte keine Wahl – sie mußte die Kleider vom Vortag noch einmal anziehen (ohne Höschen), wenn sie das Schlafzimmer verlassen wollte. Sie konnte durch das Wohnzimmer in die Küche sehen. Sie sah Marks Rücken und sein dunkles Haar von hinten; vor ihr befand sich ein gutaussehender junger Mann mit dunklen Haaren und hellen Augen. Er trug ein Strickhemd und Jeans und saß Mark gegenüber. Brit hockte auf den Knien neben ihm. Das mußte Marks Sohn sein. Er glich seinem Vater sehr.

Brit kaute zufrieden an einem Donut und redete ernsthaft auf ihren Vater und Mark ein: »Die arme Frau! Ich hoffe, sie weiß, daß sie bei dir sicher ist, Opa, nur ...«

»Nur was, Süße?« fragte Mark und wuschelte ihr die Haare.

»Nur sollten wir ihr einen Gefallen tun. Wir sollten ihr ein Nachthemd kaufen, damit sie nicht wieder so ohne Kleider schlafen muß.«

In ihrem ganzen Leben hatte Ann noch nie so deutlich gespürt, wie sich die flammende Röte auf ihrem ganzen Körper ausbreitete. Natürlich sah Marks Sohn gerade in diesem Moment auf und bemerkte, wie sie in der Küchentüre erstarrte.

Er erhob sich, Mark ebenfalls.

»Ann«, sagte Mark. Er sah aus, als sei ihm gar nicht wohl zumute; dann grinste er und hob die Hände. »Ann, komm her. Ich möchte dich meinem Sohn Michael vorstellen, und das ist meine Enkeltochter Brit, aber die kennst du ja bereits.«

»Es tut mir leid, daß ich so unhöflich war«, sagte Brit. Sie war wohlerzogen und ein süßes kleines Mädchen, und bemühte sich sehr um eine gepflegte Ausdrucksweise. »Ich wußte ja nicht, daß jemand in Opas Zimmer schlief.«

»Ist schon in Ordnung«, sagte Ann.

»Ich habe dich aufgeweckt.«

»Ich mußte sowieso aufstehen.«

»Kaffee?« fragte Mark.

»Gern.« Sie schlüpfte auf den Sitz, den er freigemacht hatte und lächelte Brit an. »Ich habe ›Frisch in den Tag‹ benutzt, und es hat geholfen.«

Brit lächelte glücklich. »Ich wußte, daß es dir helfen würde.«

»Guten Tag«, sage Michael LaCrosse höflich. Er hatte ein überwältigendes Lächeln, ganz wie sein Vater. »Ich arbeite in der Werbung, und ich fürchte, Brit nimmt das alles ziemlich ernst. Nett, Sie kennenzulernen. Ich habe gehört, daß Sie in einen der heißesten Mordfälle verstrickt sind, die es in New Orleans in letzter Zeit gegeben hat.«

Seine Offenheit war entwaffnend; es schien, daß auch er sich entschlossen hatte, die angespannte Stimmung zu lösen, indem er sich ihr stellte.

»Sieht ganz danach aus«, sagte Ann. »Ich freue mich auch, Sie kennenzulernen. Ihre Tochter ist entzückend. Und die Seife scheint ganz hervorragende Dienste zu leisten.«

»Wissen Sie«, sagte Michael offenherzig. »Sie sehen einfach toll aus. Viel hübscher als auf dem Foto in der Zeitung.«

»Vielen Dank«, sagte Ann.

Mark grunzte und reichte Ann eine Tasse Kaffee. »Jetzt verdreh' ihr noch den Kopf mit Komplimenten, mein Sohn, dann wird es noch schwieriger, mit ihr umzugehen.«

»Umgehen?« Ein amüsiertes Lächeln glitt über Michaels Züge.« Du gehst mit Mrs. Marcel um, Dad?«

»Ich kann es auch anders ausdrücken«, sagte Mark. »Ich versuche Mrs. Marcel am Leben zu erhalten und vor Gefahr zu schützen.«

»Ah«, sagte Michael.

»Und übrigens, mein Sohn«, fügte Mark hinzu, »du hast sicher einen anstrengenden Tag vor dir.«

»Ganz gewiß«, stimmte Michael zu. »Mrs. Marcel, ich habe diese Sache genau verfolgt ... jedenfalls aus der Zeitung. Aber Sie glauben wirklich, daß Ihr Exmann unschuldig ist, trotz aller Indizien, die gegen ihn sprechen.«

»Ich weiß, daß er unschuldig ist«, sagte Ann.

»Michael«, begann Mark.

»Dann, wissen Sie«, sagte Mark und lehnte sich bequem zurück, »hat mein Dad recht. Sie denken, daß Jon Marcel unschuldig ist. Also ist jemand anderes schuldig. In den Augen dieser Person sind Sie eine Gefahr, weil Sie Jon Marcel unterstützen. Sie müssen sehr vorsichtig sein. Sie sind tatsächlich in einer *sehr* gefährlichen Lage.«

»Michael, möchtest du noch Kaffee?« fragte Mark.

Ann lächelte und schaute in ihren Kaffee. Sie sah in Michaels blitzende Augen und merkte, daß sie ihn sehr sympathisch fand.

Und sie fühlte zu Mark eine noch größere Wärme, eine unendliche Sympathie für ihn. Die Familie mußte sehr herzlich miteinander umgegangen sein. Seine Frau und er hatten einen charmanten und intelligenten Sohn erzogen. In der Beziehung zwischen Vater und Sohn gab es immer noch etwas Besonderes, und das sprach nur für beide.

»Ich weiß sehr wohl, daß ich aufpassen muß«, versicherte Ann ihm.

»Gut«, sagte Michael. »Ja, Dad, bitte noch einen Schluck Kaffee, dann müssen Brit und ich los. Wir müssen Mami beim Zahnarzt abholen und fahren dann ins Camp.«

»Schwimmcamp«, sagte Brit glücklich.

»Das ist ja herrlich«, sagte Ann.

»Schwimmst du gern?«

»Furchtbar gern.«

»Vielleicht besorgen wir ihr auch noch einen Badeanzug«, sagte Brit fürsorglich.

Ann fühlte wieder, wie sie errötete. »Ich … ich habe einen Badeanzug, Brit, aber trotzdem vielen Dank.« Sie trank ihren Kaffee aus und stand auf. »Übrigens muß ich jetzt auch los.«

»Warte eine Minute«, sagte Mark.

»Ich kann mir ein Taxi rufen …«

»Eine Minute«, beharrte er.

»Na gut«, stimmte sie zu. Michael und Brit standen auf. Mark ging ins Schlafzimmer, um sich fertig anzuziehen. »Er gibt sich wirklich Mühe, auf Sie aufzupassen«, sagte Michael.

»Ich glaube, er hält Jon immer noch für schuldig«, sagte Ann zu ihm.

»Nun, er muß aber Vertrauen in Ihr Urteil haben, sonst wäre er Ihretwegen nicht so besorgt. Er versucht sein Bestes. Sie werden Marcel jetzt noch nicht anklagen, wußten Sie das?«

Ann wunderte sich. »Ist das definitiv?«

Michael nickte. »Fürs erste.« Er zögerte. »Sie müssen wirklich aufpassen, wenn Sie recht haben. Und Sie müssen auch Jon Marcel davon überzeugen.«

»Mache ich. Vielen Dank.«

Er lächelte, dann hob er die Stimme. »Dad, tschüs ... Brit und ich gehen jetzt!«

Als Michael rief, kam Mark zurück. Er hatte ein kurzärmeliges maßgeschneidertes Hemd in seine Jeans gestopft und trug Turnschuhe. »Erstmal bekomme ich noch einen Kuß von meinem kleinen Mädchen«, sagte er und zog Brit in seine Arme. Die Kleine kicherte seelig und umarmte ihren Großvater fest. Er setzte sie wieder ab. »Gib deiner Mami einen Kuß von mir. Sag ihr, daß wir nächste Woche zum Essen ausgehen.«

»Mache ich, Opa.« Sie zögerte eine Sekunde, dann legte sie ihre Arme um Ann und hielt sie ganz fest. Ann umarmte sie spontan und kniete sich nieder, um in gleicher Höhe wie das Mädchen zu sein.

»Hat mich gefreut, dich kennenzulernen, Miss Brit LaCrosse.«

»Und wir gehen zusammen schwimmen?«

»Sicher.«

»Wann?«

»Wann?« wiederholte Ann. Brits Augen waren groß und sehr blau und sehr fragend. Ann hatte ganz vergessen, wie beharrlich kleine Kinder sein konnten.

»Brit ...«, begann ihr Vater.

»Nein, nein, schon in Ordnung«, sagte Ann schnell. »Brit, ich kann es dir jetzt noch nicht sagen. Aber sehr bald.«

»Wirst Du's auch nicht vergessen?«

»Ich werde es nicht vergessen. Ich verspreche es. Es ist abgemacht. Abgemacht, ganz großes Ehrenwort.«

Brit gab sich damit zufrieden. Ann stand auf. Sie gingen gemeinsam hinaus. Mark schloß das Haus ab. Michael und Brit fuhren in einem kastigen Volvo davon; Mark schob Ann in seinen Wagen und startete den Motor.

»Wohin?« fragte er sie.

»Ich muß erstmal nach Hause«, sagte sie.

Er fuhr sie nach Hause. Sie wunderte sich, daß er den Wagen anhielt, aber den Motor laufen ließ.

»Kommst du nicht mit hoch?«

Er schüttelte den Kopf. »Ich bin mit einem Gerichtsschreiber im Krankenhaus verabredet. Er will eine Aussage von Jon. Ich warte her, bis du drinnen bist. Komm auf den Balkon und winke mir, wenn du alles überprüft hast, auch alle Schränke. Dann schließ die Balkontüren und laß niemanden herein, es sei denn, du weißt genau, wer es ist, und daß du ihm absolut vertrauen kannst.«

»Heißt das, niemanden hereinzulassen außer dir?« neckte sie.

Er nickte, leicht amüsiert. »Genau das«, erklärte er.

»Ich komme wahrscheinlich am Nachmittag auch ins Krankenhaus«, sagte sie. »Und ich muß in ein Autogeschäft, um mir einen neuen Schlüssel zu besorgen.«

»Nimm dir heute lieber ein Taxi ... ich schicke jemanden zu meiner Hütte, der deine Sachen holt. Dann hast du deinen Schlüssel zurück. Übrigens, wie bist du überhaupt ins Haus gekommen, als wir vom Bayou zurückkamen?«

»Schlüssel unter der Matte«, gab sie zu.

Er grunzte. »Bitte leg den Riegel vor, wenn du im Haus bist, ja?«

»Ganz bestimmt.«

»Ich lasse, so bald wie möglich, neue Schlösser anbringen.«

»Aber es hat doch keiner den Schlüssel genommen ...«

»Wie willst du das wissen? Wie willst du wissen, daß dein Schlüssel noch an derselben Stelle lag?«

»Woher willst du wissen, daß jemand unter meiner Fußmatte nachgesehen hat? Warum sollte jemand in meine Wohnung einbrechen wollen? Nichts war angerührt, nichts gestohlen.«

»Wie kannst du dir sicher sein? Vorletzte Nacht wollte tatsächlich jemand einbrechen.«

Ann seufzte verzweifelt.

»Wahrscheinlich hat niemand nachgesehen, weil es so unglaublich dumm und lächerlich ist, einen Schlüssel unter der Matte aufzubewahren.«

»Unglaublich dumm?«

»Ja.«

Ann wollte wütend aus dem Wagen aussteigen. Er faßte sie beim Arm.

»Na, stimmt doch, oder?«

»Du hast aber auch eine Art, dich auszudrücken, LaCrosse«, sagte sie.

»Sieh in jeden Winkel und in jeden Schrank, Ann. Ich meine es ernst.«

»In Ordnung.«

Ann ging nach oben. Sie überprüfte gewissenhaft alle Zimmer und alle Schränke, ging dann auf den Balkon und winkte ihm zu. Er winkte zurück und scherte aus auf die Straße.

Ann wollte gerade in die Wohnung zurückgehen, als ihr ein Mann auffiel, der gegenüber an eine der Säulen des Cafés gelehnt stand und Zeitung las. Er hatte eine Baseballmütze tief ins Gesicht gezogen.

Trotzdem erkannte sie ihn. Marks Partner. Jimmy Deveaux. Hatte Mark ihn gebeten, sie zu beobachten? Warum hatte er ihr nichts davon gesagt? Oder war Deveaux allein hier aufgetaucht – aus eigenen Beweggründen?

Ann erschauderte, ging hinein und schloß sorgfältig die Balkontüren.

Sie ging zum Telefon und rief auf der Intensivstation an. Sie wollte eine der Schwestern bitten, das Telefon an Jons Bett zu bringen.

Sie hörte, daß er noch spät abends auf die normale Krankenstation verlegt worden war. Schließlich stellte man sie zu ihm durch.

»Ich bin's, Ann. Mark LaCrosse ist auf dem Weg zu dir wegen des Verhörs. Möchtest du, daß ich dabei bin? Soll ich schnell rüberkommen …«

»Und mich bewachen?« fragte Jon. »Nein, es ist schon in Ordnung. Ich komme zurecht. Tu mir einen Gefallen: Bleib da, wo du gerade bist, bis du von mir hörst, verstanden?«

»In Ordnung. Wenn du mich ganz sicher nicht brauchst …«

»Hier jetzt nicht. Ich werde die Wahrheit sagen, die ganze Wahrheit und nichts als die Wahrheit. Ich will in jeder denkbaren Form mit der Polizei kooperieren. Ann, du hattest so recht. Ich muß die Wahrheit beweisen. Für Gina, für Katie. Für dich … für mich. Es wird schon gutgehen. Aber die Dinge hier könnten sich ein wenig ändern. Bleib da, wie ich dir gesagt habe, okay?«

»Ganz bestimmt.«

Sie legte auf, zog sich um, strich ziellos in ihrer Wohnung umher. Sie machte sich an die Staffelei, um weiter an ihrer Zeichnung von Cindy zu arbeiten.

Sie gab ihr Vorhaben auf. Sie hatte noch keine Gelegenheit gehabt, die Photos zu machen. Für das Portrait von Cindy war sie noch nicht so vorbereitet, wie sie es sich vorstellte.

Sie legte einen neuen Skizzenblock auf, legte auch ihn dann beiseite und holte sich eine Leinwand. Sie skizzierte direkt auf das Leinen. Ihr Verstand und ihre Finger arbeiteten in erstaunlichem Gleichtakt. Die Zeit verging schnell. Die Stunden vergingen; sie machte nicht einmal eine Pause, um Kaffee oder einen Schluck Wasser zu trinken oder auf die Toilette zu gehen.

Als das Telefon klingelte, stellte sie mit Erstaunen fest, daß es schon später Nachmittag war. Sie hatte gar nicht bemerkt, daß die Sonne nicht mehr durch ihr Atelierfenster schien.

»Annie.«

Es war Jon.

»Hallo, wie geht es?«

»Gut. Paß auf, ich bin auf dem Weg zu dir. Sie haben mich entlassen.«

»Was?« Sie war vollkommen überrascht. »Aber du bist doch operiert worden! Du kannst nicht ...«

»Ann«, sagte er mit einem Anflug von Ungeduld. »Das ist die moderne Medizin. Sie haben mich zusammengenäht, ich habe meine Anweisungen und bin entlassen worden.«

»Du bist gerade erst aus dem Koma erwacht!«

»Ja, ich habe es überstanden.«

»Ich kann es nicht glauben ...«

»Ann, ich bin unterwegs. Ich muß dich sehen, wir müssen reden, wir müssen das herausbringen.«

Jimmy Deveaux war sicher noch draußen und beobachtete sie von der Straße. Ihre Schlafzimmertür war immer noch kaputt, außerdem konnte Mark jeden Moment hier auftauchen. Und sie hätte beinahe vergessen, daß April mit ihr sprechen wollte.

»Jon, komm nicht hierher.«

»Warum nicht?«

»Ich kann es dir jetzt nicht erklären. Triff mich im Club.«

»*Annabella's*?« sagte er verwirrt.

»Ja. Treffen wir uns dort in dreißig Minuten.«

»Gut. Ich werde da sein.«

Ann legte auf. Sie bemerkte, daß das Lämpchen am Telefon leuchtete, und ihr fiel ein, daß sie die eingegangenen Anrufe nicht mehr abgehört hatte, seit sie zu Jon ins Krankenhaus aufgebrochen war.

Sie drückte den Wiedergabeknopf. Nachricht eins war nur Atmen. Nachricht zwei war lauteres Atmen.

Jemand spielte ein Spiel mit ihr. Jemand wollte ihr Angst einjagen, dachte sie, als sich herausstellte, daß Nummer drei schweres Keuchen war.

Sie wollte gerade den Anrufbeantworter abschalten, ohne die vierte Nachricht anzuhören. Sie zögerte, bis sie plötzlich die Stimme ihrer Tochter hörte.

»Mamie? Hier ist Katie. Man hat mir gesagt, ich sollte zu Hause anrufen, bist du da?« Man hörte Gefummel am Telefonhörer, dann ein leises Fluchen. »Mami? Okay, Mami, sie sagen, es ist nichts Schlimmes, aber bitte rufe ganz schnell zurück. Mami, ich bin heute abend wieder im Camp, also bitte, bitte, bitte, nimm ab. Geht es dir gut? Ist mit Daddy alles in Ordnung? Also, Mami, ich versuche es morgen abend noch einmal, um zehn Uhr eurer Zeit. Bitte sei zu Hause. Ich werde sonst verrückt. Ich hab' dich lieb. Sag Dad auch, daß ich ihn lieb habe. Bitte, bitte sei da, ja, Mami? Es ist furchtbar, nicht zu wissen, wo die Eltern sind.«

Ann sank in den Stuhl neben dem Telefon. »Oh, Kate!« sagte sie laut. Sie kontrollierte das Datum der Nachricht; Katie hatte heute morgen angerufen, ungefähr zehn Minuten, bevor sie zurückgekommen war. Das Gute war, daß Katie so lange gebraucht hatte, um überhaupt anzurufen, so daß sie ihr jetzt nicht mehr sagen mußte, daß ihr Vater im Krankenhaus war.

Nun mußte sie ihr nur noch beibringen, daß ihr Vater, falls nicht irgend etwas anderes herauskam, mit einer Mordanklage rechnen mußte.

Ann stöhnte, dann fiel ihr ein, daß sie sich ja mit Jon verabredet hatte. Sie stand auf. Plötzlich wurde ihr bewußt, daß Bassettgesicht Jimmy sicher noch draußen wachte.

Sie überlegte, wie sie aus dem Haus gelangen konnte, ohne daß Jimmy sie sah.

Cindy fand, daß sie an diesem Nachmittag außergewöhnlich gut getanzt hatte.

Sie hatte ihrem Kostüm etwas hinzugefügt – eine schikke kleine Geldtasche, die an einem weißen Band ziemlich tief unterhalb ihrer Taille hing. Mit den richtigen Schwingungen, kreisenden Bewegungen, Küssen, die sie ihren Zuschauern zuwarf, dem richtigen Lächeln würde die Tasche ganz hübsch voll werden.

Als sie die Bühne verließ, beglückwünschte sie sich auf dem Weg zur Garderobe selbst. Auf halbem Weg hielt sie einer der Rausschmeißer an. Es war ein großer, bulliger Rothaariger, genannt Einäugiger Jack, weil er schon auf der Highschool in einer Schlägerei ein Auge verloren hatte. Er war eigentlich ein ganz netter Kerl, und das machte ihn zu einem guten Rausschmeißer. Er mochte die Gäste und war so lange freundlich, bis sie Ärger machten, dann konnte er sie allerdings mit einem einzigen Fußtritt ins Freie befördern.

»Cindy!«

»Ja?«

»Der Boß will dich sprechen.«

»Was?«

»Er läßt dir das hier überbringen.« Jack hob seine Hand; zwei nagelneue Hundertdollarscheine steckten zwischen seinen Fingern.

Sie schnappte sich das Geld.

»Bist du so gut, oder hat er es so nötig?« fragte Jack feixend.

»Warum fragst du ihn denn das nicht selber?« sagte Cindy.

»Weil ich meinen Job mag«, sagte Jack.

Cindy schüttelte den Kopf und ging an ihm vorbei. »Es geschähe dir recht, wenn ich ihm erzählte, was du gesagt hast!«

»Das tust du nicht«, sagte Jack. »Du bist doch ein braves Mädchen, Cindy.«

»Ja, ja«, murmelte Cindy. Sie ging die Stufen zum Büro hoch. Ihr war schlecht.

Sie wollte Harry Duval überhaupt nicht sehen. Ihr eigener Fehler. Sie war heute gierig geworden. Er hatte sie von da oben beobachtet, als sie die Nummer mit der Geldtasche gemacht hatte. Etwas Neues ... das hatte ihn wieder heiß auf sie gemacht.

Immerhin zahlte er gut, sagte sie sich.

Trotzdem, ihre Handflächen fühlten sich klamm an. Sie wollte nicht nach oben.

Sie klopfte an die Tür des Büros.

»Wer ist da?«

»Cindy.«

»Komm rein, ich warte schon.«

Er wartete. Als sie die Tür öffnete, stand er vor dem Fenster, durch das er die Bühne beobachten konnte, nackt, und starrte hinunter zu April, die gerade mit Marty tanzte. Er war groß und kräftig gebaut. Ihre Augen glitten über ihn.

Gut abgehangen.

Ihr Magen revoltierte.

Er drehte sich zu ihr um. Sah ihr ins Gesicht. Lächelte langsam, fing dann an zu lachen.

»Cindy ... Cindy. Du hast da unten gerade so verdammt gut ausgesehen ... wie früher wird es nicht mehr sein, oder? Gina ist nicht mehr da, und jetzt wartet alles auf dich.«

»Ja, Gina ist nicht mehr da«, wiederholte Cindy tonlos. Es war schwer vorzustellen. Er hatte ihr zweihundert Dollar geschickt. Das Geld würde sie ihm nicht zurückgeben.

Egal, was er von ihr verlangte.

»Na dann komm her, Süße. Dein Geld hast du ja schon bekommen. Komm hier rüber. Und mach es richtig, Baby. Mit Leidenschaft. Mit oder ohne Gina, ich möchte es gut. Nein, ich möchte es besser.«

Der Mann mit der Augenklappe stand an der Tür. Er grinste freundlich, als er Ann sah … er hatte sich inzwischen daran gewöhnt, sie im Club zu sehen.

Beim Eintreffen sah sie April und Marty zusammen auf der Bühne. Sie würde ein paar Minuten warten müssen, bis sie mit April sprechen könnte.

Sie ging zur Bar und sah, daß Jon schon da war.

Umzingelt.

Jennifer war da und einige der Mädchen, die Ann noch nicht kennengelernt hatte. Sie umschwärmten Jon, begeistert, ihn wiederzusehen, gaben ihm jede Art von Zuspruch.

»Süßer, wir wissen, daß du unschuldig bist«, versicherte Jennifer ihm.

»Ich muß es erst noch beweisen, aber, Ladies, ich bin dankbar für Euer Vertrauen. Wenn ihr alle hinter mir steht, hat die Polizei keine guten Karten.«

»Ja, solange nicht noch eine Leiche auftaucht, jetzt, wo du aus dem Krankenhaus bist«, sagte eine große, langbeinige Blonde.

Ann räusperte sich.

»Ann, Sie sind ja auch hier!« Es war Jennifer, die sie bemerkt hatte. »Sehen Sie her, Jon ist da.«

»Ja. Jon ist da«, sagte Ann und lächelte amüsiert, als seine Augen ihren begegneten. Er errötete. Sie schüttete den Kopf und lächelte weiter.

»Annie«, sagte Jon, stand auf und umarmte sie lange und fest. Sie spürte, wie er vor Schmerzen zusammenzuckte, als sie die Umarmung erwiderte, und ließ schnell los.

»Ich glaube, die haben was zu besprechen«, murmelte Jennifer.

»Wenn es euch nichts ausmacht?« sagte Jon.

Die Mädchen zogen sich zurück.

»Entschuldigung«, sagte Jon und errötete wieder.

»He, du kannst doch nichts für deinen unwiderstehlichen Charme, oder, Kleiner?«

»Sie sind nur Freunde.«

»Ich weiß. Gina hast du wirklich geliebt, aber diese Schönheiten hast du nur gemalt.«

Er nickte.

»Als ich hierherkam und sie sah, habe ich es verstanden.«

»Wie oft bist du hier gewesen?« fragte Jon streng.

»Ein paar Mal.«

»Du hättest nicht herkommen dürfen.« Sie runzelte die Stirn. »Du bist doch auch hiergewesen. Außerdem dachte ich, nach der Operation wolltest du meinen Namen flüstern, um dich bei mir zu bedanken, weil ich dir das Leben gerettet habe. Statt dessen sagtest du *Annabella's*.«

»Habe ich das getan?«

»Ja.«

»Ich muß etwas damit gemeint haben.«

»Das habe ich auch angenommen.«

»Aber du hast hier nichts erfahren?«

»Du hast schon davon gehört – diese Unbekannte, die erdrosselt wurde, war hier, bevor sie umgebracht wurde.«

»Ja, davon habe ich gehört. Das wissen wir beide. Aber ich meine, du hast nichts erfahren, was auf den Mörder hindeuten könnte?«

Sie schüttelte den Kopf.

»Es gibt etwas, an das ich mich erinnern müßte«, sagte Jon verzweifelt. »Irgend etwas, das ich bei mir hatte, das ich sah, das ich jetzt in Händen haben sollte … aber ich habe es verloren. Ich kann nicht hinter die Schatten sehen. Ich bin so verdammt frustriert.«

»Jon, vielleicht kommt es wieder.«

»Aber wann?«

»Ich weiß nicht. Ich …« Ann brach ab. Harry Duval kam auf sie zu. Das Seidenhemd und die weiten Hosen standen ihm gut. Mit einem breiten Lächeln streckte er Jon seine Hand entgegen. »Marcel! Großartig, Sie zu sehen. Das letzte, was ich von Ihnen hörte, war, daß es Sie umgepustet hatte. Bestenfalls, daß man Sie bald einkerkern würde. Und jetzt stehen Sie vor mir, lebendig, sehen gut aus – und sind frei wie ein Vogel.«

»Ja, ich habe Glück gehabt.«

Duval glitt auf den Barhocker neben Jon und strahlte Ann an. »Es war eine harte Zeit für uns hier, Jon. Ohne Gina. Die Leute waren alle schwer betroffen. Permanent überall Cops. Das ist gar nicht gut fürs Geschäft. Aber viele Leute glauben hier an Sie. Und wir freuen uns, daß Sie jetzt wieder da sind.«

»Danke«, sagte Jon. »Ich bin sicher, daß ich der Polizei entwischt bin, als ich kam.«

»Ist dir jemand gefolgt?« fragte Ann.

Er nickte ernst. »Ganz bestimmt.«

»Mark?«

Er schüttelte den Kopf. »LaCrosse wurde gleich nach dem Verhör weggerufen. Ich habe es fertiggebracht, daß sie mich ungefähr eine Stunde später entließen ... und ich sozusagen durch die Hintertür entlassen worden bin.«

»Hören Sie«, sagte Duval, »wir sind ja froh, Sie zurück zu haben; die Mädchen sind alle verrückt nach Ihnen. Aber ... ich muß Ihnen sagen, Sie sind nicht halb so attraktiv wie Ihre Exfrau.«

»Passen Sie bloß auf, was Sie über Annie sagen. Sie ist Mutter einer College-Studentin, ist Ihnen das klar?«

Jon war ungehalten. Ann wußte nicht, ob sie über seine Beschützerhaltung geschmeichelt sein sollte ... oder beleidigt, weil er sich nicht vorstellen konnte, daß man sie hier zwischen all den anderen Frauen attraktiv fand.

»Ich habe ihr einen Job angeboten«, sagte Duval. Er zwinkerte Ann zu. Der Anflug von Unwohlsein verwirrte sie. Duval erweckte merkwürdige Gefühle. Sie fühlte sich unbehaglich. Andererseits besaß er tatsächlich eine besondere Ausstrahlung.

»Ann braucht keinen Job. Sie ist Künstlerin«, sagte Jon beleidigt. »Sie ist, sie ist ...«

»Sie würde hier perfekt hinpassen«, sagte Duval.

Jon betrachtete sie mit einem seltsamen Blick, dachte Ann. »Ja, sie ist auf ihre Art perfekt, ja ...«, sagte Jon. »Aber sie ist meine Exehefrau, keine Tänzerin.«

»Exfrau, und sehr, sehr sexy!« neckte Duval.

»Nun ...«, begann Jon.

Ann sprang unvermittelt auf. April war von der Bühne abgegangen. Sie hatte die ganze Zeit in einer unbeleuchteten Ecke links von der Bühne gestanden und Ann Zeichen gemacht, nun hatte Ann sie endlich gesehen.

»Entschuldigt mich«, sagte sie zu den beiden Männern. Sie lächelte, als sie sah, wie die beiden sie anstarrten. »Ich muß eine Freundin in die Arme schließen«, erklärte sie und schlüpfte weg.

April war schon verschwunden. Ann ging an den Tischen vorbei zum Bühnenaufgang. Sie war sicher, daß April in die Garderobe zurückgegangen war, wo sie, Cindy, Jennifer und April sich am Tag zuvor unterhalten hatten.

Sie klopfte an die Tür, drückte sie dann auf. Die Lichter waren gelöscht. Der Raum lag im Dunkeln.

»April?«

Sie betrat den Raum.

Plötzlich schloß sich die Tür hinter ihr.

Im Raum herrschte totale Finsternis.

Sie wollte schreien, aber eine Hand schloß sich fest über ihren Mund.

Ein warnendes Zischen ertönte in der Dunkelheit ...

»Schhhh.«

19. Kapitel

Mark saß in Lee Minhs Büro und las den Bericht über Jane Doe, die man nun als Miss Ellie Trainor aus Los Angeles, California, identifiziert hatte, achtunddreißig Jahre alt, Besitzerin und Geschäftsführerin von *Time Travel Inc.*, einer Reiseagentur, die sich auf Touren für Leute mit sehr beschränkter Zeit spezialisiert hatte. Sie lebte allein, lebte nur für ihre Arbeit, verdiente ein kleines Vermögen, hatte keine Kinder, keine Exmänner und wurde von ihren Angestellten und Mitarbeitern hoch geschätzt.

»Die Daten kamen gerade über den Computer«, sagte Lee zu Mark. Wir werden sie natürlich noch verifizieren müssen, aber es sieht so aus, als hätten wir sie gefunden. Sie wurde von einer Geschäftsreise nach New Orleans zurückerwartet. Sie tauchte nicht auf. Die Merkmale stimmen: einssiebzig groß, circa sechzig Kilo, blond. Wir warten jetzt noch auf eine zahnärztliche Bestätigung, aber ich verwette meinen Ruf als Pathologe, daß wir den richtigen Namen für unsere Leiche haben.«

Mark nickte und warf einen Blick auf das Foto, das sie von der Frau hatten, als sie noch am Leben war. Sehr hübsch, schlank, extravagant.

»Sie hatte Fisch gegessen«, sagte Lee.

Mark sah ihn an.

»Für die Art der Zubereitung kommen hier nur zwei Restaurants in Frage, soviel ich weiß.«

»Ich wußte, Sie würden das herausfinden. Wer?«

»*Divinity* auf der Charles Street und *Abelone*, ganz in der Nähe der Bourbon Street.«

»Ich kümmere mich gleich darum. Darf ich Ihr Telefon benutzen?«

»Selbstverständlich, bedienen Sie sich.«

»Miss Trailors Büro ist informiert, oder?«

Lee nickte.

Mark überflog den Bericht, drückte einige Nummern. Er sah auf die Uhr. »Es ist jetzt Nachmittag in Los Angeles, stimmt's?«

»Ja.«

Ein Mädchen mit atemloser Stimme ging ans Telefon. Mark gab sich zu erkennen, sprach sein Beileid aus und bat sie um ihre Hilfe.

»Können Sie mir sagen, weshalb sie nach New Orleans kam, wen sie treffen wollte?«

»Ja, einen ganz bestimmten Mann. Er war übrigens sehr charmant. Er sagte, ich sollte mir keine Sorgen machen, als wir Miss Ellie vermißten.«

»Wer?«

»Wir haben auf die Entfernung schon öfter mit ihm zusammengearbeitet, aber Ellie hatte große Pläne mit ihm und wollte ihm eine ganze Menge Leute schicken.«

»Können Sie mir seinen Namen nennen?«

»Jacques Moret.«

Mark sah Lee an, bedankte sich bei dem Mädchen und legte auf.

Harry Duval und Jon Marcel musterten einander schweigend.

»Sehen Sie mich nicht so an. Ich habe es nicht getan«, sagte Harry.

»Nun, ich habe es auch nicht getan«, sagte Jon fest. »Ich habe sie geliebt. Das wissen Sie doch.«

»Sie hat ein Vermögen für mich verdient«, sagte Harry Duval.

»Damit wäre es vorbei gewesen, wenn sie mich geheiratet hätte.«

»Ich sage Ihnen, ich habe es nicht getan«, wiederholte Harry. »Der Fall sieht für Sie viel schlechter aus. Sie hatte schon einiges hinter sich. Sie hat bis zum Schluß noch andere gehabt. Sie waren doch nicht so naiv zu glauben, daß sie alle anderen aufgab, nachdem sie Sie kennengelernt hat?«

»Ich war kein bißchen naiv – ich habe mich trotz ihrer Vergangenheit in sie verliebt, und ich wette, daß Gina umgebracht wurde, weil sie ernsthaft vorhatte, mit mir zusammenzuleben. Das hat jemandem nicht gefallen.«

Harry Duval schüttelte den Kopf und starrte in sein Glas Campari. Er nahm das Glas, kippte den Inhalt, zuckte kurz zusammen, als er auf die Bühne sah. Jon schaute auch zur Bühne. Jennifer war dran. Sie war nicht so perfekt wie einige der anderen Mädchen, aber die Männer vorne an den Tischen schien das nicht zu stören.

»Ich habe sie nicht umgebracht. Sie haben sie nicht umgebracht. Jacques?« Harry schüttelte wieder den Kopf. »Ich kann mir Jacques nicht als Killer vorstellen. Er ist ein Ausbeuter. Er hätte versucht, sie zu erpressen, ja, aber sie töten …? Ich glaube, daß Gina noch jemanden gekannt hat. Jemanden, von dem wir nichts wissen.«

»Der Cop?« fragte Jon. »Mark LaCrosse?«

Harry warf Jon einen Blick zu, ein merkwürdiges Lächeln bewegte seine Lippen. »Sie mochte den Cop. Sie hat mir mal erzählt, einen besseren hätte sie nie gehabt, und sie hatte viele Männer.«

Jon bemerkte, daß Duval ihn aufzog. Er wollte sich nicht aus der Ruhe bringen lassen. Duval seufzte. »Aber dann … Dann ist sie einmal mit dem anderen Cop weggegangen.«

»Welchem anderen Cop?«

»LaCrosses Partner. Deveaux. Jimmy Deveaux.«

»Wie viele Leute wissen davon?«

Duval zuckte mit den Schultern. »Vermutlich nur ich. Ich glaube, sie ging mit ihm, weil er entdeckt hatte, daß …«

»Was entdeckt hatte?«

Duval sah Jon in die Augen und lächelte zaghaft. »Komische Sache. Gina gab sich mit den spirituellen Tips von Mama Lili Mae nicht mehr zufrieden. Sie mochte Zauber und Beschwörungen. Einige Rituale werden auf dem Friedhof abgehalten, und anscheinend wollte Deveaux sie verhaften wegen Zerstörung öffentlichen Eigentums oder so ähnlich.«

Jon stand auf. »Was für ein Friedhof?« fragte er.

»Ich bin's, ich bin's«, flüsterte eine Stimme.

Die Hand war weg. Ann atmete tief ein. »April, verdammt! Sie haben mich zu Tode erschreckt!«

»Ich wollte nur wirklich vorsichtig zu sein.«

»Mir ist fast das Herz stehengeblieben!«

»Es tut mir leid. Es tut mir so leid. Ich wollte nur nicht, daß jemand sieht, wie wir miteinander sprechen. Ich habe hier langsam wirklich Angst. Duval hat Cindy heute zu sich ins Büro gerufen, und sie ist noch nicht wieder da. Mir ist so schlecht! Wir haben gehört, daß Jon aus dem Krankenhaus ist, und seitdem starrt hier jeder jeden an. Aber da ist etwas, das ich Ihnen nie gesagt habe; ich weiß nicht, ob es hilft oder Schaden anrichtet, aber ich glaube, ich weiß etwas, was viele andere nicht wissen.«

»Was denn? Erzählen Sie, April.«

Sie standen immer noch im Dunklen. April öffnete die Garderobentür und spähte hinaus auf den Flur. Sie ließ die Tür einen Spalt offenstehen und flüsterte: »Gina hatte irgendeine heimliche Korrespondenz laufen. Es ging um ein illegales Voodoo. Sie hatte mit einer Sekte zu tun. Sie haben Rituale auf dem Friedhof abgehalten.«

Sie senkte die Stimme noch mehr. »Diese Sekte geht da einigermaßen regelmäßig ein und aus, ohne daß es jemand bemerkt. Gina liebte diesen verdammten Friedhof. Sie hat alles getan, ihn zu schützen und die Sektenmitglieder, die sich dort trafen. Sie hat mir mal gesagt, ich sollte nach ›Manning‹ suchen, wenn ich Hilfe bräuchte.«

»Warum haben Sie mir das denn nicht schon früher gesagt? Warum haben Sie denn der Polizei nichts davon gesagt?«

April schüttelte den Kopf. »Ich weiß nicht. Ich habe nicht gedacht, daß es von Bedeutung wäre. Es kam mir zuerst so albern vor. Ich meine, wer geht heutzutage mit anderen Leuten auf den Friedhof und bringt Hühner um? Ich wollte Ginas Freunden nicht zu nahe treten. Vielleicht wollte ich, daß Jon der Killer war und wir alle in Sicherheit.«

Plötzlich hörten sie aus der Dunkelheit ein tiefes Stöhnen. Beide Frauen erstarrten und spähten in die Dunkelheit der Garderobe.

Ann machte das Licht an.

Cindy lag auf dem Sofa, zusammengerollt wie ein Baby im Mutterleib.

Sie sah so klein aus – wie ein verwundeter Spatz.

»Cindy!« rief Ann. Sie lief zu der jungen Frau und kniete sich neben sie.

Cindy trug eine dunkle Jeans und ein Baumwollhemd. Ihr Körper war größtenteils bedeckt, aber unter den aufgerollten Hemdärmeln sah sie mehrere Quetschungen an den Armen.

»Cindy!« rief Ann wieder.

»Oh ...« Cindy setzte sich auf, blinzelte, starrte die beiden an.

»O mein Gott, was hat er mit dir gemacht?« fragte April.

Ann sah April entgeistert an. »Duval?« fragte sie scharf.

»Nein, nein ...«, protestierte Cindy. Sie versuchte zu lächeln.

»Harry hatte damit nichts zu tun.«

»Wer dann?«

»Ein Shrimp.«

»Was?«

»Ich glaube, ich habe verdorbene Krustentiere gegessen.«

»Und davon blaue Flecken auf dem Arm bekommen?« fragte Ann ungläubig.

»Mir wurde schlecht und ich bin gefallen. Wirklich. Ich muß nur noch einen Moment liegenbleiben. Ich habe etwas eingenommen. Mir geht es schon besser. Ich schwöre es. Ich habe geschlafen, bis ich eure Stimmen hörte.«

»Oh, Cindy«, sagte Ann.

»Cindy, Sie müssen mir die Wahrheit sagen. Es könnte noch jemand tot aufgefunden werden.«

»Ich sage die Wahrheit!« sagte Cindy. »Bitte glauben Sie mir, Ann. Sie müssen mir glauben!«

Ann zögerte. »Ich werde diesem Mann mal die Meinung sagen.«

»Warten Sie, bitte«, sagte Cindy. »Sie könnten es nur noch schlimmer machen ...«

Aber Ann war schon aus der Garderobe herausgeeilt. Sie rannte an den Tischen vorbei zur Bar. Jon stand da, als sei er bereit zu gehen.

Ann baute sich mit ihrer zierlichen Figur neben ihrem Exmann auf und funkelte Duval wütend an. »Haben Sie das Mädchen geschlagen?«

»Was?«

»Cindy!«

»Was ist los mit Cindy?«

Sein Verhalten war ernst und verärgert; Ann begann zu bezweifeln, daß Cindy sie angelogen hatte, um Duval zu schützen.

»Ihr geht es nicht gut«, sagte Ann.

»Ich habe ihr ausdrücklich gesagt, sie sollte diese verdammten Shrimps nicht essen. Sie reagiert jedes Mal allergisch. Ich hoffe, sie kann heute abend arbeiten. Sie kann ich wohl nicht überreden, hier anzufangen, oder?«

»Nein, nein, Ann und ich müssen jetzt gehen«, sagte Jon. »Eigentlich müssen wir sogar ziemlich schnell hier verschwinden, bevor die freundliche Polizei des Regierungsbezirks New Orleans auftaucht und mir wieder folgt. Wir sehen uns, Duval.«

»Ja, wir sehen uns«, sagte auch Ann, als Jon sie aus dem

Club zog. Der Mann mit der Augenklappe stand immer noch an der Tür. Er lächelte breit und winkte ihnen zum Abschied zu.

»Wir brauchen ein Taxi«, sagte Jon. »Schnell. Die Cops werden sicher inzwischen herausbekommen haben, daß ich das Krankenhaus verlassen habe. Und sie werden hierher kommen.« Er sah sie fragend an. »Ist dir jemand gefolgt?«

Sie schüttelte den Kopf.

»Ich kann mir nicht vorstellen, daß sie dich nicht bewachen lassen.«

»Doch, das tun sie. Glaube ich jedenfalls.«

»Glaubst du?«

»Heute war es Marks Partner.«

»Marks Partner?«

»Deveaux.«

»Ich traue ihm nicht ... und ich bin mir nicht einmal sicher, ob ich LaCrosse traue. Immerhin wußte ich, daß LaCrosse mit Gina geschlafen hat – und jetzt habe ich außerdem herausgefunden, daß Gina auch einen Abend mit seinem Partner auch schon ausgegangen ist.«

»Wirklich?« Ann bebte. »Er hat mein Haus beobachtet, aber ich bin hinten durch den Laden im Erdgeschoß rausgegangen.«

»Glück gehabt. Trotzdem, wir müssen los.«

»Warte! Ich weiß etwas. Wir müssen ...«

»Duval hat mir gerade erzählt ...«

»Du verstehst nicht! April sagte, daß Gina Nachrichten hinterließ ...«

»Sie haben Voodoorituale abgehalten ...«

»Auf dem Friedhof«, sagten sie unisono. Jon starrte Ann entgeistert an.

»Du solltest da nicht hingehen«, sagte Jon.

»Ich bin doch bei dir. Wir werden das schon schaffen. Um Gottes willen, Jon, ich lasse dich doch nicht alleine gehen. Da ist ein Taxi, halt es an, schnell.«

Sie schob Jon vorwärts. Gerade noch rechtzeitig gab er dem Taxi ein Zeichen.

Der Fahrer wollte ihnen nicht glauben, daß sie zum Friedhof wollten. »Vollmond heute, Leute. Mehr Verrückte als sonst da draußen.«

»Ja, ja, ist schon gut«, versicherte Jon ihm.

»Die Friedhöfe werden aber nachts abgesperrt!« sagte der Taxifahrer bestimmt.

»Wir wollen nur so ein bißchen herumlaufen«, sagte Ann.

»Jemand wird Ihnen in den Kopf schießen, wenn Sie zuviel herumlaufen.«

»Wir passen auf«, versicherte Jon.

»Soll ich auf Sie warten?« fragte der Taxifahrer.

»Nein!« sagte Ann. »Freunde holen uns wieder ab.«

Der Taxifahrer ließ sie heraus; Jon gab ihm ein großzügiges Trinkgeld. Er brummelte weiter vor sich hin. »Tote Freunde. Tote Freunde, das ist es, was Sie haben werden.« Dann lachte er. »Verdammte Hölle, dies ist ein Friedhof, Vollmond, und ich habe gerade die Verrückten hier abgesetzt, hier bei den toten Leuten. Die Welt muß doch verrückt geworden sein.«

Schließlich fuhr er ab.

Sie sahen sich die Wand an, die Zäune. »Ich helfe dir hoch«, sagte Jon.

»Du bist genäht worden! Ich helfe dir hoch.«

»Ich bin der Mann.«

»Aber ich bin in besserer Verfassung.«

»Ann …«

»Schhh!« rief sie plötzlich. »Hör mal.«

Sie konnten etwas hören.

Gesänge.

»Hilf mir hoch.« Er langte nach der Mauer; Ann gab ihm einen festen Stoß. Er war schnell oben und griff nach ihr. Sie nahm seine Hand und kletterte hoch. Leise ließen sie sich auf der anderen Seite auf den Boden fallen. Dort verhielten sie einen Moment und horchten.

»Es kommt von da hinten.«

»Jon, das ist wirklich gefährlich. Vielleicht sollten wir auf die Polizei warten.«

»Dann finden wir nie etwas heraus. Wenn diese Leute die Polizei hören, sind sie sofort weg.«

Er packte sie bei der Hand. »Komm, wir müssen nur zusammenbleiben.«

Sie bewegten sich leise über den Friedhof.

Bei Nacht war es ein gespenstischer Ort. Viele Grabmähler hatte der Zahn der zeit verwittert. Zersplitterte Cherubime, die über einem Gewölbe tanzten, schienen sie heimtückisch anzugrinsen. Das Licht des vollen Mondes verzerrte die Gräber und Bildnisse.

Die Gesänge wurden lauter. Es war ein Singsang in Dialekt.

»Wir kommen näher dran«, flüsterte Jon.

Ann stolperte plötzlich. Sie hätte beinahe aufgeschrieen, aber Jon hielt ihr eine Hand über den Mund. Sie sank auf einen zerbrochenen Grabstein und rieb sich den Knöchel.

»Fast wäre ich über dieses zerbrochene Kreuz gefallen«, zischte sie.

Jon hörte nicht richtig zu. Er horchte auf die Gesänge vom anderen Ende des Friedhofs.

»Sie sind da hinten!« flüsterte er. Er stand aufrecht, starrte voraus, nur ein paar Meter entfernt von ihr. »Kannst du laufen, Annie?«

Sie antwortete nicht gleich, rieb sich noch den Knöchel. Als sie hochsah, erkannte sie auf einmal ein Familiengewölbe vor sich. Der Nachname war deutlich zu lesen.

MANNING.

Sie schnappte nach Luft und stand auf; instinktiv ging sie zu der Grabstätte. Sie kam an einen überwucherten Grabstein, der hineinführte, und ging weiter. Die Grabstätte war nicht mehr mit einem Tor verschlossen; die schmiedeeiserne Tür hing schief in der Angel und klemmte in der Erde fest. Kurz vor dem Gewölbe zögerte Ann.

Wenn sie hineinging, konnte ihr das Mondlicht nicht mehr leuchten.

»Jon«, sagte sie und drehte sich um. Sofort verfluchte sie sich selbst.

Sie war weggegangen. Sie hatte Jon vergessen.

Und jetzt …

War sie allein.

»Jon, wo zum Teufel bist du?« wisperte sie wütend.

Keine Antwort.

MANNING.

Irgendeine Antwort verbarg sich vielleicht in diesem offenen Gewölbe. Sie zögerte, dann ging sie näher. Und näher. Sie versuchte hineinzuschauen.

»Hätte ich nicht wenigstens eine Taschenlampe mitnehmen können?« sagte sie zu sich selbst. »Aber wie hätte ich wissen sollen, daß ich mich heute nacht auf dem Friedhof herumtreiben würde, als ich das Haus verließ. So etwas habe ich noch nie gemacht. Ich habe auch noch nie Striplokale besucht. Und wozu soll ein Exmann gut sein, wenn er nicht ab und zu etwas emotionalen Aufruhr verursacht. Andererseits hatte ich ja auch lange kein Sexleben mehr … hmm. Ist Sex eine gute Entschädigung dafür, daß man mitten in der Nacht auf dem Friedhof herumläuft?«

»Ich spreche mit mir selbst.« Sie war einen Moment still, genau an der Schwelle des Gewölbes.

»Ich muß mit mir selbst reden. Dann höre ich nicht, wenn die Leute in den Gräbern anfangen zu reden«, murmelte sie.

Ein schmaler Streifen Mondlicht drang in die Grabstätte. Sie war vielleicht drei mal drei Meter groß, mit Simsen, auf denen die verschiedenen Reihen dahingeschiedener Mannings zu erkennen waren.

Viele dieser Gewölbe»schubladen« waren zerbrochen. Sie konnte die Särge darin sehen. Einige der Särge sahen zerstört aus.

Auf der unteren Ebene entdeckte sie ein großes Loch,

wo sowohl die Wand als auch der Sarg zerstört waren. Das Mondlicht beleuchtete einen Gegenstand.

Papier? War das der Ort, wo Gina ihre Nachrichten hinterlassen hatte? Einem heimlichen Liebhaber?

Ann ging noch einen Schritt weiter in die Grabkammer. Plötzlich verschwand das Papier, oder was immer es war. Ann trat vor.

Da fühlte sie etwas, oder jemanden, hinter sich. Sie fuhr herum; etwas krachte schwer gegen das Grab, nur wenige Zentimeter neben ihrem Kopf. Sie schrie auf, duckte sich, als sie den Luftzug einer Schlagwaffe spürte, die jemand erhob.

Sie wirbelte herum, war mit einem Satz aus der Grabstätte und lief auf den Pfad zu.

Der Mond versteckte sich hinter den Wolken.

Völlige Finsternis erfüllte die Nacht.

Sie rannte weiter, schrie. Sie stolperte, fiel wieder hin. Sie war auf einen niedrigen Grabstein gefallen. Einen zerbrochenen Grabstein. Etwas lag unter ihrem Kinn. Sie berührte es, und eine Welle schierer Panik ergriff sie.

Knochen. Menschliche Knochen. Ein Hüftknochen?

Sie sprang auf die Füße, kümmerte nicht darum, ob sie verletzt war. Sie rannte auf einem anderen Pfad weiter, vollkommen orientierungslos. Die Wolken bewegten sich; der Mond kam wieder hervor.

Plötzlich blieb sie stehen. Genau vor ihr war eine Gestalt in einem schwarzen Cape mit Kapuze aufgetaucht. Sie konnte die Züge zuerst nicht ausmachen, weil sich die Gestalt hinunterbeugte.

Dann erhob sie sich.

Vor ihr stand Jacques Moret.

Sie ließ einen Entsetzensschrei heraus.

»Nein, nein … bitte!« keuchte er.

Bitte was? In panischer Angst drehte sich Ann wieder herum und rannte direkt in eine andere Person hinein.

Sie schrie, als ob alle Dämonen der Hölle hinter ihr her wären.

»Ann!« Sie konnte Jon hören. Er lief auf sie zu.

Aber wenn Jon bei ihr eintraf …

Sie schaute zu dem Gesicht auf, zu dem Klotz von Mann, in den sie hineingelaufen war.

»Ann, ich bin's, Mark. Hör auf!«

»Mark«, flüsterte sie schwach.

Von allen Seiten kamen Leute auf sie zu. Sie klammerte sich an Mark. Da war Jon.

Da war Harry Duval.

Und da, von der anderen Seite, kam Jimmy Deveaux.

Alle blieben stehen, einer starrte den anderen entgeistert an. »Was zum Teufel geht hier vor?« fragte Mark.

Ann versuchte sich aus seinem Griff zu befreien. »Was … was machst du hier?« fragte sie mißtrauisch. Sie sah Jimmy Deveaux über seine Schulter. Sie traute ihm nicht.

»Wie meinst du das, was ich hier mache?« Auch er wandte sich zu Jimmy um. »Hat einer Jacques aufgehalten?«

»Die Jungs müssen ihn haben. Ich gehe nach hinten und sehe nach«, sagte Jimmy.

»Jacques?« sagte Jon und sah Mark an. »Sie sind hergekommen, weil Sie wußten, daß Jacques hier war?«

»Wir nehmen Jacques fest, um ihn im Zusammenhang mit dem Mord an Ellie Trainor, der toten Unbekannten, zu verhören«, erklärte er. »Jacques' Sekretär hat uns gesagt, wo man ihn nachts bei Vollmond finden kann«, fügte er hinzu. »Sie sind den Polizisten, die Sie im Krankenhaus bewacht haben, entkommen, Jon.«

»Man hat mich bewacht?« fragte Jon unschuldig.

»Und du!« sagte er und packte Ann fest bei den Armen. »Du hast wohl kein bißchen Verstand!«

»Na, na«, protestierte Jon, Ann verteidigend.

»Was zum Teufel wolltet ihr hier draußen?«

»Wir wollten einen Mord aufklären – weil die Polizei damit anscheinend überfordert ist«, informierte ihn Ann.

»Komm«, knurrte Mark ärgerlich. »Wir gehen jetzt alle.«

Diesmal brauchten sie kein Taxi.

Sie verließen den Friedhof in Polizeiautos. Sie fuhren gemeinsam auf die Wache.

Jacques Moret gab zu, daß er an Kultritualen auf dem Friedhof teilnahm, leugnete aber, etwas über den Mord an Ellie Trainor zu wissen. Trotzdem wurde er für eine Nacht hinter Gitter gesetzt, in Erwartung der Anklage durch den Bezirksanwalt. Jon, Harry Duval und Ann saßen in einem Raum, der nur einen Tisch und einige Stühle enthielt, und tranken Kaffee, bis Mark endlich wieder bei ihnen auftauchte.

Er lehnte sich an die Tür, die Arme über der Brust gekreuzt. »Sie zuerst, Duval. Was haben Sie auf dem Friedhof gemacht?«

Harry zuckte mit den Schultern.

»Ich hatten von diesen Ritualen gehört. Ich habe Jon heute abend davon erzählt. Ich dachte, er als einer der Hauptverdächtigen in Ginas Fall sollte darüber Bescheid wissen. Dann habe ich mir Sorgen gemacht. Ich dachte, er würde zum Friedhof fahren und hätte seine Frau dabei. Ich wollte ihnen zu Hilfe kommen.«

»Jon?« sagte Mark.

»Sie haben ihn ja gehört. Ich bin ein verzweifelter Mann. Und ich suche überall, bevor Sie mich einlochen. Es sei denn, Sie denken, Moret habe beide Frauen auf dem Gewissen. Habe ich den Kopf immer noch halb in der Schlinge?«

»Wir haben bislang gegen niemanden einen ausreichenden Beweis«, sagte Mark. »Ihr Blut auf Gina ist nach wie vor belastend.«

»Ich bleibe bei meiner Aussage.«

»Sie haben Ann in eine sehr gefährliche Situation gebracht. Ich sollte Sie alle einbuchten wegen Einbruchs in einen Friedhof.«

»Verschwendung von Steuergeldern, meinen Sie nicht?« fragte Harry.

Er schien Harry nicht zu hören. Er starrte Ann an.

»Im Gefängnis wärst du wenigstens sicher aufgehoben.«

Ann starrte zurück. Bis jetzt hatte sie noch niemandem erzählt, daß sie in der Manning-Grabstätte angegriffen worden war.

»Jacques Moret ... wird des Mordes verdächtigt?« forschte sie.

»Ja«, sagte Mark. »Vorläufig. Allerdings habe ich bis jetzt nichts gegen ihn in der Hand. Ich weiß nur, daß er mit ihr gegessen hat und die letzte Person war, die sie lebend gesehen hat.«

War Jacques in der Grabstätte gewesen, hatte er nach der verräterischen Korrespondenz zwischen ihm und Gina gesucht?

Hatte er sie heute nacht beobachtet?

Auf sie gewartet, um sie niederzuschlagen?

So wie Gregory in der Nacht des Sturms niedergeschlagen worden war?

Er mußte es gewesen sein, dachte sie. Ja, natürlich, es mußte Jacques Moret gewesen sein. Und jetzt stand er unter Arrest, und jetzt würde man Beweise gegen ihn zusammentragen und ihm beide Morde oder mehr nachweisen.

»Wenn Sie mir nichts vorwerfen, darf ich dann wieder gehen, Mark?« fragte Harry höflich.

»Ja, ja, Sie können gehen«, sagte Mark.

Harry machte sich schnell davon.

»Dann können Ann und ich auch gehen?« sagte Jon hoffnungsvoll.

»Ich bringe Sie nach Hause«, sagte Mark.

Jon ging voraus; Ann folgte ihm. Sie konnte Mark den ganzen Weg hinter sich fühlen.

Er schob sie in den Beifahrersitz seines Wagens und ließ Jon hinten einsteigen.

»Ich bringe Sie zuerst nach Hause, Marcel«, sagte Mark.

»Nein, ist schon gut. Bringen Sie mich zu Annie. Ich glaube nicht, daß sie allein sein sollte.«

»Sie sind ihr *Exmann.*«

»Ich schlafe in Katies Zimmer, falls Sie das überhaupt etwas angeht. Sie sollte nicht allein sein.«

»Sie wird nicht allein sein«, sagte Mark.

»Was?« schnappte Jon.

»Ich werde auf ihrer Couch schlafen.«

»Wirklich? Geht die Polizei da nicht ein bißchen über ihre Aufgaben hinaus?«

»Würdet ihr beide bitte aufhören, über mich zu reden, als wäre ich nicht da?« rief Ann wütend.

»O mein Gott!« Jon atmete tief ein. »Du schläfst mit ihm!«

»Jon, was ich tue oder lasse ...«

»Sie sind der *Ex*mann. Sie schlafen nicht mehr mit ihr. Sie haben Gina geliebt. Sie wollten sie heiraten. Erinnern Sie sich?« mahnte Mark.

»Ja, aber Exmann zählt mehr als neuer Gelegenheitsliebhaber«, beharrte Jon.

»Hört jetzt auf!« schrie Ann. »Hört sofort auf! Ich schwöre, ich sperre euch beide aus ...«

»Katies Zimmer?« sagte Mark.

»Die Couch?« fragte Jon.

»Wir sind da«, sagte Mark.

»Ja, und ich gehe alleine nach oben.«

»Den Teufel tust du«, sagte Mark.

»Nie im Leben«, sagte Jon.

Ann gab einen Schrei der Entrüstung von sich, und lief die Treppen zu ihrer Wohnung hinauf. Sie waren dicht hinter ihr.

Alle beide.

Den ganzen Weg.

20. Kapitel

Mark sah zu, wie Ann in die Küche stürmte, sich ein Glas Wein eingoß und in ihr Schlafzimmer ging, dabei die zerborstene Tür zuschlug, so gut es ging.

Sie schloß, konnte aber nicht abgeschlossen werden.

Obwohl das gerade keine Rolle spielte. Nicht solange sie beide im Haus waren.

»Vielleicht sollten wir auch einen Schluck Wein trinken«, schlug Jon vor. Er ging in die Küche und holte Gläser. »Sind Sie im oder außer Dienst? Darf ich mich in der Küche selbst bedienen? Wie weit geht das mit Ihnen beiden? Sagen Sie mir, haben Sie Annie im Dienst oder außer Dienst kennengelernt?«

»Marcel«, sagte Mark irritiert, »es geht Sie eigentlich nichts an, aber wenn Sie es unbedingt wissen wollen: Es passierte, als ich Ann in den Sumpf nachging, weil sie ihren dummen Kopf riskierte, um jemand anderen als Mörder zu überführen.«

Marcel antwortete nicht. »Wein? Sie sind doch offiziell außer Dienst, oder?«

»Gibt es noch was anderes?« fragte Mark. »Bourbon mit Eis würde mir jetzt verdammt guttun.«

Marcel grinste. »Ein Bourbon, bin schon unterwegs.«

Er goß ein, reichte Mark den Drink, dann fiel sein Blick auf Anns Staffelei. Er ging hinüber, nahm die Abdeckung ab.

Er pfiff leise. »Niemand, niemand malt Gesichter wie Annie.« Er sah zu Mark. »Kommen Sie mal.«

Mark stellte sich neben Jon und musterte die Zeichnung auf der Staffelei.

Sie zeigte drei Gesichter, ineinander übergehend wie ein Familienportrait. Sein Gesicht, das seines Sohnes, Brits Gesicht. Das Portrait drückte alle Ähnlichkeiten und alle Unterschiede aus. All die Träume in Brits Augen, Geradlinigkeit in Michaels, Weisheit in seinen. Die Zeichnung war noch lange nicht vollendet, aber wunderbar lebendig. Sie enthielt sehr viel Gefühl – die Verbundenheit der drei war offensichtlich. Irgendwie versprach das Bild viel für die Zukunft, war aber auch ein Tribut an das Hier und Jetzt.

»Okay, also sind Sie scheint's mehr als ein Gelegenheitsliebhaber«, kommentierte Marcel.

Er sah auf den anderen Block, den Ann beiseite gelegt hatte. Er nahm ihn auf und stellte ihn auf ein anderes Gestell.

»Cindy. Das wird auch ein gutes Bild. Sie sucht das gleiche wie ich, die Schönheit in der Bewegung, die Trauer über das, was passieren kann ...« Er unterbrach sich, sah Mark an. »Ich habe Gina nicht umgebracht. Ich schwöre es: Ich war es nicht. Sagen Sie mir ehrlich – hat Jacques es getan?«

»Ehrlich, ich weiß es nicht. Wir werden morgen den ganzen Tag damit verbringen, ihn zu verhören. Genauso, wie wir es mit Ihnen gemacht haben. Ich werde ihn nicht lange festhalten können, wenn wir nichts finden. Sie waren überall mit Blut bedeckt und ich habe Sie auch nicht festgehalten, wenn Sie sich erinnern.«

»Ja. Aber wenn Jacques es nicht getan hat, wer war es dann?«

»Da ist immer noch Harry Duval.«

»Oder Ihr Partner«, sagte Jon.

»Mein Partner?« fragte Mark verblüfft.

Jon lächelte ihn unsicher an. »Ich habe das auch gerade erst erfahren. Duval hat mir heute abend davon erzählt. Jimmy Deveaux hatte etwas über dieses Treffen auf dem Friedhof herausgefunden. Anscheinend erpreßte er Gina.«

»Das glaube ich nicht.«

»Warum nicht? Weil er ein Cop ist?«

»Weil er ein guter Mann ist.«

»Ich bin auch ein guter Mann, glauben Sie es oder nicht. Das hat mich auch nicht davon abgehalten, Gina zu begehren.«

»Sie sprechen über Erpressung, das ist nicht das gleiche wie sexuelle Begierde.«

»Oh Mann, LaCrosse! Ich wollte Gina heiraten, aber ich kannte die Wahrheit über sie. Sie war eine Prostituierte. Cops sind auch nur Menschen. Sie kaufen sich auch Prostituierte. Okay, Sie nicht, zwischen Ihnen hatte sich eine Beziehung entwickelt. Das erste Mal mit ihr ... habe ich sie bezahlt. Unsere Beziehung hat sich von da an entwickelt. Vielleicht bezahlte Ihr Partner sie.«

Mark schluckte seinen Bourbon. Sein Kopf schmerzte. Herrgott nochmal, Jimmy. Warum hatte er ihm nie etwas gesagt?

»Jimmy hat sie nicht umgebracht«, sagte Mark.

»Wissen Sie, LaCrosse, für mich sind Sie ebenso verdächtig wie alle anderen auch.«

»Ich jetzt auch? Darf ich Sie an was erinnern? Ich hatte keine Blutspuren von ihr an mir.«

Jon Marcel hob eine Hand, zuckte zusammen. »Ich hätte das nicht sagen sollen. Ich glaube nicht, daß Sie schuldig sind. Ich ... ich weiß nicht. Ich weiß nur, daß da etwas ist, ich etwas gesehen habe, das helfen könnte, aber ich kann mich nicht erinnern, was!«

»Würden Sie sich auf einen Hypnotiseur einlassen? Er könnte helfen, herauszufinden, was es war.«

»Ein Hypnotiseur?« fragte Jon.

Mark nickte. »Ja, ich habe das schon öfters erlebt. Unter Hypnose können die Leute sich an Dinge erinnern, die ihr Bewußtsein unterdrückt.«

»Ich mache alles, wenn ich nur helfen kann.«

»Gut, dann besorgen wir uns morgen einen.«

»In Ordnung.«

»Wenn ich morgen früh schon weg sein sollte, gehen Sie nicht, bis ich zurück bin.«

»In Ordnung«, sagte Jon und runzelte die Stirn.

Mark schuldete ihm keine Erklärung. Er entschloß sich aber trotzdem, etwas dazu zu sagen.

»Ich möchte mit Jimmy sprechen, bevor er morgen zum Dienst geht.«

»Ich verstehe. Gut. Ich gehe nirgendwo hin, und ich lasse Ann nicht allein. Gute Nacht also.«

Er verzog das Gesicht, zeigte auf die Tür neben der zu Anns Schlafzimmer. »Katies Zimmer.«

Mark nickte. Er deutete in die andere Richtung. »Sofa.«

»Ja.« Jon ging zu Katies Zimmer, bleib dann aber noch einmal stehen. »Ich schlafe wie ein Toter, müssen Sie wissen. Sie sind verdammt anständig gewesen. Ich … ich meine, das sehe ich an Annies Zeichnung. Ich sollte eigentlich nicht hier sein.«

»Gute Nacht«, sagte Mark.

»Gute Nacht.«

Jon verschwand in Katies Zimmer.

Mark saß auf dem Sofa.

Jacques.

Zur Hölle mit ihm.

Jane Doe war Ellie Trainor, und sie hatte mit ihm Geschäfte gemacht und an dem Abend, an dem sie umgebracht wurde, mit ihm gegessen. Weitere Tests würden sicher ergeben, daß sie miteinander geschlafen hatten.

Aber was bewies das?

Wer sonst noch hatte ein Verbindung zu Ellie Trainor außer Jacques Moret?

Die Antwort war einfach und erschreckend.

Jeder, der in der Nacht, in der sie umgebracht wurde, im Club gewesen war.

Er fuhr sich mit den Fingern durch die Haare. Verdammt, es mußte doch eine Lösung geben. Er hatte so große Angst gehabt, als er Ann auf dem Friedhof schreien hörte. Er hatte die schreckliche – wenn auch absurde – Vorstellung von Ann, wie sie ausgestreckt auf einem Grabstein lag, ihren Hals einem Voodoopriester entgegengereckt wie ein Huhn, das geopfert werden sollte.

Er sah zu ihrer Tür.

Schüttelte den Kopf. Er hielt es nicht mehr aus. Er war zu sehr beteiligt.

Er liebte sie.

Er sollte heute nacht nicht hier sein.

Er stand auf und ging unentschlossen zur Tür. Tritt dagegen und mache einen entschiedenen Vorstoß! sagte er sich selbst.

Tritt dagegen, dann fällt sie total auseinander, und Ann und Jon halten dich für einen kompletten Idioten.

Mach sie auf, mach sie einfach auf. Sag ihr, daß du dich wie ein Idiot benimmst, weil du verrückt vor Angst um sie bist.

Er öffnete die Tür. Leise, vorsichtig.

Sie lag nicht im Bett. Sie trug eine dünnes weißes, ärmelloses Nachthemd, hielt ihr Weinglas in der Hand. Sie saß in einem Korbstuhl am Fenster zum Gärtchen neben dem Haus. Die erleuchteten Straßenlaternen fielen auf einen Gardenienbusch, eine Hängematte und einen kleinen Springbrunnen. Es war ein hübscher, friedlicher Anblick.

Sie hatte ihn hereinkommen gehört, das wußte er. Aber sie drehte sich nicht um.

Sie protestierte auch nicht.

Er ging zu ihr. Zögerte. Er schob seine Hände unter ihr Haar und hob es hoch, drückte seine Lippen auf ihre Schulter, ihren Nacken, ihren Hals.

Sie sprach immer noch kein Wort. Er nahm ihr das Weinglas ab und stellte es aufs Fensterbrett. Ihre Augen trafen seine.

Er zog sie an sich und küßte ihre Lippen.

Sie erwiderte seinen Kuß.

Er schob seine Finger unter die schmalen Träger ihres Nachthemds und ließ es zu Boden fallen. Er streichelte ihren ganzen Rücken und umschmiegte ihre Pobacken.

Er küßte ihre Lippen, ihre Brüste und fühlte, wie sie zu zittern begann.

Er ging in die Knie, zog sie an sein Gesicht.

Er wußte, wann sie zu schreien anfangen würde. Er stand schnell auf und erstickte jeden Laut mit seinem Kuß. Er hob sie auf und legte sich mit ihr aufs Bett.

Es war wesentlich besser als die Couch.

Ann erwachte am Morgen, als das Telefon klingelte.

Sie lag umschlungen mit Mark, seine Glieder über und unter ihren und umgekehrt, aber sie schnellte wie der Blitz hoch, griff ihren Bademantel vom Fußende und hob den Hörer ab, bevor sich der Anrufbeantworter einschalten konnte.

»Hallo?«

Es waren eine Menge Nebengeräusche in der Leitung. Dann hörte sie eine leise Stimme. Es war ein panische, weibliche Stimme.

Wenigstens ...

Wenigstens klang sie weiblich.

»Ann?«

»Ja.«

Wieder diese Geräusche.

»Mama Lili Mae möchte Sie sprechen. Sie sagt, Sie sollen niemandem in Ihrer Nähe trauen, niemandem, auch nicht denen, die Sie für vertrauenswürdig halten. Hören Sie?«

»Ich, ja, aber ... wer ist denn da? April, Cindy?«

»O Gott, ich kann nicht lange sprechen. Man wird mich hören. Trauen Sie niemandem, gehen Sie zu Mama Lili Mae. So schnell wie möglich. Mieten Sie sich einen Bootsmann, fahren Sie in den Bayou. O Gott, wenn ich mir vorstelle ...«

Die Leitung war tot.

Ann zögerte, dann hängte sie auf. Sie sollte Mark davon erzählen. Oder Jon.

Trauen Sie niemandem in Ihrer Nähe.

Jon hatte im Krankenhaus gelegen, als Ellie Trainor ermordet worden war!

Die Morde waren nicht unbedingt von demselben Mörder begangen worden.

Mark hatte auch etwas mit Gina gehabt.

Nein, nicht Mark. Nicht Mark.

Was war mit seinem Partner? Dem Bluthund?

Was, wenn jemand von der Polizei schuldig war? Würde Mark sich weigern, ihr zu glauben, würde er sie in Gefahr bringen, indem er sie mit den falschen Leuten zusammenbrachte?

»Wer war das?« fragte Mark aus dem Schlafzimmer

»Die … Reinigung!« rief Ann zurück. »Meine Kostüme sind fertig.«

»Was zum Teufel …«, hörte sie Mark plötzlich sagen.

Sie ging schnell zum Schlafzimmer zurück. Er war noch nackt, lag auf dem Bauch und betrachtete einen Gegenstand, der auf dem Fußboden lag.

Sie betrat das Zimmer. Sein Kopf fuhr hoch, und er starrte sie an.

»Was ist?« fragte sie.

»Hol mir eine Plastiktüte.«

»Warum?«

»Tu es.«

»Ich bin nicht dein Dienstmädchen oder Lakai …«

»Verdammt nochmal, Ann, bitte bring mir eine Plastiktüte!«

Wütend vor sich hinschimpfend ging sie in die Küche und holte eine Plastiktüte. Sie reichte sie ihm, dann schnappte sie nach Luft, als sie sah, was er gefunden hatte.

Ein blutbeschmiertes Messer.

Es war mindestens dreißig Zentimeter lang, das Blut war inzwischen getrocknet und verkrustet. Er wickelte die Tüte um den Griff, hob es sorgsam auf und packte es dann vollständig ein. Ann starrte ihn entsetzt an.

»Ich habe das nicht dahin gelegt.«

Er sagte nichts.

»Verdammt, Mark, ich habe es nicht dahin gelegt. Und Jon auch nicht.«

Mark stand auf, griff mechanisch nach seinen Kleidern, sagte nichts, als er sich anzog. Ann wurde es kalt. »Mark, er hat es nicht getan. Jeder hätte hier hereinkommen können. Die Polizisten waren hier, überall, in der Nacht, als Gina starb. Dann ... ich bin ja weggewesen. Ich war eine Nacht im Sumpf, und ich war eine Nacht bei dir. Jeder könnte hier hereingekommen sein.«

»Wie praktisch.«

»Du Hurensohn. Wie kannst du es wagen.«

»Hol Jon.«

»Hör mir mal zu. Du bist kein verdammter Feldwebel, und ich bin nicht dein ...«

»Ann, bitte, hol deinen Exmann. Ich will ihn nicht aufhängen, ich muß mit ihm sprechen!«

Bei diesem Wutausbruch beschloß Ann, seine Bitte zu erfüllen. Sie biß sich auf die Lippen und lief zitternd zu Katies Tür und klopfte an. »Jon?«

Er antwortete nicht.

»Jon!« Sie klopfte noch einmal.

Wieder keine Antwort.

»Jon, verdammt!«

Sie riß die Tür auf.

Das Fenster, das wie ihres zum Garten ging, stand offen.

Und Jon war nicht zu sehen.

Ann schnappte nach Luft. Wie hatte sie sich nur so irren können? War Jon ein Mörder? Es konnte nicht wahr sein; es durfte nicht wahr sein.

Was war mit Mark? Er hatte die Waffe gefunden, als er sich in ihrem Schlafzimmer aufhielt.

»Ann!« rief Mark in scharfem Ton.

Sie ging zurück ins Schlafzimmer.

»Wo ist Jon?«

»Er ist ...«

»Er ist was?«

»Weg«, gab Ann zu.

»Hurensohn!« fluchte Mark. Er drohte ihr mit dem Finger. »Jetzt reicht's. Keine Rücksicht mehr auf dich. Wenn ich ihn jetzt erwische, sitzt er hinter Gittern. Und ich hoffe, sie brummen ihm die Höchststrafe auf!«

Er setzte sich in Bewegung. Ann lief ihm nach, hielt ihn am Arm fest. »Warte, du weißt doch noch gar nicht ...«

»Ich weiß, daß er weg ist.«

»Aber ...«

»Ich muß das melden, Ann.«

»Bitte warte ...«

»Ann, ich bin ein Cop!«

»Das ist eine Falle. Muß es sein.«

»Richtig, deshalb ist Jon Marcel ja abgehauen.«

»Vermutlich hat er gemerkt, daß du Feuer speist und ist verschwunden.«

»Er hat dich zurückgelassen.«

»Er hat mich bei dir gelassen.«

Er schüttelte den Kopf. »Ich muß gehen.«

»Bitte, melde das Messer noch nicht. Es muß eine Erklärung geben ...«

»Ann, ich muß gehen. Und du rührst dich nicht vom Fleck, verstehst du mich? Ich meine es ernst.«

Er brauchte sie nicht zu fragen, ob er ihr Telefon benutzen durfte. Er zog sein neues Handy aus der Tasche und wählte eine Nummer.

»Wache, hier spricht Mark LaCrosse, schicken Sie sofort jemanden zu Ann Marcels Wohnung. Ein Wachmann soll ab sofort in ihrem Flur stehen, nachdem sie ihrer Wache gestern entwischt ist. Ich brauche sofort jemanden, ist das klar? Sehen Sie, ob Sie Jimmy für mich finden können.«

»Nein«, schrie Ann. »Nicht. Nicht Jimmy hier. Ich habe Angst vor ihm.«

»Jimmy hat weder Gina noch sonst jemanden umgebracht.«

»Das kannst du nicht mit Gewißheit sagen ...«

»Du sagst, daß Jon sie nicht umgebracht hat, gut, ich sage, daß Jimmy es nicht getan hat!« Er lief zur Flurtür. »Geh nicht weg, verdammt, hörst du, geh bloß nicht weg!«

»Geh zur Hölle!«

»Ich werde Jimmy oder wer immer kommt, sagen, daß sie dich auf der Stelle festnehmen sollen, wenn du auch nur einen Fuß vor die Tür setzt!«

Sie stand totenstill. Ihre Augen verengten sich vor Zorn, starrten ihn an. Er hielt dem Blick stand.

»Ann, es tut mir leid ...«

»Geh zur Hölle.«

»Ann ...« Er ging auf sie zu.

»Geh zur Hölle! Und wage bloß nicht, mich anzufassen, hast du verstanden?«

Er blieb stehen. Für einen Moment blickten seine grauen Augen voller Sorge. Dann wirkten sie nur noch kalt. Glitzernd kalt wie Silber.

»Gehe hier nicht weg. Ich lasse dich umgehend verhaften. Es gibt genug Gründe, die ich gegen dich anführen kann.«

Er machte auf dem Absatz kehrt und verließ sie.

In dem Moment, als die Tür ins Schloß fiel, lief Ann in ihr Schlafzimmer und zog sich in rasendem Tempo an. Sie mußte weg, bevor Jimmy Deveaux oder ein anderer Polizist vor ihrer Tür Wache stand.

Sie zog sich für das Bayou an.

»He, Mark! Wo gehen Sie hin?«

Zu seinem größten Erstaunen erkannte Mark Jon Marcel, der vom gegenüberliegenden Café kam. Er balancierte ein Tablett mit Kaffeebechern und eine Tüte Gebäck.

Sein Blick fixierte Marcel, bis dieser vor ihm stand. »Ich dachte, wir hätten uns geeinigt, daß jemand bei Ann bleiben soll. Sie sind der Cop, Sie hätten feststellen müssen, ob ich da bin, bevor Sie sie verlassen haben.«

Plötzlich bemerkte Jon Marks seltsamen Blick.

»Was ist los?«

Mark holte die Plastiktüte hervor.

»Oh, Jesus«, keuchte Jon.

»Unter Anns Bett.«

»Sie können unmöglich glauben, daß Ann es dorthin gelegt hat.«

»Vielleicht nicht.«

»He, Mann, kommen Sie. Sie können auch nicht glauben, daß ich es war. Also, schlafen Sie nur mit meiner Exfrau; ich habe ein Messer unter ihrem Bett versteckt.«

»Vielleicht ist das der Punkt. Sie verstecken es dort, wo es nur allzu offensichtlich ist.«

»Und ich habe Ihnen Kaffee geholt und Frühstück«, sagte Jon voller Abscheu. »Fein. Ganz toll. Also verhaften Sie mich. Ich habe es nicht getan, und Sie lassen den wahren Mörder frei herumlaufen.«

Mark starrte ihn an. Gute Reaktion. Jon Marcel hatte es nicht getan. Warum all die Aufregung wegen des Messers? Er war ein Cop, er mußte den Beweis abliefern.

Vielleicht war es eine Falle. Vielleicht würde sich das Blut auf dem Messer als Hühnerblut herausstellen.

Er schüttelte voller Abscheu den Kopf. »Als Sie kaum bei Bewußtsein waren, da sagten sie zu ihr ...«

»Annabellas's. Wenn ich nur wüßte ... wenn ich nur hinter die Schatten sehen könnte. Verdammt, ich muß den Killer gesehen haben.«

»Gehen wir hoch. Wir werden das alle zusammen diskutieren. In aller Ruhe, meine ich«, sagte Mark. »Vielleicht macht es keinen Unterschied, wenn ich erst den Hypnotiseur hole und dann das Messer einreiche.«

»Ja. Danke. Lassen Sie uns wenigstens den Kaffee trinken. Er ist besonders gut.«

Sie stiegen die Stufen hoch zu Anns Wohnung wieder hinauf und traten ein. Jon legte die Gebäcktüte hin und stellte das Tablett ab.

»Ann!«
Ann antwortete nicht.
»Sicher zieht sie sich um«, sagte Jon. »Ann?«
Sie antwortete immer noch nicht.
Mit gerunzelter Stirn rannte Mark zur Tür. Er stieß sie auf. Die zerborstene Tür erzitterte, das Scharnier gab nach, und die Tür schlug auf den Boden, knapp neben Marks Fuß.
Er achtete nicht darauf. Ihm wurde plötzlich schlecht. Das Gefühl kam von ganz unten. Sie war weg.
Und sie war wirklich in Gefahr.
»Wo?« stieß er aufgewühlt aus.
»Ich weiß ...«, begann Jon. Er brach ab, starrte Mark an. »Der Club?«
»Versuchen wir es«, sagte Mark.
Sie eilten aus dem Haus. Mark rief die Wache an, während sie fuhren, und hinterließ an der Zentrale, daß Ann Marcel zwar nicht in ihrem Haus war, daß er aber trotzdem einen Wachmann an ihrer Tür haben wollte.
»Haben Sie meinen Partner schon erreicht, Janey?« fragte er.
»Nein, noch nicht, tut mir leid.«
»Wenn Sie ihn erwischen, sagen Sie, er soll uns im *Annabella's* treffen.«
Aber Ann war nicht im Club.
Harry Duvals einäugiger Rausschmeißer empfing sie an der Tür. »Der Boß ist hinten, aber ich habe die hübsche kleine Künstlerin auch nicht gesehen. Sie ist nicht hier. Glaube ich jedenfalls, aber ich sehe vorsichtshalber nach. Heute ist überhaupt niemand da, April nicht, Cindy, Marty, Jen ... sie glauben anscheinend, wir hätten den Nationalfeiertag vorgezogen.«
»Sehen Sie bitte nach, ob Ann Marcel hinten ist«, drängte Jon.
»Ich werde jemanden in die Garderobe schicken.«
Sie gingen hinein. Mark lehnte sich an einen Barhocker.

Es war der Barhocker neben dem Telefon. Neben dem Telefon lag ein Notizblock.

Auf dem obersten Zettel stand Anns Nummer.

Harry Duval trat ein.

»Gentlemen, Sie sind aber früh dran.«

Mark starrte immer noch auf den Notizblock. Anns Nummer stand nicht nur einmal darauf. Sondern wieder und wieder, bis die Seite voll war.

»Duval!« sagte er scharf.

Harry und Jon traten zu ihm.

»Wessen Handschrift ist das? Erkennen Sie sie vielleicht?«

»Ich bin nicht sicher, ich weiß nicht, ob ich sie wiedererkenne ...«, begann Jon.

Duval pfiff durch die Zähne. »Ja, ich erkenne sie.«

»O Gott, ich kenne sie auch!« rief Mark aus. »O Hölle, jetzt erkenne ich sie auch.«

»Sie ist heute morgen herausgelockt worden«, sagte Jon. »O Gott, wo würde man eine Frau hinlocken, um sie ...«

»Umzubringen?« beendete Mark den Satz. Ihm wurde übel. Er starrte Jon an.

»In den Sumpf«, sagte Jon.

»Warten Sie! Da ist noch etwas, das Sie vielleicht wissen sollten.«

»Was?« rief Mark.

»Nun, zuerst hielt ich es nicht für wichtig, aber hören Sie.«

Beide Männer hörten zu.

Dann rannten sie los. Der Einäugige Jack kehrte an die Bar zurück, um ihnen zu sagen, daß die hinteren Räume vollkommen leer waren.

Aber da war niemand mehr. Sogar der Boß war weg.

21. Kapitel

Ann hatte überlegt, ob sie jemanden mieten sollte, der sie in den Bayou hinausfuhr, aber sie fragte sich, ob das nicht zu lange dauern würde – viel Zeit blieb ihr nicht, bis jemand merkte, daß sie nicht zu Hause war, und außerdem war das zu aufwendig.

Sie fuhr direkt zu dem Platz, an dem die Boote lagen und nahm sich das beste. Sie fürchtete, es könnte ihr nicht gelingen, den Motor zu starten, aber nach drei Zügen an der Schnur brummte er stetig.

Die Fahrt dauerte ziemlich lang. Sie schoß in rasendem Tempo über das offene Wasser. Lange genug, um sich selbst zu sagen, daß sie eine Idiotin war. Sie sollte nicht allein hier draußen sein. Aber mit wem hätte sie kommen sollen?

In dieser ganzen Geschichte, dachte sie, gab es nur eine absolut vertrauenswürdige Person. Eine Person, die nichts mit Gina zu tun gehabt hatte. Die Gina liebte, nicht aus Leidenschaft, sondern zärtlich.

Mama Lili Mae.

Und Mama Lili Mae hatte gesagt, sie dürfe keinem Menschen in ihrer Nähe trauen.

Sie war dumm gewesen. Sie kannte Jon, und sie kannte Mark. Sie kannte Mark noch nicht lang, aber sie kannte ihn gut.

Oder nicht?

Zweifel plagten sie, als sie immer weiter über das Wasser jagte, bis sie zufällig zum Himmel aufschaute.

Sie fluchte bei dem, was sie sah.

Ein neuer Sturm kam auf.

Der Himmel wurde schon grau.

Sie mußte sich beeilen. Aber wie sollte sie sich beeilen.

Nachdem sie das offene Wasser hinter sich gelassen hatte, fing der schwierige Teil an; sie mußte im Gewirr des Bayou den richtigen Weg finden. Sie war erst einmal hiergewesen. Gott sei Dank hatte Gregory den kürzesten Weg genommen. So war es einfach gewesen, wenigstens den größten Teil der Strecke auf dem offenen Wasser zurückzulegen.

Dann mußte sie den Motor ausstellen und hoffen, die Stelle zu finden, wo es zu Mama Lili Maes Anwesen ging.

Der erste Kanal war falsch. Sie mußte den ganzen Weg wieder zurückfahren. Sie nahm noch eine falsche Abzweigung, dann noch eine.

Sie kam an Marks Hütte vorbei und war froh, daß sie wenigstens auf dem richtigen Weg war. Sie ruderte weiter und dann sah sie die richtige Bucht.

Drei Boote lagen vertäut. Vorsichtig manövrierte sie das Boot zwischen die anderen.

Sie zitterte. Es konnte jeden Moment anfangen zu regnen. Es war dunkel.

Mama Lili Maes Haus lag oberhalb des Pfades. Jacques Moret konnte nicht da sein. Er war im Gefängnis.

Sie war sicher.

Ann stieg in das seichte Wasser und zog das Boot hoch. Sie lief den Pfad entlang, den sie mit Cindy und Gregory gegangen war.

Nach ein paar Schritten blieb sie stehen.

Jemand folgte ihr.

Ann fing an zu rennen, dann blieb sie wieder stehen. Ihre Furcht hatte sie direkt in den Busch getrieben. In die falsche Richtung.

Halt an, reiß Dich zusammen, sagte sie sich selbst. O Gott, sie war schon so lächerlich nahe dran. Finde den richtigen Weg, und dann geh schnell, mahnte sie sich.

»Ann!«

Sie hörte ein unterdrücktes Flüstern, ganz nahe. Eine Frauenstimme, dachte sie.

»Ann!«

Wieder die weiche, weibliche Stimme.

Dann eine lautere Stimme.

»Ann. Lieber Himmel, Ann. Bist du hier draußen?«

Es war Jon. Er rief sie. Jon Marcel. Ihr Exmann. Der mit Ginas Blut bedeckt gewesen war.

Sie kauerte sich in die Büsche. O Gott. Überall in den Blättern raschelte es.

Gewitterwolken zogen rings um sie auf.

Sie hörte ein Fluchen. Sie duckte sich tief und sah durch die Äste.

Sie hielt den Atem an. Ein Mann ging vorbei. Sie konnte ihn nicht sehen. War es Jon?

Oder auch nicht. Sie hörte ihn wieder fluchen.

Jimmy? ... Jimmy Deveaux? Der Cop, dem sie nicht traute?

»Ann!« Sie drehte sich um und lief Cindy McKenna direkt in die Arme.

»Cindy!«

»Ann!« Cindy legte einen Finger auf ihre Lippen, dann machte sie Ann ein Zeichen. »Es ist Jimmy!« warnte sie Ann.

»Jimmy Deveaux?« flüsterte Ann. Cindy nickte. »Ich hole Sie hier heraus.«

»Können Sie mich zu Mama Lili Mae bringen?«

»Ja, aber wir müssen Jimmy zuerst abschütteln. Wußten Sie, daß er auch mit Gina geschlafen hat? Er hat sie erpreßt. Er ... ich glaube, er hat sie umgebracht.«

Ann hielt die Luft an. Sie fühlte sich schlecht. Eine zentnerschwere Last lag auf ihrer Brust.

»Kommen Sie«, sagte Cindy.

Sie rannten los. Sie hörten Jimmy durch die Büsche stapfen.

»Mrs. Marcel? Mrs. Marcel! Hier ist Detective Deveaux. Bitte, können Sie mich hören? Wir sind gekommen, um Ihnen zu helfen. Wir ...«

»Hören Sie nicht hin!« rief Cindy und zog Ann am T-Shirt. »Kommen Sie, kommen Sie, rennen wir.«

Ann folgte ihr, mied sorgfältig die Gegend, wo Jimmy durch die Büsche streifte und nach ihr suchte.

»Wie können Sie so sicher sein, daß es Jimmy war?« flüsterte Ann nervös.

»Ich ... ich weiß nicht. Aber das ist auch egal. Sie sind überall. O Gott, einer von ihnen ist der Mörder.«

»Wer ist überall?«

»Die beiden Cops. Mark und Jimmy. Sie haben beide mit ihr geschlafen, wissen Sie. Und Jon. Jon ist hier. Er schlief am meisten mit ihr. Kommen Sie, ich bringe Sie weiter weg, wir müssen hier weg. Jemand will Sie umbringen, Ann.«

Cindy nahm Anns Hand. Sie zog sie auf einen Pfad am Gebüsch entlang. Sie rannten immer schneller. Ann war außer Atem. Sie zerrte an Cindys Hand.

»Warten Sie. Halt. Wir müssen eine Minute anhalten. Cindy, das ist verrückt. Die drei sind ganz sicher nicht alle in diese Sache verwickelt. Und ein Mann könnte uns auch so nicht gleich all beide umbringen. Vielleicht hat es ja keiner von ihnen getan und Harry Duval war es!«

»Harry will nur Sex«, sagte Cindy.

»Das kommt bei Männern schon mal vor«, sagte Ann trocken. Ihre Seitenstiche brachten sie um. Sie zwang Cindy anzuhalten.

»Bei Frauen auch!« blaffte Cindy wütend.

Ann krümmte sich, um die Schmerzen in ihrer Seite zu stoppen. Sie schaute zu Cindy hoch. Ihr Gesicht hatte sich zu einer seltsamen Maske verzerrt.

»Cindy, wir müssen zurückgehen. Sie können mich nicht umbringen, wenn sie alle zusammen sind. Wir gehen zu Mama Lili Mae. Versuchen, irgendeinen Sinn in die Sache zu bringen.«

Sie dachten alle, Gina mochte den Sex mit ihnen. Wie Harry. Er dachte, Gina könnte ihn nicht wirklich verlassen, weil sie ihn für einen tollen Hengst hielt. Wir mußten zu zweit zu ihm kommen, weil es ihn scharf machte, zuzusehen. Und als sie noch lebte, wollte er Gina.«

Etwas an der Art, wie Cindy sprach, verursachte Ann ein unbehagliches Gefühl.

»Cindy, Sie müssen nicht darüber sprechen ...«

»Ist schon in Ordnung. Sie erinnern mich an Gina, jedenfalls ein bißchen. Obwohl Sie aus dem ›sauberen‹ Teil der Stadt kommen. Aber Gina hätte so viel mehr aus sich machen können ... Die haben ihr das angetan. Wir wollten zusammen weg.«

»Sie waren Freundinnen«, sagte Ann behutsam. »Aber dann verliebte sich Gina in Jon.«

»Wir waren mehr als Freundinnen«, sagte Cindy. »Ich wollte wirklich nicht, daß man Jon ihren Mord in die Schuhe schob; er war zu uns allen anständig. Die meisten Männer sind das nicht. Aber irgendwie war es doch Jons Schuld, und am besten wäre er einfach gestorben. Ich habe diese idiotische bisexuelle Lesbe nur umgebracht, weil sie mir gesagt haben, daß Jon überlebt hat. Ich mußte dafür sorgen, daß es so aussah, als brächte jemand Stripperinnen oder Clubmädchen um. Wer hätte auch ahnen können, daß sie zum ersten Mal in so einem Club war?«

»Cindy, Sie wollen damit doch nicht sagen ...«

»O doch, Ann, das will ich damit sagen! Ich wollte Gina nicht umbringen; aber sie wollte einfach nicht auf mich hören. Sie wollte mich verlassen, um Jon zu heiraten. Mich verlassen! Sie war alles, was ich hatte. Wir haßten alle Männer, obwohl sie mit einigen schlief, wenn sie Lust dazu hatte. An dem Cop hat sie am längsten gehangen ... , aber es war nicht richtig. Sie hat mir von ihm erzählt. Sie hat mir von ihm erzählt, als wir uns geliebt haben. Dasselbe hat sie getan, als sie Jon kennenlernte; dann wurde sie still, dann machte sie immer öfter bei diesem blödsinnigen Voodoo auf dem Friedhof mit Jacques Moret herum ...«

Cindy brach ab, lächelte breit. »Ich habe letzte Nacht

versucht, Sie umzubringen, wissen Sie. Jacques hätte man zuerst verdächtigt, weil er in dieser blödsinnigen Voodoo-Verkleidung herumlief. Das wäre schön aufgegangen. Aber so ist es auch in Ordnung. Sie werden das Messer bald in Ihrem Zimmer finden, und Marcel ist hier draußen, das heißt, wenn man Sie findet, gibt es eine große Tragödie. Die Exfrau, die alles versucht zu beweisen, daß der streunende Gatte unschuldig ist, wird selbst zum Opfer. Es ist wirklich schade, ich wollte eigentlich, daß man die Sache einem anderen anhängt, nicht Jon.«

Ann atmete kaum noch. Sie fixierte Cindy.

Es war unglaublich. Sie hatte Angst gehabt vor Duval, vor Jacques Moret. Sie hatte ihre Zweifel über Marks Partner gehabt, hatte an ihrem Exmann gezweifelt, und sogar an Mark.

Und hier war Cindy. Die ihr über eine Affäre erzählte, auf die sie nie gekommen wäre. Die ihr sagte, daß sie zwei Frauen umgebracht hatte.

»Haben Sie Gregory niedergeschlagen?« fragte Ann. Was zum Teufel sollte sie nur jetzt tun? Cindy am Reden halten? Hoffen, daß jemand über sie stolperte? Wie weit waren sie gelaufen?

»Ich habe versucht, Gregory umzubringen. Er hatte Gina verlassen, kurz bevor ich sie umbrachte. Ich hatte Angst, er hätte etwas gesehen.«

»Er hat nichts gesehen. Aber Jon. Er wird sich sicher bald wieder erinnern.«

»Wer soll ihm denn noch glauben, wenn er wegen Mordes hinter Gittern sitzt?«

»So einfach ist das nicht.«

»Sie brauchten die Mordwaffe, um ihn zu überführen. Jetzt haben sie sie.«

»Trotzdem ist das immer noch nicht so einfach. Selbst wenn er jetzt hier ist, ist er mit Mark zusammen. Mark wird wissen, daß er mich nicht umgebracht hat. Cindy, so kann es nicht weitergehen. Sie können nicht immer mehr

Leute umbringen, nur aus Angst, daß Sie geschnapp den!«

Cindy lachte.

»Süße, verlassen Sie sich lieber nicht darauf, daß G rechtigkeit immer so richtig gerecht ist!«

Cindy griff in ihre Tasche. Ann versuchte sich einzureden, daß sie trotz ihrer Größe stark war.

Du kannst sie besiegen! dachte sie.

Aber Cindys Hand kam aus der Tasche, Ann hörte es klacken und dann einen pfeifenden Ton.

Sie sah das Schnappmesser in Cindys Hand.

Und hatte sich entschieden.

Sie mußte rennen. Sie sprang auf die Füße, griff eine Handvoll Dreck, den sie Cindy in die Augen schleuderte, rannte los.

Sie schrie, so laut sie nur konnte.

»Ich höre sie!« schrie Jon.

»Von wo?« rief Duval.

Mark rannte schon, kämpfte sich seinen Weg durch die Bäume und Büsche, versank im Schlamm, befreite sich wieder.

»Verdammt!« fluchte er, als es anfing zu regnen.

Er platschte nieder. Er rannte weiter.

Ann rannte und rannte. Die nassen Haare fielen ihr in die Augen, nahmen ihr die Sicht.

Sie hielt inne, hielt sich an einem Ast fest und versuchte, sich die Haare und das Wasser aus den Augen zu streichen.

Sie holte tief Luft.

Schloß die Augen, öffnete sie wieder.

Cindy war da. Sie ging auf sie los.

Ann schrie auf, duckte sich. Das Schnappmesser traf den Baum und blieb stecken. Ann warf sich auf Cindy. Das Messer fiel im gleichen Moment vom Baum, als sie zusammen zu Boden gingen. Cindy hob es über Anns Kopf. Ann schnellte ihre Knie hoch, trat heftig zu und warf Cindy ab.

Atemlos kam sie wieder auf die Füße. Sie bewarf Cindy mit Schlamm und rannte wieder los.

»Ann!« schrie Mark. Der Wind trug seine Stimme weiter.

Dieser verdammte Duval! Es war ihm nie in den Sinn gekommen, jemandem zu erzählen, daß die Mädchen sich nähergestanden hatten, als sogar ihm klar war. Dieser verdammte Duval. Er selbst war aber auch blind gewesen. Er hätte sich daran erinnern sollen, wie Gina über Cindy geredet hatte, wie sorgsam sie mit den Gefühlen des Mädchens umging.

Wieder trug der Wind einen Schrei herüber.

»Ann!« schrie er verzweifelt.

Er rannte durch den Busch und den strömenden Regen.

Ann stolperte über eine Baumwurzel und fiel in den Schlamm. Der Schlamm packte sie, hielt sie.

Cindy kam in Sichtweite, Regen und Wind bekämpften sie. Sie beachtete sie nicht. Sie lächelte trotz der stechenden Regentropfen und schritt gelassen auf Ann zu, die mit dem sie verschlingenden Schlamm kämpfte.

»Da sind Sie ja!« sagte Cindy glücklich.

»Cindy!«

Der scharfe Zuruf ließ Cindys Kopf herumschnellen. Ann sah Mark näherkommen, der selbst vollkommen durchnäßt, gegen Wind und Regen ankämpfte.

»Mark, Mark! Sei vorsichtig! Sie hat ein Messer!« rief Ann. Mit übermenschlicher Kraft befreite sie sich aus dem Schlamm und rannte verzweifelt auf Cindy zu, die das Messer jetzt hinter ihrem Rücken hielt.

Sie wartete.

»Nein!« schrie Ann, sie hatte Cindy fast erreicht.

Cindy drehte sich um, in der Hand hielt sie das Messer erhoben.

Ann schrie auf und warf sich zur Seite.

Cindy stürzte zu Boden, ebenfalls in den Schlamm. Marks Finger schlossen sich um ihr Handgelenk.

Das Schnappmesser fiel hin.

Mit einem gurgelnden Laut verschlang der Schlamm das Messer. Cindy lag schluchzend mit dem Gesicht im Schlamm.

Der Regen ließ nicht nach. Ann starrte Cindy an. Dann hob sie den Blick zu Mark.

»Kannst du nicht ein einziges Mal zu Hause bleiben, wenn ich es dir sage?« fragte er müde.

Sehr, sehr langsam begann sie zu lächeln. Der Regen lief an seinem gutaussehenden Gesicht herunter. Seine Augen waren klar und grau, mit einem ganz kleinen silbernen Glitzern. Sie wußte nicht, wie er es wieder geschafft hatte, hier zu sein, aber er war da.

Jon, Jimmy und Duval erreichten die Lichtung. Sie sahen Ann und Mark. Cindy lag immer noch schluchzend im Schlamm.

»Ich schnappe mir Cindy«, sagte Duval. »Jimmy, helfen Sie mir?«

Gemeinsam hoben sie Cindy auf.

Jon starrte Mark und Ann an.

»He, Leute, es regnet, wißt ihr das?«

»Ja, wissen wir«, sagte Mark.

»Geh aus dem Regen, Jon!« sagte Ann.

John grunzte, dann ging er.

Mark kam zu Ann herüber. Er nahm sie in die Arme und hob sie hoch.

»Kannst du denn nie, nie auf mich hören?«

»Heirate mich«, sagte sie. »Als Ehefrau bin ich wirklich gut. Du kannst Jon fragen.«

»Wie kommt es bloß, daß ich nicht glaube, du würdest als Ehefrau auf mich hören?«

»Na ja, vielleicht nicht. Andererseits bin ich für eine anständige Diskussion immer zu haben. Und dann nehme ich auch einen Rat an. Meistens.«

»Ist das eine Einladung?« fragte er.

»Es ist eine Einladung an dich, mir einen Antrag zu machen«, sagte sie.

Er lächelte und senkte den Blick, dann hob er sie hoch aus dem Schlamm und hielt sie in seinen Armen.

»Alles in Ordnung mit dir?« fragte er besorgt.

»Mir geht es gut.« Aber sie zitterte fürchterlich. »O Gott, Mark, ich wußte, daß Jon unschuldig war, aber heute habe ich sogar vor ihm Angst gehabt. Auch vor deinem armen Partner hatte ich Angst.«

»Mein armer Partner war die ganze Zeit die Unschuld in Person. Wir haben uns lange ausgesprochen. Er hat Gina nicht erpreßt, er hat auch nicht mit ihr geschlafen. Er hat versucht, sie zu überzeugen, mit diesem Voodoo-Unsinn auf dem Friedhof aufzuhören, damit sie keine Schwierigkeiten bekam.«

»Ich fühle mich so schlecht. Und ich hielt ihn für einen Schleimer.«

»Dabei hat er so gut über dich gesprochen.«

»Ich muß mich entschuldigen, nicht?«

»Nicht unbedingt. Es hat ihm ja keiner gesagt, daß du ihn für einen Schleimer gehalten hast. Sei einfach in Zukunft nett zu ihm, versprochen?«

»Bestimmt. Aber Jon schuldest du natürlich eine Entschuldigung.«

»Die wird er sicher von mir bekommen.«

Sie lächelte, dann wurde sie ernst. »Ich war sogar unsicher wegen dir, natürlich nur einen Augenblick lang.«

»Natürlich.«

»Aber dann warst du so unverschämt zu glauben, ich könnte das Messer versteckt haben.«

»Ich wußte, daß du es nicht warst.«

Ann schnaubte.

»Also, jedenfalls war ich verdammt sicher, daß du es nicht warst.«

»O Gott, Mark, ich habe Cindy nie im Verdacht gehabt!«

»Keiner von uns hat sie verdächtigt. Wir gingen immer von einem Verbrechen aus Leidenschaft aus.«

»Es war ein Verbrechen aus Leidenschaft. Sie liebte Gina. Ich glaube, sie hatte nie die Absicht, Gina umzubringen, aber als es einmal passiert war, fand sie aus der Sache nicht mehr heraus.« Ann zitterte. »Sie hat die arme Miss Trainor umgebracht, nur um von sich abzulenken. O Gott, niemand hat etwas geahnt. Mark, sie ist nicht bei Verstand.«

»Nein.«

»Was wird mit ihr geschehen?«

»Ich nehme an, sie wird für unzurechnungsfähig erklärt. Und dann in einer Anstalt untergebracht.«

»Mark, was sie getan hat, ist so furchtbar. Aber …«

»Aber sie bereut es selbst.«

»Ja. Ihre Träume waren zerbrochen. Das hat sie um den Verstand gebracht. Es hat Ginas Leben gekostet und das dieser armen Miss Trainor. Und es hätte Jacques und Jon um ihre Freiheit bringen können oder ums Leben.«

»Aber jetzt ist es vorbei. Die Wahrheit ist gerecht, und du hast die Wahrheit entdeckt. Du hast für Jon gekämpft, und du hast bewiesen, daß er unschuldig ist. Und dabei wärst du beinahe ums Leben gekommen!«

»Du wolltest mir ja nicht zuhören!«

»Ich habe dir zugehört! Immerhin ist Jon ja nicht eingesperrt worden oder? Er ist mit mir hierhergekommen.«

»Ich weiß.« Ann fiel auf, daß sie sich fortbewegten. Er trug sie durch den Sumpf.

Der Regen fiel stetig weiter.

Und sie gingen nicht auf Mama Lili Maes Haus zu.

»Wo gehen wir hin?« fragte sie. »Sicher hast du doch eine Menge Papierkram zu erledigen.«

»Das kann warten, bis der Sturm sich legt.«

»Aber …«

»Sie nehmen Cindy mit zu Mama Lili Mae, um ihn abzuwarten. Wenn es aufklärt, bevor wir zurück sind, wird Jimmy Cindy auf die Wache bringen, und er kann mit dem Papierkram auch ohne mich anfangen.«

»Bist du sicher ... ?«

»Kannst du mal still sein? Ich brauche für einen Antrag die richtige Atmosphäre.«

Ann war still, sah ihn ruhig an.

Er hob eine Augenbraue. »Alles in Ordnung?«

Sie nickte und küßte ihn.

»Ann ...«

»Hast du nicht gerade gesagt, ich soll den Mund halten?«

»Ja, ich konnte mir nur nicht vorstellen, daß du wirklich auf mich hören würdest.«

Sie lächelte und schmiegte sich an ihn. Der Weg zur Hütte kam ihr nicht weit vor.

Ann blieb draußen und duschte, während er das Feuer anzündete.

Sie goß Wein ein, während er duschte.

Als er hereinkam, lief sie ihm entgegen und warf das Handtuch ab, das sie getragen hatte.

»Einladung?« fragte er.

»Absolut«, wiederholte sie.

»Möchtest du mich heiraten?« fragte er.

»Absolut«, sagte sie wieder.

Er lachte und hob sie hoch.

Draußen fiel weiter der Regen, der Sturm tobte.

Drinnen ...

Die Leidenschaft loderte. Darin entzündeten sich neue Funken gegenseitigen Vertrauens.

Die Flamme der Liebe brannte.

Wenige Minuten vor zehn erreichten sie Anns Wohnung.

Das Telefon klingelte bei ihrem Eintritt. Jon folgte den beiden dicht auf den Fersen.

»Das ist Katie!« rief Ann, und griff nach dem Telefon.

Jon war schneller als sie und strahlte Ann an.

»Katie, Süße. Hier ist Daddie, wie geht es dir?«

Ann konnte schwach die besorgte Stimme ihrer Tochter hören.

»Na ja, wir hatten hier ein bißchen Aufregung, aber jetzt ist alles in schönster Ordnung. Wie bitte? Mir geht es gut.« Er lächelte. »Ja, Mami geht es auch gut, sie ist hier. Es ist eine ziemlich lange Geschichte, aber ganz, ganz ehrlich, deiner Mutter und mir geht es richtig gut. Mach dir bitte keine Sorgen. Du kommst doch sicher bald nach Hause, oder? Du mußt einfach. Mami heiratet nämlich. Ja, du hast richtig gehört. Und du wirst es kaum glauben – sie heiratet einen Cop! Hier ist Mami für dich.«

»Katie, Süße, geht es dir gut?« sagte Ann atemlos, als sie sie den Hörer genommen hatte. »Mami, mir geht es ausgezeichnet, aber du hast mir einen Riesenschrecken eingejagt, als du nicht da warst. Und dann gab es hier Gerüchte, und ich hab' einen winzigen Artikel in der New York Times gesehen ... Mami, ist wirklich alles in Ordnung? Und du willst wirklich heiraten – einen Cop? Das ist alles so verdammt verwirrend.«

»Katie, ja, ich heirate einen Cop. Er ist toll, du wirst ihn mögen. Sogar Dad mag ihn. Hier, sag Guten Tag.«

Sie warf Mark den Hörer zu.

»Hallo, Katie.«

»Hallo.« Katie war einen Moment still. »Hmm, haben Sie auch einen Namen?« fragte sie höflich.

Er lachte. »Mark, Katie. Mark LaCrosse. Und ich kann kaum erwarten, dich kennenzulernen.«

»Klar. Sie und Mami und Dad sind alle zusammen?«

»Ja, das heißt, dein Dad geht gerade. Er soll dir das noch näher erklären. Wiedersehen, Katie.«

»Wiedersehen ...«

Mark gab Jon Marcel den Hörer zurück.

Jon nahm das Telefon.

Mark küßte Ann.

Jon seufzte und drehte ihnen den Rücken zu. »Was hast

du gesagt, Katie? Ja, Liebes, ist wirklich ein netter Kerl. Ich glaube, ich werde ihn mögen müssen. Er hat einen guten Geschmack bei Frauen. Ja gut, ist ja gut, ich fange am Anfang an …«

Mark räusperte sich, nahm den Hörer und sagte: »Dein Dad möchte wissen, ob du ihn in ungefähr dreißig Minuten in seiner Wohnung anrufen kannst?« Er nickte zu Katies Antwort, grinste und legte den Hörer auf.

»Und?« fragte Jon.

»Sie wird nicht anrufen. Sie ist auf dem Weg zum Flughafen. Sie sagt, man kann euch beide nicht mehr allein lassen.«

»Oh«, sagte Jon. Mark brachte ihn zur Tür. »Geh heim, Jon.«

»Ja, sicher.« Er lächelte sie beide an. »Ich danke euch.«

Ann nickte. Sie ging zu ihm, umarmte ihn und gab ihm einen Kuß auf die Wange.

»Danke«, sagte sie heiser.

Jon lächelte und nickte. Er erwiderte ihre Umarmung.

Mark zog sie am Arm wieder zu sich zurück. »Ann, er ist der Exmann, erinnerst du dich?«

Jon ging und schloß die Tür hinter sich.

»Und ich bin der neue Liebhaber«, erinnerte Mark.

Ann nickte.

Sie gab ihm einen heißen Kuß.

Nicht auf die Wange.

Es war vielmehr …

Eine Einladung.

Mark nahm sie erfreut an. Er legte seine Arme um sie.

Ein leise nächtliche Brise wehte.

Von irgendwo her hörte man eine Jazztrompete.

Und der Duft der Zichorien lag in der Luft …